달섬 세계고전
13

말도로르의 노래

로트레아몽

Les Chants de Maldoror

말도로르의 노래

윤인선 옮김

달섬

목차

일러두기

1. 이 번역서의 기준 판본은 *Œuvres Complètes de Lautréamont*, Bibl. de la Pléiade, Gallimard, 1969이다.
2. 유난히 자주 사용된 쉼표는 원문에 사용된 그대로 표기했다.
3. 원문의 이탤릭체는 고딕체로, 고딕체는 굵은 고딕체로 표기했다.
4. 어떤 단어의 수식절이 너무 길 때는 —를 이용하여 정리했다.
5. 각 절에 붙인 아라비아 숫자는 편의상 붙인 것이다.
6. 번역자의 추가 설명은 [ ] 안에 역주로 표시하였으며, ( )는 원문에 사용된 그대로 표기한 것이다.

첫 번째 노래

1

자신이 읽는 글처럼 순간적으로 잔인해지고 대담해진 독자가, 이 어둡고 독으로 가득 찬 페이지들의 황폐한 늪지대를 지나면서, 방향을 잃지 않고, 험하고 거친 자신의 길을 찾기 바란다. 왜냐하면, 그가 이 책을 읽으면서 엄격한 논리와 적어도 자신의 의심과 동등한 정신적 긴장을 유지하지 않는다면, 이 책의 치명적인 발산물들이 마치 물이 설탕을 적시듯 그의 영혼을 적실 것이기 때문이다. 모든 사람이 다음에 이어지는 페이지들을 읽는 것은 좋지 않다. 단지 몇 사람들만이 위험 없이 쓰디쓴 이 열매를 맛볼 것이므로. 따라서, 수줍은 영혼이여, 그와 같은 미탐험의 황야 속으로 더 멀리 잠입하기 전에, 그대의 발걸음을 앞으로 내딛지 말고 뒤로 돌리라. 내가 그대에게 말하는 것을 잘 들으라. 그대의 발걸음을 앞이 아니라 뒤로 돌리라, 마치 어머니 얼굴의 근엄한 응시로부터 존경스럽게 눈을 돌리는 아들의 눈처럼. 아니, 오히려, 태풍의 전조인 낯설고 세찬 한 줄기 바람이 갑자기 불어오고 있는 수평선의 한정된 한 점을 향하여, 겨울 동안, 활짝 날개를 펼친 채, 침묵 속에서 힘차게 날아가며, 깊은 명상 속에서 추위에 떠는 학들의 까마득한 각도처럼. 삼대三代에 이르는 학들과 동시대를 살고, 이제, 홀로 전위前衛를 이루고 있는 가장 늙은 학은, 깃털이 다 없어진 그의 늙은 목이, 점점 더 가까이 오는 뇌우의 전조를 보이는 격앙된 물결 모양으로 굽이치는 동안, 그것을 보고서, 이성적인 사람처럼 고개를 흔들고, 따라서 부딪치는 소리를 내는 그의 부리도 흔들면서, 만족해하지 않는다(나, 역시, 내가 그라면 그러할 것이다). 경험을 함축한 눈으로 냉정하게 온갖 방향에서 여러 번 바라본 다음, 신중하게, 그 첫 번째 학(왜냐하면, 제 꼬리의 깃털을 지적으로 열등한 다른 학들에게 보이는 특권을 가지고 있는 자가 바로 그 학이기 때문에)은, 공동의 적을 물리치기 위해, 우울한 파수병으로서 경계하는 외침과 함께, 노련한 선장처럼, 기하학적 형상(그것은 아마도 삼각형이겠지만, 그 공간에서 이 신묘한 철새들이 이루는 세 번째 변은 보이지 않는다)의 끝부분을, 좌현左舷이나, 우현右舷으로, 유연하게 선회시킨다. 그는 바보가 아니기에, 참새의 날개보다 더 커 보이지는 않는 날개로 조종하면서, 이렇게 보다 확실하고 현명한 다른 길을 택하고 있다.

2

독자여, 그대가 내게 이 작품의 서두에서 환기시키기를 바라는 것은 아마도 증오일 것이다! 그대가, 아름답고 검은 공중에서, 한 마리 상어처럼, 배를 뒤집고서, 그대가 원하는 만큼, 이루 셀 수 없을 정도로 많은 쾌락에 잠겨, 그대의 넓고도 메마르며 오만한 콧구멍으로, 마치 그대가 그 행위의 중요성과 그대의 정당한 욕망보다 더 적지 않은 중요성을 이해하고 있는 것처럼, 천천히 그리고 장엄하게, 그 증오의 붉은 발산을 냄새 맡지 못할 것이라고 누가 그대에게 말하는가? 오 괴물이여, 내가 그대에게 단언하건대, 그대가 계속해서 삼천 번 신神의 저주받은 양심을 숨 쉬는 데 미리 전념한다 할지라도, 그 증오의 붉은 발산은 그대의 끔찍한 코의 형태 없는 두 구멍을 즐겁게 해 줄 것이다! 이루 다 표현할 수 없는 만족과, 변하지 않는 황홀함으로 엄청나게 팽창될 그대의 콧구멍들은, 향수와 향내[향수는 parfum을, 향내는 encens을 번역한 것으로, 전자는 방향芳香·향기·냄새·향수·향료를 말하며, 후자는 특히 종교의식에 사용하는 향을 말한다 – 역주]로 이루어진 것처럼 그렇게 향기로워진 공간에 더 나은 무엇인가를 요구하지 못할 것이다. 왜냐하면, 그대의 콧구멍들은 쾌적한 천국의 평화와 그 화려함 속에서 살고 있는 천사들처럼, 완전한 행복으로 포만될 것이기 때문이다.

3

나는 말도로르가 행복하게 살았던 그의 초년에, 그가 어떻게 선량했던가를 몇 줄에 걸쳐 말하려 하는데, 이제 되었다. 그는 자신이 악하게 태어났음을 나중에 알게 된 것이다. 야릇한 운명이여! 그는 여러 해 동안, 가능한 한 자신의 성격을 숨겼다. 그러나, 결국, 그에게는 자연스럽지 못한 이 집중 때문에, 매일 피가 머리까지 오르곤 했다. 그러한 삶을 더 이상 참을 수 없어서, 그는 결국 악의 길로… 그 감미로운 환경으로 몸을 던졌다! 만약 법이, 길게 나열된 징벌로, 매번 그를 막지 않았더라면, 그는, 장밋빛 얼굴의, 어린아이를 껴안을 때면, 면도날로 그 아이의 뺨을 떼어내고 싶어 했을 것이며, 또 매우 자주 그렇게 시행했을 것인데, 누가 그걸 이해할 수 있었을 것인가! 그는 거짓말쟁이는 아니어서, 진실을 고백하고, 자신이 잔인하다고 말하곤 하였다. 인간들이여, 당신들은 들었는가? 그는 떨리는 이 펜으로 감히 그 말을 다시 한다! 그러므로, 그것은 의지보다 더 강한 어떤 힘… 저주인 것이다! 돌이 중력의 법칙에서 벗어나려 할 것인가? 불가능하다. 악이 선과 결합하고 싶어 한다 해도, 그것은 불가능하다. 이것은 내가 이미 위에서 말했던 것이다.

4

상상력이 창조해 내거나 또는 자신들이 가질 수 있는, 마음의 고귀한 품성들을 이용해서, 사람들의 박수갈채를 얻기 위해 글 쓰는 사람들이 있다. 나, 나는 잔인성의 환희를 그리는 데 나의 천재를 사용한다! 일시적이지 않고, 인공적이 아닌 환희를, 그러나, 인간과 함께 시작하여, 그와 함께 끝날 환희를. 천재는 신의 은밀한 결단 안에서 잔인성과 결합될 수 없는 것인가? 아니면, 인간은 잔인하기 때문에, 천재성을 지닐 수 없는 것인가? 나의 말 속에서 그 증거를 보게 될 것이다. 당신들이 진정 그것을 원한다면, 내 말을 듣기만 하면 된다… 미안, 나의 머리카락이 내 머리 위에서 곤두선 것 같았다. 그러나 그건 아무것도 아니다. 왜냐하면, 내 손으로, 나는 그 머리카락을 처음 상태로 쉽게 돌려놓기에 이르렀으니까 말이다. 노래하는 자는 자신의 카바티나[cavatine, 가극 중에서 아리아보다 짧은 서정적 독창곡 – 역주]가 정체불명의 것이라고 주장하지 않는다. 반대로, 그는 자신의 주인공의 불손하면서도 악한 생각들이 모든 사람들 속에 존재하고 있는 것에 대해 기뻐한다.

5

나는 나의 온 생애 동안, 단 한 명의 예외도 없이, 좁은 어깨의 인간들이, 수없이 어리석은 행동을 하고, 그들의 동류들을 멍청하게 만들고, 또 온갖 방법으로 영혼을 타락시키는 것을 보았다. 그들은 그들의 행동의 동기를 명예라고 부른다. 이러한 광경들을 보면서, 나는 다른 사람들처럼 웃고 싶었다. 그러나, 낯선 모방인, 그것은 불가능했다. 나는 날이 예리한 나이프를 잡고, 입술들이 모아지는 장소의 살을 찢었다. 한 순간 나는 내 목적이 이루어진 것으로 믿었다.

나는 거울 속에서 나 자신의 의지로 인해 상처 입은 그 입을 바라보았다! 그것은 실수였다! 두 군데 상처에서 넘쳐흐르는 피가 정말 다른 사람들의 웃음이 바로 그 지점이었는지 구별조차 할 수 없게 하였다. 그러나, 얼마 동안 비교한 뒤에, 나는 나의 웃음이 인간들의 웃음과 닮지 않고 있다는 것을, 다시 말해 나는 웃고 있지 않는 것을 잘 보았다. 나는 보았다. 추한 머리와, 어두운 눈구멍에 박혀 있는 무서운 눈을 가진 인간들이, 바위의 단단함, 주조된 강철의 견고함, 상어의 잔인함, 젊음의 건방짐, 범죄자들의 지각없는 분노, 위선자의 배반, 가장 비범한 희극배우들, 사제들 성격의 강인함, 그리고 세상천지에서 가장 차갑고 밖으로는 가장 잘 감추어진 사람들을 능가하는 것을. 그들이, 도덕주의자들이 자신의 마음을 발견하는 데 지치도록 만들고, 또 하늘로부터의 가차 없는 분노가 그들에게 되돌아가게 하는 것을 나는 보았다. 나는 그들 모두를 동시에 보았다. 때로는, 자신의 어머니에 대항하여 이미 비뚤어진 아이의 주먹처럼, 가장 견고한 주먹을 하늘을 향해 쳐들고, 아마도 지옥의 어떤 정령에 의해 부추겨져서, 혹독하고 동시에 증오에 찬 회한으로 가득 찬 눈을 하고, 얼음 같은 침묵 속에서, 그들이 자신의 가슴이 숨기고 있는 거대하고 배은망덕한 명상을 감히 토로하지 못하는 것을. 그만큼 그 명상은 불의와 공포로 가득 찼었고, 따라서 그들이 자비의 하느님을 연민으로 슬프게 하는 것을 보았다. 또 때로는, 어린 시절의 초창기부터 노년의 마지막까지, 매 순간마다, 숨 쉬는 모든 것에 대하여, 그들 자신들에 대하여 그리고 신에 대하여, 상식적이지 않은, 믿을 수 없는 저주를 퍼뜨리고, 그들의 여자들과 아이들을 매음시키며, 순결에 바쳐진 신체의 부분들을 그렇게 능욕하는 것을 나는 보았다. 그러자, 바다는 물을 들어올리며, 그 심연 속으로 판자들을 삼키고, 태풍, 지진이 집들을 뒤엎으며, 페스트, 다양한 질병들이 기도하는 가족들을 수없이 죽인다. 그러나 사람들은 그것을 알아채지 못한다. 나는 또한 그들이 이 땅 위에서 그들의 행위에 대해 부끄러움으로 얼굴이 창백해지고, 붉어지는 것도, 드물게는, 보았다. 태풍의 자매인 폭풍우여, 내가 그 아름다움을 인정하지 않는 푸르스름한 창공이여, 내 마음의 영상인 위선의 바다여, 신비스런 젖가슴의 대지여, 천체들의 주민들이여, 전 우주여, 그것을 화려하게 창조한 신이여, 바로 그대에게 내가 기원하나니, 선량한 한 사람을 내게 보여다오! … 그러나, 그대의 은총이 나의 타고난 힘을 열 배쯤 크게 해 주기를. 왜냐하면, 그 괴물을 보고, 내가 놀라움으로 죽을 수도 있으므로, 사람은 사소한 것으로도 죽으니까 말이다.

6

보름 동안 손톱이 자라도록 두어야 한다. 오! 아직 윗입술 위에 아무것도 나지 않은 아이를, 그의 침대에서 거칠게 끌어내어, 그의 아름다운 머리털을 뒤로 쓸어 주면서, 눈을 아주 크게 뜨고, 그의 이마 위로 사랑스럽게 손을 내미는 체하는 것은 얼마나 감미로운가! 그러고 나서, 갑자기, 그가 가장 예기치 않은 순간에, 만약 그가 죽는다면, 후에 그의 비참한 양상을 보지 못할 테니까, 그가 죽지는 않도록 하면서, 긴 손톱을 그의 부드러운 가슴 속으로 박는 것은 너무도 감미롭다! 그다음에, 상처를 핥으면서 피를 마신다. 그러면, 영원이 계속되는 만큼이나 이어지는 그 시간 동안, 아이는 운다. 소금처럼 씁쓸한 그의 눈물 말고는, 내가 방금 말한 것처럼 추출되어, 아직도 따뜻한 그의 피만큼 좋은 것은 아무것도 없다. 인간이여, 우연히 그대가 손가락을 베었을 때, 그대 피의 맛을 본 적이 결코 없었던가? 그것은 너무 맛있지 않은가. 왜냐하면, 그것은 아무런 맛도 없기 때문이다. 게다가, 그대는, 어느 날, 비통한 그대 생각에 잠겨, 눈으로부터 떨어지는 것으로 인해 젖은, 병약한 그대의 얼굴 위로, 바닥이 움푹한 손을, 갖다 댄 것을 기억하지 않는가? 그다음 그 손은, 자신을 억누르기 위해 태어난 자를 곁눈으로 바라보는 소학생의 이빨처럼 떨리는, 그 술잔에서, 눈물을, 벌컥벌컥 마시는 입을 향해, 숙명적으로 나아가곤 하였다. 그것은 얼마나 맛이 좋은지, 그렇지 않은가, 왜냐하면 그것은 식초의 맛을 가지고 있으니까. 그것은 정열적으로 사랑하는 여인의 눈물 같지만, 그러나 아이의 눈물이 미각에 더 좋다. 아직 악을 알지 못하는, 그는, 배반하지 않는다. 정열적으로 사랑하는 여인은 조만간 배반하는데… 우정이 무엇인지, 사랑이 무엇인지 나는 모르지만, 유추에 의해 나는 그것을 추정한다(적어도, 인간 종족으로부터, 나는 아마도 결코 우정과 사랑을 받아들이지 않을 것이다). 그러므로, 그대의 피와 그대의 눈물이 그대에게 역겹지 않은 것이니, 그대는 먹으라, 안심하고 그 소년의 피와 눈물을 먹으라. 그대는 그의 고동치는 살을 찢는 동안, 그의 눈에 붕대를 감으라. 그리고, 전쟁터에서 죽음에 임박한 부상자들의 목구멍이 내지르는 날카로운 헐떡임 소리와 비슷한, 그의 숭고한 외침 소리를 오랫동안 들은 다음에, 그때, 눈사태처럼 그에게서 떨어져 나와, 옆방으로부터 서두르며 뛰어나와서, 그를 구조하러 온 척하라. 그대는 그의 눈물과 그의 피를 다시 핥기 시작하면서, 힘줄이 솟고 혈관이 부어오른 그의 손을 풀어 주고, 그의 방황하는 눈에 시력을 돌려주라. 그때 후회는 얼마나 진실된 것인가! 우리 안에 있으면서, 너무 드물게 나타나는, 신성한 섬광이 모습을 드러내지만, 너무 늦었다! 마음으로는 악행을 당한 그 죄 없는 자를 다음과 같이 열광적으로 위로할 수 있었다. 《잔인한 고통으로 이제 막 괴로움을 겪은 소년이여, 내가 어떤 이름으로 불러야 할지 모를 범죄를 도대체 누가 너에게 저지를 수 있었단 말인가! 불행한 너! 너는 얼마나 고통스러울 것인가! 만약 네 어머니가 그것을 안다 해도, 그녀는 죄인들이 그렇게도 질색하는 죽음에 지금의 너보다 더 가까이 있지는 않을 것이다. 슬프다! 선과 악이란 도대체 무엇인가! 그것은 동일한 것으로, 그것에 의해, 우리는, 가장 무모하기까지 한 방법들을 사용하여 무한에 이르려는 정열과 우리의 무력함을 맹렬하게 증명하는 것인가? 아니면, 그것은 두 개의 서로 다른 것인가? 그래… 차라리 그것이 동일한 한가지이기를… 왜냐하면, 그렇지 않을 경우, 심판의 날에 내가 어떻게 될 것인가 말이다! 소년이여, 나를 용서하

라. 너의 뼈를 부수고 너의 몸의 서로 다른 부위들에 달려 있는 살을 찢은 자는, 바로 너의 고상하고 성스러운 얼굴 앞에 있는 그자이다. 그 범죄를 저지르도록 나를 부추긴 것은, 나의 병든 이성의 착란인가, 자신의 먹이를 찢는 독수리의 본능과 같은, 나의 추리력과는 상관없는 은밀한 본능인가? 그렇지만, 나의 희생자만큼, 나도 고통스러웠다! 소년이여, 나를 용서하라. 이 덧없이 지나가는 삶에서 일단 나오면, 나는 우리가, 나의 입을 너의 입에 대고, 단 하나의 존재만을 이루고서, 서로 영원히 얽혀 있기를 바란다. 그래도, 그러한 방법으로, 나의 처벌은 끝나지 않을 것이다. 그러면, 너는 이빨과 손톱을 동시에 사용하여, 결코 멈추지 말고, 나를 찢어라. 나는 이 속죄의 제물을 위해, 나의 몸을 향기로운 화환들로 장식할 것이다. 그러면 우리는, 너의 입에 나의 입을 붙이고서, 나는, 찢기는 것으로, 너는, 찢는 것으로, 둘 다 고통 받을 것이다… 오 금발머리와, 그렇게도 부드러운 눈의 소년이여, 내가 네게 충고하는 것을 너는 지금 하겠느냐? 비록 네 뜻이 아니더라도, 나는 네가 그렇게 하기를 바라나니, 그러면 너는 나의 양심을 행복하게 해 줄 것이다.》 이렇게 말하고 난 후, 그대는 한 인간 존재에게 악행을 하고 동시에, 바로 그 존재에게 사랑받을 것이다. 이것이 우리가 가질 수 있는 가장 큰 행복이다. 후에, 그대는 그를 병원에 넣을 수 있을 것이다. 왜냐하면, 맘대로 몸을 움직이지 못하는 자는 벌어먹을 수 없을 테니까. 사람들은 그대를 착하다고 말할 것이고, 월계관과 금메달이, 큰 무덤 위에 흩어져 있는, 그대의 벌거벗은 발들을, 그 늙은 얼굴에게 숨겨 줄 것

이다. 오, 범죄의 성스러움을 축성祝聖하는 이 페이지에다 내가 그 이름을 쓰고 싶지 않은, 그대여, 나는 그대의 용서가 우주처럼 광대했음을 알고 있다. 그러나, 나, 나는 아직 존재한다!

7

나는 가족들 속에 무질서를 씨뿌리기 위해 매음賣淫과 협정을 맺었다. 나는 이 위험한 관계의 전야前夜를 기억한다. 나는 내 앞에서 무덤 하나를 보았다. 나는 집처럼 커다란, 반딧벌레 한 마리가 나에게 이렇게 말하는 것을 들었다.《내가 그대를 밝혀 주겠다. 그 비문碑文을 읽어라. 이 최상의 명령은 내가 내리는 것이 아니다.》피 빛깔의 한 줄기 거대한 빛이, 공중에서, 지평선까지 퍼졌는데, 그것을 보고 나의 턱은 덜그럭거렸으며 나의 팔은 늘어져 움직이지 않았다. 나는, 넘어지려고 했기 때문에, 폐허가 된 벽에 기대었다. 그리고 나는 읽었다.《여기 폐병으로 죽은 한 젊은이가 누워 있다. 왜 그런지 여러분은 알고 있다. 그를 위해 기도하지 말라.》많은 사람들이 아마도 나만큼 용기를 갖지는 못했을 것이다. 그러는 동안, 한 아름다운 나체의 여인이 내 발치에 와서 누웠다. 나는, 슬픈 얼굴로, 그녀에게,《다시 일어나도 좋다.》고 했다. 나는 그녀에게 손을 내밀었고 그 손으로 형제살해범은 제 누이의 목을 조른다. 반딧벌레가, 내게,《그대여, 돌을 들어 그녀를 죽이라.》고 하여,《왜?》그에게 내가 말했다. 그가, 나에게,《나는 가장 강한 자이니, 가장 약한 자, 그대는 조심하라. 그녀는 매음이라 불린다.》라고 했다. 나는, 눈에서 눈물이 나고, 마음속에서 분노가 치밀며, 알 수 없는 어떤 힘이 생겨나는 것을 느꼈다. 나는 커다란 돌 하나를 주웠다. 많이 애쓴 끝에, 나는 힘겹게 그것을 내 가슴 높이까지 올렸다. 나는 두 팔로 그 돌을 어깨 위에 얹었다. 나는 산의 정상까지 기어올랐다. 거기에서부터 나는 반딧벌레를 내리쳤다. 그의 머리는 인간의 키만큼 흙 속으로 박혔고, 돌은 교회 높이의 여섯 배만큼까지 튀어올랐다. 돌은 호수 안으로 다시 떨어졌고, 호수의 물결은 뒤집힌 거대한 원추형으로 파여, 소용돌이치며, 한순간 낮아졌다. 표면에는 다시 고요함이 떠돌았고, 피 같은 불빛은 더 이상 빛나지 않았다.《슬프고도, 슬프구나! 그대는 무슨 짓을 한 것인가?》그 아름다운 나체의 여인이 외쳤다. 나는, 그녀에게 말했다.《나는 그보다 그대를 더 좋아한다. 나는 불행한 자들을 불쌍히 여기기 때문이다. 영원한 정의가 그대를 창조했다면, 그것은 그대의 잘못이 아니다.》그녀가, 나에게,《언젠가는, 사람들이 나를 인정해 줄 것이다. 나는 그대에게 그 이상 말하지 않겠다. 나의 끝없는 슬픔을 바다 깊숙이 감추러 가기 위해, 내가 떠나도록 내버려 두라. 나를 멸시하지 않는 건, 이 검은 심연 속에서 들끓는 끔찍한 괴물들과 그대밖에 없다. 그대는 선량하다. 안녕, 나를 사랑한 그대여!》라고 했다. 나는, 그녀에게 말했다.《안녕! 다시 또 안녕! 나는 그대를 영원히 사랑하리라! … 오늘부터, 나는 미덕을 포기한다.》그러므로, 오, 사람들이여, 만약 당신들이 바다에서 그리고 바닷가 가까이에서, 또는 오래전부터, 나에게는 죽어 버린 대상인 대도시들 위에서, 또는 차가운 극지방을 지나며, 겨울바람이 신음하는 소리를 들을 때는, 말하시오. 《지나가는 것은 하느님의 정령이 아니라, 몬테비데오 [Montevideo, 우루과이의 수도. 로트레아몽이 태어나 14세까지 자란 고향 – 역주] 사람의 무거운 신음 소리와 결합된, 매음의 날카로운 한숨 소리에 지나지 않는다.》라고. 아이들이여, 바로 내가 너희들에게 이렇게 말한다. 그러니, 자비로 가득 차서, 무릎을 꿇어라. 그리고 이(虱)들보다도 그 수가 더 많은 인간들은 긴 기도를 올리도록 하라.

8

바다 가까이, 벌판 외딴곳에서, 달빛 아래, 쓰라린 생각 속에 잠겨 있는데, 모든 사물들이 노랗고, 불확실하고, 환상적인 형태를 띠는 것이 보인다. 나무들의 그림자가, 다양한 형상으로, 납작해지기도 하고, 대지에 붙기도 하면서, 때로는 빠르고, 때로는 느리게, 달리다, 오고, 또 되돌아온다. 옛날, 내가 젊음의 날개 위에 실려 갈 때, 그것은 나를 꿈꾸게 했고, 내게 낯설게 보였는데, 지금, 나는 거기에 익숙해져 있다. 바람은 나뭇잎 사이에서 초췌한 음조로 신음하는데, 올빼미는 자신의 장중한 탄식을 노래하여, 그 소리를 듣는 사람들의 머리털을 곤두서게 하는구나. 그때, 미친 듯 날뛰는 개들이,

그들의 사슬을 끊고, 먼 농가로부터 도망친다. 그들은 광기의 포로가 된 채, 벌판을 여기저기 달린다. 갑자기, 그들은 멈춰서, 눈에 불을 켜고, 거칠고 불안한 모습으로 사방을 바라본다. 그리고, 코끼리들이, 죽기 전에, 그들의 코를 절망적으로 들어올리고, 무기력한 귀를 내려뜨리며, 사막에서 마지막 시선을 하늘에 던지는 것처럼, 그렇게 개들은 무기력한 귀를 내려뜨리고, 고개를 쳐들고, 무서운 목을 팽창시키면서, 번갈아가며, 짖기 시작한다. 마치 배고파 소리치는 아이처럼, 배에 상처 입은 지붕 위의 고양이처럼, 곧 아이를 낳으려는 여인처럼, 페스트에 걸려 병원에 있는 빈사의 환자처럼, 숭고한 곡조를 노래하는 소녀처럼, 북쪽 별들을 향해, 동쪽 별들을 향해, 남쪽 별들을 향해, 서쪽 별들을 향해서, 달을 향해서. 멀리서는 거대한 바위들과 비슷해 보이는, 어둠 속에 누워 있는 산들을 향해서. 그들이 깊이 심호흡하는 차가운 대기, 그들의 콧구멍 내부를, 붉게, 불타는 듯이 만드는 그 대기를 향해서. 밤의 침묵을 향해서. 새끼들에게 맛있는, 살아 있는 먹이인 쥐나 개구리를 주둥이에 물고서 비스듬히 날아가 그들의 콧등을 스치는 올빼미들을 향해서. 눈 깜짝할 사이에 사라지는, 산토끼들을 향해서. 범죄를 저지른 뒤에, 말을 달려 달아나는, 도둑을 향해서. 히스[모래가 많은 비경작지에서 자라며 잎이 언제나 초록색을 띠는 에리카(Erica, 철쭉) – 역주]의 황야를 흔들면서, 개들의 피부를 떨게 하고, 이빨을 갈게 만드는, 뱀들을 향해서. 그들 자신들도 두렵게 만드는, 그들 자신의 짖음 소리를 향해서. 그들이 한번의 메마른 턱짓으로 으깨 버리는 두꺼비들을 향해서 (왜 두꺼비들은 늪에서 멀리 나왔는지?) 개들이 이해하지 못하고, 그래서 총명한 눈을 고정시켜 캐어 내고 싶어 하는, 그만한 신비를 간직한 부드럽게 흔들리는 나뭇잎들을 지닌 나무들을 향해서. 달아나려고 나무들 위로 기어오르며, 자신들의 긴 다리 사이에 매달린 거미들을 향해서. 낮 동안 먹을 것을 발견하지 못하고서, 피곤한 날개로 둥지로 돌아오는, 까마귀들을 향해서. 바닷가의 바위들을 향해서. 보이지 않는 선박들의 돛에 드러나는, 불빛을 향해서. 희미한 파도 소리를 향해서. 헤엄치면서, 그들의 검은 등을 보이고, 그다음 심연 속으로 가라앉는 커다란 물고기들을 향해서. 그리고 자신들을 노예로 만드는 인간을 향해서. 그러고 난 다음, 그들은 그들의 피투성이 다리로, 도랑, 길, 밭, 풀과 가파른 돌 위로, 뛰어오르며, 다시 벌판을 달리기 시작한다. 그들은 마치 목마름을 가라앉히려 거대한 못을 찾게 되는, 공수병에 걸린 것 같다. 그들의 길게 끄는 울부짖음은 자연을 공포에 사로잡히게 한다. 지체하는 여행자에게 불행 있으리! 묘지의 친구들이 그에게로 달려들어, 그를 찢고, 피가 흘러내리는 그들의 입으로 그를 먹을 것이다. 왜냐하면, 그들의 이빨은 망가지지 않았으니까. 야생동물들은, 그 육체의 식사에 참여하기 위해 감히 다가서지 못하고, 떨면서, 까마득히 달아난다. 몇 시간 후에, 여기저기 뛰어다니느라 몹시 피로해져서, 거의 죽을 정도가 된, 개들은, 혀를 입 밖으로 빼어 물고, 자신들이 무엇을 하는지도 모른 채, 서로에게 돌진하여, 믿을 수 없는 속도로, 서로를 수없이 조각내어 찢어 버린다. 그들은 잔인성으로 그렇게 행동하는 것이 아니다. 어느 날, 정기 없는 눈으로, 나의 어머니는 내게 말했다. 《네가 침대 속에 있을 때, 벌판에서 개들의 짖음 소리를 들으면, 이불 속에 숨고, 그들이 하는 짓을 조롱하지 말라. 그들은, 너처럼, 나처럼, 창백하고 긴 얼굴의 나머지 인간들처럼, 무한의 채울 길 없는 갈증을 가지고 있다. 그래도, 꽤 장엄한 그 광경을 응시하기 위해 네가 창가에 서는 것을 나는 네게 허락한다.》 그때 이후로, 나는 죽은 어머니의 바람을 존중한다. 나, 나는, 개들처럼, 무한의 욕구를 느낀다… 나는 이 욕구를 만족시킬 수가 없다, 나는 그럴 수가 없다! 사람들이 내게 말한 바에 의하면, 나는 남자와 여자의 아들이다. 그것은 나를 놀랍게 한다… 나는 그 이상이라고 믿고 있었다! 그렇지만, 내가 어디서 왔는지 무슨 상관이랴? 만약 그것이 나의 의지에 따른 것일 수 있었다면, 나, 나는 차라리 그의 배고픔이 폭풍우의 친구인 암상어와, 인정받는 잔인성을 지닌 호랑이의 아들이 되고 싶었을 것이다. 그러면, 나는 이렇게 심술궂지는 않을 텐데. 나를 바라보는, 당신들, 나로부터 멀리 떨어지라, 왜냐하면, 나의 숨결이 독기 서린 입김을 발산하기 때문이다. 아무도 아직 내 이마의 초록빛 주름을 보지 못했다. 또한 커다란 물고기의 가시와 비슷하고, 또는 바닷가를 덮은 바위와 비슷하며, 또는 내가 머리에 다른 색깔의 머리카락을 갖고 있을 때, 내가 자주 섭렵한, 알프스산맥의 험한 산들과도 비슷한, 앙상한 내 얼굴의 튀어나온 뼈도 보지 못했다. 그리고, 폭풍우 치는 밤 동안, 이글거리는 눈으로, 폭풍에 의해 산발된 머리털을 하고, 길 한가운데 있는 돌멩이처럼 고립된 채,

내가 인간들의 거주지 주위를 배회할 때, 나는, 굴뚝 내부를 가득 채우는 그을음처럼 까만, 한 조각의 벨벳으로, 나의 퇴색한 얼굴을 가린다. 눈은, 최상의 존재가, 강렬한 증오의 미소와 함께, 내 위에다 덮어씌운 추함의 목격자가 되어서는 안 된다. 매일 아침, 온 자연 속에서 유익한 즐거움과 열기를 퍼뜨리며, 태양이 타인들을 위해 떠오를 때, 포도주처럼 나를 취하게 하는 절망 속에서, 사랑하는 나의 동굴 깊숙한 곳을 향해 쭈그리고 앉아, 어둠으로 가득 찬 공간을 뚫어지게 바라보면서, 내 얼굴 모습의 어떤 부분도 움직이지 않는 동안, 나는 나의 강한 손으로 내 가슴을 누더기처럼 상처 낸다. 그렇지만, 나는 내가 공수병에 걸리지 않았음을 느낀다! 그렇지만, 나는 내가 고통 받는 단 한 사람이 아니라는 것을 느낀다! 그렇지만, 나는 내가 숨 쉬는 것을 느낀다! 곧 사형대에 오를 사형수가, 제 근육의 운명에 대해 깊이 생각하면서, 제 근육을 시험해 보듯이, 나는 나의 짚 침대 위에, 서서, 두 눈을 감고, 꼬박 몇 시간 동안, 오른쪽에서 왼쪽으로, 왼쪽에서 오른쪽으로, 천천히 고개를 돌려 본다. 나는 즉시 죽지는 않는다. 때때로, 나의 목이 같은 방향으로 더 이상 계속해 돌아가지 않을 때, 반대 방향으로 다시 돌아가기 시작하려, 목이 멈출 때, 나는 입구를 덮고 있는 두터운 가시덤불이 드문드문 남겨 놓은 틈 사이로, 갑자기 지평선을 바라본다. 나는 아무것도 보지 못한다! 공중을 지나가는 새들의 긴 행렬과 함께 그리고 나무들과 함께 소용돌이치며 춤추는 들판밖에는, 아무것도… 그것은 나의 피와 뇌를 어지럽힌다… 도대체 누가, 모루를 치는 망치처럼,

나의 머리에다 쇠막대질을 하는 것인가?

9

나는 그대들이 곧 듣게 될, 진지하면서도 차가운 구절을, 동요하지 않은 채, 큰 소리로 낭독하려 한다. 그대들은, 그 구절이 포함하고 있는 것에 주의를 기울이라. 그리고 그 구절이 마치 낙인처럼, 그대들의 혼란스런 상상력 안에, 반드시 남겨 줄 고통스런 느낌을 경계하라. 내가 지금 죽어 가고 있는 중이라고 생각하지 말라. 왜냐하면 나는 아직 해골이 아니며, 늙음이 나의 이마에 붙어 있지 않으므로, 자신의 현존이 날아가 버리는 순간에, 백조와 비교하려는 모든 생각을 버리자. 그리고 그대들 앞에 단지 하나의 괴물만을 보라. 그 괴물의 얼굴을 그대들이 알아볼 수 없으니 나는 행복하다. 그러나 그 얼굴은 그의 영혼보다는 덜 끔찍하다. 나는 범죄자는 아니다… 그 얘기는 이제 충분히 했다. 내가 바다를 다시 보고 배들의 갑판을 부순 것은 오래전 일이 아니어서, 나의 기억은 마치 내가 어젯밤에 바다를 떠났던 것처럼 생생하다. 그렇지만 그대들은, 내가 이미 그대들에게 보여 준 것을 후회하고 있는 이 독서를 하면서, 할 수 있다면, 나만큼 침착하기 바란다. 그리고 인간의 마음이란 어떤 것인가 생각하고 얼굴을 붉히지 말라. 오, 비단 같은 시선의, 그대, 그 영혼이 나의 영혼과 떨어질 수 없는, 낙지여! 사백 개의 흡반을 가진 터

키식 술탄의 궁전을 지배하며, 지구의 주민들 중에서 가장 아름다운 자, 그대여. 마음을 터놓는 부드러운 미덕과 신의 은총이, 파괴할 수 없는 끈으로, 완전 일치되어, 자신들의 자연스런 거주지 안에 있는 것처럼, 고상하게 그대 안에 자리 잡고 있는, 그대여, 그대는 왜, 수은으로 된 그대의 배를 알루미늄으로 된 나의 가슴에 대고, 내가 감탄하는 이 광경을 응시하기 위해, 해변의 어느 바위에 나와 둘이서 함께 앉지 않는 것인가!

수정 같은 파도의, 오래된 대양大洋이여, 그대는 소년 수부들의 멍든 등 위에 보이는 그 푸른빛 흔적들과 비교적 닮아 있다. 그대는 지구의 몸 위에 찍혀 있는, 하나의 거대한 푸른 멍이구나. 나는 이런 비유를 좋아한다. 그래서, 그대를 얼핏 보면, 그대의 감미로운 미풍의 속삭임 같은, 슬픔으로 길어진 한 줄기 숨결이, 지울 수 없는 흔적들을 남기면서, 심히 동요된 영혼 위로, 지나간다. 그리고, 그대는 그대 연인들의 추억에, 인간의 험했던 시초始初를 항상 상기시켜 주는데, 사람들이 언제나 그것을 알아채는 것은 아니다. 그 시초에 인간은 자신을 더 이상 떠나지 않는 고통을 알게 되었다. 오래된 대양이여, 나는 그대에게 경의를 표한다!

오래된 대양이여, 기하학의 장엄한 면을 홍겹게 하는, 그대의 조화로운 구형의 형태는, 내게 너무도 인간의 작은 눈만을 상기시켜 주는데, 그 눈은 왜소함으로는 멧돼지의 눈과 같고, 둘레의 원을 그리는 완결미로는 밤새들의 눈과 같구나. 그러나, 인간은 전 세기 동안 자신이 아름답다고 믿었다. 나, 나는 인간이 오로지 자존심 때문에만 자신의 아름다움을 믿는다고 짐작한다. 그러나, 나는 그가 실제로는 아름답지 않고 또 자신의 아름다움을 의심하고 있다고 생각한다. 그렇지 않다면 왜 인간이 자신과 동류의 얼굴을 그렇게 경멸스럽게 바라보겠는가? 오래된 대양이여, 나는 그대에게 경의를 표한다!

오래된 대양이여, 그대는 동일성의 상징이다. 언제나 그대 자신과 동일하다. 그대는 근본적으로 변하지 않는다. 그래서, 그대의 파도가 어디에선가 성내고 있다 해도, 더 멀리, 또 다른 지역에서는, 가장 완벽한 고요 속에 있는 것이다. 그대는, 두 마리의 불도그가 서로 목을 물어뜯고 있는 것을 보기 위해서는 길에서 멈춰 서나, 장례 행렬이 지나갈 때는 멈춰 서지 않는 인간, 아침에는 사귀기 쉽다가도 저녁에는 언짢은 기분의 인간, 오늘은 웃고 내일은 우는 인간과는 다르다. 오래된 대양이여, 나는 그대에게 경의를 표한다!

오래된 대양이여, 그대가 그대의 가슴속에다 인간을 위한 미래의 효용성을 감추고 있는 것에는 불가능한 것이 아무것도 없을 것이다. 그대는 이미 인간에게 고래를 주었다. 그대는 자연과학의 탐욕스런 눈에 그대의 내부 조직의 수많은 비밀들을 쉽게 드러내지 않으니, 그대는 겸손하다. 인간은 끊임없이, 사소한 일들도 자랑한다. 오래된 대양이여, 나는 그대에게 경의를 표한다!

오래된 대양이여, 그대가 먹여 키우는 다양한 종류의 물고기들은 저희들 사이에 우애를 맹세하지 않았다. 각 종류마다 나름대로 산다. 각 종류마다 다른 기질들과 구조들이, 처음에는 비정상으로밖에는 보이지 않던 것을, 충분하게 설명해 준다. 똑같은 변명거리를 갖지 못하는 인간에 있어서도, 그것은 마찬가지다. 한 조각의 땅을 삼천만의 인간 존재가 차지하고 있을 때, 그들은 그 옆의 땅 조각에 뿌리처럼 고정되어 있는, 그들 이웃들의 생활에는 섞이지 않아야 한다고 믿는다. 큰 것에서 작은 것으로 내려오면서, 인간들은 각자 미개인처럼 자신의 소굴에서 살다가, 똑같이 다른 소굴에서 웅크리고 있는 자신의 동류를 방문하기 위해 드물게 거기로부터 나온다. 인간들의 세계적 대가족이란 가장 초라한 논리에나 어울리는 유토피아이다. 게다가, 그대의 풍요로운 젖가슴의 광경에서, 배은망덕이란 관념이 밝혀진다. 왜냐하면, 자신들의 가련한 결합의 열매를 버릴 정도로, 창조주에 대해 그렇게 배은망덕한 수많은 부모들이 곧 생각나기 때문이다. 오래된 대양이여, 나는 그대에게 경의를 표한다.

오래된 대양이여, 그대의 물질적 거대함은 그대의 전체 덩어리를 만들어 내기 위해 얼마나 활동적인 힘이 필요했던가를 미루어 생각하는 정도로밖에는 그 무엇과 비교될 수 없다. 한눈에 그대의 전 모습을 바라볼 수는 없다. 그대를 관찰하기 위해서는, 수학자가, 대수 방정식을 풀기 위해서, 어려움을 명쾌히 해결하기 전에, 가능한 여러 경우를 따로 시험해 봐야 하는 것과 마찬가지로, 시선이 수평선의 사방을 향해, 계속적으로 움직이며, 자신의 망원경을 돌려야 한다. 인간은 기름지게 보이기 위해, 영양가 있는 물질을 먹고, 보다 나은 운명에 마땅한, 다른 노력들을 한다. 이 찬탄할 만한 개구리,

그는 자신이 원하는 만큼 몸을 부풀리기를 바란다. 안심하라, 그는 크기에 있어서 그대와 견주지 못할 것이다. 어쨌든, 나는 그렇게 생각한다. 오래된 대양이여, 나는 그대에게 경의를 표한다!

오래된 대양이여, 그대의 물은 쓰다. 그것은 비평이 미술, 과학, 그리고 모든 것에 대해 증류하며 만들어 내는 담즙과 정확히 똑같은 맛이다. 만약 누군가가 천재성을 지니고 있으면, 사람들은 그를 바보로 만들어 버린다. 다른 누군가가 아름다운 육체를 가지고 있으면, 그는 흉측한 꼽추가 된다… 인간이 그렇게 다른 사람을 비판하려면, 확실하게, 그 자신부터 자신의 불완전함을 강하게 느껴야 한다. 그 불완전함의 사분의 삼은 게다가 오직 자기 자신에게 기인하고 있으니 말이다. 오래된 대양이여, 나는 그대에게 경의를 표한다!

오래된 대양이여, 인간들은, 과학적 탐사 방법을 이용하는, 그들의 뛰어난 방법들에도 불구하고, 아직 그대 심연의 현기증 날 정도의 깊이를 측정하는 데 이르지 못하였다. 그대는 가장 무겁고, 가장 긴 수심 측량기도 도달할 수 없는 것으로 인지된 그런 심연을 지니고 있다. 물고기들에게는… 그곳에 도달하는 것이 허용되나, 인간에게는 허용되지 않는다. 자주, 나는 어느 것이 더 알아보기 쉬울까를 생각해 보았다. 대양의 깊이인지, 또는 인간의 마음의 깊이인지! 달이 돛대들 사이에서 불규칙적으로 흔들리는 동안, 나는 자주, 이마에 손을 얹고, 배 위에 서서, 내가 추구하는 목적이 아닌 모든 것을 추상화하며, 이 어려운 문제를 해결하려고 내가 애쓰고 있는 것을 문득 깨달았다! 그렇다, 대양과 인간의 마음, 그 둘 중 어느 것이 더 깊고, 더 꿰뚫을 수 없는 것인가? 삼십 년의 삶의 경험이 어느 정도까지 저울을 이 해답의 어느 한쪽 또는 다른 한쪽으로 기울일 수 있다 할지라도, 대양의 그 깊음에도 불구하고, 이러한 특질에 대한 비교에 있어서는, 그것이 인간의 마음의 깊이와 같이 놓일 수 없다고, 나는 말할 수 있을 것이다. 나는 덕망 있는 사람들과 관계를 맺었었다. 그들은 육십 세가 되면 죽곤 하였는데, 그러면 모두 이렇게 외치곤 하였다. 《그들은 지상에서 선을 행하였다. 다시 말해 그들은 자비를 행한 것이다. 그것이 전부다. 그것은 어려운 일이 아니다. 누구나 그만큼은 할 수 있다.》 전날 서로 깊이 사랑했던 두 연인이, 왜 한마디 말의 오해로, 증오, 복수심, 사랑 그리고 후회의 뼈저림과 함께, 한 사람은 동쪽으로, 또 한 사람은 서쪽으로 갈라져서, 각자 자신의 고독한 자존심에 싸여, 더 이상 서로 다시 만나지 않는 것인지 누가 이해할 것인가. 이 기적 같은 일은 매일 되풀이되지만 그래도 여전히 놀랍고 경이로운 일이다. 왜 사람들이 자신의 동류의 일반적인 불행뿐만 아니라, 자신과 가장 가까운 친구들의 특별한 불행에 대해서도 매우 슬퍼하면서, 동시에 또 즐거워하는 것인지 그 누가 이해할 것인가. 이러한 일련의 일들을 매듭짓는 이론의 여지없는 하나의 예는, 인간이 위선적으로 예라고 말하면서 아니오라고 생각한다는 것이다. 그렇기 때문에 인간이라는 새끼 멧돼지들은 서로 그토록 신뢰하고 있고 또 그들은 이기주의자가 아닌 것이다. 심리학에는 진보해야 할 것이 아직 많이 남아 있다. 오래된 대양이여, 나는 그대에게 경의를 표한다!

오래된 대양이여, 그대는 너무 강한데, 인간들은 큰 대가를 치르면서 그 사실을 배웠다. 그들이 그들 재능의 모든 지모를 다 사용해도 소용없이… 그대를 지배할 수 없었다. 그들은 그들의 스승을 발견했다. 나는 그들이 그들보다 더 강한 무엇인가를 발견했다고 말하는 것이다. 그 무엇인가는 이름을 가지고 있다. 그 이름은 대양이다! 그대가 그들에게 불러일으키는 공포심으로, 그들은 그대를 존경한다. 그럼에도 불구하고, 그대는 그들의 가장 무거운 기계들[선박들 – 역주]을 쉽게, 우아하고 고상하게 춤추게 만든다. 그대는, 곡예사가 질투할 정도로, 그들에게 하늘까지 뜀뛰기를 하게 하고, 그대의 영역 깊숙한 곳까지 감탄할 만할 정도로 잠수하게 한다. 그대가, 물고기들이 어떻게 지내는지, 특히 그들이 자기들끼리 어떻게 지내는지를, 철도鐵道 없이, 수생水生의 그대 내장 안으로, 보러 가기 위해, 그대의 부글거리는 굴곡 속으로 그 기계들을 결정적으로 감싸지 않을 때면, 그 기계들은 아주 행복하다. 인간은 말한다. 《나는 대양보다 더 영리하다.》라고. 가능한 일이며, 그것은 꽤 사실이기도 하다. 그러나 대양은 인간이 대양에게 두려운 존재인 이상으로 인간에게 두려운 존재다. 그것은 증명할 필요도 없는 것이다. 우리의 정지된 구체의 최초 시기와 동시대인인, 이 관찰자 족장 노인은, 국가들의 해상전투를 목격할 때는, 연민으로 미소 짓는다. 저기 인류의 손에서 나온 백여 개의 바다괴물[léviathan, 구약성서에 나오는 거대한 바다괴물 – 역주]들이 있다. 상사들의 과장되게 떠드는 명령, 부상자들의 외침 소리, 대포 소리, 이것들은 잠시 아연하게 만들려 일부러 내는 소음이다. 드라마는 끝나고, 바다는 모든 것을 자신의 배 안에 넣은 것 같다. 그 주둥이는 어마어마하다. 그것은 방향은 알 수 없지만, 아래쪽을 향해 커다랗게 있을 것이다. 재미도 없는, 어리석은 희극을 마침내 마무리하기 위해서인지, 피로로 늦어진 어느 황새 한 마리가, 공중 한가운데서, 날개를 펼친 채 멈추지 않고 날아가며, 이렇게 외치기 시작하는 것이 보인다.《저런! … 저 주둥이는 못됐구나! 아래에 검은 점들이 있었는데, 내가 눈을 감았더니, 그것들은 사라져 버렸다.》오래된 대양이여, 나는 그대에게 경의를 표한다!

오래된 대양이여, 오 위대한 독신자여, 그대가 그대의 점액질 왕국의 장중한 고독을 섭렵할 때, 그대는 그대의 타고난 장려함과, 내가 서둘러 그대에게 주는 진정한 찬사로 당연하게 의기양양해한다. 지고의 힘이 그대에게 베풀어 준 속성들 가운데 가장 거창한 것인, 그대의 장엄한 완만함의 부드러운 발산물[파도 – 역주]들에 의해 관능적으로 흔들리는 그대는, 어두운 신비 한가운데에서, 그대의 영원한 힘에 대한 고요한 감정을 가지고, 숭고한 그대의 전 표면 위로, 어디에 비교할 수 없는 그대의 파도를 펼친다. 파도는 짧은 간격을 두고 나뉘어, 평행하게 연달아 일어난다. 우리에게 모든 것이 거품이라는 것을 알려 주기 위해서, 용해되는 거품의 음울한 소리를 동반하는 파도는, 한 줄기의 파도가 잦아들자마자, 또 다른 파도가 점점 커지며 좇아가서 잦아드는 파도를 만난다. (이렇게, 인간 존재들, 이 살아 있는 파도들은, 하나씩 차례대로, 단조롭게 죽는다. 그러나,

거품 소리를 남기지는 않는다.) 철새는 신뢰감을 가지고 파도 위에서 쉬며, 자신의 날개뼈가 공중의 순례를 계속하기 위한 일상의 원기를 회복할 때까지, 오만한 우아함으로 가득 찬, 파도의 움직임에 자기 몸을 맡긴다. 나는 인간의 위엄이 그대의 위엄을 반사하는 화신이기를 바란다. 내가 많이 요구하나, 이러한 충심의 염원은 그대에게 영광스런 것이다. 무한의 영상인, 그대의 정신적 위대함은, 철학자가 심사숙고하여 얻은 사상처럼, 여인의 사랑처럼, 새의 신성한 아름다움처럼, 시인의 명상처럼 거대하다. 그대는 밤보다도 더 아름답다. 내게 대답하라, 대양이여, 그대는 나의 형제가 되고 싶은가? 만약 그대가, 내가 그대를 신의 복수와 비교하기를 바란다면, 세차게… 더… 더욱 몸을 흔들어라. 그대 자신의 가슴 위로 길을 트면서, 그대의 납빛 발톱들을 펼쳐라… 좋다. 나 혼자에게만 이해받는, 무시무시한 대양이여, 그대의 가공할 파도를 펼쳐라. 그러면 그 앞에 나는 넘어져 그대의 무릎에 엎드린다. 인간의 위엄은 어색하다. 그것은 나를 위압하지 못하나, 그대는 나를 위압한다. 오! 내가 발견할 수 없는 어떤 강렬한 회한에 짓눌린 것처럼, 그대 가슴의 깊은 곳으로부터, 인간들이 그렇게도 두려워하는 그 귀청을 떨어뜨리는 영원한 포효를 그대가 내지르는 동안, 그대가 측근들에 둘러싸이듯, 구불구불한 그대의 주름들에 둘러싸여, 높이 일어서는 무시무시한 물마루를 만들며, 그대가 어떤 자인지에 대한 의식과 함께, 최면술사처럼 그리고 강인하게, 그대의 파도를 겹겹으로 굴리면서 나아갈 때, 또 인간들이 해안에서 떨면서, 안전한 상태에서, 그대를 응시할 때, 그러할 때조차도, 내가 그대와 동등하다고 말할 특별한 권리가 내게 없음을 나는 안다. 그렇기 때문에, 만약 그대가 나에게, 그대와 가장 모순된 대조, 창조에 있어서 결코 보지 못했던 가장 우스꽝스런 반대명제를 이루는, 나의 동류들을 내가 고통스럽게 생각하지 않도록 해 준다면, 그대의 우월성 앞에서, 나는 그대에게 온 마음을 다한 나의 사랑을 바칠 것이다(그런데 아름다움을 향한 나의 갈망이 포함하고 있는 사랑의 양은 아무도 모른다). 나는 그대를 사랑할 수 없으며, 그대를 증오한다. 왜 나는, 나의 불타는 이마를 쓰다듬기 위해, 반쯤 열리는, 그대의 우정 어린 팔ㅡ나의 불타는 이마는 그 팔과 접촉하면 열이 사라짐을 나는 알고 있다ㅡ을 향해, 천 번째 다시 그대에게 되돌아오는 것인가! 나는 그대의 감춰진 운명을 알지 못한다. 그대와 관계되는 모든 것은 내게 흥미롭다. 그러니 그대가 암흑의 왕자의 거처가 아닌지 내게 말하라. 내게 그것을 말하라… 대양이여, 내게 그 말을 하라(아직 환상밖에는 경험하지 못한 사람들을 슬프게 하지 않기 위해, 나 혼자에게만), 그리고 사탄의 입김이 그대의 짠 물을 구름에까지 들어 올리는 폭풍우를 만드는 것인지를 내게 말하라. 지옥이 그렇게 인간 가까이 있다는 것을 알면 나는 즐거워할 것이기 때문에, 그대는 내게 그 말을 해 줘야 한다. 나는 이 절節이 내가 기원하는 마지막 절이 되기를 바란다. 따라서, 한번 더, 나는 그대에게 경의를 표하고 작별인사를 하고 싶다! 수정의 파도를 지닌, 오래된 대양이여… 나의 눈은 넘치는 눈물로 젖어들고, 나는 더 이상 계속할 힘이 없다. 왜냐하면, 야수의 모습을 한, 인간들 사이로 돌아갈 때가 온 것을 내가 느끼기 때문이다. 그러나… 용기를! 많이 노력하자, 그리고 의무감을 가지고, 이 지상에서 우리의 운명을, 완수하자. 오래된 대양이여, 나는 그대에게 경의를 표한다!

10

나는 내 마지막 임종의 순간에(나는 내 죽음의 침상에서 이 글을 쓴다), 사제들에 둘러싸여 있지 않을 것이다. 나는, 폭풍 이는 바다에 흔들리거나, 또는 산 위에 서서… 눈을 치켜뜨고, 죽고 싶은데, 아니다, 나는 나의 사라짐이 완벽하리라는 것을 안다. 게다가, 나는 희망을 가질 은혜를 입게 되지도 않을 것이다. 누가 내 죽음의 침실 문을 여는가? 나는 아무도 들어오지 말라고 말했었다. 당신이 누구이든 간에, 물러가라. 하지만, 만약 당신이 나의 하이에나 같은 얼굴에서(하이에나가 나보다 더 아름답고, 또 더 보기 좋다 해도, 나는 이 비유를 사용하겠다) 고통이나 두려움의 어떤 흔적을 보고 있다고 믿는다면, 잘못 안 것이다. 그를 가까이 오게 하라. 겨울밤이다. 그때, 정령들은 온갖 곳에서 충돌하고, 인간은 두려워하며, 또한 젊은이는, 만약 그가 젊은 시절의 나와 같다면, 자기 친구들 중의 하나에게 행할 어떤 범죄를 생각한다. 바람이, 그리고 인류가 존재한 이래로, 그 구슬픈 스침 소리로 인간을 슬프게 하는 바람이, 마지막 임종의 고통 전 얼마 동안, 바람의 날개뼈 위에 나를 싣고, 나의 죽음을 기다리다 못해 성급해하는 이 세상을 통과해 가기 바란다. 나는 아직, 인간의 사악함에 대한 수많은 예들을, 은밀하게, 즐길 것이다(한 형제는, 제 모습을 드러내지 않고, 자기 형제들의 행위를 보기 좋아한다). 깨어나서, 추위에 떠는, 독수리, 까마귀, 불멸의 펠리컨[긴 부리와, 그 아래 붙어 있는, 마음대로 신축이 가능한 목주머니가 특징으로, 어미새가 자신의 피로 죽은 새끼를 되살려낸다는 동물우화를 통해서, 모성애의 표상으로 여겨져 온 대형 물새, 12절 참조 – 역주], 야생 오리, 여행하는 학은, 만족해하는 무시무시한 유령처럼, 번개 불빛에 내가 지나가는 것을 볼 것이다. 그들은 그것이 무엇을 의미하는지 모를 것이다. 땅 위에서는, 살무사, 큰 눈의 두꺼비, 호랑이, 코끼리가, 바다에서는, 고래, 상어, 귀상어, 무정형의 가오리, 극지의 바다표범의 이빨이, 이 자연법칙에서 예외가 무엇인지 생각해 볼 것이다. 인간은, 이 신음 소리 한가운데서, 떨면서, 땅에 자기 이마를 댈 것이다. 《그렇다, 나는 나의 타고난 잔인성, 그것을 없애는 것이 내게 달린 문제가 아니었던 그 잔인성으로 그대들 모두를 능가한다. 당신들이 내 앞에 엎드려 있음은 그 이유 때문인가? 아니면, 당신들이, 내가 무시무시한 혜성처럼, 피투성이의 공간을 섭렵하는 새로운 현상을 보기 때문인가? (태풍이 자기 앞에서 밀고 가는 거무스름한 구름과 같은, 내 거대한 육체의 피비가 내게 떨어진다.) 아이들이여, 아무것도 두려워 말라, 나는 너희들을 저주하고 싶지 않다. 너희들이 내게 행한 악은 너무도 크고, 내가 너희들에게 행한 악도 너무도 커서, 그 악은 자발적인 것일 수 없다. 당신들, 당신들은 당신들의 길을 걸었고, 나, 나는 나의 길을 걸었는데, 그 두 길은 둘 다 똑같이 패덕悖德의 길이었다. 필연적으로, 우리는 이 성격의 유사함 속에서, 서로 만나야만 했다. 거기에서 생겨난 충격은 우리 상호에게 숙명적인 것이었다.》 그러자, 사람들은 달팽이처럼 목을 늘이면서, 그렇게 말하는 자를 보기 위해, 용기를 되찾으면서, 조금씩 다시 머리를 들 것이다. 가장 끔찍한 정열을 드러내면서, 일그러지고, 불타오르는 그들의 얼굴은, 갑자기, 늑대들이 무서워할 정도로 찌푸려질 것이다. 그들은 거대한 용수철처럼 한꺼번에 몸을 일으킬 것이다. 이 무슨 저주인가! 웬 찢어지는 목소리인가! 그들은 나를 알아보았다. 지상의 동물들이 인간들과 합류하여, 이상한 아우성 소리를 낸다. 그들 상호간의 증오는 이제 사라지고, 그들 양쪽의 증오는 공동의 적인 나를 향해 돌려진다. 그들은 만인 공통의 동의에 의해 서로 접근한다. 나를 지지하는, 바람이여, 나를 더 높이 올려다오. 나는 배신을 두려워한다. 그렇다, 그들의 눈에서 조금씩 사라져 가자. 정열의 결과에 대해, 한번 더, 완전히 만족한 증인이 되어… 오 박쥐여, 코 위에 편자 모양의 도가머리가 나 있는 그대, 그대가 그대의 날갯짓으로 나를 깨워 줘서 나는 그대에게 감사한다. 그것은 불행하게도 일시적 병에 불과했음을, 실제로, 나는 깨달으며, 그 병에서 내가 회복됨을 혐오스럽게 느낀다. 어떤 사람들은 말하기를 그대가 내 몸 속에 있는 얼마 안 되는 피를 빨려고 나를 향해 왔다고 한다. 왜 이러한 가설은 현실이 아닌 것인가!

11

한 가족이 탁자 위에 놓여 있는 램프를 둘러싸고 있다.

–아들아, 그 의자 위에 있는 가위를 내게 다오.

–가위가 여기에 없어요, 어머니.

–그러면 다른 방에 가서 찾아 보렴. 여보, 온화한 내 주인양반, 우리가 아이를 갖기 위해 기도하던 그때를 기억하지요? 그 아이에게서 우리가 다시 태어나는 것이고, 그 아이는 우리 노년기의 버팀이 될 것이죠.

–그때를 기억하오, 하느님이 우리의 소원을 들어주셨소. 우리는 이 땅 위에서 우리의 운명에 대해 불평할 것이 없소. 매일 우리는 하느님의 은혜에 대해 하느님을 찬양하지요. 우리의 에두아르는 제 어머니의 모든 매력을 갖고 있소.

–그리고 제 아버지의 남자다운 특성도 가지고 있지요.

–여기 가위 있어요, 어머니, 제가 결국 이걸 찾아냈어요.

그는 자신의 일을 계속한다… 그런데, 누군가가 출입문에 나타나서, 제 눈앞에 보이는 광경을, 잠시 동안, 응시한다.

–도대체, 이 무슨 광경인가! 이 사람들보다 행복하지 못한 사람들이 많이 있다. 삶을 사랑하기 위해 그들이 마음속에 품는 생각은 어떤 것인가? 말도로르여, 이 평온한 가정에서 물러서라. 그대의 자리는 여기가 아니다.

그는 물러섰다!

–나는 어찌된 일인지 모르겠어요. 내 마음속에서 인간적 기능들이 전투를 일으키는 게 느껴져요. 왜 그런지 모르게, 내 마음이 불안하고, 공기가 무겁군요.

–여보, 나도 당신과 똑같은 기분을 느껴요. 우리에게 어떤 불행이 닥치지 않을까 나는 걱정이오. 하느님을 믿읍시다. 최상의 희망은 그분께 있소.

–어머니, 저는 숨쉬기가 힘들고, 머리가 아파요.

–아들아, 너도! 내가 식초로 네 이마와 관자놀이를 적셔 주마.

–아니요, 착하신 어머니…

보라, 그는 지쳐서, 의자의 등받이에 제 몸을 기대고 있다.

–제가 설명할 수 없는 무엇인가가, 제 안에서 뒤척거리고 있어요. 지금은, 가장 작은 물체가 저를 괴롭혀요.

–너는 너무 창백하구나! 어떤 불길한 사건이 우리 셋 모두를 절망의 호수 속에 빠뜨리지 않고서는 이 저녁이 끝나지 않을 것 같구나!

나는 저 멀리서 가장 비통한 고통이 길게 이어지는 외침 소리를 듣는다.

–아들아!

–아! 어머니! … 무서워요!

–아픈지 내게 빨리 말하렴.

–어머니, 아프지는 않아요… 저는 사실을 말할 수 없어요.

아버지는 아직도 놀라움에서 깨어나지 않고 있다.

–이것은 별이 없는 밤의 침묵 속에서, 가끔씩 들리는 외침 소리다. 우리가 그 외침 소리를 듣기는 하지만, 그러나, 그 소리를 내는 사람은 여기에서 가까이 있지 않다. 왜냐하면 그 신음 소리는, 이 도시에서 저 도시로 바람에 실려서, 삼십 리 떨어진 곳에서도 들을 수 있기 때문이다. 이 현상에 대해서 나는 자주 들었다. 그러나, 나 스스로 그것의 진실성을 판단할 기회는 결코 없었지. 여보, 당신은 내게 불행에 대해 말하곤 했소. 만약 보다 실제적인 불행이 시간의 긴 소용돌이 속에 존재했다면, 그것은 지금 제 동류의 잠을 방해하는 자의 불행이오…

나는 멀리서 가장 비통한 고통이 길게 이어지는 외침 소리를 듣는다.

–그의 탄생이 그를 품에서 밀어낸 그의 고향에 재난이 되지 않기를. 그는 도처에서 몹시 미움을 받으며, 이 고장에서 저 고장으로 다니지. 어떤 사람들은 말하기를 그가 어린 시절부터, 일종의 본원적 광기에 씌었다고 한다. 또 다른 사람들은 그가, 그 자신도 부끄러워하고, 또 그의 부모가 그로 인해 고통을 받다 죽은, 극도의 본능적인 잔인성을 갖고 있음을 알고 있다고 믿는다. 그가 젊은 시절에 사람들이 어떤 별명으로 그를 불러 그를 절망케 했고, 그는 나머지 자신의 일생을 그 별명으로 인해 비탄에 잠겨 보낸다고 주장하는 사람들도 있다. 왜냐하면, 그의 상처 입은 존엄성은, 인간들의 사악함의 명백한 증거들이, 초년기에 이미 거기에서 드러났고, 그 후 증가되는 것을, 보고 있었기 때문이다. 그 별명은 흡혈귀였다! …

나는 멀리서 가장 비통한 고통이 길게 이어지는 외침 소리를 듣는다.

–그들은 덧붙여 말하기를, 밤, 낮으로, 쉬지 않고 끊임없이, 끔찍한 악몽이 그의 입과 귀로 피를 흘리게 한다고 한다. 그리고 또 유령들이 그의 침대맡에 앉아, 그들의 본의와 달리 미지의 어떤 힘에 떠밀려서, 때로는 부드러운 목소리로, 또 때로는 전투의 울부짖음 소리와 같은 목소리로, 우주와 함께가 아니면 소멸하지 않을, 언제나 강인하고, 언제나 끔찍한 그 별명을, 집요하고 끈질기게, 그의 면전에서 부른다고 한다. 몇몇 사람들까지 사랑이 그를 그런 상태로 몰아넣는다고, 또는 그 외침 소리가 불가사의한 그의 과거의 밤 속에 파묻힌 어떤 범죄에 대한 회한을 보여 주는 것이라고 단언하였다. 그러나 대부분의 사람들은, 옛날 사탄처럼, 한없는 오만함이 그를 괴롭히는 것이라고, 그리고 그가 하느님에게 필적하고 싶어 하는 것이라고 생각한다…

나는 멀리서 가장 비통한 고통이 길게 이어지는 외침 소리를 듣는다.

–아들아, 이것은 예외적인 비밀 이야기다. 네 나이에 이런 이야기를 들은 것이 안됐구나. 나는 네가 그 사람을 결코 본받지 말기를 바란다.

–말해라, 오 나의 에두아르야, 너는 그 사람을 결코 본받지 않을 것이라고 대답해라.

–오 제게 빛을 주신, 가장 사랑하는 어머니, 아이의 신성한 약속

이 어떤 가치가 있는 것이라면, 저는 결코 그 사람을 본받지 않을 것을, 어머니께 약속해요.

–훌륭하다, 아들아. 그것이 무엇이든, 제 어머니에게 복종해야 한다.

그 신음 소리가 더 이상 들리지 않는다.

–여보, 당신 일을 끝냈소?

–밤이 아주 늦어지기는 했지만, 이 셔츠를 몇 바늘 더 꿰매야 해요.

–나, 역시, 읽기 시작한 장章을 끝내지 못했소. 램프의 마지막 빛을 이용합시다. 기름이 거의 없으니까. 그러니 우리 각자의 일을 모두 마칩시다…

아이가 외쳤다.

–하느님이 우리를 살려 주시기를!

–빛나는 천사여, 내게로 오라. 그대는, 아침부터 저녁까지, 초원에서 산책하고, 일하지 않을 것이다. 나의 장려한 궁전은 은으로 된 벽들과, 금 기둥들 그리고 다이아몬드 문들로 이루어져 있다. 그대는 그대가 잠들고 싶을 때, 기도도 하지 않고, 천상의 음악 소리에 맞춰, 잠들게 될 것이다. 아침에, 태양이 그 반짝이는 햇살을 보일 때, 그리고 즐거운 종달새가, 까마득히, 공중에서, 자신의 울음소리를 싣고 갈 때에도, 그대는 싫증 날 때까지, 침대에 누워 있을 수 있을 것이다. 그대는 가장 값비싼 양탄자 위를 걸을 것이고, 가장 향긋한 꽃향기의 정수로 이루어진 환경에 계속 둘러싸여 있을 것이다.

– 이제 몸과 마음을 쉴 시간이오. 가족의 어머니여, 그대의 실팍진 발목으로 일어서오. 그대의 뻣뻣해진 손가락은 이제 지나치게 일을 한 바늘을 놓는 것이 옳소. 극단은 조금도 좋을 것이 없소.

– 오! 그대의 생활은 얼마나 달콤할 것인가! 내 그대에게 마술의 반지를 하나 줄 것이다. 그대가 그 반지의 루비를 돌리면 그대는, 동화 속에 나오는, 왕자들처럼, 보이지 않게 되리라.

– 내가, 내 소지품을 정돈하는 동안, 당신은 당신의 일상 도구들을 안전한 장롱 안에 다시 넣어요.

– 오 젊은 마술사여, 그대가 그것을 일상의 제 위치에 다시 놓으면, 그대는 자연이 그대를 만든 그대로의 모습으로 다시 보일 것이다. 이것은, 내가 그대를 사랑하고 또 그대의 행복을 이뤄 주려 갈망하기 때문이다.

– 당신이 누구이든, 가라. 내 어깨를 잡지 말라.

– 아들아, 너는 어린 시절의 꿈에 현혹되어, 잠들지 말아라. 우리가 함께하는 기도가 시작되지 않았고, 너의 옷은 의자 위에 아직 잘 놓여 있지 않구나… 무릎을 꿇자! 우주의 영원한 창조주여, 당신은 가장 사소한 일에서까지 당신의 한없는 어지심을 보여 주십니다.

– 그대는 그렇다면 붉고, 푸르며, 은빛 나는 수천의 작은 물고기들이 미끄러져 가는 맑은 시냇물을 도대체 사랑하지 않는단 말인가? 그대는, 그물로 그 물고기들을 잡을 것인데, 그 그물은 너무도 아름다워서 가득 찰 때까지 그 자체로 물고기들을 끌어들일 것이다. 수면으로부터는, 대리석보다 더 반들반들한, 빛나는 조약돌들

을 볼 것이다.

–어머니, 이 발톱들을 보세요. 저는 그를 믿지 않아요. 그래도 나의 의식은 평온합니다. 왜냐하면 저는 뉘우칠 것이 아무것도 없기 때문이죠.

–당신은 우리가 당신의 위대함에 대한 감정에 압도되어, 당신의 발치에 엎드려 있는 것을, 보고 계십니다. 만약 어떤 오만한 생각이 우리의 상상력 속으로 슬그머니 끼어든다 해도, 우리는 즉시 경멸의 침으로 그것을 물리치고 그 오만한 생각의 용서받을 수 없는 희생을 당신께 바칩니다.

–그대는 거기서 어린 소녀들과 목욕을 할 것이고, 그녀들은 팔로 그대를 껴안아 줄 것이다. 일단 목욕을 하고 나오면, 소녀들이 장미와 카네이션으로 된 화관을 그대에게 엮어 줄 것이다. 그녀들은 나비의 투명한 날개와, 그녀들의 상냥한 이마 주위로 드리워져, 굽이치는 긴 머리카락을 갖고 있을 것이다.

–당신의 궁전이 수정보다 더 아름답다 할지라도, 나는 당신을 따라가려 이 집을 나서지는 않을 것이다. 당신은 당신 말소리가 들릴까 무서워, 그렇게 조용하게 내게 말을 하니, 나는 당신이 사기꾼에 지나지 않는다고 믿는다. 제 부모를 버리는 것은 못된 행동이다. 배은망덕한 아들이 될 사람은 내가 아니다. 당신의 그 어린 소녀들에 대해 말하자면, 그녀들은 나의 어머니의 눈만큼 아름답지 않다.

–우리의 전 생애는 당신의 영광에 대한 송가 속에서 소모되어 버렸습니다. 지금까지 우리는 그러했으며, 우리가 당신으로부터 이

땅을 떠나라는 명령을 받을 그 순간까지, 우리는 그러할 것입니다.

–그녀들은 그대의 가장 작은 신호에도 그대에게 복종할 것이고 그대의 마음을 기쁘게 해 주는 것밖에는 생각하지 않을 것이다. 만약 그대가 결코 쉬지 않는 새를 원하면, 그녀들은 그대에게 그 새를 가져다줄 것이다. 만약 그대가, 눈 깜짝할 사이에 태양에게 실어다 주는 눈 마차를 원하면, 그녀들은 그대에게 그것을 가져다줄 것이다. 그녀들이 그 무엇을 그대에게 가져다주지 않을 것인가! 그녀들은 그대에게, 그 꼬리에, 비단 끈으로, 온갖 종류의 새들을 매달고, 달 속에 감춰져 있는, 탑만큼 큰 연조차도 가져다줄 것이다. 그대는 스스로 조심하고… 내 충고를 들으라.

–당신이 원하는 대로 하라. 나는, 구조를 청하기 위해, 기도를 중단하고 싶지 않다. 내가 그대의 몸에서 멀리 떨어지고자 할 때, 그대의 몸이 사라져 없어진다 해도, 내가 그대를 두려워하지 않는다는 것을 알라.

–순수한 마음으로부터 발산되는 불꽃이 아니면, 당신 앞에서, 위대한 것은 아무것도 없습니다.

–후회하고 싶지 않으면, 내가 그대에게 말한 것을 잘 생각해 보라.

–하늘에 계신 아버지, 우리 가족에게 내습할 수 있는 불행을 막아 주소서, 막아 주소서.

–악령이여, 당신은 도대체 물러가고 싶지 않구나?

–낙담에 빠진 나를 위로해 준, 이 사랑하는 아내를 지켜 주소서…

—그대가 나를 거부하니, 내 그대를 교수형 죄수처럼 울며 이 갈게 만들리라.

—그리고 또 그 순결한 입술이 삶의 여명의 입맞춤에 방긋이 열리는, 이 사랑스런 아들도 지켜 주소서.

—어머니, 그가 내 목을 졸라요… 아버지, 저를 구해 주세요… 더 이상 숨 쉴 수가 없어요… 두 분, 축도를 해 주세요!

공중에서 한 줄기 거대한 야유의 고함 소리가 일어났다. 깜짝 놀란 독수리들이, 문자 그대로 바람 기둥에 벼락을 맞고, 저희들끼리 구르면서, 구름 꼭대기로부터 떨어지는 것을 보라.

—아이의 심장이 더 이상 뛰지 않는다… 그리고 나의 아내도, 그녀의 태내의 결실, 내가 이제 알아볼 수 없을 정도로, 그만큼 모습이 흉하게 변해 버린 그 결실과 동시에 죽었구나… 내 아내여! … 내 아들아! … 나는 내가 남편이었고 아버지였던 오래전 한 시절을 회상한다.

그는, 그의 눈에 보이는 그 광경 앞에서, 자신이 이 부당함을 견디지 못할 것이라고 생각하고 있었다. 지옥의 정령들이 그에게 준, 아니 오히려 그가 그 자신으로부터 끄집어낸 그 힘이 효력이 있다 해도, 그 아이는, 밤이 경과되기 전에, 이미 더 이상 존재하지 않을 것이 틀림없었다.

12

올 줄 모르는 그 사람은(왜냐하면, 그는 항상 고통을 안으로 억눌렀기 때문이다) 자신이 노르웨이에 있는 것을 깨달았다. 페로 제도[iles Foeroé, 영국과 아이슬랜드, 노르웨이 사이에 있는 여러 섬으로 이루어진 제도 – 역주]에서, 그는 깎아지른 틈바귀에서의 바닷새들 둥지 탐사에 참여했는데, 벼랑 위로 탐사자를 지탱해 주는 삼백 미터의 줄이, 그렇게 견고한 것으로 선정된 것에 그는 놀랐다. 사람들이 무어라고 하든, 그는 거기에서 인간의 선량함의 한 예를 보고, 자신의 눈을 믿을 수 없었다. 줄을 준비했어야 하는 사람이 그였다면, 그는 줄이 끊어져서, 사냥꾼이 바닷속으로 떨어지도록, 여러 군데에 홈을 파 놓았을 것이다. 어느 날 저녁, 그는 어떤 묘지를 향해 갔다. 그런데 죽은 지 얼마 되지 않은 아름다운 여인들의 시체를 강간하는 데서 쾌락을 발견하는 청년들은, 그들이 원한다면, 동시에 어떤 행동이 일어나려 하는 장면 속에서 사라져 버리는, 다음의 대화를 들을 수 있었다.

–무덤 파는 인부여, 그대는 나와 이야기하고 싶지 않은가? 향유고래 한 마리가 바다 밑에서부터 조금씩 올라와서, 이 고독한 해역을 지나가는 배를 보기 위해, 물 위로 제 머리를 드러낸다. 호기심은 우주와 함께 생겨났지.

–친구여, 나는 그대와 생각을 교환할 수 없네. 부드러운 달빛이 무덤의 대리석을 빛나게 한 지 오래되었다. 사슬에 매인 여인들이,

어두운 하늘이 별들로 덮여 있듯, 핏자국으로 덮여 있는 자신의 수의를 끌면서 나타나는 것을 보기를, 한 명 이상의 인간 존재들이 꿈꾸고 있는 고요한 시간이다. 잠자는 사람은, 깨어날 때까지, 사형수의 신음 소리와 비슷한 신음 소리를 내고, 현실이 꿈보다 세 배는 더 나쁘다는 것을 깨닫는다네. 나는 이 구덩이가 내일 아침에는 준비되도록, 나의 지칠 줄 모르는 삽으로, 이 구덩이 파기를 마쳐야 하네. 진지한 일을 하기 위해서는, 두 가지 일을 한꺼번에 해서는 안 되지.

–그는 구덩이 파는 일을 진지한 작업이라고 믿고 있구나![주어가 3인칭에서 2인칭으로 바뀌면서 독백과 대화가 혼재되어 나타난다 – 역주] 그대는 구덩이 파는 일을 진지한 작업이라고 믿고 있군요!

–야행 펠리컨[10절 역주 참조 – 역주]이, 인간들을 부끄럽게 만들기 위해, 그와 같은 사랑을 창조할 줄 알았던 자만을 증인으로 삼아, 제 새끼들에게 제 가슴을 뜯어먹도록 내어 주기로 결심할 때, 그 희생이 아무리 크다 해도, 그 행위는 이해되지요. 한 젊은이가, 친구의 품에서, 자신이 매우 사랑하던 여인을 볼 때, 그는 시가를 피우기 시작합니다. 그는 집에서 나가지 않고, 고통과 끊을 수 없는 우정을 맺는데, 이 행위는 이해되는 것이지요. 중학교에서, 한 기숙학생이, 수세기 같은 수년 동안, 아침에서 저녁까지 그리고 저녁에서 그 이튿날까지, 끊임없이 그를 감시하는 한 문명의 천민에 의해 지배될 때, 그는 강렬한 증오의 혼란스런 물결이, 두터운 연기처럼, 거의 터질 것 같은 자신의 뇌로, 올라오는 것을 느끼지요. 그가 감옥에 넣어진

순간부터, 거기에서 나올 때가 가까워지는 순간까지, 강렬한 열이 그의 얼굴을 노랗게 만들고, 미간을 찌푸리게 하며, 눈이 움푹 들어가게 만들지요. 밤이면, 그는 잠을 자고 싶지 않기에, 깊이 생각하지요. 낮이면, 그의 생각은, 그가, 페스트 환자처럼, 그 영원한 울안으로부터 내쫓기거나, 또는 거기로부터 달아나는 순간까지, 그를 우둔하게 만들고 있는 그 처소의 담 너머로 내닫는데, 이 행위는 이해되지요. 구덩이를 파는 것은 자주 자연의 힘을 능가하는 겁니다. 떨리는 손으로, 곡괭이를 든 자가, 자신의 왕국으로 돌아오는 옛 생존자들의 뺨을 온종일 경련적으로 만진 다음, 저녁이면, 나무십자가마다 그 위에 불꽃으로 된 글자들로 쓰인, 인류가 아직 해결하지 못한 영혼의 불멸성 또는 비불멸성이라는 무시무시한 문제에 대한 진술을, 자기 앞에서, 보게 될 때, 이방인이여, 그대는 어찌 곡괭이가, 우선 우리를 먹여 주고, 그다음에는, 이 추운 고장에서 미친 듯이 불어 대는 겨울바람을 막아 주는 편안한 침대를 우리에게 제공하는 이 대지를 휘젓기 바라는가. 우주의 창조자, 나는 그분께 항상 나의 사랑을 간직했었네. 그러나, 만약 죽은 후에는 우리가 더 이상 존재하지 않음에 틀림없다면, 왜 거의 모든 밤마다, 모든 무덤이 저마다 열려서, 그 주민들이, 신선한 공기를 숨 쉬기 위해, 납 뚜껑을 조용히 들어 올리는 것을, 내가 보게 되는 것인가.

–그대의 작업을 멈추라. 마음의 동요가 그대에게서 힘을 빼앗는구나. 그대는 내 보기에 갈대처럼 약해 보인다. 그 일을 계속하는 것은 대단히 미친 짓일 것이다. 나는 강하니 내가 그대 일을 대신 하

겠소. 그대, 그대는 떨어져서, 내가 제대로 하지 못하면, 내게 충고해 주오.

–그의 팔은 얼마나 실팍한지, 그리고 저리 쉽게 삽질하는 것을 보니 정말 기쁘구나.

–쓸데없는 의심이 그대를 괴롭혀서는 안 되오. 진실성이 결여된 비유로 말하자면, 초원에 꽃들이 흩어져 있는 것처럼, 묘지에 흩어져 있는, 이 모든 무덤들은, 철학자의 차분한 컴퍼스로 측정하는 것이 마땅하오. 위험한 환각은 낮에 올 수도 있지만, 특히 밤에 잘 일어나오. 따라서, 그대의 눈이 보는 것 같은 기괴한 환영에 놀라지 마오. 낮 동안, 영혼이 쉬고 있을 때, 그대의 양심에게 물어보오. 자기 자신의 지성의 한 조각으로 인간을 창조한 하느님은, 무한히 어지셔서, 이 걸작품을, 지상의 죽음 이후에, 자신의 품 안에 받아들일 것이라고, 그대 양심은 그대에게, 확실하게, 말할 것이오. 무덤 파는 인부여 그대는 왜 우는가? 여인의 것과 같은 이 눈물은 웬 것인가? 잘 기억하게. 우리는 고통 받기 위하여 돛대가 꺾인 이 배에 타고 있다는 것을. 가장 심각한 자신의 고통을 극복할 수 있다고 하느님이 평가한 그 인간에게, 그것은 하나의 이점이오. 그대의 가장 귀중한 소원에 의하면, 인간은 고통 받지 않을 것이기 때문에, 말해 보오, 만약 그대의 혀가 다른 사람들의 혀처럼 되어 있다면, 각자가 도달하려고 애쓰는 그 이상적인 미덕이 그 경우에는 무엇으로 이루어져 있을지 말해 보오.

–여기가 어디인가? 내가 성격이 변한 것이 아닌가? 나는, 마치

봄의 미풍이 노인들의 희망을 북돋우듯, 한 줄기 강력한 위안의 입김이 맑아진 나의 이마를 스치는 것을 느낀다. 아무나 발설하지 못했을 것들을 숭고한 언어로 말한 이 사람은 어떤 사람인가? 그의 목소리의 비할 데 없는 멜로디에는 음악의 아름다움이 있구나! 다른 사람들이 노래하는 것보다, 나는 그가 말하는 것을 듣는 것이 더 좋다. 그렇지만, 내가 그를 관찰하면 할수록, 그의 얼굴은 솔직하지 않구나. 그의 얼굴 모습의 대체적인 모습은, 하느님의 사랑만이 불어넣을 수 있던 그 말과는 이상하게 대조를 이룬다. 몇 개의 주름이 패여 있는 그의 이마에는, 지워지지 않을 하나의 자국이 나 있다. 그를 나이보다 더 늙게 만든 그 자국은 영예로운 것인가 또는 수치스런 것인가? 그의 주름은 존경심을 가지고 보아야 할 것인가? 나는 모르겠다. 그리고 그것을 알까 봐 두렵다. 그가 자신이 생각하지 않는 것을 말한다 할지라도, 그의 마음속에서 파괴된 자비심의 갈가리 찢어진 잔해에 자극받아, 그가 그렇게 행동한 데에는 이유가 있다고 나는 믿는다. 그는 나로서는 알 수 없는 명상에 잠겨 있고, 또 해볼 생각도 하지 않았던 그 험한 작업을 하느라 더 열심히 움직인다. 땀이 그의 피부를 적시는데, 그는 그것을 알아채지도 못한다. 그는 요람의 아이를 바라볼 때 생겨나는 감정보다 더 슬퍼하고 있다. 오! 그는 얼마나 침울한가! … 그대는 어디 출신인가? … 이방인이여, 내가 그대를 만지기를, 그리고 산 자들의 손을 잡는 일이 드문 나의 손이 그대의 고결한 육체 위에 놓이는 것을 허락하게. 그로 인해 무슨 일이 일어나더라도, 나는 어떻게 해야 할지 알 것이다. 이 머리카락들은 내가 평생 만졌던 것 가운데 가장 아름답구나. 내가 머리털의 품질을 알지 못한다고 이의를 제기할 만큼 대담한 자가 누구일 것인가?

－내가 무덤을 팔 때, 그대는 내게 무엇을 바라는가? 사자는 자기가 실컷 먹고 있을 때, 누가 성가시게 구는 것을 바라지 않는다. 만약 그대가 그것을 모른다면 내가 그것을 그대에게 가르쳐 주지. 자, 서두르게, 그대가 원하는 일을 끝마치게.

－내 자신을 전율케 하며, 나의 접촉에 전율하는 것은, 의심할 바 없이, 살이다. 사실이다… 나는 꿈꾸는 것이 아니다! 타인의 빵을 먹는 게으른 사람처럼, 내가 아무 일도 하지 않는 동안, 무덤을 파려고 거기 몸을 굽히고 있는 그대, 그대는 도대체 누구인가? 지금은 잠을 자거나, 또는 학문을 위해 휴식을 희생하는 시간이다. 어쨌든 아무도 제 집에 없는 사람이 없고, 도둑이 들어오지 못하게, 문을 열어 놓지 않도록 조심한다. 오래된 벽난로의 재가 남은 열기로 아직 방을 덥히는 동안, 그는 할 수 있는 최선으로, 자기 방에 칩거한다. 그런데 그대, 그대는 다른 사람들처럼 하지 않는구나. 그대의 옷차림은 그대가 어떤 먼 고장의 주민임을 보여 주고 있소.

－내가 피곤한 것은 아니지만, 구덩이를 더 파는 것은 쓸데없는 일이오. 이제, 내 옷을 벗겨 주오. 그러고 나서, 나를 그 안에 넣어 주오.

－우리가 얼마 전부터 둘이서 가진 대화는 너무도 야릇하여, 나는 그대에게 어떻게 대답할지 모르겠소… 그가 웃고 싶어 하는 것 같구나.

–그래, 그래, 사실이오. 나는 웃고 싶었소. 내가 말한 것에 더 이상 신경 쓰지 마오.

그가 주저앉았고, 무덤 파는 인부가 서둘러 그를 붙잡았다!

–무슨 일이오?

–그래, 그래, 사실이오. 내가 거짓말을 했소… 내가 곡괭이를 버렸을 때 나는 피곤했소. 내가 이런 일을 하는 것은 처음이오… 내가 말한 것에 더 이상 신경 쓰지 마오.

–내 생각이 점점 확실해지는군. 이 사람은 끔찍한 슬픔을 가진 자다. 그에게 질문할 생각이 없어지기를. 나는 미심쩍은 그대로 있는 것이 더 낫다. 그만큼 그는 내게 동정심을 불러일으킨다. 그리고, 그는 내게 대답하고 싶어 하지 않는 것이 확실하다. 이렇게 비정상적인 상태에서 자기 마음을 전달하는 것은 두 배 괴로운 일이니까.

–나를 이 묘지에서 내보내 주오. 나는 내 가던 길을 계속 가겠소.

–그대의 다리는 전혀 그대를 지탱하지 못하오. 길을 가는 동안, 그대는 헤맬 것이오. 그대에게 변변찮은 침대라도 제공하는 것이 내가 할 일이오. 그 침대 말고 다른 것은 없소. 무료숙박으로 그대 비밀을 침해하려 하지 않을 것이니, 나를 믿으시오.

–오 존경스러운 이(虱)여, 몸에 시초[翅鞘, 단단하여 속날개와 배를 보호하는 갑충의 겉날개 – 역주]가 없는 그대, 그대는, 쉽게 드러나지 않는 그대의 숭고한 지성을 내가 충분하게 사랑하지 않는다고, 어느 날, 거칠게 나를 비난하였다. 나는 지금 이 사람에게 감사함을 느

끼지조차 않으니, 아마도 그대가 옳았는지도 모른다. 말도로르의 신호등이여, 그대는 그의 발걸음을 어디로 이끄는가?

-나의 집으로, 그대가 가증할 죄악을 저지른 후, 비누로, 오른손을 씻는 주의를 하지 않아서, 그 손을 검사해서, 쉽게 알아낼 수 있는 그런 죄인이든, 또는, 제 누이를 잃어버린 형제이든, 또는 자기 왕국에서 도망치는, 쫓겨난 어떤 군주이든, 진정 웅장한 나의 궁전은 그대를 맞아들일 만하오. 나의 궁전은 진귀한 보석들과 다이아몬드로 이루어지지 않았소. 그것은 어설프게 지어진 초라한 초막에 불과할 뿐이지만, 이 잘 알려진 초막은 현재가 끊임없이 갱신시키고 또 지속시키는 역사적 과거를 지니고 있소. 만약 그 초막이 말할 수 있다면, 내게는 그대가 아무것에도 놀라지 않을 것처럼 보이지만, 그래도 그대를 놀라게 할 것이오. 얼마나 여러 번, 나는, 그 초막과 함께, 내가 기대선 나의 초막 문 안쪽 부분보다 곧 더 벌레들이 먹을 뼈들을 담고 있는, 초상난 관들이, 내 앞으로, 줄지어 지나가는 것을 보았던지. 그 수를 셀 수 없는 나의 신하들은 매일 늘어나오. 나는 그들을 알아보기 위해, 일정한 시기에, 어떤 인구조사도 할 필요가 없소. 여기서, 그것은 산 자들의 집에서와 같소. 곧, 각자는 자신이 들어가게 된 그 처소의 화려함에 비례하여, 세금을 지불하오. 그리고, 만약 어떤 수전노가 제 몫을 내는 것을 거부하면, 그에게 이야기하면서, 집행관처럼 하라는 명령을 받고 있소. 좋은 식사를 하고 싶어 할 자칼과 독수리가 없는 것이 아니오. 나는, 아름다웠던 사람이, 죽음의 깃발 아래, 자리 잡는 것을 보았소. 그리고, 죽은 후

에, 추해지지 않은 사람을 보았소. 남자, 여자, 거지, 왕들의 자식들을, 젊음의 환상, 노인들의 해골들을, 천재성, 광기를, 게으름과, 그 반대를, 위선적이었던 자, 진실했던 자를, 오만한 자의 가면, 겸손한 자의 겸양을, 꽃들에 둘러싸인 악덕과 배반당한 순진성을 보았소.

– 머지않아, 새벽이 올 때까지, 나는 나에게 어울리는, 그대의 잠자리를 물론 거절하지 않소. 나는 그대의 친절에 감사하오… 무덤 파는 인부여, 도시의 폐허를 바라보는 것은 아름답소, 그러나, 인간의 폐허를 바라보는 것은 더욱 아름답소!

13

그 거머리의 형제는 숲속에서 느리게 걷고 있었다. 그것은 말하려고 입을 열다가, 여러 번 멈춘다. 그러나, 매번 그의 목구멍은 죄어들고, 실현시키지 못한 힘을 뒤로 압축시킨다. 마침내, 그것이 외친다. 《인간이여, 수문에 기대어, 뒤집혀 죽은 채 수문이 가로막고 있어서 떠나지 못하고 있는 개를 그대가 만나거든, 다른 사람들처럼, 그대의 손으로, 개의 부푼 배에서 나오는 벌레들을, 잡아서, 놀라워하며 그것들을 주시하다, 칼을 꺼내고, 그다음에, 그대, 역시, 이 개보다 낫지는 않을 것이라고 중얼거리며, 수많은 그 벌레들을 잘게 자르려 하지 말라. 그대는 어떤 신비를 추구하는가? 나도, 그리고 북빙양北氷洋의 바다표범의 네 개 지느러미 다리도, 생의 문제를 발견할 수 없었다. 조심하라, 밤이 다가오고 있다. 그런데 그대는 아침부터 거기 있구나. 이렇게 늦게 오는 그대를 보고, 그대의 어린 누이와 함께, 그대의 가족은 무어라 말할 것인가? 그대의 손을 씻어라, 그리고 그대가 잠자는 곳으로 이르는 길을 다시 가라… 저기, 지평선에서, 비스듬하게 그리고 부자연스럽게 뛰어오르며, 겁 없이, 감히 내게 다가오는 저자는 누구인가, 평온한 부드러움이 섞여 있는 위엄이 대단하구나! 그의 시선은, 부드럽지만, 또 깊다. 그의 거대한 눈꺼풀은 미풍과 함께 움직이는데, 살아 있어 보인다. 나는 그를 모른다. 그의 기괴한 눈을 응시하니, 내 몸이 떨리는구나. 이것은, 내가 어머니라 불리는 자의 메마른 유방을 빤 이래로, 처음 있는 일이다. 그의 주위에는 눈부신 빛의 후광 같은 것이 있다. 그가 말했을 때, 모든 것은 자연 속에서 입을 다물었고, 한 줄기 커다란 전율을 느꼈다. 자석에 끌리듯이, 그대가 내게로 오고 싶어 하니, 나는 그것에 반대하지 않을 것이다. 그는 얼마나 아름다운가! 그것을 말하는 것이 나는 고통스럽다. 그대는 강함에 틀림없다. 왜냐하면, 그대는 우주처럼 슬프고, 자살처럼 아름다우며, 인간적인 그 이상의 얼굴을 갖고 있기 때문이다. 나는 내가 할 수 있는 한 그대를 몹시 미워한다. 그래서 나는 세기의 시초始初부터 나의 목 주위에 얽혀 있는 한 마리 뱀을 보는 것이, 그대의 눈을 보는 것보다 더 좋다… 뭐라고! … 그건 두꺼비, 그대구나! … 뚱뚱한 두꺼비여! … 불행한 두꺼비여! … 용서하라! … 용서하라! … 저주받은 자들이 있는 이 땅 위에 그대는 무엇 하러 오는가? 그리도 부드러운 태도를 갖기 위해서, 점액질의 냄새가 역한 그대의 혹들을 그대는 도대체 어떻게 했는가? 다양한 종류의 실재하는 존재들을 위로하는 사명을 갖고, 상부의 명령에 의해, 그대가 위로부터 내려왔을 때, 그대는, 솔개와 같은 속력으로, 그 길고, 장엄한 여정으로도 피곤해하지 않는 날개를 달고, 땅 위로 달려들었고, 나는 그대를 보았다! 가엾은 두꺼비여! 그때 나는 나의 연약함과 함께, 얼마나 무한을 생각하고 있었던가. 《지상의 존재들보다 우월한 것이 하나 더 있구나. 그것은, 신의 의지에 의한 것이다. 나, 또한 왜 그렇지 않겠는가? 최상인 신의 뜻에서, 불공평이 무슨 소용일까? 창조주, 그는 몰상식한 것인가, 그렇지만 그는 가장 강한 자이고, 그의 분노는 무시무시하다!》고 나는 생각하고 있었다. 하느님에게만 속하는 영광으로 덮인, 연못과 늪의 군주여! 그대가 내게 나타난 이래로, 그대는 나를 부분적으로 위로해 주었다. 그러나, 흔들리는 나의 이성은 그토록 대단한 위대함 앞에서 무너진다! 도대체 그대는 누구인가? 남아 있어라… 오! 이 땅 위에 아직 남아 있어라! 그대의 흰 날개를 접어라, 그리고 불안스런 눈꺼풀로, 위를 바라보지 말라… 만약 그대가 떠난다면, 함께 떠나자!》 두꺼비는 뒤 넓적다리(인간의 것과 너무도 닮은!) 위로 앉았다. 그리고, 괄태충括胎蟲, 쥐며느리, 달팽이가 그들의 숙적을 보고 달아나는 동안, 그는 다음과 같이 말하였다. 《말도로르여, 내 말을 들으라. 거울처럼 고요한, 나의 얼굴을 주목하라. 나는 내가 그대와 같은 지성을 가지고 있다고 믿는다. 어느 날, 그대는 나를 그대 인생의 지주라고 불렀다. 그때부터, 나는 그대가 내게 바친 신뢰를 부인하지 않았다. 나는 갈대밭의 단순한 주민일 뿐이며, 이것은 사실이다. 그러나, 그대 자신과 접촉 덕분에, 그대 안에 있는 아름다운 것만을 취하여, 나의 이성은 향상되었고, 따라서 나는 그대에게 말할 수 있다. 나는 그대를 심연으로부터 끌어내기 위해, 그대에게로 왔다고. 그대의 친구라고 자칭하는 자들은, 극장에서, 공공장소에서, 교회에서, 창백하고 구부정한, 그대 ─ 긴 검은 외투에 싸인, 제 유령 주인을 싣고서, 밤 동안에만 질주하는 말을, 실팍진 두 넓적다리로, 재촉하는 ─ 를 만날 때마다, 경악하여 그대를 바라본다. 그대의 마음을 사막처럼 텅 비게 하는 그 생각들을 버리라. 그 생각들은 불보다도 더 타오른다. 그대의 정신은 너무나 병들어서, 그대는 그것을 알아차리지 못하고 있고, 그대의 입으로부터, 극악한 위대함으로 가득 차 있긴 하지만, 지각없는 말들이 튀어나올 때마다, 그대는 그대가 자연스런 상태에 있다고 믿는다. 불행한 사람이여! 그대는 그대가 태어난 날 이래로 무슨 말을 했는가? 오 하느님이 그 많은 사랑으로 창조했던 불멸의 지성의 슬픈 잔재여! 그대는 굶주린 표범을 보는 것보다 더 소름끼치는, 저주만을 만들어 냈다! 나, 나는 네가 되지 않느니 오히려, 눈꺼풀을 붙이고, 팔다리가 없는 몸에, 어떤 인간을 살해하는 것을 더 선호할 것이다! 나는 그대를 증오하기 때문이다. 어찌하여 그대는 나를 놀라게 하는 그런 성격을 지니고 있는가? 그대는 무슨 권리로 이 지상에 오고 있는가, 회의주의에 흔들리는, 썩은 표류물인, 이 지상에 사는 사람들을 조롱하기 위해서인가? 만약 그대가 그 지상이 마음에 들지 않으면, 그대가 떠나온 그 구체로 돌아가야 한다. 도시의 주민이, 이방인처럼, 마을에 거주해서는 안 된다. 우리는, 우주 공간에, 우리의 것보다 더 넓은 구체들이 존재하고, 그 구체들의 정령들은 우리가 생각할 수조차 없는 지성을 지니고 있다는 것을 알고 있다. 그러니, 그대는 가버려라! … 이 불안정한 땅에서 물러가라! … 그대가 지금까지 감췄던, 그대의 신적神的 본질을 이제 드러내라. 그리고, 우리가 전혀 부러워하지 않는, 그대의 구체를 향하여, 오만한 그대여! 가능한 한 빨리, 날아올라라, 왜냐하면, 나는 그대가 인간인지 또는 인간 이상인지 알아차리지 못하였기 때문이다! 그러니 안녕, 그대의 가는 길에 두꺼비를 다시 만날 것을 더 이상 기대하지 말라. 그대는 내 죽음의 원인이었다. 나는, 그대의 용서를 간청하기 위해, 영원을 향해 떠난다!》

14

현상들의 외관을 믿는 것이 때로는 논리적이라면, 이 첫 번째 노래는 여기에서 끝난다. 아직 자신의 칠현금七絃琴을 시험해 보았을 뿐인 사람에게 그 칠현금이 너무 이상한 소리를 낸다고 엄격하게 대하지 말라! 그렇지만, 그대들이 공정하고자 한다면, 불완전함 가운데, 강한 흔적을 이미 알아볼 것이다. 나로서는, 너무 늦지 않은 기간에, 두 번째 노래를 출판하기 위해, 다시 일을 시작할 것이다. 십구 세기 말은 자기 시대의 시인을 만나게 될 것이다(그러나, 그는 처음에, 걸작품으로부터 시작하지 않고, 자연의 법칙에 따를 것이다). 그는 옛날에는 경쟁자였던 두 민족이, 지금은 물질적, 정신적으로 서로 능가하려고 애쓰고 있는, 아메리카 연안의 라플라타[La Plata, 남아메리카에서 우루과이와 아르헨티나를 가르는 강의 이름 – 역주] 하구河口에서 태어났다. 남부의 여왕인 부에노스아이레스[Buenos Aires, 라플라타강 하류의 항구도시로 아르헨티나의 수도 – 역주], 그리고 요염한 여자 같은 몬테비데오는, 거대한 강어귀의 은빛 물을 통해, 서로 다정한 손을 내밀고 있다. 그러나, 영원한 전쟁은 평원에 파괴적인 왕국을 건설하고, 수많은 희생자들을 대량으로 즐거이 파괴시킨다. 안녕, 노인이여, 만약 그대가 내 글을 읽었다면, 나를 생각하오. 그대, 젊은이여, 결코 절망하지 말라. 왜냐하면, 그대는 그와 반대되는 그대 의견에도 불구하고, 흡혈귀를 친구로 두었으니까. 옴을 일으키는 옴벌레를 계산하면, 그대는 두 친구를 가지게 될 것이다.

두 번째 노래

1

벨라도나[Belladonna, 분을 만드는 데 사용되는 식물. 덥고 온화한 고장에 흔하며, 모든 기관 안에 여러 가지 알칼로이드를 함유하고 있어서 매우 독성이 있다. 16세기 로마 여인들은 이 열매의 즙을 눈을 반짝이게 하기 위해 사용하였으며, 여기에서 아름다운 부인이란 뜻의 이름이 주어짐 – 역주]의 나뭇잎을 가득 머금은, 그의 입이, 사색의 어느 순간에, 분노의 왕국을 통하여, 그 노래를 흘려보낸 이래로, 말도로르의 이 첫 번째 노래는 어디를 지나왔는가? 이 노래는 어디를 지나온 것인지… 그것을 정확하게 아는 사람은 아무도 없다. 그 노래를 지킨 것은 나무들도 아니고, 바람도 아니다. 그런데 이곳을 지나는 도덕은, 이 열광적인 페이지들에서, 자신이 힘에 넘치는 옹호자를 가지고 있다는 걸 예견하지 못하고, 이 노래가, 견고하고 곧은 발걸음으로, 의식이 지닌 어두운 구석과 비밀스런 감수성을 향해 가는 것을 보았다. 적어도 학문에서 받아들여지는 것, 그것은 바로, 그때 이후로, 두꺼비의 모습을 한, 인간이, 이제는 자신을 의식하지 못하고, 스스로를 나무의 어리석음과 닮게 하는 분노의 발작에 자주 빠진다는 것이다. 이는 그 사람의 잘못이 아니다. 겸손의 목서초 아래 눈꺼풀을 내리고, 그는 자신이 단지 선善과 극히 적은 악惡만을 행한다고, 항상, 믿었었다. 갑자기 나는, 대낮에 그의 마음과 그의 음모를 발견하고, 그와 반대로, 그가 주로 악을 행하고, 선은 극히 조금만 행한다고, 그에게 가르쳐 주었다. 선이란 입법자들이 그토록 고심하여 사라지지 않게 하려고 애쓰는 것이었다. 나는 그에게 새로운 것은 하나도 가르치지 못하지만, 그가 나의 쓰디쓴 진실에 대해서 끝없는 수치를, 느끼지 않기를 바란다. 그러나 이러한 바람의 실현은 자신의 법칙과 일치하지 않을 것이다. 실제로, 나는 배반과 오욕으로 가득 찬 그의 얼굴에서 마스크를 잡아떼고서, 그가 가지고 있으면서 스스로 착각하고 있는 그 숭고한 거짓말들을, 은銀배 위에 있는 상아로 된 불 상감象嵌처럼, 하나씩 떨어뜨린다. 이때 그가, 이성이 오만의 어두움을 흩뜨려 버릴 때조차도, 고요함에게 손으로 얼굴을 가리라고 명령하지 않는 것은 이해할 만한 일이다. 그래서, 내가 연출하는 영웅은, 박애적이며 부조리한 긴 독백의 틈을 이용하여, 스스로를 상처 받을 수 없는 것으로 생각하는, 인간성을 공격함으로써, 풀어질 수 없는 증오를 샀다. 그 책 속에서, 그 긴 독백은, 모래알처럼, 쌓였고, 나는 이성이 나를 버릴 때면, 그 책의 너무도 우스꽝스러우면서도 또한 짜증스럽기도 한 희극을 가끔 평가하려고도 한다. 그는 그것을 예견했었다. 도서관의 양피지로 된 벽에다 선善의 조상彫像을 조각하는 것으로는 충분치 못하다. 오, 인간 존재여! 지금, 그대는 한 마리 벌레처럼 벌거벗은 채, 다이아몬드로 된 나의 칼 앞에 있구나! 그대의 방법을 버려라. 이제는 더 이상 거만을 떨 때가 아니다. 나는 아부하는 태도로, 그대를 향하여 나의 기도를 던진다. 그대의 사악한 생의 가장 사소한 움직임이라도 누군가는 관찰하고 있다. 그대는 그의 가차 없는 통찰력의 치밀한 그물망으로 둘러싸여 있는 것이다. 그가 허리를 돌린다고 그를 신뢰하지 말라. 왜냐하면, 그가 그대를 바라보고 있으니까. 그가 눈을 감는다고, 그를 믿지 말라. 왜냐하면, 그가 아직도 그대를 바라보고 있기 때문이다. 그대의 의심스런 결과가, 술책과 악의를 건드리면서, 내 상상력의 아이를 지나쳐 간다고, 추측하기는 어렵다. 그 결의는 가장 작은 것일지라도 효력이 있는 것이다. 이것을 경험하지 못해 모른다고 생각하는 이에게, 늑대와 산적이 자기들끼리는 서로 잡아먹지 않는다는 것을, 아마도, 주의 깊게, 가르쳐 주는 것은 가능한 일일 것이다. 그런데 이것은 아마도 그들의 관습은 아닌 듯하다. 그 결과, 두려움 없이, 그의 손 사이에, 그대의 존재에 대한 배려가 다시 놓이게 하라. 그는 그가 알고 있는 방법으로, 인도해 줄 것이다. 그가 그대를 옳게 고쳐 주려고 태양을 빛나게 하는 그 의도를 믿지 말라. 왜냐하면, 좀 더 말하자면 그대가 별로 그의 관심을 끌지 못하기 때문이다. 아직도 나는 나의 시작법詩作法에 대해 호의적으로 측정하는 검사를 총체적 진실에 가까이 다가가도록 하지 못하고 있다. 그러나 그것은, 그대가 그와 마찬가지로 심술궂어지는 합법적인 설복 속에서, 그가 그대에게 악을 행하는 것을 좋아하기 때문이며, 또한 때가 되면, 그대가 입을 크게 벌린 지옥의 구덩이 속으로 그와 함께 갈 것이기 때문이다. 거기 사슬과 쇠고리들이 걸려 있는, 철로 된 교수대가 돋보이는 곳에, 그의 자리는 오래전부터 표시되어 있다. 운명이 그를 그리로 인도할 때, 움푹 패인 죽음의 구덩이는 결코 보다 더 맛있는 먹이를 맛보지는 못할 것이며 또 보다 더 안락한 거처를 그에게 마련해 주지도 못할 것이다. 나는 의도적으로 부성적인 방법으로 이야기하는 것 같다. 인간성이란 불평할 권리가 없는 것 같다.

2

나는 이 두 번째 노래를 짓기 위해 펜을 들었는데… 그 펜은 적갈색의 흰꼬리수리의 날개에서 뽑아낸 기구였다! 그러나… 도대체 나의 손가락은 무엇을 쥐고 있는가? 내가 나의 일을 시작하자마자, 내 관절들은 마비되어 버린다. 그렇지만 나는 글을 써야 한다… 불가능하다! 그런데, 되풀이하여 말하거니와 나는 나의 생각을 쓸 필요가 있다. 나도 또 다른 누군가처럼 이 자연의 법칙에 따를 권리가 있는 것이다… 그러나 아니다, 아니다, 펜은 움직이지 않고 있다! … 자, 들판을 통하여, 멀리서 빛나는 빛을 보아라. 뇌우가 공간을 누빈다. 비가 온다… 여전히 비가 오고 있다… 비가 오누나! … 천둥이 울렸다… 천둥은 반쯤 열린 나의 창문 위를 치고, 유리 위로 나에게 뻗쳐와, 나의 이마를 때렸다. 가엾은 젊은이여! [1인칭이었던 주어가 2인칭으로 바뀌고 있음 – 역주] 그대의 얼굴은 이미, 더 이상, 이 기다란 유황질의 흉터가 필요하지 않을 만큼, 나이에 비해 이른 주름살과 타고난 기형으로 잘 위장되어 있다! (나는 그리 빨리 나아지지는 않을 것인 이 상처가 다 나은 것으로 지금 막 생각하였다.) 이 뇌우, 그리고 내 손가락들의 이 마비는 웬 까닭인가? 이것은, 내가, 나의 네모진 입에서 침을 뚝뚝 떨어뜨리면서, 글을 쓰는 것을 막고, 내가 처해 있는 상황을 더 잘 생각하게 되는 것을 막기 위하여, 높은 곳으로부터 내려오는 경고인가? 그러나, 이 뇌우는 내게 두려움을 일으키지 않았다. 이 폭풍우의 군단은 내게 무엇을 가져다줄 것인가! 내가 나의 상처 난 이마로 천상의 순경들 죄업을 총체적으로 판단해 본다면, 그들은 열심히 그들의 고통스런 의무를 완성하고 있다. 나는 전능의 신이 가진 그 특별한 재주에 대해 그에게 감사할 필요가 없다. 그는 나의 얼굴을 상처가 가장 심한 부분인, 이 이마로부터 시작하여, 정확히 두 동강이를 내려고 천둥을 보냈다. 다른 자가 그를 찬양하기를! 그러나, 뇌우는 자신보다 더 강한 어떤 자를 공격하고 있는 것이다. 그러므로, 살무사의 얼굴을 가진, 소름 끼치는 신이여, 그대는 나의 영혼을 천천히 죽이는 미친 짓의 경계와 분노한 생각들 사이에 놓아 둔 것에 만족하지 않고서, 그 위에 그대의 위엄에 알맞게, 성숙한 시험 뒤에, 나의 이마에서 한 잔의 피를 쏟게 할 수 있다고 믿었어야 했다! … 하지만, 결국, 누가 그대에게 무엇인가를 말하는가? 내가 그대를 사랑하지 않고, 반대로 증오한다는 것을 그대는 알고 있다. 왜 그대는 꾸준히 버티고 있는가? 언제 그대의 태도는 겉으로 나타나는 기이함 속에 숨어 있는 것을 그칠 것인가? 친구에게처럼, 내게 솔직히 말하라. 마침내, 그대의 지독한 박해 속에서, 그대가 천진난만한 호의를 보여 주고 있다는 것을 그대는 짐작하고 있지 않은가? 그대의 천사들 중 어느 누구도 그 호의로부터 감히 우스꽝스러운 완전을 다시 끄집어내려 하지 않을 것이다. 그대의 분노는 어떠한 것인가? 내가 그대의 추격을 피하여 살아가도록 그대가 나를 내버려둔다면, 내가 그대에게 감사할 것이라는 것을 알아다오… 자 술탄Sultan이여, 방바닥을 더럽히는 이 피를 그대의 혀로 내게서 없애다오. 붕대로 매는 것은 끝났다. 피가 마른 나의 이마는 소금물로 씻겨졌고, 나는 나의 얼굴에다 작은 끈들을 십자로 엮어서 묶었다. 결과가 끝없이 계속되지는 않는다. 즉 피로 가득 물든, 네 개의 속옷과 두 개의 손수건이 있을 뿐이었다. 처음엔 누구도 말도로르가 그의 동맥 속에 그렇게 많은 피를 가지고 있다는 것을 믿지 않을 것이다. 왜냐하면, 그의 얼굴 위에서는, 단지 시체 같은 반사광만이 빛나고 있기 때문이다. 그러나, 결국, 이렇게 되었다. 아마도 이것은 그의 몸을 채울 수 있는 거의 모든 피일 것이며, 더 이상 그의 몸속에는 피가 많이 남아 있지 않을 것이다. 충분하다. 됐어, 탐욕스런 개야. 바닥을 있는 그대로 그냥 놔두어라. 너는 배가 가득 찼다. 계속 마셔서는 안 된다. 왜냐하면, 곧 토할 것이기에. 너는 적당히 포식하였으니, 너의 누추한 집으로 가서 자거라. 네가 행복 속에서 헤엄친다고 생각하라. 왜냐하면, 두드러지게 눈에 띌 정도로 만족스럽게, 네가 너의 목구멍 속으로 내려 보낸 혈구 덕분에, 엄청난 삼 일 동안 너는 배고픔을 생각하지 않을 것이기 때문이다.

너, 레망Léman이여, 비를 들어라. 나 역시 비를 들려 한다. 그러나 그럴 힘이 없구나. 너는 내가 힘이 없다는 것을 깨닫고 있다. 그렇지 않은가? 눈물 상자에다 너의 눈물을 담아라. 그러지 않으면, 이미 지나간 시간인 밤에, 나로서는 이미 잃어버린 고통이 만들어 내는, 커다란 발자국을, 네가 냉정하게, 응시할 용기가 없다고 믿을 것이다. 너는 샘으로 두 개의 물통을 찾으러 갈 것이다. 마루가 닦이면, 너는 이 속옷들을 옆방에 놓을 것이다. 세탁녀가 항상 와야 하는 그대로, 오늘 저녁 돌아오면, 너는 그것들을 그녀에게 맡기리라. 그러나 한 시간 전부터 비가 많이 오고 있고, 아직도 계속 내리고 있으므로, 그녀가 집에서 나오리라고 생각되지 않는구나. 그렇다면, 내일 아침에는 오겠지. 그녀가 너에게 이 피가 모두 어디에서 생긴 거냐고 묻더라도, 너는 그녀에게 대답하지 않아도 된다. 오! 나는 얼마나 약한가? 상관없다. 그러나 나는 펜대를 들어 올릴 힘과, 나의 생각에 골몰할 용기는 아직 가지고 있을 것이다. 그는 내가 마치 어린애인 것처럼, 천둥을 수반하는 뇌우를 통하여, 나를 겁줄 무엇을 창조주에게로 가지고 왔는가? 글을 쓰려는 결심을 하고서도 나는 더욱 겁이 난다. 이 작은 붕대의 끈들이 나를 바보로 만들고 있고, 내 침실의 대기는 피를 숨 쉬고 있다…

3

로엔그린[Lohengrin, 1850년 독일 바이마르에서 초연된 리하르트 바그너 Richard Wagner 작곡 3막 오페라의 주인공 이름 – 역주]과 내가, 나란히 서서, 서로 바라보지 않고, 바쁜 두 사람처럼, 팔꿈치를 스치며, 지나가는 날이 오지 않기를! 오! 이러한 가정으로부터 내가 영원히 멀리 도망치게 나를 내버려 두기를! 하느님은 지금 있는 그대로의 세계를 창조하였다. 만일 하느님이, 단 한 방의 망치로 한 여자의 머리를 깨뜨리기에 정확하게 필요한 시간 동안에, 불가사의한 신비들 한가운데서 우리의 실존은, 작은 배 깊숙한 바닥에 있는 한 마리 물고기처럼, 숨 막히고 있는데, 그 신비들을 우리에게 폭로하기 위하여, 자신의 천부적인 위엄을 잊는다면, 그는 많은 현명함을 보여 주는 것이 될 것이다. 그러나, 그는 위대하고 고귀하다. 그는 자신이 갖는 이해력의 힘으로 우리를 이기고 있다. 만약 그가 인간들과 협상한다면, 모든 치욕들이 그의 얼굴에까지 뿜어질 것이다. 그러나… 가련한 그대여! 왜 그대는 얼굴을 붉히지 않는가? 우리를 둘러싸는, 육체적이고, 도덕적인 많은 고통들이 생겨난 것으로는 충분하지 못하다. 누더기가 된 우리 운명의 비밀은 우리에게 폭로되지 않았다. 나는 전능의 신, 그를 알고 있다… 그리고 그, 역시, 나를 알아야 한다. 우연히, 우리가 똑같은 오솔길을 걸어가면, 그의 뚫을 듯한 시선이 내가 멀리에서부터 도착하는 것을 바라본다. 태어날 때부터 내가 혀처럼 갖고 있는, 측판으로 된 세 겹의 독침을 피하기 위하여,

그는 건너는 길을 택한다! 오 창조주여, 내가 나의 감정을 퍼붓도록 나를 내버려 두어 나를 기쁘게 해 다오. 견고하고 차가운 한 손으로, 무시무시한 아이러니를 다루며, 내가 그대에게 경고하노니, 내가 존재하는 끝까지, 그대에게 도전할 만큼 나의 마음은 충분히 그 아이러니를 간직하고 있을 것이다. 나는 그대의 움푹 파인 해골을 두들길 것이다. 그러나, 나는 너무 강하게 쳐서, 그대가 그것을 인간에게 똑같이 주는 것에 질투를 느꼈을 것이기 때문에, 그대가 인간에게 주고 싶지 않은 지성의 남은 파편들을, 그 해골에서 나오게 하는 일을 맡게 된다. 그대는, 항상 열려 있는 나의 한쪽 눈으로 내가 어느 날엔가는 그 조각들을 발견하고, 그것을 들어 올려, 나의 동류들과 함께 나눌 것이라는 것을 마치 모르는 것처럼, 그대가 교활한 산적인 그대의 창자 속에 뻔뻔스럽게 숨겨 놓았다. 나는 내가 말하는 것처럼 하였다. 그리고, 이제, 나의 동류들은 그대를 더 이상 두려워하지 않는다. 그들은 그대와 동등하게 힘에는 힘으로 대면한다. 나의 대담함을 후회하도록, 내게 죽음을 다오. 나는 나의 가슴을 열고 겸손하게 기다린다. 그러므로 모습을 보여라. 영원한 형벌의 가소로움이여! … 지나치게 거만스런 태도의 과장된 모습이여! 그는 그를 업신여기는 나의 피 순환을 그가 멈추게 할 수 없음을 보여 주었다. 그러나, 나는 그가 다른 인간들의 숨결을, 그들이 겨우 인생의 기쁨을 맛보았을, 꽃 같은 나이에, 지체하지 않고 꺼 버린다는 증거들을 가지고 있다. 이것은 다만 무서운 일일 뿐이다. 그러나 그것도 단지, 나의 연약한 의견에 따르면 그렇다는 것이다! 나는 창조주가 자신의 무용한 잔인성을 자극하면서 불을 붙이는 것을 보았는데, 그 불 속에서는 늙은이들과 어린애들이 비명에 죽고 있었다! 공격을 시작한 것은 내가 아니다. 철줄로 된 회초리로 팽이처럼 내가 그를 돌리게 만든 것은 바로 그인 것이다. 그 자신에 대한 비난거리를 내게 제공하는 게 바로 그 아닌가? 나의 이 끔찍한 말은 고갈되지 않으리라! 이 웅변은 나의 불면을 괴롭히는 엉뚱한 악몽들로 영양을 취한다. 앞의 이야기가 쓰인 것은 로엔그린 때문이다, 그러니까 다시 그에게로 돌아오자. 그가 후에 다른 사람들처럼 되지 않을까 하는 두려움에서, 그가 천진한 나이를 막 지났을 때, 나는 우선 그를 칼로 찔러 죽이기로 결정했다. 그러나, 나는 숙고했다, 그리고 그 후 적시에 나의 결정을 현명하게 버렸다. 그는 십오 분 동안 자신의 생명이 위험했었다는 것을 생각하지 못한다. 모든 것이 준비되었었고, 칼도 사두었었다. 이 단검은 귀여웠는데, 그것은 내가 죽음의 도구에서까지도 우아함과 맵시를 좋아하기 때문이다. 그러나 이것은 또한 길고 뾰족했다. 그래서 목의 경동맥 중의 하나를 조심스럽게 찌르는, 상처 하나면, 충분했으리라고 믿는다. 나는 나의 행동에 만족한다, 후에 뉘우칠 것이기에. 그러니까, 로엔그린, 네가 나중에도 원할 것을 행하고, 그것이 너를 기쁘게 할 그대로 지금 행동하라. 감금된 나의 동료로서 전갈들과 함께, 어두운 감옥 속에 나를 평생 동안 가두거나, 또는 나에게서 눈 하나를 빼내어 땅에 떨어뜨려라. 나는 결코 너를 조금이라도 비난하지 않으리니, 나는 너의 것, 나는 너에게 속하며, 너를 위해서만 살고 있다. 네가 내게 가할 고통은, 많은 인명을 빼앗는 손으로, 나를 상처 입히는 자가, 그의 동류들의 본질보다 더 성스런 본질 속에 빠지는 것을 아는 행복감에 비할 바가 아니다! 그렇다, 모든 사람이 심술궂지는 않다는 희망을 지니는 것과, 어떤 인간 존재를 위해 자신의 생명을 준다는 것은 아직도 아름다운 일이다! 왜냐하면, 마침내, 나의 쓰디쓴 심정에, 강하게, 의심을 품고 불쾌감을 갖는 사람이 하나 생겼기 때문이다! …

4

자정이다. 바스티유Bastille로부터 마들렌Madeleine으로 가는 합승마차는 단 한 대도 보이지 않고 있다. 내가 틀렸다, 저기 갑자기, 땅 속에서부터 나온 것 같은 합승마차가 하나 나타난다. 늦어진 몇몇 행인들이 그것을 주의 깊게 바라본다. 그 마차는 여느 것과 다른 것 같기 때문이다. 죽은 물고기의 눈처럼, 움직이지 않는 눈을 가진 사람들이, 지붕 위 좌석에, 앉아 있다. 그들은 서로 밀착되어 앉아 있는데 생명을 잃어버린 것같이 보이고, 게다가 정원定員도 초과하지 않았다. 마차꾼이 말들을 회초리로 때릴 때는, 회초리를 움직이는 것이 그의 팔이 아니라, 그의 팔을 움직이게 하는 것이 회초리인 것 같다. 이 이상하고 말 없는 존재들의 모임은 무엇인가? 달의 주민들인가? 그렇게 믿고 싶을 때도 있겠지만, 그보다 오히려 그들은 시체들과 흡사하다. 종점에 도착하느라 급한, 합승마차는 공간을 뜯어먹고, 포장도로에 부딪쳐 소리를 낸다… 그것은 빨리 달려 사라진다! … 그러나, 무정형의 한 떼가, 먼지 가운데서, 그 뒤를, 악착스럽게 쫓아간다. 《세워 주세요. 제발 서 주세요… 하루 종일 걸어서 다리가 부었어요… 어제부터 먹지도 못했어요… 부모님은 나를 버렸어요. 이제 어떻게 해야 할지 모르겠어요… 집에 돌아가려고 결정했어요. 내게 자리 하나만 마련해 준다면, 빨리 도착할 텐데… 난 이제 여덟 살 된 어린이에요. 난 당신들을 믿어요…》 마차는 달아난다! … 달아난다! … 그러나 무정형의 한 떼가, 먼지 속에서, 악착스럽게, 그 뒤를, 쫓아간다. 이 사람들 가운데, 차가운 눈을 한, 어떤 사람이, 옆 사람을 팔꿈치로 찌르는데, 그의 귀에까지 이르는, 아르헨티나 음색의, 이 흐느낌에 대한 못마땅함을 그에게 표현하는 것 같다. 옆 사람은 동의하는 듯, 감지할 수 없는 태도로 고개를 숙이고서, 거북이가 자기의 갑각 속으로 숨어들듯, 움직이지 않는 자신의 이기주의 속에 다시 빠진다. 다른 여행자들의 태도에서 드러나는 모든 것은 앞의 두 사람의 똑같은 감정임을 보여 주고 있다. 아직도 더욱 찌르는 듯한 외침이 이, 삼 분 동안 매초마다 들려온다. 큰 거리에서 창문들이 열리고, 손에 등불을 든, 질겁한 얼굴이, 차도 위로 눈길을 던진 뒤, 맹렬하게 덧문을 다시 닫고, 더 이상 나타나지 않는 것이 보인다… 마차는 달아난다! … 달아난다! … 그러나 무정형의 한 떼가 먼지 속에서, 악착스럽게 그 뒤를 쫓아간다. 이 돌 같은 사람들 가운데서, 몽상에 잠긴, 한 젊은이가, 홀로, 이 불행에 대해 동정을 느끼는 것 같다. 아프고 작은 다리로, 그곳에 다다를 수 있다고 믿는, 아이를 위하여, 그는 감히 목소리를 높이지 못한다. 왜냐하면, 다른 사람들이 그에게 경멸과 권위의 시선을 던지기 때문이며, 그는 자신이 모든 이에 대항하여, 아무것도 할 수 없다는 것을 알고 있기 때문이다. 그는, 아연실색하여, 무릎 위에 팔꿈치를 괴고, 손으로 머리를 감싼 채, 인간의 자비라 불리는 것이 진실로 있는가 생각한다. 그래서, 그것이 단지 헛된 단어에 지나지 않으며, 이제는 시사전詩辭典에조차도 없는 것이라는 것을 깨닫고, 솔직하게 자신의 잘못을 인정한다. 그는 생각한다.《도대체, 왜 한 어린이에 관심을 갖는가? 옆으로 접어 두자.》그러나, 지금 막 모독적인 말을 한, 이 청년의 뺨 위로 한 줄기 뜨거운 눈물이 흘러내렸다. 그는 마치, 한 점의 구름—그것의 불투명이 그의 지성을 어둡게 하는—을 그의 이마로부터 떨어뜨리려는 것처럼, 그의 이마 위에 고통스럽게 손을 대었다. 그는 분개했으나, 그가 던져진 이 세기에서는, 헛된 일이었다. 그는 이 세기에는 자신이 있을 자리가 없다는 것을 느낀다. 그러나 그는 여기에서 나갈 수 없다. 무시무시한 감옥! 악랄한 운명이여! 롱바노Lombano여, 나는 오늘부터 네게 만족하노니! 나의 얼굴이 다른 여행자들의 얼굴과 똑같은 무관심을 보이는 동안, 나는 계속해서 너를 관찰하였다. 그 청년은, 분개하는 태도로, 일어나서, 비록 본의 아닌 것이라 할지라도, 못된 행동에 참여하지 않으려고 물러나려 한다. 내가 그에게 손짓을 하여, 그는 다시 내 옆에 자리를 잡는다… 마차는 달아난다! 달아난다! … 그러나 무정형의 한 떼가 먼지 속에서, 악착스럽게 그 뒤를 쫓아간다. 외침 소리가 갑자기 멎는데, 튀어나온 포장도로에 아이의 발이 걸려, 아이가 넘어지면서, 머리를 다쳤기 때문이다. 합승마차는 지평선으로 사라졌고, 이제는 침묵의 거리 외에 더 이상 아무것도 보이지 않는다… 마차는 달아난다! … 달아난다! 그러나, 무정형의 한 떼가 먼지 속에서, 악착스럽게 그 뒤를 좇아가지 않는다. 창백한 램프를 들고서 그 위로 몸을 구부린 채 지나가는 넝마주이를 보라. 그는 합승마차에 있는 그의 동류들 누구보다도 더 마음씨가 곱다. 그는 지금 막 아이를 주웠다. 그가 아이를 치료할 것이며, 아이의 부모가 한 것처럼 아이를 버리지는 않을 것이라는 걸 믿으라. 합승마차는 달아난다! … 달아난다! … 그러나, 넝마주이가 있는 곳으로부터 그의 찌를 듯한 시선이 먼지 속에서, 악착스럽게, 그 뒤를, 좇아가고 있다! … 어리석고 천치 같은 종족이여! 당신들은 그렇게 행동한 것을 후회할 것이다. 바로 내가 당신들에게 그걸 말하노니. 당신들은 그걸 후회하리라, 가라! 당신들은 후회할 것이다. 나의 시는, 야생의 짐승인, 인간과, 그러한 해충을 만들어 내지 말았어야 할 창조주를, 모든 방법을 동원하여, 공격하기 위하여만 존재할 것이다. 내 생명이 다할 때까지, 책들 위로 또 책들이 쌓일 것이다. 그러나 거기에는, 항상 나의 의식에 자리 잡고 있는, 단 한 가지 생각만이 나타나 있을 것이다.

5

나는 일상의 산보를 하면서, 매일 좁은 길을 지나가곤 했다. 날마다, 열 살 된 날씬한 소녀가 동정과 호기심의 눈꺼풀로 나를 바라보면서, 멀리서, 존경심을 보이며, 이 길을 따라, 나를 따라오곤 했다. 그녀는 나이에 비해 키가 컸으며, 몸매는 날씬했다. 머리 위에서 두 갈래로 나뉜, 검고 풍성한 머리칼이, 대리석 같은 어깨 위로 따로 땋아 내려져 있었다. 어느 날, 그녀는 평소처럼 나를 따라오고 있었다. 그런데 한 건장한 부인의 억센 팔이 그녀의 머리칼을, 마치 회오리바람이 나뭇잎을 움켜쥐듯이 움켜잡고서, 오만하고 말 없는 그녀의 한쪽 뺨을 난폭하게 두 번 때리고 나서, 이 겁에 질린 소녀를 집으로 도로 끌고 갔다. 나는 무관심한 척하였으나 쓸데없었다. 그녀는 나를 따라오는 것을 결코 거른 적이 없었는데 이때는 시의적절하지 않았다. 내가 내 길을 계속 가느라, 다른 길로 접어들 때면, 그녀는 좁은 그 길의 끝에서, 침묵의 동상처럼 움직이지 않고, 그녀 자신에 대해 자제하는 격심한 노력을 하면서, 멈춰 서서, 내가 사라질 때까지, 계속해서 그녀 앞을 바라보곤 하였다. 한번은, 이 소녀가 길에서 나를 앞서더니, 바로 앞에 서서 가는 것이었다. 내가 그녀를 앞서 가려 빨리 가면, 그녀는 똑같은 거리를 유지하려고 거의 뛰다시피 하였다. 그러나, 내가 그녀와 나 사이에 충분한 간격을 두기 위해, 걸음을 늦추면, 그녀 역시 걸음을 늦추고, 이런 일에 어린애다운 정신을 쏟는 것이었다. 길 끝에 이르자, 그녀는 나의 길을 막는 태도로, 천천히 몸을 돌렸다. 나는 용케 달아날 시간이 없었고, 그래서 그녀와 얼굴을 대하고 마주서게 되었다. 그녀의 눈은 빨갛게 부어 있었다. 나는 그녀가 내게 말을 건네고 싶은데, 어떻게 해야 할지를 모르고 있다는 것을 쉽게 알아차렸다. 시체처럼 갑자기 창백해져서, 그녀가 내게 물었다. 《몇 시인지 시간 좀 말씀해 주시겠어요?》 나는 시계를 차고 있지 않다고 그녀에게 말했다. 그리고 재빨리 달아났다. 불안하고 조숙한 상상력을 가진 아이여, 너는 그날 이후로, 그 좁은 길에서, 무거운 샌들을 신고, 꼬부라진 네거리의 포도鋪道를 고통스럽게 울리며 가고 있는 그 신비스런 젊은이를 다시 보지 못하였다. 이 불타는 혜성의 출현은, 열광적인 호기심이라는 어느 슬픈 주제처럼, 낙담하여 바라보는 너의 얼굴 위에서 이제 더 이상 빛나지 않을 것이다. 너는 그 사람을 자주, 너무 자주, 아마도 항상, 생각하리라. 그 사람은 악에 대해서도, 현생의 선善에 대해서도 불안해하지 않는 것 같았는데, 얼굴은 무섭게 사색이 된 채, 머리칼이 곤두서고, 발걸음은 비틀거리고, 팔은 에테르의 아이러니컬한 물속에서 무턱대고 휘저으며, 마치 그 속에서 위대한 공간의 영역을 통해서, 가차 없는 운명의 제설기에 의해, 피투성이가 된 희망이란 먹이를 찾기 위한 것처럼, 아무렇게나 가고 있었다. 너는 나를 더 이상 만나지 못할 것이다. 그리고 나 역시 너를 더 이상 만나지 못할 것이다! … 누가 아는가? 아마도 이 소녀는 드러나는 그대로가 아니었는지도 모른다. 순수한 육체 밑에, 그녀는 아마도 거대한 농간과, 열여덟 해라는 세월의 무게, 그리고 악의 매력을 숨기고 있었을지도 모른다. 사랑을 파는 여자들이 영국의 섬들로 즐겁게 망명하며 해협을 넘고 있는 것이 보였다. 그녀들은 금빛의 벌떼처럼, 파리Paris의 불빛 앞에서, 몸을 돌리며, 그들의 날개를 번쩍거리고 있었다. 그런데, 당신은 그녀들을 알아보고서 말했다.《하지만 그녀들은 아직 어린애들이다. 열 살이나 열두 살 이상은 되지 않았다.》 사실 그녀들은 스무 살이었다. 오! 이러한 상황에서 이 어두운 길을 우회한다는 것은 저주받은 것이다! 거기를 지나는 것은 무서운 일이다! 무서운 일이다! 나는 그녀의 어머니가 그녀를 때린 것이, 그녀가 충분한 솜씨를 가지고도 직업을 갖지 않았기 때문이라고 믿는다. 그녀는 어린애에 지나지 않았을 수도 있는데, 그렇다면 그 어머니는 더욱더 죄가 있는 것이다. 나, 나는 가정에 지나지 않는, 이 상황을 믿고 싶지 않다. 나는 이 황당무계한 상황에서, 너무 일찍 베일을 벗는 한 영혼을 사랑하고 싶다… 아! 소녀여, 너는 내가 혹시라도 그 좁은 길을 다시 지나간다면, 그것은 네게 다시는 내 눈앞에 나타나지 말라고 하는 것이라는 걸 아는가. 그것은 네게 힘든 일일 수 있다! 벌써 피와 증오가 펄펄 끓는 강물처럼, 나의 머리에까지 올라왔다. 난, 나의 동류를 사랑할 만큼 충분히 관대한 존재다! 아니, 아니다! 나는 그러하기를 내가 태어난 날부터 결심했다! 그런데 그들, 그들은 나를 사랑하지 않는다! 내가 어느 한 인간 존재의 욕된 손에 닿기도 전에, 세상 사람들이 파괴되고, 화강암이 한 마리의 가마우지처럼 물결의 표면 위로, 미끄러져 내리는 것이 보일 것이다. 이 손을… 뒤로, 뒤로! … 소녀여, 너는 천사가 아니다. 그러니 너도 필경 다른 여자들처럼 될 것이다. 아니, 아니, 네게 애원하노니, 사팔뜨기로 찌푸려진 나의 눈썹 앞에 더 이상 나타나지 말라. 미망의 어느 순간에, 나는 빨아서 물을 짜낸 세탁물처럼, 너의 팔을 잡고 비틀어 버리거나, 마른 두 개의 나뭇가지처럼, 우드득 소리를 내며 꺾어서, 네게 완력을 사용하여, 그것을 먹도록 할지도 모른다. 입술에 미소를 담고, 평생 계속되는 불면으로 아프게 된 나의 눈을 씻는 데 효과적인 지방을 추출해 내기 위해, 나는 내 두 손 사이에 너의 머리를 잡고, 부드럽게 어루만지며, 너의 무죄한 뇌엽 속에 나의 탐욕스런 손가락들을 찔러 넣을 수도 있을 것이다. 바늘로 너의 눈꺼풀을 꿰매어, 세상의 광경을 빼앗고, 네가 너의 길을 찾을 수 없게 할 수도 있을 것이다. 네게 길 안내를 해 줄 사람은 내가 아니다. 나는 처녀인 너의 몸을 강철 같은 나의 한 팔로 들어올려서, 너의 다리를 잡고, 투석기처럼, 내 주위로 너의 몸을 굴리다가, 마지막 원주를 그리며 내 힘을 모은 다음, 너를 성벽에다 내던질 수 있을 것이다. 피가 방울방울 인간의 가슴에서 솟아나올 것인데, 이는 인간들을 두렵게 하기 위한 것이며, 그들 앞에 나의 잔인함의 예를 보여 주기 위한 것이다! 그들은 끊임없이 자신의 살을 조각조각 떼어 낼 것이다. 그러나, 핏방울은 똑같은 자리에, 지워질 수 없게 남아 있어, 다이아몬드처럼 빛나리라. 조용하라, 나는 여섯 마리 가축들에게 네 육체의 남은 부분을 보호하고, 그것을 아귀 들린 개들의 배고픔으로부터 지킬 질서를 세워 줄 것이다. 아마도, 몸은, 푹 익은 배처럼, 성벽에 붙어 있어, 땅에 떨어지지 않을 것이다. 그러나, 누가 지키지 않는다면, 개들이 높이 뛰어오를 수도 있다.

6

튈르리Tuileries의 공원 벤치 위에 앉아 있는 이 어린애, 그는 얼마나 귀여운가! 그의 대담한 눈길은 공간의, 저 멀리, 보이지 않는 어떤 물체를 쏘아보고 있다. 틀림없이 여덟 살 이상은 되지 않았을 텐데, 그는 지금 재밌게 놀고 있지 않은데, 지금 상태가 매우 편안한 것 같다. 그는 혼자 있지 않고, 적어도 어떤 친구와 웃고 있거나 산책을 해야 될 것 같다. 그러나, 그러한 것은 그의 성격이 아닌가 보다.

튈르리의 공원 벤치에 앉아 있는 이 어린애, 그는 얼마나 귀여운가! 한 남자가, 자신의 의도를 숨기고, 모호한 걸음걸이로, 아이 옆에 앉기 위하여, 아이가 앉아 있는 그 긴 의자로 왔다. 그는 누구인가? 내가 그것을 그대들에게 말할 필요는 없다. 왜냐하면 그대들은 그의 비뚤어진 대화로 그를 알아볼 것이기에. 그들의 말을 방해하지 말고, 들어 보자.

–얘야, 뭘 생각했니?

–하늘을 생각했어요.

–네가 하늘을 생각할 필요는 없다. 대지를 생각하는 것으로 이미 충분하다. 이제 태어난 지 얼마 안 되는 네가, 사는 데 지쳤는가?

–아니요. 하지만 누구나 땅보다는 하늘을 더 좋아해요.

–응, 하지만 난 그렇지 않다. 왜냐하면, 하늘은, 땅처럼, 하느님에 의해 만들어졌으니까, 너는 확실히 이승과 똑같은 악들을 거기에서 만날 것이다. 네가 죽은 후, 너는 네 선행에 따른 보상을 받지 못할 것이다. 왜냐하면, 이 땅 위에서 누가 네게 불의를 저지른다면 (후에, 너는, 경험으로, 그걸 느낄 것이다), 또 다른 생에서도 누가 네게 더 이상 불의를 저지르지 않을 이유는 없기 때문이다. 네가 더 잘해야 할 것은, 사람들이 네게 정의를 거부하고 있으니, 하느님을 생각하지 말고, 너 자신을 정의로 여기는 것이다. 만약 네 친구들 가운데 하나가 너를 모욕한다면, 너는 기쁘게 그를 죽일 것이 아닌가?

–하지만, 그건 금지된 일이에요.

–네가 생각하는 만큼 그렇게 금지된 건 아니다. 단지 잡히지 않는 것만이 중요할 뿐이다. 법이 내세우는 정의는 아무 가치가 없다. 생각해야 할 것은 모욕당한 자의 법률학이다. 만약 네가 네 친구들 중의 하나를 증오한다면, 매 순간마다 네가 그의 생각을 소유하는 걸 꿈꾸는 것이 슬픈 일은 아니겠지?

–사실이에요.

–그런데 여기 네 친구들 중의 하나가 너의 온 생애를 불행하게 할 수 있다. 왜냐하면 그는 너의 증오가 단지 일시적인 것이라는 걸 알고서, 너를 계속해서 업신여기고, 또 아무런 벌도 받지 않고 계속해서 네게 악행을 할 것이기 때문이다. 그런데 그 상황을 모면할 방법은 단지 하나밖에 없다. 그것은 그의 적이 되지 않는 것이다. 내가 오게 된 것은, 현 사회가 어떤 방탕 위에 세워져 있는지 네게 이

해시키기 위해서다. 바보가 아니라면, 각자가 스스로 정의가 되어야 한다. 자신의 동류들에 대하여 승리하는 자, 그는 가장 교활하고 가장 강한 자이다. 너는 언젠가 너의 동류들을 지배하고 싶지 않니?

–네. 그래요.

–그러면 가장 교활하고 가장 강하거라. 너는 가장 강한 자가 되기에는 아직 어리다. 하지만, 오늘부터 너는 재능 있는 자들의 가장 아름다운 도구인, 교활을 사용할 수 있다. 양치는 목자 다윗David이 투석기로 던진 돌 하나로 거인 골리앗Goliath의 이마를 맞추었을 때, 다윗이 그의 적을 정복한 것은 단지 교활함 때문이었는데, 반대로, 만약 그들이 서로 양팔로 상대의 허리 부분을 잡았을 경우, 거인이 그를 파리처럼 으깨 버렸을 것이라는 데 주목해 보면, 이는 감탄할 만한 일이 아니겠는가? 그것은 너에게도 마찬가지다. 정면으로 대하는 전투에서는, 네가 너의 의지를 펼치고자 하는, 그 사람들을 결코 정복할 수 없을 것이다. 그러나, 교활함으로써, 너는 모두에 대해 혼자 대항하여 싸울 수 있다. 너는 부富와, 아름다운 궁전들과 영광을 원하는가? 아니면 네가 내게 이 고귀한 특권들을 긍정했을 때 그건 네가 나를 속였던 것인가?

–아니에요, 아니에요. 당신을 속인 건 아니에요. 그러나, 나는 다른 방법들로 내가 원하는 것을 얻고 싶어요.

–그러하다면, 너는 아무것도 얻을 수 없을 것이다. 고결하고 우직한 방법들은 어디에도 이르지 못한다. 좀 더 힘 있는 지렛대와 좀 더 현명한 음모에 일을 맡겨야 한다. 네가 너의 덕으로 유명하게 되

기도 전에 그리고 목적을 달성하기도 전에, 수많은 다른 이들은 틈을 얻어, 네 등 위에서 깡충깡충 뛰며, 너보다 먼저 도정道程의 끝에 이를 것이다. 바로 너의 좁은 소견으로는 더 이상 가능할 수 없는 그러한 방법으로 말이다. 좀 더 크고 강하게, 현재라는 시간의 지평선을, 파악할 줄 알아야 한다. 예를 들면, 승리가 가져오는 거대한 영광 같은 것에 대해 얘기하는 것을 너는 전혀 들어본 적이 없는가? 그러나, 승리란 혼자서 이루어지는 것이 아니다. 승리를 만들어, 정복자의 발치에 놓기 위해서는, 피, 많은 피를 부어야 한다. 현명하게 살육이 행해진, 평원에서 네 눈에 보이는 시체들과 흩어져 있는 지체肢體들, 이것 없이 전쟁은 없을 것이고, 또한, 전쟁 없이는 승리도 없을 것이다. 너도 보다시피, 유명하게 되고 싶을 땐, 육탄肉彈으로 영양을 취한 피의 강물 속에 우아하게 몸을 담가야 한다. 유명하게 되기 위한 첫 번째는, 돈을 갖는 것이다. 그런데, 너는 돈을 갖지 않았으니까, 돈을 얻기 위해 암살을 해야 한다. 그러나, 너는 단도를 다룰 만큼 힘이 세지 않으니까, 너의 팔다리가 굵어지기를 기다리면서, 도둑이 되어라. 그리고, 더 빨리 굵어지도록, 하루에 두 번, 아침에 한 시간, 저녁에 한 시간, 체조를 하라고 권하겠다. 이렇게 하면, 스물까지 기다릴 것 없이, 열다섯 살부터, 확실한 성공률로 범죄를 저지를 수 있을 것이다. 명예욕은 모든 것을 용서한다. 그래서 아마도, 후일, 너는 너의 동류들의 스승이 되어, 네가 처음에 그들에게 행한 악만큼의 선을 그들에게 행할 수 있을 것이다! …

말도로르는 그와 얘기하는 이 어린 대화자의 머릿속에서 피가 들끓는 것을 알아챈다. 아이의 콧구멍은 부풀고, 입술에서는 하얀 거품이 가볍게 뿜어지고 있다. 말도로르는 그의 맥을 짚어 본다. 맥박이 빨랐다. 열이 이 섬세한 육체를 범한 것이다. 아이는 다음에 이어질 그의 말을 두려워한다. 불행한 자, 그는 이 아이와 더 오랫동안 얘기할 수 없게 되자, 교묘히 달아난다. 성숙한 나이에도, 선과 악 사이에서 균형 있게, 정열을 다스리는 것이 너무 어려울 때, 아직도 무경험으로 가득 차 있는, 한 영혼 속에는 무슨 일이 있을 것인가? 그리고 어떤 에너지의 총체가 그에게 상대적으로 더 필요하지 않은 것인가? 아이는 그곳을 떠나서 사흘 동안은 앓아누울 것이다. 어머니의 접촉이 이 민감한 꽃송이, 아름다운 영혼을 가진 이 허약한 육체 속에 평화를 가져다주기를!

7

저기, 꽃으로 둘러싸인 작은 숲속, 잔디 위에, 양성兩性 인간이 눈물에 젖은 채, 깊이 잠들어 있다. 달이 구름덩이에서 그 둥근 표면을 끌어내어, 그 창백한 빛으로 청년의 부드러운 얼굴을 어루만진다. 청년의 모습은 천상의 동정녀의 은혜와 함께 가장 남성적인 힘 또한 보여 주고 있다. 그에게서 자연스럽게 보이는 것은 아무것도 없어 보이는데, 여성적인 형태의 조화로운 윤곽에 나타나는, 그의 육체의 근육조차도, 그에게는 자연스럽지 않아 보인다. 그는 팔을 이마 위에 얹고, 다른 한 손은 가슴 위에 얹어 놓고 있는데, 그것은 마치 모든 신의에 대해 닫히고, 또한 영원한 비밀의 무거운 짐으로 가득 찬, 심장의 고동을 누르기 위해서인 것 같다. 생활에 지치고, 그와는 닮지 않은 존재들 사이에서 걷는 게 부끄러워, 그는 절망에 빠졌다. 그래서 그는 계곡의 걸인처럼, 홀로 죽어 가고 있다. 그는 어떻게 살아가는 것인지? 동정하는 사람들이 가까이서, 그가 의심하지 않게, 그를 지켜보고, 그를 포기하지 않는다. 그는 아주 착하다! 그는 고통을 많이 참고 있다! 가끔 그는 민감한 성격을 가진 사람들과, 손은 잡지 않고, 기꺼이 이야기하나, 상상적인 위험에 대한 두려움 때문에, 거리를 두고 조심하고 있다. 만일 누가 그에게 왜 고독을 친구로 삼았는가 물어보면, 그의 눈은 하늘을 향하고, 조물주에 대한 비난의 눈물을 힘겹게 참는다. 그러나, 그의 하얀 눈꺼풀 속을, 아침 장미의 붉음으로 번지게 하는, 이런 경솔한 질문에 그는 대답하지 않는다. 만일 이야기가 길어지면, 그는 불안해져서, 마치 그에게 다가오는 보이지 않는 적의 존재가 도망가려 애쓰는 것처럼, 멀리 사방으로 눈을 돌리다가, 갑작스럽게 손을 들어 안녕을 고하고, 삼가고 경계하는 태도로 멀어져 가서, 숲속으로 사라진다. 일반적으로 그는 미친 자로 간주된다. 어느 날 명령을 받은 네 명의 남자들이 복면을 하고 그에게로 돌진해 가서, 다리만 움직일 수 있을 정도로 단단히 그를 졸라매었다. 회초리의 가늘고 긴 가죽끈들이 가차없이 그의 등 위로 떨어졌다. 그리고 그들은 그에게 지체하지 말고 비세트르[Bicêtre, 정신병원으로 유명한 파리 근교의 마을 – 역주]로 가는 길을 향해 가라고 말했다. 그는 매를 맞으면서, 미소 짓기 시작했다. 그리고 그가 공부했던 많은 인문과학, 아직도 젊음의 문턱을 뛰어넘지 못한 사람에게 위대한 가르침을 보여 주는 많은 인문과학에 대해서, 그리고 제 영혼의 시적인 고상함을 맘껏 펼치며 인류의 문명들에 대해서, 대단한 감정과 지성으로써 그들에게 이야기하였다. 그러자 감시자들은, 자신들이 한 행동에 대해 피가 나도록 두려움에 사로잡혀, 그의 다친 팔다리를 풀어 주었고, 무릎으로 기면서, 묶었던 것에 대해 용서를 구하고, 또한 일반적으로 인간들에게는 해당되지 않는 종교적 숭배의 시늉까지 하며 멀어져 갔다. 이 이후로, 사람들은 그 사건에 대해 많이 얘기하였고, 모두 그의 비밀을 추측하였으나, 그의 고통을 증가시키지 않으려고, 모르는 체하였다. 그리고 정부는 그에게 명예 연금을 주기로 했는데, 그것은 사전 검토 없이, 한순간 정신병원 수용소에 강제로 그를 들어가게 하려 했던 것을 그에게 잊도록 하기 위한 것이었다. 그는, 그 돈의 반은 자신이 사용하고, 나머지는 가난한 사람들에게 주고 있다. 남자와 여자가 플라타너스가 심겨 있는 오솔길에서 산보하는 것을 볼 때면, 그는 자신의 몸이 아래에서 위까지 둘로 쪼개져서, 나뉜 각 부분이 이 산보자들을 각각 포옹하러 가는 것을 느낀다. 그러나 이것은 단지 환각에 지나지 않고, 이성이 지체 없이 자신의 제국을 세운다. 이런 이유로, 그는 남자들 사이에도 여자들 사이에도 섞이지 않는다. 왜냐하면, 자신이 괴물에 지나지 않는다는 생각에서 생겨난, 그의 지나친 조심성으로 그는 누구에게든 자신의 불타는 친밀감을 표현할 수 없기 때문이다. 상대는 스스로 모독 받는다고 여길 것이고, 또 그가 다른 이들을 모독한다고 여길 것이다. 그는 자존심으로 다음의 격언을 되풀이하여 되뇐다. 《각자가 자신의 본성으로 머물러 있기를.》 내가 말했듯이, 그의 자존심은, 그가 남자나 또는 여자에 속하여 생활하면, 사람들이, 그의 신체의 구조를 마치 큰 잘못이나 되듯이, 조만간, 비난하지 않을까 두려워하는 것이다. 그래서 그는, 자신으로부터 생긴 이 부덕한 상황으로 인해 상처를 받고서, 자존심 속에 몸을 감추고, 아무 위로 없이, 고통 한가운데, 홀로 남기를 고집한다. 저기, 꽃으로 둘러싸인 작은 숲속, 잔디 위에 양성인간이 눈물에 젖은 채 깊이 잠들어 있다. 잠을 깬, 새들이, 나뭇가지 사이로, 이 음울한 모습을 황홀하게 응시하고, 나이팅게일은 수정 같은 카바티나를 들려주고 싶어 하지 않는다. 숲은, 불운한 양성인간이라는 야행성 존재로 인하여, 무덤처럼 엄숙하게 되었다. 오, 가장 유혹에 빠지기 쉬운 나이 때부터, 그대가 그대의 어머니와 아버지를 떠나도록 만든 그대의 모험정신으로, 방황하는 여행자여. 또한 사막에서, 갈증이 그대에게 주는 고통 때문에 방황하고, 이방의 지역에서, 오랫동안 방황하다가, 추방된 후, 아마도 그대가 찾은 조국 때문에 방황하며, 그대의 방랑벽이 섭렵하게 만든 혹독한 기후들과 추방을, 그대와 함께, 견뎌낸, 그대의 충실한 친구인, 그대의 심부름꾼 때문에, 그리고 먼 대지와 미탐험된 바다 위에서의 여행, 극의 빙하 한가운데, 또는 찌는 듯한 태양의 세력권 아래서의 여행이, 인간에게 부여하는 권위 때문에, 방황하는 여행자여, 흙 위에 펼쳐져서, 초록빛

풀에 섞여 있는, 그 곱슬머리에, 마치 미풍이 스치듯이, 그렇게 손대지 말라. 몇 발자국 물러서라, 그러면 더 잘 처신하는 것이 될 것이다. 이 머리털은 성스럽다. 바로 이 양성인간 자신이 그것을 원했다. 그는, 인간의 입술이, 산의 입김으로 향기를 머금은 자신의 머리카락에 경건하게 입 맞추는 것도, 그리고 그 순간, 창공의 별들처럼, 빛나는 그의 이마에도, 입 맞추는 것도 원하지 않는다. 그러나, 그를, 다이아몬드의 빛과 함께, 후광에 싸여 있듯, 별이 둘러싸고 있는 장엄한 그의 이마 위로, 공간을 가로지르며, 자기 궤도로부터 내려온 별 그 자체라고 생각하는 것이 더 낫다. 밤은 손짓으로 슬픔을 떨치면서, 정숙함과 천사의 순진무구한 이 완전한 모습이, 육체로 구체화되는 수면睡眠을 축하하기 위하여 자신의 온갖 매력을 보이고 있다. 곤충들이 내는 희미한 소리들은 잘 들리지 않는다. 나뭇가지들은 그가 이슬에 젖지 않게 하기 위하여, 그들의 울창한 가지 끝을 그의 위로 늘어뜨리고 있고, 미풍은 자신의 선율적인 하프의 줄을 울리면서, 우주의 침묵 사이로, 자신의 즐거운 화음을, 공중에 떠있는 사람들의 리듬 콘서트에, 꼼짝하지 않은 채, 참석하고 있다고 믿는, 감겨진 눈꺼풀을 향하여, 보내고 있다. 그는 행복하기를 열망한다. 그는 그의 육체적 본성이 변했거나, 아니면, 적어도 자신과 똑같은 본성을 가진 존재들이 살고 있는, 또 다른 구체球體를 향해, 자신이 자줏빛 구름 위로 날아가 버리는 공상에 잠긴다. 슬프다! 그의 환상이 새벽에 잠이 깰 때까지만 계속되나니! 그가 마술적인 아름다움을 지닌 어느 인간 존재의 품 안에서, 사랑의 찬가를 부르는 동안, 그는 꽃들이, 매우 거대한 꽃 장식처럼, 그의 주위를 둥글게 돌며 춤추고, 그윽한 꽃의 향기가 그에게 스며드는 것을 꿈꾼다. 그러나, 그의 팔이 엇갈려 잡는 것은 단지 황혼의 안개에 지나지 않는다. 그런데, 그가 잠에서 깨어날 때, 그의 팔은 더 이상 그 안개를 잡고 있지 않을 것이다. 양성인간이여, 잠에서 깨지 말라. 아직은 깨지 말아다오, 제발. 왜 그대는 나를 믿으려 하지 않는가? 자거라… 영원히 자거라. 행복에 대한 공상적인 희망을 추구하며, 그대의 가슴이 부푸는 것을, 나는 네게 허락하노라. 그러나 눈을 뜨지 말라. 아! 눈을 뜨지 말라! 나는 그대가 잠에서 깨어나는 것을 보지 않기 위하여 이렇게 먼저 떠나고 싶다. 아마도 언젠가, 나의 이야기가 담고 있는 것과 그 이야기에서 얻는 교훈을 두려워하며, 나는 두꺼운 한 권의 책, 그 감동적인 페이지들에서 그대의 이야기를 할 것이다. 지금까지 나는 그 일을 할 수 없었다. 왜냐하면, 내가 그렇게 하고자 할 때마다, 눈물이 넘쳐 종이 위로 떨어지고, 늙음 때문도 아니면서, 나의 손가락이 떨렸기 때문이다. 그러나, 끝내 나는 이 용기를 갖고 싶다. 나는 내가 여자보다 더 강한 기력을 갖지 못한 데 대하여, 그리고 그대의 커다란 비참함을 생각할 때마다, 어린 소녀처럼, 정신을 잃어버리는 데 대하여 화가 난다. 자거라… 계속 자거라. 눈을 뜨지 말라. 아! 눈을 뜨지 말라! 잘 가라, 양성인간이여! 매일, 나는 그대를 위해 하늘에 기도하는 것을 빼먹지 않을 것이다(나를 위해서라면, 나는 결코 하늘에 기도하지 않을 것이다). 평화가 그대 가슴속에 있기를!

8

인간의 화성음을 들을 때, 소프라노의 목소리를 가진, 여자가, 떨리는 선율적인 음을 내면, 나의 눈은 보이지 않는 불꽃으로 가득 차며 고통스럽게 번쩍이고, 또한 나의 귀에서는 연속 폭격기의 경종 소리가 울리는 것 같다. 인간에게 관련된 모든 것에 대한 이 깊은 혐오는 어디에서 올 수 있는 것인가? 노래가 악기의 줄들로부터 날아오르면, 나는 대기의 유연한 물결을 통하여 점점 사라지는 이 발성음들을 즐겁게 듣는다. 그 감지感知는 나의 청각에 단지 기력과 사고를 깊게 하는 부드러움의 느낌만을 옮겨줄 뿐이다. 말로 다 할 수 없는 졸음이, 대낮의 햇빛을 부드럽게 통과시키는 한 폭의 돛처럼, 나의 강렬한 지각력과 나의 왕성한 상상력을, 마법의 양귀비들로 덮어 싼다. 나는 귀머거리의 품에서 태어났다고 듣고 있다! 나는 내 어린 시절의 초기에, 다른 사람이 내게 얘기하는 것을 알아듣지 못하곤 했다. 아주 큰 어려움을 겪으며, 누가 나에게 말하는 것을 가르치게 되었을 때, 내가, 나름대로, 단지 내 사리事理의 실을 전달할 수 있었던 것은, 누군가가 나뭇잎 위에 글씨를 써놓은 것을 읽고 난 뒤였다. 어느 날, 불길한 징조의 날, 나는 아름답고 깨끗하게 자라 있었다. 모두들 완전무결한 이 청년의 지성과 착함에 감탄하고 있었다. 양심 있는 많은 사람들이 그의 맑은 모습—그의 영혼이 그 영혼의 왕좌를 놓아 둔—을 응시할 때 얼굴을 붉히곤 했다. 사람들은 그의 눈 속에서 천사의 시선을 보았기 때문에, 숭배심을 갖고서만 그에게

다가갔다. 그러나 아니다. 모든 어머니들이 광란하여 입 맞추는, 그의 준수하고 고상한 이마 위에서, 제멋대로 장식처럼 엮인 그의 청년기의 행복한 장미꽃들이 영원히 꽃피지는 않으리라는 것을 나는 충분히 알고 있었다. 무심하면서도 성가신 구체들로 빛나는 천공을 지닌, 우주는 아마도, 내가 더욱 어마어마한 것으로 꿈꿨던 것과 같지 않을지도 모른다는 생각이 들기 시작했다. 그런데, 어느 날, 나는 육지 여행의 가파른 길을 따라 걸어가는 데 지치고, 술 취한 사람처럼 비틀거리며, 인생의 어두운 지하 묘지를 통하여, 가는 데 지쳐서, 파르스름한 커다란 원에 둘러싸인, 우울한 나의 두 눈을 천공의 오목한 곳을 향해, 천천히 들었다. 그러니까, 이렇게 젊은, 나, 내가 감히 하늘의 신비를 뚫어 보고자 한 것이다! 내가 찾는 것을 발견하지 못하고서, 나는 나의 방황하는 눈꺼풀을 더 높이, 그리고 더 높이, 들어 보다가 마침내, 금金과 인간의 배설물로 만들어진, 하나의 왕좌를 볼 수 있었는데, 그 위에는, 빨지 않은 병원용 천으로 만들어진 수의에 덮인 육체가, 천치같이 오만하게, 그 자리를 차지하고 있었으니, 그것은 바로 스스로 창조주라고 자처하는 자였다! 그는 죽은 인간의 썩은 육체를 손에 쥐고서, 그것을, 눈에서 코로 그리고 코에서 입으로, 번갈아, 가져가고 있었는데, 한번 입으로 가져가면, 그가 그것을 어떻게 했는지 짐작이 된다. 그의 두 발은 끓고 있는 거대한 피의 늪에 담겨 있었고, 그 늪의 표면에서는, 마치 요강의 내용물 속의 촌충들처럼 두셋의 신중한 머리들이, 화살처럼 빠르게 갑자기 솟았다가 바로 내려가곤 했다. 그때마다 코뼈 위를 발길로 차이는 것은, 다른 사회를 숨 쉬려는 욕망 때문에 규칙에 반항하다가 얻는 보상이었다. 왜냐하면, 요컨대, 이 사람들은 물고기가 아니었기 때문이다! 게다가 양서동물들, 그들은 불결한 이 용액 속에서, 창조주가, 손에는 아무것도 쥐지 않고서, 발의 맨 처음 두 개의 발톱을, 집게처럼 하여, 또 다른 침수자의 목을 움켜쥐고, 진미의 소스인, 불그스름한 단지 밖, 공중으로 들어올릴 때까지, 두 가지 종류의 물 사이를 헤엄치고 있었다! … 다른 놈에게도 그는 그놈에게 한 것처럼 하였다. 그는 그것을 우선 머리부터 시작하여, 두 다리와 두 팔, 그리고 마지막으로 동체를, 뼈까지 와작와작 깨물어 먹어, 아무것도 남지 않을 때까지 아귀아귀 먹어 치웠다. 이런 짓을, 영원이란 시간 동안, 계속하면서, 그는 가끔 이렇게 외치곤 하였다.《나는 너희를 만들었다. 그러므로 나는 너희에게 내가 원하는 대로 할 권리가 있다. 너희는 나에게 아무것도 하지 않았다. 나는 그 반대라고는 말하지 않는다. 나는 너희들을 괴롭힌다, 그런데 그것은 나의 쾌락을 위한 것이다.》그리고 그는 골髓이 가득 묻어 있는 그의 턱수염을 움직이는, 안쪽 턱뼈를 움직이며, 잔인한 식사를 계속하고 있었다. 오, 독자여, 이 마지막 세부사항은 그대로 하여금 물을 입에 대게 만들지 않는가? 물고기들이 있는 호수에서 막 낚은 지 십오 분 된, 너무 좋고, 아주 신선한, 그런 골 같은 것은 먹지 말라. 사지가 마비되고, 목이 막힌 채, 나는 얼마 동안 이 광경을 응시하였다. 세 번, 너무 강하게 치밀어 오르는 감정을 참는 사람처럼, 나는 거꾸로 넘어질 뻔했다. 그리고 세 번은, 내 발을 밟게 됐다. 나의 몸의 섬유 한 개도 움직이지 않고 있는 것이 없었으며, 나는 화산 내면의 용암이 움직이는 것처럼, 떨고 있었다. 결국, 억눌린 나의 가슴은 생명을 주는 공기를 충분히 빠르게 호흡할 수 없었고, 내 입술은 반쯤 열렸으며, 나는 그 사이로 소리를 내질렀다… 아주 찢어지는 외침 소리를… 그리고 나는 그 소리를 들은 것이다! 나의 귀에 씌워진 칼들이 갑작스럽게 풀리고, 나로부터 저 멀리 떨어진 곳에서부터 힘 있게 밀려온 한 덩이의 울려 퍼지는 대기의 충격으로 고막이 터졌는데, 이는 선천적으로 만들어진 기관 속에서 새로운 현상이 일어난 것이었다. 나는 이제 막 어떤 소리를 들었다. 다섯 번째 감각이 내게 나타난 것이었다! 그러나, 그러한 발견으로 내가 어떤 즐거움을 찾을 수 있었겠는가? 그 후로, 인간의 소리는, 굉장한 불의에 대한 연민이 만들어 내는 고통스런 감정과 함께만, 내 귀에 들렸다. 누군가가 내게 말을 했을 때, 나는, 어느 날, 눈에 보이는 구체들 저 너머로, 내가 보았던 것과, 그 음색이 나의 동류들의 음색과 똑같은, 그 맹렬한 외침 소리에서 억눌렸던 나의 감정의 발현을 기억해 냈다! 나는 그에게 대답할 수 없었다. 왜냐하면, 이 지독한 자줏빛 바닷속에서, 인간의 연약함 위에 가해지는 형벌들이, 박제된 코끼리들처럼 포효하면서 나의 이마 앞을 지났고, 검게 탄 나의 머리칼을 그 형벌의 불날개들로 깎아 버렸기 때문이다. 후에, 내가 인간성을 더 많이 알았을 때, 이 동정의 감정에, 냉혹한 자식들은 저주하고 악을 행할 줄만 아는 그 못된 어미 호랑이에 대한 강렬한 분노가 합해지는 것이었다. 거짓말의 대담함이여! 그들에게서 악이란 예외의 상황일 뿐이라고 그들은 말한다! … 이제, 그것은 오래전에 끝났다. 오래전부터, 나는 아무에게도 이야기하지 않는다. 오, 그대, 그대가 누구든 간에, 그대가 내 곁에 있을 때, 그대 성대가 어떤 어조도 새어 나가게 하지 않기를. 그대 움직이지 않는 후두가 나이팅게일을 애써 추월하려 하지 말기를. 그리고 그대 스스로 언어의 도움을 얻어 내게 그대의 영혼을 조금이라도 알리려 하지 말라. 아무것도 깨뜨리지 못할, 근엄한 침묵을 지키라. 겸허하게 그대의 두 손을 가슴 위에 포개놓고, 그대의 눈꺼풀을 아래로 향하라. 내가 그대에게 말했거니와, 내게 최상의 진실을 알도록 한 환영 이래로, 많은 악몽이, 밤낮으로, 나의 목구멍을 탐욕스럽게 빨았는데, 그것은 쉬지 않고 자신의 추억으로 나를 쫓는, 이 끔찍한 시간에 내가 느낀 고통들을, 비록 생각에 의해서만이라도, 그것이 쉬지 않고 자신의 추억으로 나를 쫓는 사고思考에 의해서라도, 새롭게 하려는 용기를 더 갖기 위한 것이었다. 오! 그대가 차가운 산꼭대기에서 눈사태가 일어나는 것을 들을 때, 암사자가 불모의 사막 한가운데서 그의 소중한 어린 새끼들이 사라진 것을 한탄하는 소리를 들을 때, 태풍이 자기의 생애를 끝내는 소리를 들을 때, 사형수가, 목이 잘리기 전날 밤, 감옥에서 우는 소리를 들을 때, 그리고 광폭한 사람들이 수영자들과 항해자들에 대한 자신의 승리를 바다의 파도에게 이야기하는 것을 들을 때, 말하라, 그 장엄한 목소리들이 인간의 비웃음보다 더 아름답지 않느냐고!

9

인간들이 그들의 비용으로 영양을 주고 있는 곤충이 하나 있다. 인간들은 그것에게 아무것도 빚진 것이 없다, 그러나, 그것을 두려워한다. 포도주를 좋아하지 않고 피를 좋아하는 이놈은, 자신의 정당한 필요가 만족되지 않으면, 숨은 힘으로, 코끼리만큼 커져서, 인간들을 이삭처럼 짓밟아 버릴 수 있게 될 것이다. 그러므로 사람들은 그들이 그것을 얼마나 존경하고, 깊이 숭배하며 시중들고, 피조된 다른 동물들보다 얼마나 높게 평가하고 있는지 알아야 한다. 사람들은 그것에게 왕좌로 머리를 내주고, 그것은, 당당하게, 머리칼의 뿌리에 발톱을 건다. 후에, 그것이 기름지고 좀 더 나이를 먹게 될 때, 사람들은 옛날 사람들의 습속을 모방하여, 그가 늙음의 도래를 냄새 맡지 못하도록 하기 위해서, 그를 죽인다. 사람들은 그에게 영웅에게 하듯이, 성대히 장례를 치러 주는데, 그를 곧바로 무덤 뚜껑을 향해 인도해 주는, 관棺이, 중요 시민들의, 어깨 위에 얹혀, 운반된다. 무덤 파는 인부가 그의 날카로운 삽으로 파는 습기 찬 땅 위에서, 사람들은 영혼의 불멸성과, 인생의 허무, 그리고 하느님의 설명할 길 없는 의지에 대해, 다채로운 문장들을 만든다. 그리고 부지런히 일하여 자기 몸을 꽉 채우고, 이제는 시체에 지나지 않는, 이 존재 위에, 대리석이, 영원히, 덮인다. 대중은 흩어지고, 밤은 지체 없이 어둠으로 무덤의 벽을 덮는다.

그러나, 인간들이여, 그를 잃는 고통에 대해, 마음을 진정하라. 여기 그 수를 헤아릴 수 없을 정도로 수많은 그의 가족은, 그대들에게 후히 감사하며, 이 심술궂은 조생아早生兒들이라는 유쾌한 존재에 의해 그대의 절망이 덜어지고 진정되도록 전진하고 있다. 조생아들은 후에 아름다움으로 윤색되고, 현자의 태도를 갖춘 괴물들인, 굉장한 이(虱)들이 될 것이다. 그 가족은 이 무서운 이방인들의 철저한 흡수에 의해 고갈된, 그대의 머리칼에, 모성의 날개로, 수십 개의 사랑스런 알을 품었다. 재빨리 시기가 되어, 알들이 깨어났다. 아무것도 두려워 말라, 이 젊은 철학자들은, 이 덧없는 삶에서, 지체하지 않고 커갈 것이다. 그들은 너무 커져서, 그들의 발톱과 흡관으로, 그대들에게 그것을 느끼도록 할 것이다.

그대들, 그대들은 왜 그들이 그대 머리의 뼈를 먹지 않고, 왜 그들의 펌프로, 그대들의 피의 정수를 추출하는 데 만족하는지를 모른다. 잠시 기다리라. 내가 그대들에게 그것을 설명하리라. 그것은 그들이 힘이 없기 때문이다. 만약 그들의 턱뼈가 그들의 무한한 소원의 정도와 일치한다면, 골, 눈의 망막, 척추 등의 그대들의 온 육체가 그 턱뼈를 지나갈 것이라는 것을 확신하라. 마치 한 방울의 물방울처럼 말이다. 거리의 젊은 거지 머리 위에서, 일하고 있는 이 한 마리를, 현미경으로, 관찰하라. 그대들은 내게 그것에 대한 정보를 달라. 불행히도, 이 긴 머리털의 산적들인, 이들은 작다. 그들은 신병이 되기에는 좋지 않을 것이다. 왜냐하면, 그들은 법에 의해 요구되는 필요한 키를 갖지 못하고 있기 때문이다. 그들은 짧은 다리를 가진 사람들의 소인국에 속해 있다. 그래서 장님들은 주저하지 않고 그들을 아주 작은 것들 사이에 둔다. 한 마리 이에 대항하여 싸우는 향유고래에게 불행이 있을진저. 향유고래는, 그의 크기에도 불구하고, 눈 깜짝할 사이에 잡아먹힐 것이다. 그 소식을 알리러 가기 위한 꼬리도 남지 않을 것이다. 코끼리는 남이 쓰다듬는 대로 가만히 있다. 그러나 이는, 그렇지 않다. 나는 그대들에게 이런 위험한 시도를 하라고 충고하지 않는다. 그대들의 손이 털투성이든지, 아니면 그 손이 단지 뼈와 살로만 되어 있든지, 조심하라. 그대들의 손에는 손가락들이 있는데 그 손가락들이 마치 비틀어진 것처럼 삐걱 소리를 낼 것이다. 그리고 피부가 이상한 요술에 의해 사라진다. 이(虱)들은 그들의 상상력이 생각해 내는 만큼의 악을 범할 수 없다. 그대들이 길을 가는 도중에 이 하나를 발견한다면, 그냥 지나가라. 그리고 그것의 혀의 돌기를 핥지 말라. 그대에게 어떤 사건이 생길지도 모른다. 그런데 사건이 일어났다. 무슨 상관이랴. 오 인간 종족이여, 나는 이미 그것이 그대에게 행한 악의 양에 대해 만족하고 있다. 단지, 나는 그것이 그대에게 더욱더 악을 행하기를 바랄 뿐이다.

언제까지 그대는, 그것에게 속죄의 희생물로 바치는 관대한 제물과 그대의 기도에 대해 무관심한, 이 신격화된 존재에 대해 낡은 예식을 지킬 것인가? 보라, 이 무서운 신神 마니투[Manitou, 선과 악을 주관하는 아메리칸인디언 중 특히 알곤킨Algonquin족의 신 – 역주]는, 꽃다발로 경건하게 장식된, 그의 제단들 위에 그대가 펼쳐 놓는, 골과 피가 든 커다란 잔들에 대해 감사하게 여기지 않고 있다. 그는 그것에 감사하게 여기지 않는다… 왜냐하면, 세상이 시작될 때부터 계속해서 지진과 폭풍우가 맹위를 떨치고 있기 때문이다. 그러나, 관찰할 만한 광경은, 바로 그가 그런 것에 무관심하게 보일수록, 그대는 더욱더 그에 감탄한다는 것이다. 그대는 그의 태도를 신용하지 않고, 그는 몸을 숨기는 게 보인다. 그리고 그대의 이성은 극도의 신성한 권력만이 그의 종교에 복종하는 충실자들에 대해 그 많은 경멸을 보일 수 있는, 그런 사고思考 위에 자리 잡고 있다. 그렇기 때문에, 여기에서는, 도마뱀, 저기에서는, 사랑을 파는 여자가 신인 것처럼, 각국에는, 다양한 신들이 존재하는 것이다. 그러나, 모든 사람들은, 그들을 구속하는 사슬에 입 맞추는 이, 성스러운 이름을 가진 이에 관한 문제일 때, 엄숙한 교회 앞뜰 위, 살생을 즐기는 형태 없는 우상의 밑받침 앞에서 함께 무릎을 꿇는다. 자신의 굴복적인 본능에 복종하지 않고 반항의 빛을 보일 사람은, 준엄한 신의 복수심에 의해 사라져 간, 가을 나뭇잎처럼, 조만간 대지에서 사라질 것이다.

오 말라 오그라든 눈동자를 가진, 이여, 강물이 바다의 심연 속에서 물기슭을 넓히는 한, 별들이 자기 궤도를 선회하는 한, 말없는 공허가 끝없이 펼쳐지는 한, 치명적인 전쟁들로 인간들이 서로에게 상처를 주는 한, 성스런 정의가 이 이기주의적인 지구 위에서 복수의 벼락을 서두르는 한, 인간이 자신의 창조자를 잘못 인식하고, 어느 정도 그 이유로 인해, 그로부터 멸시 섞인 경멸을 당하는 한, 너의 지배는 우주 위에서 확실한 것이고, 너의 왕국은 세기에서 세기로 그 고리들을 넓힐 것이다. 떠오르는 해, 천상의 구원자인, 너, 인간의 보이지 않는 적인, 너에게 나는 인사를 보낸다. 불순한 포옹 속에서, 그[인간 – 역주]와 함께 결합하라고 그 더러운 여자[saleté, 이 단어는 프랑스어에서 더러움, 불결함을 뜻하는 여성명사인데, 시인은 이 단어를 여성으로 의인화하고 있음 – 역주]에게 계속 얘기하라. 그리고 그녀가 영원히 인간의 충실한 정부로 남아 있을 거라는 것을, 분말로 쓰인 것이 아닌, 선서로써, 그녀에게 계속 맹세하라. 그녀가 네게 빠뜨리지 않고 돌려주는 중요한 서비스를 기억하며, 이 커다란 음란녀의 원피스에 때때로 입 맞추라. 만약 그녀가 그녀의 음란한 유방으로 남자를 유혹하지 않는다면, 아마도 너는, 온당하고 필연적인 이 결합의 산물인 너는 존재할 수 없을 것이다. 오 더러운 여자의 아들이여! 너의 어머니에게 말하라, 그녀가 고독한 길을 어떤 도움 없이 홀로 걸어가면서, 남자와의 잠자리를 외면한다면, 그녀의 존재가 위태로우리라는 것을. 너를 향내 나는 칸막이벽 속에 아홉 달 동안 가지고 있었던, 그녀의 모태가, 매우 귀엽고 매우 조용하나, 이미 차갑고 사나운, 그 모태의 부드러운 열매[자식을 뜻함 – 역주]가, 그다음에, 당할 위험에 대한 생각에 한 순간 동요하기를. 제국들의 여왕인, 매춘부여, 내 증오의 눈에 그대의 굶주린 어린 자식의 근육이 지각할 수 없을 정도로 천천히 늘어나는 광경을 항상 보여다오. 이 목적에 이르기 위해서는, 남자의 허리에 더 가까이 그대의 몸을 대기만 하면 된다는 것을 그대는 알고 있다. 그대는 정숙 때문에 불편해할 것 없이, 그렇게 할 수 있다. 왜냐하면, 너희 둘은, 모두, 오래전부터 결혼한 부부니까.

이 찬송가에 몇 마디를 덧붙이는 게 허락된다면, 나로서는, 내가 사방 사십 리로 비교적 깊게 구덩이를 만들게 했다고 말할 것이다. 여기 이들로 활기찬 갱이, 불결한 순결을 지키며, 누워 있다. 그 갱은 구덩이의 우묵한 곳을 가득 채우고서, 그다음에 모든 방향에서, 밀도 높은 넓은 정맥 모양으로, 굽이친다. 나는 이 인공적인 갱을 다음과 같이 만들었다. 먼저 인간의 머리칼에서 암컷 이(虱)를 하나 잡았다. 사람들은 내가 그것과 계속 삼 일 밤 동안 잠자는 것을 보았다. 그러고 나서 나는 그것을 구덩이 속으로 던졌다. 똑같은 다른 경우에서는 존재하지 않았을 인간의 수태가, 이번에는, 운명에 의해서, 받아들여졌다. 그리고, 며칠이 지난 후, 물질이 꽉 들어찬 마디 속에서 우글거리는, 수천의 괴물들이 세상에 태어났다. 이 끔찍한 마디는, 시간이 갈수록, 수은의 액체 자산을 얻으며, 더욱더 거대해져서, 여러 가지를 치며 퍼져 나갔는데, 그들은, 그 어미는 오히려 죽기를 바라는, 이제 막 태어난 사생아를 또는, 크로로포름 덕분에, 밤 동안에, 어느 소녀에게 내가 자르려 하는 한쪽 팔을, 먹이로서 내가 그들에게 던져 주지 않을 때마다, 서로를 잡아먹으면서(태어남이 죽음보다 더 많으니까), 영양을 취하였다. 인간에게서 영양을 취하는 이의 세대들은, 십오 년마다, 눈에 띄게 감소되어, 그들이 완전히 파괴되는 다음 시대를, 그들 스스로, 필연적으로, 예고한다. 왜냐하면, 자신의 적보다 더 지능이 있는, 인간이, 그를 쳐부수게 되기 때문이다. 그래서, 나의 힘을 더해 주는 끔찍스런 삽을 가지고, 나는 고갈되지 않는 이 갱에서, 산처럼 커다란, 이들의 덩어리들을 파내어,

그것들을 곡괭이질로 부순 다음, 깊은 밤 동안에, 도시의 간선도로들에다 옮겨다 놓는다. 거기에서, 인간의 성정과 접촉하여, 그것들은 땅 밑 갱의 구불구불한 긴 방들 속에서 그들이 맨 처음 만들어지던 날들에 그랬던 것처럼 용해되어, 자갈 속에 스스로 바닥을 파고서, 해로운 정기처럼 시냇물을 따라 주거지로 퍼져 간다. 집 지키는 개가 음험하게 짖는다, 왜냐하면 개는 미지의 존재들의 무리가 벽의 기공들을 뚫고서, 잠자는 머리맡에 공포를 가져오는 것처럼 여기고 있기 때문이다. 아마도 그대는, 그대 생애에, 적어도, 한번쯤은, 고통스럽게 길게 이어지는 이러한 유의 개의 짖음을 들어 보았을 것이다. 개는 그의 힘없는 두 눈으로, 밤의 어둠을 꿰뚫는 일을 맡고 있다. 왜냐하면, 개의 뇌는 그것을 이해하지 못하기 때문이다. 이런 웅웅 소리가 그를 자극하면, 그는 자신이 배반당한다고 느낀다. 수백만의 적들이, 메뚜기 떼처럼, 각 도시마다에서, 이렇게 무너지는 것이다. 앞으로 십오 년은 그럴 것이다. 그들은 인간에게 심한 상처를 입히면서, 인간과 싸울 것이다. 이 기간이 지난 뒤에, 나는 또 다른 자들을 보낼 것이다. 내가 살아 움직이는 물질 덩어리들을 분쇄할 때, 어느 조각은 다른 조각보다 더 밀도가 높을 수 있다. 그것의 원자들은 인간을 괴롭히러 가기 위하여 자신들의 응집된 덩어리를 맹렬하게 나누려 힘쓴다. 그러나 응집력은 그 단단함으로 저항한다. 그것들이 굉장한 폭발로 인해 어찌나 큰 힘을 내었던지, 자신의 살아 있는 성분들을 흩뜨릴 수 없는 돌은, 공중의 꼭대기까지, 먼지의 효과에 의해서인 것처럼 던져져서, 다시 떨어지면서 견고하게 땅 밑으로 파고든다. 가끔, 몽상가인 농부는 운석 하나가 낮은 쪽으로부터 옥수수 밭을 향하여 방향을 잡으면서, 수직으로 공간을 가르는 것을 본다. 그는 그 돌이 어디에서 오는 것인지 모른다. 그러나 이제 그대는 명백하고도 간결한, 이 현상의 이유를 안다.

만약 대지가, 바다 기슭의 모래알처럼, 이(虱)들로 덮여 있다면, 인간 종족은 무서운 고통에 시달려 전멸할 것이다. 굉장한 광경이리라! 나는, 천사의 날개를 하고서, 공중에서 움직이지 않은 채 그것을 관망할 것이다.

10

오 엄격한 수학이여, 꿀보다도 부드럽고, 현학적인 그대의 교과가, 나의 마음에, 시원한 물결처럼, 새어 들어온 이래로, 나는 계속 그대를 잊지 않았다. 나는 요람에서부터, 태양보다 더 오래된, 그대의 원천을 위해 건배하기를 본능적으로 열망하여, 나는, 그대를 공부한 자 가운데 가장 충실한 자로서, 아직도 계속해서 그대의 장중한 사원의 성스런 광장을 짓이기고 있다. 나의 정신 속에는 모호함이 있었다. 연기처럼 무엇인지 모를 두꺼운 것이 한 가지 있었다. 그러나, 나는 그대의 제단에까지 이르는 층계들을 착실하게 넘을 수 있었고, 그대는, 마치 바람이 체크 놀이판을 치워 버리듯, 이 어두운 장막을 추방하였다. 그 자리에 대신, 그대는 과도한 냉정함과 완벽한 신중성, 그리고 혹심한 논리를 놓았다. 그대의 강화된 우유의 도움으로, 나의 지성은 빠르게 발전되었고, 진실된 마음으로 그대를 사랑하는 이들에게, 그대가, 호탕하게, 선물하는 황홀한 이 빛 한가운데서, 나의 지성은 거대한 균형을 취하였다. 산술! 대수! 기하! 거대한 삼위일체! 빛나는 삼각형이여! 그대를 모르는 자는 미치광이다. 그는 아마도 가장 커다란 고통의 시련을 받을 만하리라, 왜냐하면, 그의 무지의 태평함 속에는 눈먼 경멸이 있기 때문이다. 그러나, 그대를 알고 그대의 가치를 인정하는 자는 더 이상 지상의 재물은 아무것도 원하지 않는다. 그는 그대의 마술적인 즐거움에 만족하고서, 그대의 어두운 날개 위에 얹혀져, 구체球體의 천공을 향해, 상향 나선을 조종하면서, 가볍게 비행하여, 올라가는 것밖에는 더 이상 원하는 것이 없다. 지구는 그에게 도덕적인 환상과 환영만을 보여 주고 있다. 그러나 그대, 오 정확한 수확이여, 그대가 갖는 위협적인 명제命題의 엄격한 속박과 철의 법칙이라는 항존성에 의해서, 그대는 우주의 질서에 그 흔적이 표시되는 그 지고한 진실을 강력히 반사하여, 경탄하는 두 눈에, 비추고 있다. 그러나, 특히 제곱의 완전한 규칙성에 의해 대표되고, 피타고라스Pythagore의 친구로서, 그대를 둘러싸고 있는 법칙은, 아직도 위대하다. 왜냐하면, 카오스의 내부로부터, 수학이 갖는 정리定理라는 보물과 찬란한 광채를 나오게 하는 작업인 기억할 만한 이 공부에서, 하느님은, 자기 자신과 자신의 속성을, 완전히 폭로하였기 때문이다. 고대 시대와 현대 시대에, 인간의 위대한 상상력 이상의 것이, 불타는 종이 위에 그려진 상징적인 그대의 모습을 응시하며, 우주 전에 존재하였으며 우주 뒤에도 계속 존재할, 영원한 상형문자와 공리公理의 갑작스런 폭로에 지나지 않고, 보이지 않는 호흡으로 살아가며, 보잘것없는 문외한은 이해하지 못하는, 신비스런 기호들로서, 겁먹은 자신의 천재성을 구현한다. 그 상상력은, 수학을 인간과 비교시킬 때, 인간에게서는 잘못된 오만과 거짓밖에는 발견하지 못하는 반면에, 수학은 숙명적인 의문 부호라는 수렁 쪽으로 기울어진 채, 어떻게 그렇게 당당한 위대함과 반발할 수 없는 그만한 진실을 내포하게 되었는가 자문해 본다. 그래서, 그대가 가르쳐 준바 고귀한 친밀감이 인간의 왜소함과 그들의 비할 데 없는 광증을 더욱 느끼게 하여, 슬퍼하는, 수학의 뛰어난 지성은, 그 하얗게 된, 머리를, 뼈만 앙상한 손 위에다 박고 초자연적인 명상에 빠져 있다. 그 뛰어난 지성은 그대 앞에 무릎을 꿇고, 깊은 존경으로 그대의 성스런 얼굴에, 바로 하느님의 모습에다 하듯 경의를 표한다. 내 어린 시절에, 맑은 시냇가 푸르른 초원 위에서, 달빛이 쏟아지던 어느 날 밤에, 우아함과 정숙함에서 똑같은 셋, 여왕처럼 위엄으로 가득 찬 셋, 그대들은 내게 나타났다.

그대들은 안개처럼 펄럭거리는 긴 원피스를 입고 나를 향해 몇 발자국 오더니, 축복받은 아들같이 나를 그대들의 자랑스러운 유방을 향해 끌어당겼다. 그래서, 나는 자진하여 뛰어갔고, 나의 손은 그대들의 하얀 가슴 위로 기어 올라갔다. 나는 감사하며 그대들의 풍요한 성찬으로 영양을 취했고, 내게서 인간성이 자라나서 더욱 좋아지는 것을 느꼈다. 오 경쟁하는 여신들이여, 이때 이후로 나는 그대들을 버리지 않았다. 마치 대리석 위에다 새기듯이, 내 마음의 페이지 위에다 내가 새겼다고 믿은, 얼마나 많은 열정적인 계획들과 얼마나 많은 공감들을 형성하는 윤곽들을, 그들은 마치 떠오르는 새벽이 밤의 어둠을 지우듯, 미망에서 깨어난 나의 이성으로, 천천히 지워 버리지 않았던가! 이때 이후로, 나는 나안裸眼으로, 죽음이, 무덤의 수를 늘릴 의도로, 인간의 피로 살찐 전쟁터를 휩쓸고, 아침에 피는 꽃들이 장례식의 해골들 위로 비집고 나오게 하는 것을 보았다. 이때 이후로, 나는 우리 지구의 여러 혁명을 목격하였다. 지구의 지진들, 주위에 용암이 있는 화산들, 사막의 열풍, 그리고 태풍으로 인한 파선들이 있는 장소에 나는 냉정한 관객으로서 나타났다. 이때 이후로, 나는 몇몇 인간 세대들을 보았는데, 그들은, 아침마다, 자기의 마지막 탈바꿈에 인사하는 번데기의 무경험적 기쁨을 가지고, 공간을 향하여, 자기의 날개와 두 눈을 들어올리고, 저녁이면, 태양이 지기 전에, 바람의 구슬픈 소리가 흔드는 시든 꽃들처럼, 목을 떨어뜨리고, 죽는 것이었다. 그러나, 그대, 그대는 여전히 똑같은 채로 있다. 어떤 변화도, 악취를 풍기는 어떤 대기도, 그대의 신분을 말하는 거대한 계곡들과 깎아지른 바위들에 조금도 닿지 못한다. 그대의 준수한 피라미드들은 어리석음과 노예제도에 의해 세워진 개미집인, 이집트의 피라미드보다 더 오래 지속될 것이다. 세기말은 아직도 시간의 폐허 위에 서서, 그대의 강신술降神術적인 숫자들과 간결한 방정식들, 그리고 조각적인 아름다움을 보이는 그대의 모습이, 하느님의 오른쪽에 있는 복수하는 여인의 자리를 차지하는 것을 볼 것이다. 그동안, 별들은, 절망적으로, 질풍처럼, 전 지구를 덮치는 끔찍한 밤의 영원함 속으로, 가라앉고, 얼굴을 찌푸린 인간들은, 지난번의 판단으로 계산해 볼 것이다. 그대가 내게 돌려준 그 수많은 서비스에 감사한다. 그대가 내 지성을 풍성하게 해 준 그 낯선 특성들에 대해, 감사한다. 그대가 없었다면, 나는, 인간에 대항하는 투쟁에서, 패배했을 것이다. 그대가 없었다면, 인간은 나를 모래 위에 뒹굴게 하고, 제 발의 먼지에 입 맞추게 했을 것이다. 그대가 없었다면, 인간은 믿을 수 없는 위험한 발톱을 가지고, 나의 살과 뼈에 상처를 냈을 것이다. 그러나, 나는, 경험 있는 운동가처럼, 조심하며 스스로 보호하였다. 그대는 내게 숭고하고 정열에서는 벗어나 있는 그대의 이론에서 불쑥 솟아오르는 냉정함을 주었다. 나는 거만하게 내 짧은 여행의 일시적인 쾌락을 물리치고, 나의 동류들이 주는 동정적이지만, 또한 가식적인 제공물을 나의 문에서 돌려보내기 위해 그 냉정함을 사용하였다. 그대는, 분석과 종합, 그리고 연역이라는 그대의 감탄할 만한 방법들에서 시시각각 간파되는 완강한 신중성을 내게 주었다. 죽음을 면할 수 없는 나의 적인 인간의 나쁜 술책의 방향을 바꾸기 위하여, 그리고 이번에는 내 편에서, 능란하게, 내 적을 공격해서, 뾰족한 단도로 그의 내장을 찌르기 위하여, 나는 그 신중성을 사용하였다. 그 칼은 그의 몸에 꽂혀 영원히 남아 있을 것이다. 왜냐하면 그 상처는 다시 회복될 수 없을 것이기 때문이다. 그대는 지혜로 가득 찬 그대의 가르침으로 영혼 그 자체와 같은, 논리를 내게 주었다. 그 복잡한 분규가 좀 더 이해할 만한 논리의 삼단추론과 함께, 나의 지성은 자신의 대담한 힘이 배가되는 것을 느꼈다. 이 대단한 보조의 도움으로, 나는 증오의 암초와 마주하여, 바닥을 향해 헤엄치면서, 인간성에서, 해로운 독기 한가운데서 썩고 있는, 어둡고 흉악한 잔인성을 발견하였다. 그 누구보다 처음으로, 나는 그의 어두운 내장 속에서, 이 불길한 악덕, 인간에게 있어서 선善보다 더 우월한 악덕인 악惡을 발견하였다! 그대가 내게 빌려준 독 있는 이 무기를 가지고, 나는 창조주 자신을, 인간의 비열함이 만들어 놓은, 그의 발판으로부터, 내려오게 했다! 창조주는 이빨을 갈면서 이 불명예스런 모욕을 감수했다. 왜냐하면 그는 그의 적으로서 그보다 더 강한 어떤 자를 갖게 되었기 때문이다. 그러나, 나는 나의 비행飛行을 낮추기 위하여, 노끈 뭉치처럼, 그를 옆에 내버려 둘 것이다… 사상가 데카르트Descartes는 그대를 토대로 하여 견고한 것은 아무것도 생기지 않았다는 생각을 하였다. 이것은 맨 처음 온 자는, 단번에, 그대의 측정할 수 없는 가치를 발견할 수 없다는 것을 이해시키려는 영리한 방법이었다. 실제로, 그대의 거대한 건축물의 장엄한 꼭대기 위에서, 독특한 화관처럼 얽혀 짜인 채, 일어나는 이미 이름 붙여진 세 가지 중요한 특징보다 더 견고한 것이 무엇이겠는가? 그대의 다이아몬드 광에서의, 일상적인 발견과, 그대의 초월적 영역에서의, 과학적인 탐험으로, 끊임없이 커지는 기념물. 오 성스런 수학이여, 그대와의 영속적인 관계로 해서, 그대는 인간의 잔인함과 하느님의 불의에 대하여, 남은 나의 세월을 위로할 수 있겠는가!

11

《오 은빛 화구火口를 가진 램프여, 나의 눈은 성당들의 천장에 달려 있는 너를 공중에서 보고, 네가 그곳에 매달린 이유를 찾고 있다. 너의 불빛은 밤 동안 하느님을 찬미하러 오는 사람들의 무리를 밝게 비추고, 회개한 윤락녀들에게 제단에 이르는 길을 보여 준다고 들었다. 그렇다, 이것은 매우 있을 법한 일이다. 그렇지만… 너는 네가 아무런 말도 하지 않는 사람들에게 그와 같은 서비스를 해 줄 필요가 있는 것인가? 대성당의 기둥들을, 암흑 속에 묻혀 있는, 그대로 두어라. 그리고, 태풍의 숨결 위에서는 악마가, 공간 속으로 실려와, 회오리치는데, 태풍의 숨결이, 악의 왕자의 독기 있는 돌풍에 대항하여, 용기 있게, 싸우는 대신에, 질겁하면서, 성스런 장소로, 악마와 함께, 뛰어 들어갈 때, 너는 그가 아무에게도 자신을 보이지 않고, 무릎 꿇은 신자들 사이에서 그의 희생물들을 선택할 수 있도록, 그 숨결의 열기 있는 입김 아래서, 갑자기 불을 꺼라. 네가 그렇게 한다면, 나의 모든 행복은 네 덕분일 것이라고 너는 말할 수 있다. 네가 어렴풋하지만, 충분한 빛을 펼치면서, 이렇게 빛날 때, 나는 감히 내 성격이 시사하는 것에 나를 맡기지 못하고, 주님의 품에서, 나의 복수를 피하는 사람들을, 반쯤 열린 현관 틈으로 바라보면서, 성스런 회랑 아래 머무른다. 오 시적인 램프여! 네가 나를 이해할 수 있다면 내 친구가 될 너, 너는, 어두운 시간에, 내 발이 교회의 현무암을 밟을 때, 고백하건대, 왜 내게는 이상스럽게 빛나기 시작하는 것인가? 그때, 너의 반사광은 전등 빛의 하얀 색조로 물들어서, 눈으로 너를 응시할 수 없다. 너는 새롭고 강력한 불꽃으로, 마치 네가 분노한 성녀의 먹이인 것처럼, 창조주 처소의 가장 사소한 것들까지도 비추고 있다. 그리고, 내가 신을 모독한 후 물러나 있을 때, 너는 다시 남의 눈에 보이지 않게 되고, 겸손하고 창백하게 되어, 정의로운 행동을 수행했다고 확신한다. 내게 조금이라도 말하라. 네가 내 마음의 우회를 알기 때문에, 너는 네가 밤을 새는 곳에 내가 나타날 때면, 나의 해로운 출현을 서둘러 지적하고, 인간들의 적이 이제 막 모습을 보인 쪽을 향해 숭배자들의 주의를 끌게 하는 것인가? 내 생각에는 그런 것 같다. 왜냐하면, 나 역시, 너를 막 알기 시작했기 때문이다. 그리고 성스런 회교 사원들에서, 너의 야릇한 주인은, 수탉의 벼슬처럼, 으스대며 걷는데, 사원들을 매우 잘 지키는, 늙은 마법사여, 나는 네가 누구인지 안다. 경계를 게을리 하지 않는 수호자여, 너는 굉장한 사명을 가졌구나. 네게 경고하노니, 네가 발광이 강렬해진 너의 빛으로, 나의 동류들의 정숙함을 내게 지적한다면 그 즉시, 나는 내 발톱들로 두부 백선에 걸린 네 목덜미의 욕창을 잡으며, 너의 가슴살을 쥐고, 센Seine강 속에 너를 던질 것이다. 왜냐하면 어느 물리책에서도 언급조차 되지 않은 이 광학적 현상을 나는 좋아하지 않기 때문이다. 내가 네게 아무것도 하지 않을 때, 네가 의식적으로 내게 해롭게 행동하는 것을 나는 바라지 않는다. 나는 네게 내 마음에 흡족할 만큼만, 거기에서, 빛을 발할 것을 허락할 것이다. 그때, 너는 참을 수 없는 미소를 지으며 나를 업신여길 것이다. 거기에서, 너는 죄를 범한 네 기름의 능력을 확인하고, 쓰디쓰게 그 기름을 흘려 버릴 것이다.》 이렇게 말한 후, 말도로르는 사원에서 나가지 않고, 성소의 램프에다 두 눈을 고정시키고 있다… 그는 시기적절하지 않은 출현으로, 그를 극도로 자극하는, 이 램프의 태도에서, 일종의 도발이 보인다고 믿는다. 만약 어떤 영혼이 이 램프 속에 갇혀 있다면, 그 영혼은 무기력하여, 이 충실한 공격에, 성실하게, 대답하지 않는다고 그는 생각한다. 그는 자신의 신경질적인 팔로 허공을 친다. 그는 아마도 램프가 인간으로 변신하기를 바랄 것이다. 그는 그것을 기대하면서 램프에게는 끔찍한 십오 분의 시간을 흘려보내게 할 거라고, 스스로 다짐한다. 그러나, 하나의 램프가 인간으로 변하는 방법이란 자연스럽지가 않다. 그는 포기하지 않고, 날이 서고, 평평한 조약돌을, 찾으러, 빈약한 탑이 있는 마당으로 간다. 그는 그 돌을 힘 있게 공중에 던진다… 낫에 의해 잘리는 풀처럼, 사슬 가운데가 잘리고, 의식 때 사용되는 그 도구는, 기름을 타일 위에 퍼뜨리며, 땅에 떨어진다. 그는 램프를 잡아 밖으로 옮기려 한다, 그러나 램프는 저항하면서 점점 커져 간다. 그에게는 그 램프의 모습이 허리에는 날개가 달리고, 윗부분은 천사 흉상의 형태를 띠고 있는 것으로 보인다. 모든 것이 그의 도약을 위하여 공중으로 올라가려 한다. 그러나 그는 그것을 완강한 손으로 다시 잡는다. 하나의 몸을 이루고 있는 램프와 천사, 이것은 자주 볼 수 없는 광경이다. 그는 램프의 모습을 분간한다. 그는 천사의 모습도 분간한다. 그러나, 그의 머릿속에서는 이것들을 나눌 수 없다. 실제로, 현실에서,

이것들은 서로 붙어 있으면서, 독립적이고 자유로운 하나의 실체를 형성하고 있다. 그러나, 그는 웬 구름이 그의 눈을 가려서, 그의 훌륭한 시력을 약간 잃게 만든 것이라고 믿는다. 그렇지만, 그의 적은 두려워하지 않기 때문에, 그는 용기 있게 전투 준비를 한다. 순진한 사람들은, 그것들을 믿고 싶어 하는 사람들에게 이야기하기를, 능욕당한 성소의 경내에서 돌발적인 사건들이 일어나려고 했던 그 불경건한 싸움에 아무도 참가할 수 없도록, 성당의 문이, 문의, 슬퍼하는 돌쩌귀 위를 굴러가며, 스스로 닫혔다고 한다. 외투를 입은 남자는, 보이지 않는 검으로 끔찍한 상처를 입으면서도, 자신의 입을 천사의 얼굴에 가까이 대려고 애쓴다. 그는 이것밖에는 아무것도 생각하지 않고, 오직 이 목적을 위해 자신의 모든 노력을 기울인다. 그 사람은 이제 힘을 잃고, 자신의 운명을 예감하는 것 같다. 그는 이제 약하게만 투쟁할 뿐이고, 그의 적이, 자신이 원하는 것이라면, 마음대로 그를 포옹할 수 있을 순간이 보인다. 그런데 그 순간이 왔다. 그는 이제 자신의 근육으로, 천사가 더 이상 숨 쉴 수 없게 목을 조르고, 자신의 가증스런 가슴 위로 천사를 갖다 대면서, 천사의 얼굴을 거꾸로 뒤집는다. 그는 자신이 기꺼이 그의 친구도 되었을, 이 천상의 존재를 기다리고 있는 운명에 한순간 감동하였다. 그러나, 그는 천사가 주主의 사자使者라고 생각한다, 그래서 그는 계속해서 노여워할 수 없다. 이제 되었다. 어떤 무시무시한 무엇인가가 시간의 우리 속으로 들어가려 한다! 그는 몸을 기울이고, 애원하는 시선을 던지는, 이 천사의 뺨에, 타액이 스며든 혀를 댄다. 그리고 얼마 동안 이 뺨 위를 혀로 더듬는다. 오! … 보라! 어서 보라! … 장밋빛의 하얀 뺨이, 석탄처럼, 검게 되었다! 뺨은 썩는 냄새가 나는 독기를 발산한다. 탈저脫疽병이다. 더 이상 그것을 의심할 수는 없다. 악이 잠식하여 온 얼굴 위에 퍼졌고, 얼굴에서부터 아랫부분으로 그의 분노가 일고 있다. 이윽고, 천사의 온몸이 거대하고 불결한 상처에 지나지 않게 되었다. 그 자신도 두려움에 사로잡혀(왜냐하면, 그는 자신의 혀가 그렇게 불결한 독을 갖고 있으리라고 생각지 않았기에), 램프를 주워서 교회로부터 달아난다. 밖에서, 한번 그는 천상의 구역을 향해 날아가려고 어렵게 방향을 잡는, 그을린 날개를 단 거무스름한 형태를 공중에서 보았다. 천사는 선의 맑은 고지를 향하여 오르고, 말도로르, 그는, 반대로, 악의 어지러운 심연을 향하여 내려가면서, 그들은 둘 다 서로를 바라본다… 이 웬 시선인가! 육십 세기 전부터 인류가 생각한 모든 것, 그리고 그 뒤에 이어지는 세기 동안에도, 아직 인류가 생각하고 있을 것이, 그 시선에 쉽게 포함되어 있을 것인데, 왜냐하면, 그들은 이 천상의 작별 인사에서, 너무 많은 것들을 서로 나누었기 때문이다! 그러나 그것은, 인간의 지성에서 솟아나는 생각들보다 수준 높은 생각들이었다고 사람들은 이해하는데, 우선은 두 사람 때문에, 그리고 다음은 환경 때문이다. 이 시선은 그들을 영원한 우정으로 맺어 주었다. 그는 창조주가 그렇게도 고상한 영혼을 지닌 선교사들을 가질 수 있다는 것에 놀란다. 한 순간, 그는 속았다고 생각하고, 그가 악을 행했던 것처럼, 악의 길을 계속 따라가야 했던 것은 아닌지 자문해 본다. 고통은 지나갔다. 그는 자신의 결정을 고집한다. 그의 생각으로는, 전 우주와 저렇듯 아름다운 천사의 무리를 대신 다스리기 위하여, 조만간 하느님을 정복하는 것은 영광스러운 일인 것이다. 하느님은, 아무 말 없이, 그가 하늘로 올라오면서 점점, 원래의 모습을 다시 되찾을 거라고 그를 이해시키고, 한 방울의 눈물을 떨어뜨리는데, 이 눈물은 그에게 탈저병을 준 자의 이마를 차갑게 식혀 준다. 그는, 독수리처럼, 구름 한가운데로 올라가며, 조금씩 사라져 간다. 죄를 저지른 그는, 앞에서 있었던 일의 원인인, 램프를 바라본다. 그는 미친 사람처럼 길을 가로질러, 센강을 향해 가더니, 난간 밑으로 그 램프를 던진다. 램프는, 잠시 동안, 맴돌다가, 결국 진창의 물속으로 가라앉는다. 이 날부터, 매일 저녁이면, 밤이 오기가 무섭게, 강물의 표면 위로, 나폴레옹 다리의 높이에, 손잡이 대신, 두 개의 귀여운 천사 날개를 달고, 솟아올라 우아하게 떠 있는 빛나는 램프가 보인다. 램프는 천천히, 물 위를, 미끄러져 가르Gare 다리와 오스테를리츠Austerlitz 다리의 아치 아래를 지나서, 알마Alma 다리까지, 센강 위로, 조용한 항진을 계속한다. 한번 이 자리에서, 램프가 쉽게 강 길을 따라 올라가면, 네 시간 후에는 그 출발점으로 되돌아온다. 이렇게, 밤새도록 계속해서 말이다. 전등 빛처럼 하얀, 그 빛이, 두 개의 강가를 따라서 뻗어 있는 가스등의 화구들을 흐리게 한다. 그리고, 램프는 가스등의 그 화구들 사이에서, 참을 수 없는 미소를 짓고 있으며, 그 안으로 침투할 수 없는, 고독한, 여왕처럼, 기름을 퍼뜨리지도 않으면서 쓰디쓰게 나아간다. 처음에는, 배들이 그것을 잡으려 했다. 그러나, 그것은 이 노력이 헛되도록 골탕 먹이고, 마치 요염한 여자처럼, 물속으로 잠겨서, 모든 추격을 피하고선 더 멀리, 아주 멀리 떨어져서 다시 나타나곤 했다. 이제, 미신적인 선원들은 그것을 보면, 반대 방향으로 노를 저으며, 계속 노래를 부른다. 그대들이, 밤 동안에, 다리 위를 지나게 되면, 그때는 아주 조심하라. 여러분은 확실히 램프가 빛나는 것을, 여기저기에서, 볼 것이다. 그러나, 그것이 모든 사람에게 보이지는 않는다고 한다. 양심에 무엇인가를 지닌 인간 존재가 다리 위를 지날 때면, 그 램프는 갑자기 그 빛을 꺼서, 두려움에 사로잡힌, 행인은, 그 옆을 지나면서, 절망적인 시선으로, 강의 표면과 진흙을, 헛되이 살펴본다. 그는 그러한 것이 무엇을 의미하는지 안다. 그는 천상의 빛을 보았다고 믿고 싶다. 그러나, 그는 그 빛이 배들의 전면이나 가스등의 화구들이 내는 빛의 반사에서 온 것이라고 중얼거린다. 그런데 그가 옳은 것이다… 그는 그 빛이 사라지는 원인이 바로 자신이라는 것을 안다. 그래서, 그는 슬픈 사색에 잠겨, 자신의 처소로 발길을 서두른다. 이때, 은빛 화구를 한 램프가 물 표면 위로 다시 나타나서, 우아하며 변화무쌍한 아라베스크arabesque를 지나, 그의 발걸음을 좇아간다.

12

나의 어린 시절, 내가 빨간 채찍에 맞아 잠을 깨곤 했을 때, 인간들이여, 그때 내가 한 생각을 들어 보라. 《나는 지금 막 잠이 깨었구나. 그러나 내 생각은 아직도 마비되어 있다. 아침마다 나는 내 머릿속이 무거운 것을 느낀다. 내가 밤에 휴식을 취하는 것은 드문 일이다. 왜냐하면, 내가 잠들게 되면, 무서운 몽상들이 나를 괴롭히기 때문이다. 낮에는, 나의 두 눈이 공간을 이리저리 방황하는 동안, 나의 생각은 이상한 명상으로 피로해지고, 밤에는 잠을 잘 수 없다. 그러면 나는 언제 자야 하나? 하지만, 본능은 자신의 권리를 주장할 필요가 있는데, 내가 본능을 무시하기 때문에, 본능은 내 얼굴을 창백하게 만들고, 강한 열기를 내뿜는 불꽃으로 내 눈을 빛나게 한다. 그러나, 나는, 계속적으로 생각하느라고 내 정신을 고갈시키지 않는 것 그 이상의 것을 바라지는 않을 것이다. 그런데, 내가 그것을 원하지 않는데도, 깜짝 놀란 나의 감정은 이 기슭을 향해 물리칠 수 없는 기세로 나를 끌고 간다. 나는 다른 아이들도 나 같다는 것을 알아차렸다. 그러나, 그들은 나보다 더욱 창백하고, 그들의 눈썹은 남자들인, 우리 형들의 눈썹처럼 찌푸려져 있다. 오 우주의 창조주여, 나는, 오늘 아침, 그대에게 어린아이다운 내 기도문을 쓰는 것을 빼먹지 않을 것이다. 가끔 나는 그것을 잊는다. 그런데, 요즘 나는 내가 보통 때보다 더 행복하게 느낀다는 것을 알았다. 내 가슴은, 모든 구속으로부터 자유로워져, 활짝 밝아지고, 나는, 더욱 편하게, 들판의 향기로운 대기를 숨 쉰다. 반면, 부모님은 그대에게 매일 찬송가를 들려주라고 명령했는데, 이 고통스런 의무에는 힘드는 작업인 창조가 내게 주는 뗄 수 없는 고통이 동반되었다. 그래서, 이 의무를 다할 때면, 내가 생각하지 않는 것을 얘기한다는 것이 사리에 맞지 않으며 자연스러운 것이 아닌 것 같기에, 나는 하루의 나머지 시간을, 슬프고 흥분된 마음으로 지내다가, 거대한 고독의 자리를 찾는다. 만약 내가 그 고독에게 내 마음의 이 이상한 상태에 대한 설명을 요구한다 해도, 그에 대한 대답은 없다. 나는 그대를 사랑하고 싶고 숭배하고 싶다. 그러나 그대는 너무 강해서, 나의 찬송가에는 두려움이 섞인다. 만약, 단지 그대 생각의 표시만으로도, 그대가 사람들을 파괴시키고 창조할 수 있다면, 나의 약한 기도는 그대에게 소용이 없을 것이다. 만약, 그대가 마음 내키는 대로, 콜레라를 보내어 도시들을 침범하게 하거나, 또는 죽음이, 아무 구별 없이, 네 살배기들을 자신의 온실로 데려간다면. 나는 이렇게 끔찍한 친구와 관계를 맺고 싶지 않다. 증오가 나의 이성의 실을 인도해서가 아니다. 반대로, 제멋대로의 법칙에 의해, 그대의 마음에서 나와서, 안데스 산맥의 콘도르가 두 날개를 벌린 크기만큼, 거대해질 수 있는 그대 특유의 증오를, 두려워하기 때문이다. 그대가 하는 심심풀이의 모호한 놀이는 나의 능력 밖에 있다. 그런데 아마도 그것의 첫 번째 희생물은 내가 될 것 같다. 그대는 전능한 신이다. 나는 이러한 그대의 칭호에 반대하지 않는다, 왜냐하면, 그대 혼자만이 그러한 호칭을 가질 권리가 있고, 또 비통한 결말이나 행복한 결말에 대한 그대의 욕망은 그대 자신이라는 한계만을 지닐 뿐이기 때문이다. 확실히 그렇기 때문에, 그대의 사파이어로 된 잔인한 긴 옷 옆에서, 그대의 노예로서가 아니라, 쉬이 그대의 노예가 될 수 있는 상태로 걷는 것은 나에게 고통스러운 일일 것이다. 그대의 이 지고의 행위를 캐내려, 그대가 그대 내면을 깊숙이 바라볼 때, 가장 충실한 그대의 친구처럼, 항상 그대에게 복종한, 이 불행한 인류에 대해 행해진, 지나간 어떤 정의롭지 못한 환영이, 그대 앞에서, 복수자의 움직이지 않는 척추의 추골을 일으켜 세우면, 그대의 혹독한 눈이 뒤늦은 회한으로 공포에 사로잡혀 눈물을 흘리는 것은 사실이다. 그리고 그때, 곤두선 머리카락을 하고, 그대 스스로가, 허무의 덤불에서, 호랑이에 대하여, 비통한 것이 아니면, 우스꽝스러운 것일, 그대의 상상이라는 생각조차 할 수 없는 장난을, 영원히, 그리고 진심으로, 그만둘 결심을 하려고 생각하는 것도, 사실이다. 그러나, 영원이란 것이, 그대의 뼈 속에서, 단단한 골처럼, 그 영원한 거처의 고래작살을 고정시키지 않았다는 것을, 그리고 또 그대가 꽤 자주, 실수라는 검은 빛 문둥병으로 뒤덮인, 그대와 그대의 사고를, 음침한 저주의 음산한 호수 속으로 다시 떨어뜨린다는 것을 나는 알고 있다. 나는 이 음침한 저주가 무의식적인 것이라고 믿고 싶다(비록 그들의 치명적인 독액을 덜 숨겨 주지는 않는다 하더라도), 그리고 함께 합해진, 선과 악이, 바위 사이로 흐르는 도랑처럼, 보이지 않는 어떤 힘의 내밀한 매력에 의해, 썩어 가는 그대의 당당한 가슴으로부터 맹렬히 뛰어올라 널리 퍼지는 것을 믿고 싶다. 그러나, 내게 그 증거를 보여주는 것은 아무것도 없다. 나는, 너무도 자주, 그것이 그대의 불결한 이빨이 격노로 인해 부딪쳐 덜그럭거리고, 시간의 이끼로 뒤덮인, 그대의 당당한 면상이, 인간들이 범한 어떤 아주 작은 경박한 일 때문에, 타고 있는 석탄처럼, 붉어지는 것을 보았다. 이 우직한 가설이 쓰인 푯말 앞에, 좀 더 오랫동안 나를 멈춰 세울 수 있도록, 매일, 나는 두 손을 모으고, 그대를 향한 나의 겸허한 기도 소리를 드높일 것인데, 이것은 필요한 일이기 때문이다. 하지만, 내가 그대에게 애원하건대, 그대의 섭리가 나를 생각하지 않도록 하라. 땅 아래를 기어 다니는 벌레처럼, 나를 내버려 두라. 그대가 나를 감시한다는 것을 아는 것보다 오히려, 이 해역의 한가운데, 그 파도 이는 가슴속으로, 적도의 파도가 가져오는, 미지의 야생의 섬에 있는 해초로 탐욕스럽게 영양을 취하고 싶어 하리라는 것을 그대는 알아 두라. 그리고, 그대가, 나의 양심에, 냉소 짓는 메스를 가하고 있다는 것 또한 알아 두라. 그대에게 내 사고의 모든 것이 이제 막 드러났다. 그리고, 내 사고는 상식의 지울 수 없는 흔적을 지니고 있는데, 나는 그대가 이 상식에 쉽게 박수갈채를 보낼 것을 바란다. 내가 그대와 함께 지켜야 하는 다소 친밀한 관계의 형태 위에서 이루어진 이 남겨진 흔적들과 별도로, 나의 입은, 여명이, 마치 나, 내가, 선에 대한 사랑에 고무되어, 착한 행동을 추구하는 것처럼, 황혼의 비단결 같은 주름 속에서 빛을 찾으면서, 푸르스름하게 떠오르자마자, 너의 자만심이 각 인간으로부터 엄격하게 요구하는 거짓의 흐름을, 어떤 인위적인 고통처럼, 하루의 어느 때라도, 발산할 준비를 하고 있다. 나는 많은 햇수를 살지는 않았다. 그렇지만, 선함이란 것이 단지 유성 음절들의 집합에 불과하다는 것을 벌써 느끼고 있다. 나는 어디에서도 그것을 발견하지 못했다. 그대는 그대의 성격을 포착할 수 있게 너무

방심하고 있다. 더 능란하게 그 성격을 감추어야 할 것이다. 그런데 아마도 내가 오해하는 것인지도 모르며, 그대가 고의로 그렇게 하는지도 모른다. 왜냐하면, 그대는 그대가 어떻게 행동해야 하는지를 다른 자보다 더 잘 알고 있기 때문이다. 그들, 인간들은, 그대를 모방하는 것을 그들의 영광으로 생각한다. 그러므로 성스런 선함이란 그들의 사나운 두 눈 속에서는 그 머무를 막사를 모르고 있으니, 그 아버지에 그 아들이다. 인간이 그대의 지성에 대해 생각해야 한다 할지라도, 나는 공명정대한 비평가로서밖에는 그대의 지성에 대해 말하지 않는다. 나는 그릇 인도되었는데, 그 이상 더 바라지 않는다. 나는 내가 사랑과 함께 품고 있는 그대에 대한 증오를, 마치 사랑하는 딸처럼, 그대에게 보이고 싶지 않다. 왜냐하면, 그대의 눈에 그 증오를 숨기고, 그대 앞에서, 그대의 불순한 행위를 제어할 의무를 지는, 엄격한 검열관의 태도만을 지니는 것이 더 낫기 때문이다. 그러면 그대는 이 증오와의 능동적인 모든 교제를 그칠 것이며, 증오를 잊고, 그대의 간을 갉아먹는 이 게걸스런 빈대를 완전히 부숴버리리라. 나는 차라리 그대에게 꿈꾸는 듯한 부드러운 말을 들려주고 싶다… 그렇다, 이 세상과 함께 이 세상이 지니고 있는 모든 것을 창조한 것은 그대다. 그대는 완전무결하다. 그 어떤 덕도 그대에게 없는 것이 없다. 그대는 아주 전능하고, 모두 그것을 알고 있다. 온 우주가, 시간마다, 그대에 대한 영원한 성가를 노래하게 하라! 새들은, 전원에서 날아오르며, 그대를 찬양한다. 별들은 그대의 것이다… 아멘!》 이러한 기도문 다음에, 있는 그대로의 나를 발견하고 그대들이 놀라기를!

13

나는 나를 닮은 영혼을 찾고 있었는데, 발견할 수가 없었다. 나는 이 땅의 구석구석을 뒤졌다. 그러나 그러한 나의 인내심도 소용이 없었다. 하지만, 나는 홀로 있을 수가 없었다. 나의 성격에 동감할 누군가가 필요하였다. 나와 똑같은 생각을 가진 누군가가 필요했던 것이다. 아침이었다. 태양이, 아주 장엄한 모습으로, 지평선에 떠올랐다. 그리고 저기 한 젊은이가 나의 눈에 들어왔다. 그는 자기가 지나는 길 위로 꽃들을 피어나게 하고 있었다. 그가 내게로 다가왔다, 그리고 내게 손을 내밀면서, 나의 손을 잡았다. 《내가 그대에게로 왔어. 그대는 나를 찾고 있지. 이 행복한 날을 진심으로 기뻐하자.》 그러나, 나는, 《가라. 나는 그대를 부르지 않았다. 나는 그대의 우정을 필요로 하지 않는다…》라고 하였다. 저녁이었다. 밤이 그 검은 베일을 자연 위에 펼치기 시작했다. 겨우 그 모습이 분간되는, 한 아름다운 여자가, 나를 매혹시키고 있었다. 그녀는 나를 연민하며 바라보고 있었는데, 차마 내게 말을 하지는 못했다. 나는 말했다. 《그대의 얼굴 모습을 정확히 볼 수 있게, 내게로 가까이 오렴. 왜냐하면, 별빛이 강하지 않기 때문에, 이렇게 떨어져서는 별빛이 그대의 얼굴 모습을 비추지 못하니까.》 그러자, 그녀는 조심스런 걸음걸이로, 두 눈을 내리깔고, 잔디의 풀을 짓이기면서, 나를 향하여 왔다. 그녀를 보자 곧, 나는 말했다.《선함과 정의라는 것이 그대의 마음속에 자리 잡고 있다는 것을 나는 알겠다. 우리가 함께 살 수는 없을 것이다. 그대는, 지금, 여러 여자의 마음을 뒤흔들었던, 나의 아름다움에 감탄하고 있다. 그러나, 조만간, 그대는 내게 사랑을 바친 것을 후회할 것이다. 왜냐하면, 그대는 내 마음을 모르기 때문이다. 내가 언젠가는 그대에게 불충실할 것이기 때문이 아니다. 그렇게도 나를 믿고 마음 놓고 내게 몸을 맡긴 여자에게, 나도 똑같이 신뢰하여 마음 놓고, 나를 내맡긴다. 그러나, 양과 늑대는 서로 부드러운 시선으로 바라보지 않는다는 것을, 그대의 머릿속에 담고 결코 잊지 말라.》나에게, 인간성에는 더 아름다운 것이 있다는 것을, 그렇게도 혐오하며, 거부하는, 이 나에게, 필요한 것은 도대체 무엇이었는가! 나에게 필요한 것, 그것을 나는 말할 수 없었던 것 같다. 나는 철학이 권하는 방법들을 사용하여, 나의 정신 상태를 정확하게 이해하는 것에 아직 익숙하지 않았다. 나는 바닷가, 바위에 앉았다. 배 한 척이 이 해역으로부터 멀어지기 위해 이제 막 모든 돛을 올리고 있었다. 잘 알아볼 수 없는 점 하나가 이제 막 수평선에 나타나더니, 돌풍에 밀려, 급속히 커지면서, 조금씩 다가오고 있었다. 태풍이 밀려들기 시작했고, 이미 하늘은, 인간의 마음만큼이나 끔찍한 검은 빛으로 변하며, 어두워지고 있었다. 그 배는, 거대한 군함으로, 해안의 바위 위로 쓸려가지 않기 위해, 이제 막 닻을 모두 내리고 있었다. 바람이 사방에서 미친 듯이 불어와 돛을 누더기로 만들어 버렸다. 번갯불 가운데서 천둥이 쳤다. 천둥은, 움직이는 무덤인, 그 토대 없는 집 위에서 들리는 통곡 소리를 지나쳐 갈 수 없었다. 물기둥의 요동은 닻줄을 끊어내지 못하였다. 그러나, 그 요동이 배 옆구리에 반쯤 물길을 열어 주었다. 그것은 거대한 구멍이었다. 왜냐하면, 소용돌이치며, 산처럼, 갑판으로 덮쳐 들어오는 많은 양의 소금기 있는 물을 펌프로 막기는 힘들었기 때문이다. 이 조난선은 경포를 쏘지만, 배는 천천히… 그리고 장엄하게 침몰하고 있다. 배에 탄 사람들이 그대들도 아는 절망에 짓눌려 있는 동안, 폭풍 치는 한가운데, 칠흑 같은 어둠 속에서 번갯불이 잠깐 쉴 때, 배가 침몰하는 것을 보지 못한 자, 그런 사람은 인생의 파란을 모른다. 무서운 바다가 그 두려운 공격을 되풀이하는 동안, 마침내, 배는 옆구리 사이로 거대한 고통으로 인해 누구나 지를 수밖에 없는 비명을 내지른다. 그것은 인간이 자신의 능력을 포기할 때 내지르는 외침 소리다. 각자는 체념의 외투 속으로 숨어 들어가서, 자신의 운명을 신의 손에 맡긴다. 양떼처럼 의지하는 것이다. 이 조난선은 경포를 쏘지만, 배는 천천히… 그리고 장엄하게 침몰하고 있다. 사람들은 하루 종일 펌프질을 하였으나, 그러한 노력도 소용없었다. 짙은, 밤이, 가차 없이, 찾아와, 이 우아한 광경에 극치를 이루었다. 모두 각자 생각하고 있다. 한번 물속에 잠기면, 더 이상 숨을 쉴 수 없으리라고. 왜냐하면, 아무리 멀리 기억을 더듬어 보더라도, 조상에서 물고기라고는 찾아볼 수 없기 때문이다. 하지만, 이삼 분이라도 자신의 생명을 연장시키기 위해, 가능한 한 가장 오랫동안 숨을 쉬지 말자고 스스로 타이른다. 여기에서 그가 죽음에게 보내고 싶은 것은 바로 아이러니한 복수심이다… 그 조난선은 경포를 쏘지만, 배는 천천히… 그리고 장엄하게 침몰하고 있다. 배가, 가라앉으면서, 넘실거리는 큰 파도 주위에 강력한 소용돌이를 일으킨다는 것을, 배는 모르고 있다. 그리고 진창의 진흙이 요동치는 물결에 섞인다는 것과, 위에서 폭풍이 일으키는, 참해의 여파로, 아래에서부터 오는 어떤 힘이, 급격하고도 불규칙하며 신경질적인 움직임으로 나타난다는 것도 모르고 있다. 그래서, 각자가 미리 냉정함을 갖췄다 하더라도, 앞으로 물에 빠질 사람은, 많이 숙고한 뒤, 만약 후한 처분으로, 심연의 소용돌이 속에서, 정상적인 호흡의 반으로, 자신의 생명을 연장시킬 수 있다면, 스스로 행복하게 여겨야 할 것이다. 그는 자신의 마지막 서원誓願인, 죽음을 업신여길 수 없을 것이다. 이 조난선은 경포를 쏘지만, 배는 천천히… 그리고, 장엄하게 침몰하고 있다. 그런데 이것은 착오였다. 배는 이제 더 이상 경포를 쏘는 것도 아니고, 침몰하고 있지도 않다. 그 작은 배는 완전히 물결에 휩쓸려 들어가 버린 것이다. 오 저럴 수가! 그 많은 쾌락을 경험한 후, 어떻게 인간이 살아갈 수 있을까! 나는 나의 동료들 가운데 여러 사람이 죽음의 고통을 당하는 현장의 증인이 되고 말았다. 매순간, 나는 그들 고통의 다양한 곡절들을 지켜보고 있었다. 때로는, 두려움으로 미쳐 버린 어느 노파의 울음 섞인 고함 소리가 시장에서 매우 크게 들려왔다. 또 때로는, 젖먹이 아이의 외치는 소리만이 인부들의 구령 소리를 방해하고 있었다. 폭풍이 내게 전해 주는 신음 소리를 분명히 감지하기에는 배가 너무 멀리 있었다. 그러나, 나는 일부러 그것에 다가갔다. 그런데 완전한 착시錯視였다. 질겁한 바다제비들의 외침 소리를 통하여 바람의 음조를 침울하게 만들면서, 여느 것보다 더 강한, 한 줄기 바람이, 십오 분 간격으로, 배를 세로로 삐걱거리게 하면서 분해하여, 죽음의 희생 제물이 되려 하는 사람들의 탄식 소리를 높이고 있을 때, 나는 날카로운 철사 끝으로 나의 뺨을 찌르며, 남몰래 생각하고 있었다. 《그들이 더욱 고통스러워하는구나!》 적어도, 이렇게, 나는 비교 용어를 쓰고 있었다. 바닷가에서, 나는, 그들을 저주하고 위협하면서, 그들에게 무례하게 말을 걸고 있었다. 그들은 틀림없이 내 소리를 들은 것 같았다! 나의 증오와 나의 말은, 거리라는 경계를 넘어서, 소리의 물리적 법칙을 무시하고, 노여워하는 대양의 으르렁거리는 소리 때문에 멍멍해진 그들의 귀에, 분명하게, 도달한 것 같았다. 그들은 나를 생각하고, 그들의 복수심을 무력한 분노로 드러내고 있음에 틀림없는 것 같았다! 나는 견고한 대지 위에 잠들어 있는, 도시들을 향하여, 때때로, 눈길을 던졌다. 그리고, 해변에서 몇 마일 떨어진 곳에서, 맹금猛禽들의 무리와 배(腹)가 텅 비어 있는, 수생水生하는 거인들의 좌대와 함께, 배 한 척이 침몰하고 있는 것을 아무도 알아채지 못하고 있는 것을 바라보면서, 나는 다시 용기를 내고 있었다. 그리고 희망이 내게 다시 찾아오고 있었다. 그러나 나는 그들이 다시 사라지리라 확신하고 있었다! 그들은 달아날 수 없었던 것이다! 더욱더 조심하면서, 나는 내 이연발 총을 찾았는데, 그것은 만약 어떤 조난자가 갑작스런 죽음을 피하기 위하여, 헤엄을 쳐서 바위들에 접근하고자 할 경우, 총을 쏘아, 총탄이 그의 어깨를 지나 그의 팔뼈를 부러뜨리게 해서, 그가 그의 뜻을 이루지 못하도록 하기 위한 것이었다. 태풍이 가장 격렬하게 몰아칠 때, 나는 머리칼을 곤두세우고, 필사적으로, 물 위에 떠 있는, 힘찬 사람 하나를, 보았다. 그는 물을 많이 먹고 있었으며, 마치 부표浮標처럼 흔들리면서, 심연 속으로 가라앉고 있었다. 그러나, 곧, 그는 머리칼에서 물을 뚝뚝 흘리며, 다시 떠올랐다. 그리고, 해변에 시선을 고정시키고 있는 것이, 마치 죽음에 도전하는 것처럼 보이고 있었다. 그의 냉정함은 놀라웠다. 보이지 않는 암초의 어느 뾰족한 끝에 걸려서 생긴, 넓은 상처가 피투성이가 되어, 대담하고 고귀한 그의 얼굴에 칼자국처럼 나 있었다. 그는 열여섯 살 이상은 되지 않은 것 같았다. 왜냐하면, 번개가 어둠을 밝힐 때면, 그의 입술 위로 장밋빛 솜털이, 겨우, 보이고 있었기 때문이다. 그리고, 이제, 그는 절벽에서 겨우 이백 미터 떨어져 있을 뿐이었다. 그래서 나는 쉽게 그의 얼굴을 자세히 바라볼 수 있었다. 이 용기여! 그 꺾을 수 없는 정신이여! 움직이지 않는 그의 머리는, 파도를 힘차게 가르면서, 얼마나 운명을 업신여기는 것 같은지! 그 파도의 이랑은 그 앞에서 힘들게 펼쳐지고 있었다! … 나는 미리 결심하였다. 나는 나 자신에게 내가 한 약속을 지켜야 할 의무가 있었다. 모두에게 마지막 시각이 울렸고, 어느 누구도 그것을 피해서는 안 되었다. 이것이 나의 결정이다. 아무것도 나의 결정을 바꾸지 못할 것이다… 한 가닥 메마른 소리가 들렸고, 곧 그의 머리가 가라앉더니, 다시는 나타나지 않았다. 나는 이 살해에서 생각될 수 있는 만큼의 기쁨을 얻지 못했다. 그런데, 그것은, 정확히 말해, 내가 항상 죽이는 일에 물려 있었기 때문이며, 또 이제부터는 단순한 습관으로 살해하기 때문이었다. 그 습관이란 그것 없이 지낼 수는 없으나, 거기에서 가벼운 쾌락밖에는 얻지 못하는, 그러한 단순한 습관이다. 감각은 무뎠고, 굳어졌다. 일단 배가 침몰하여, 파도에 대항하여 마지막 투쟁을 벌이며, 구경거리가 되어, 내게로 몸을 내맡기러 오는 사람이, 백여 명이 넘었을 경우라도, 이 인간 존재의 죽음에서 어떤 쾌락을 느끼겠는가? 이 죽음에서, 나는 위험의 매력조차도 느끼지 못하였다. 왜냐하면, 이 끔찍한 밤의 폭풍에 의해 흔들어 달래진, 인간의 정의는, 나로부터 몇 발자국 떨어진, 집들 안에서 잠들어 있었기 때문이다. 세월이 나의 몸을 짓누르고 있는 오늘, 최상의 엄숙한 진실로서, 내가 솔직히 말하노니, 나는 사람들 사이에서, 나중에 회자된 것만큼은 잔인하지 않았다. 그러나, 여러 번, 사람들의 냉혹함은 수년 동안 내내 항상 그 끈질긴 참해를 행사하고 있었다. 그래서, 이제 나는 내 분노에 그 한계를 모르고 있었다. 나의 잔인성은 폭발하였고, 나는 나의 험상궂은 눈에 가까이 다가오는 사람에게는, 비록 그가 내 종족에 속한다 할지라도, 잔혹한 사람이 되었다. 그러나 그것이 말이나 개일 경우에는, 그냥 지나가게 두었다. 이제 막 내가 한 말을, 그대는 알아들었는가? 불행히도, 그 폭풍이 치던 날 밤, 나는 이런 발작의 상태에 있었으며, 이성을 잃고 있었다(왜냐하면, 보통, 나는 그토록 잔인하였지만, 그보다는 더 신중하였기 때문이다). 그런데 이번에는, 나의 두 손 사이에 떨어질 모든 것은, 죽어야만 하였다. 나는 내 잘못을 사과하려고 생각하지 않는다. 과오가 온통 내 동류들에게 있는 것은 아니다. 미리 내 목덜미를 손톱으로 긁게 하는 마지막 심판을 기다리면서, 나는 단지 무슨 일이 있는지 확인할 뿐이다… 마지막 심판이 내게 무슨 상관이 있는가! 내가 그대를 속이기 위해 말하였던 것처럼, 나의 이성은 결코 사라지지 않는다. 그리고, 내가 죄를 범할 때, 나는 내가 무슨 짓을 하는지 알고 있다. 나는 다른 일은 하고 싶어 하지 않았던 것이다! 폭풍이 나의 머리칼과 나의 외투를 후려치는 동안, 바위 위에 선 채, 별이 없는 어두운 하늘 아래, 한 척의 배에 열중하여, 나는 황홀감 속에서 태풍의 그러한 힘을 염탐하고 있었다. 배가 자신의 닻들을 던진 순간부터, 마치 망토를 입듯이 바다의 창자를 입은 사람들을, 그 바다의 창자 속으로 끌고 간 숙명의 옷을 입고, 그 속으로 삼켜지는 순간까지, 나는 개선한 태도로, 이 드라마의 모든 사건들을 좇아갔다. 그러나, 나 자신, 자연의 이 아연실색할 광경에 배우로서 참여하려는 순간이, 다가오고 있었다. 그 배가 투쟁을 견디어 냈던 장소가, 그 배가 바다 맨 밑바닥에서 그 나머지 세월을 보냈다는 것을 명백히 보여 주었을 때, 그때, 파도가 휩쓸어 갔던 사람들이 부분적으로 표면에 다시 나타났다. 그들은 둘씩, 셋씩, 양 팔로 허리를 얼싸안고 있었다. 그것은 그들의 생명을 구하지 못하는 방법이었다. 왜냐하면, 그들은 움직일 수 없게 되었고, 따라서 마치 구멍 뚫린 단지처럼 물에 빠지고 있었기 때문이다… 파도를 뚫고 빠르게 전진하는 바다의 이 괴물 군群은 무엇인가? 그들은 여섯이다. 그들의 지느러미는 기운차서, 높은 파도 사이로, 길이 열린다. 그다지 견고하지 않은 이 대륙에서 사지四肢를 움직이는, 이 모든 인간 존재들을 가지고, 상어들이 이윽고 달걀 없는 오믈렛만을 만들 뿐이며, 그들은 그것을 가장 강한 자의 법칙에 의거하여 함께 나눈다. 피가 물에 섞이고, 물이 피에 섞인다. 그들의 사나운 눈들이 살육의 장면을 충분히 비추어 주고 있다… 그러나, 저기, 수평선에서, 물결의 이 동요動搖는 또 무엇인가? 그것은 마치 다가오는 물기둥 같다. 이 무슨 노櫓질인가! 나는 그것이 무엇인지 깨닫는다. 한 마리의 거대한 암상어가 오리의 간으로 된 파이에 관심을 갖고, 차갑게 식은 삶은 고기를 먹으러 오는 것이다. 그 암상어는 미친 듯이 날뛰고 있다. 왜냐하면, 굶주려 있기 때문이다. 그 암상어와 다른 상어들 사이에 투쟁이 시작되는데, 그것은, 아무 말 없이, 붉은빛 크림의 표면 위에, 여기, 저기, 떠 있는, 아직 맥이 뛰고 있는 사지를 서로 다투어 갖기 위한 것이다. 오른쪽에서, 또 왼쪽에서, 그 암상어는 이빨로 물어뜯는데 그것은 치명적인 상처를 낸다. 그러나, 살아 있는 세 마리의 상어가 그를 아직도 둘러싸고 있고, 그는 그들의 술책을 꺾기 위하여, 사방으로 몸을 돌려야 했다. 해변에 자리 잡고 있는, 그 구경꾼은, 그때까지 느끼지 못했으나, 점점 커져 가는 감정을 갖고, 새로운 유형의 이 해전海戰을 지켜보고 있다. 그는 그렇게도 강한 이빨을 갖고 있는, 이 용감한 암상어에 시선을 고정하고 있다. 그는 더 이상 망설이지 않고, 그의 총을 겨눈다. 그리고, 상어들 중의 하나가 한 줄기 파도 위로 모습을 보인 순간에, 손에 익은 능란한 솜씨로, 그의 아가미 속에 두 번째의 총탄을 박는다. 더욱 거센 악착스러움만을 보여 줄 뿐인 두 마리의 상어가 아직 남아 있다. 바위의 높은 곳에서, 짭짤한 타액을 가진 그 인간은, 바다로 뛰어들어, 결코 그를 저버리지 않는 강철 칼을 손에 들고서, 마음에 들게 착색된 부분을 향하여 헤엄쳐 간다. 그 후, 각 상어는 한 명의 적과 해결해야 할 문제를 갖게 된다. 그는 피로해진 그의 적수에게로 나아간다. 그리고, 여유 있게 천천히, 그의 배에 그의 날카로운 칼날을 박는다. 마지막 적수의 움직이는 아성牙城이 쉽게 무너진다… 헤엄치는 사람과, 그에 의해 살아난, 암상어가 서로 마주하고 있다. 그들은 잠시 동안 서로 마주보았다. 그리고 각자 상대방의 시선에서 너무도 심한 잔혹성을 발견하고 놀랐다. 그들은 헤엄치면서 둥글게 원을 그리며 도는데, 서로 눈길을 돌리지 않고, 《지금까지 나는 잘못 생각하였다. 더 잔인한 자가 여기 있구나.》 하고 마음속으로 중얼거린다. 그러자, 두 물살 사이에서, 그들은 완전 일치하여, 서로에게 찬탄하며, 암상어는 지느러미로 물살을 가르고, 말도로르는 팔로 물결을 휘저으면서, 서로를 향하여 미끄러져 갔다. 그리고, 깊은 숭배 속에서, 각자, 처음으로, 자신의 살아 있는 초상을 응시하고 싶어 하며, 그들은 숨을 죽였다. 삼 미터 떨어진 거리에 도달했을 때, 그들은 아무런 힘도 들이지 않고, 갑작스럽게 두 자석처럼, 서로 나란히 붙어 버렸다. 그리고 남매의 포옹만큼 부드러운 포옹 속에서, 위엄 있게 그리고 감사해하며 서로 입 맞추었다. 육체적인 욕망이 이 우정의 표명表明을 바로 뒤따랐다. 힘찬 두 넓적다리가, 두 마리의 거머리처럼, 괴물의 점착성 피부에 밀착되어 달라붙었다. 그리고, 팔과 지느러미가 사랑으로 둘러싸고 있는 그 사랑받는 대상의 몸 주위로 얽혔고, 그들의 인후와 가슴은 단지 해초의 냄새를 발산하는 비천한 덩어리만을 만들고 있었다. 그들은, 계속하여 맹위를 떨치고 있는 폭풍 한가운데서, 번개의 불빛에, 거품 이는 파도를 결혼 침대로 삼고, 요람 속에 있는 것처럼 바다 밑 조류에 실려, 심연의 알 수 없는 심원을 향하여, 함께 구르면서, 순결하고, 흉측하게, 긴 시간 교미를 하며 서로 결합하였다! … 마침내, 나는 나를 닮은 누군가를 막 발견한 것이다! … 이후로, 인생에서 나는 이제 더 이상 혼자가 아니다! … 그녀는 나와 똑같은 생각을 가졌다! … 나는 나의 첫사랑과 마주한 것이다!

14

센강이 한 인간의 육체를 흘려보내고 있다. 이러한 상황에서, 센강은 장중한 태도를 취한다. 물에 불은 시체가 물 위에 떠 있다가, 다리의 아치 아래로 사라진다. 그러나, 더 멀리서, 물레방아 바퀴처럼, 혼자서 천천히 회전을 하면서, 그리고 가끔씩은 물에 빠지면서, 그것이 다시 나타나는 것이 보인다. 배의 갑판장이, 지나는 길에, 장대로, 그 시체를 걸어 당겨, 그것을 뭍으로 끌어낸다. 시체공시장으로 시신을 옮기기 전에, 그를 되살리기 위하여, 강둑에 그를 얼마 동안 놓아 둔다. 군중이 시체 주위에 빽빽이 모여든다. 뒤에 있어서, 볼 수 없는 사람들은, 있는 힘을 다하여, 앞에 있는 사람들을 밀고 있다. 그리고《물에 빠져서 죽을지도 모르는 이 사람이 나는 아니다.》라고 각자 중얼거린다. 사람들은 자살한 젊은이를 동정하며, 그에게 감탄한다. 그러나, 그를 모방하지는 않는다. 그렇지만, 그 젊은이는, 지상에서 자신을 만족시킬 수 있는 것은 아무것도 없다고 판단하고, 더욱더 높은 것을 갈망하여, 자살이 매우 자연스런 일이라고 생각했다. 그의 얼굴은 품위가 있고, 입고 있는 옷은 화려하다. 아직은 열일곱 살일까? 젊은 나이에 죽다니! 군중은 마비된 것처럼 시선을 고정시켜 그를 주시하고 있고… 밤이 된다. 저마다 말없이 돌아간다. 어느 누구도 감히, 익사자의 몸에 가득 찬 물을 빼려고, 그를 젖히지 않는다. 그의 몸에 손대는 것을 두려워하여, 아무도 움직이지 않고, 아무도 제 셔츠의 깃 속에서 나오지 않았다. 어떤 사람은, 가벼운 휘파람으로 날카롭게 터무니없는 티롤[Tyrol, 오스트리아 서부에 있는 주와 이탈리아 북동쪽 아디제Adige강 상류지역에 걸친 지방 — 역주] 지방 노래를 부르면서, 가 버리고, 또 어떤 사람은 손가락으로 캐스터네츠처럼 소리를 내기도 한다… 어두운 생각 때문에 괴로운 말도로르는, 말을 타고, 이 장소를, 번개처럼 빠르게, 지나가고 있었다. 그는 그 물에 빠진 사람을 발견한다. 그것으로 충분하다. 곧, 그는 말을 멈추게 하고, 말의 등자鐙子에서 내렸다. 그는 싫어하지 않고, 그 젊은이를 쳐들어서, 능숙한 솜씨로 많은 물을 토하게 했다. 움직이지 않고 있는 그 몸이 그의 손으로 소생될 수 있을 것이라는 생각에, 뛰어난 감각으로, 그는 자신의 심장이 뛰는 것을 느끼고, 더욱 용기를 낸다. 헛수고야! 헛수고, 라고 나는 말했다. 그리고 그것은 사실이다. 시체는 움직이지 않은 채, 사방으로 몸이 젖혀지는 대로 가만히 있다. 그는 관자놀이를 비비고, 몸의 여기저기 수족을 마찰한다. 그리고 한 시간 동안, 이 미지인未知人의 입술에 제 입술을 대고, 입속으로, 입김을 불어넣는다. 마침내 그의 가슴에 대고 있던, 손 아래로, 가벼운 심장 고동이, 그에게 느껴지는 것 같다. 물에 빠진 사람이 살아난 것이다! 이 극치의 순간, 그 기사의 이마에서 많은 주름이 사라져서, 그를 십 년쯤 더 젊어지게 한 것이 보였다. 그러나, 슬프다! 주름은, 아마도 내일, 아니 어쩌면 그가 센 강변으로부터 멀어지자마자 곧 다시 생길 것이다. 하지만 지금, 물에 빠진 사람은 흐릿한 눈을 뜨고, 우선 창백한 미소로, 은인에게 감사한다. 그러나, 그는 아직 힘이 없어, 조금도 움직일 수 없다. 누군가의 생명을 구한다는 것은, 얼마나 아름다운 일인가! 그리고 이러한 행동은 얼마나 속죄를 하는 것인지 모른다! 그 젊은이를 그때까지 죽음에서 구해 내는 데 전념했던, 구릿빛 입술을 가진 그 사람은, 더욱 주의 깊게 그를 바라본다. 그의 모습은 그에게 생소하지 않은 듯하다. 그는, 금발머리의 질식자와, 올제Holzer 사이에, 많은 차이가 없다고 생각한다. 그들이 얼마나 진심으로 서로 껴안는지 그대는 보고 있는가! 무슨 상관이랴! 푸른 구슬의 눈동자를 가진 그 사람은 근엄한 역할을 맡은 그러한 모습을 유지하여 지키려 한다. 아무 말도 하지 않고, 그는 그 친구를 안아 말의 꽁무니에 태운다. 그리고 그 말은 전속력을 다하여 멀어져 간다. 오, 그렇게도 이성적이고 그렇게도 강하다고 스스로 믿고 있던 그대, 올제여, 그대는 그대의 예例 그 자체로 인해, 폭발된 절망 속에서, 그대가 자랑하는 냉정함을 지키는 것이 얼마나 어려운 것인지 보지 않았는가. 나는 그대가 이 같은 슬픔을 나에게 더 이상 유발시키지 않기를 바란다. 나, 내 쪽에서는, 이제 결코 다시는 자살하지 않을 것을 네게 약속하였다.

15

더러운 머리털의, 그 사람은, 공간의 초록빛 막 위로, 눈을 고정시키고, 야수 같은 시선을 던지는 삶의 순간들이 있다. 왜냐하면, 그에게는, 자신 앞에서, 어떤 유령이 함성을 지르며 빈정거리는 소리가 들리는 것 같기 때문이다. 그는 비틀거리며 고개를 숙인다. 그가 들은 것은, 바로 양심의 소리다. 그럴 때, 그는 미친 듯한 속력으로, 집에서 뛰쳐나와, 혼미상태에서 자기 앞에 나타나는 첫 번째 길을 택하여, 시골의 거친 들판을 휩쓸고 지나간다. 그러나, 그 노란색의 유령은 그를 시야에서 놓치지 않고, 똑같은 속도로 그를 따라간다. 가끔, 뇌우雷雨가 몰아치는 날 밤, 멀리서 보면 까마귀들과 닮은, 날개 돋친 낙지 떼가, 품행을 바꾸도록 알려주려는 사명을 띠고, 뻣뻣한 노櫓로 인간의 도시를 향해 가면서, 구름 위로 날아오르는 동안, 침울한 눈을 한 그 조약돌은, 두 존재가, 차례로, 지나가는 것을 번개 불빛으로 본다. 그리고, 차디찬 눈꺼풀에서 흐르는, 동정에 찬 은밀한 눈물을 닦으면서, 그는 외친다.《분명히, 그는 그러한 자격이 있다. 그것이 정의일 뿐이니까.》이렇게 말하고 나서, 그는 다시 사나운 태도를 취하고, 신경질적으로 전율하며, 인간 사냥을 계속 응시한다. 그리고 어두운 질膣의 대음순을 계속 응시하는데, 거기로부터는 자신들의 박쥐 날개를 넓게 펼쳐, 온 자연을, 감추면서, 비통한 에테르 속에서 비상하는 거대하고 음험한 정자精子들이, 한 줄기 강물처럼, 끊임없이, 흘러나온다. 또한 그는 설명할 수 없는 어렴풋한 이 번개를 보고 침울해진, 그 고독한 낙지 떼도 계속 응시한다. 그러나, 그러는 동안, 야외 장애물 경주는 지칠 줄 모르는 두 경주자 사이에서 계속되고, 유령은 인간이라는 영양羚羊의 검게 탄 등 위에다 입으로 쉴 새 없이 불을 내뿜는다. 만약, 이 의무를 수행하는데, 도중에 이를 방해하려는 연민과 접하게 되면, 유령은 마지못해 그 애원에 굴복하고, 인간을 도망치게 내버려 둔다. 마치 그가 추격을 포기하려는 것을 자기 자신에게 말하기 위한 것처럼, 유령은 혀 차는 소리를 내고, 새로운 지시가 있을 때까지, 자신의 움막을 향하여 돌아간다. 유죄 선고를 받은 사람의 목소리는 그 공간에서 가장 멀리 떨어진 잠자리에까지 들린다. 그래서, 그의 무서운 울부짖음이 인간의 가슴속에 스며들 때, 사람들은 말하기를, 그 사람은 회한을 자식으로 삼기보다는 죽음을 어머니로 삼고 싶어 할 것이라고들 한다. 그는 진흙으로 뒤범벅된 구멍 속에 어깨까지 머리를 파묻고 있다. 그러나, 양심은 타조의 이 속임수를 증발시킨다. 에테르의 방울, 동굴은 증발하고, 빛이, 라벤더 위로 달려드는 마도요 새의 비행처럼, 광선의 행렬과 함께, 나타난다. 그리고 인간은 창백한 눈을 뜬 채로, 다시 자기 자신과 마주하고 있다. 나는, 그가 바다 쪽으로 향해 가더니, 물거품으로 인하여 들쑥날쑥하게 패인 곶(岬) 위로 올라가는 것을 보았다. 그리고, 마치 한 대의 화살처럼, 파도 속으로 돌진하는 것을 보았다. 그런데 기적이다. 다음 날, 바다 표면 위로, 시체가 다시 나타난 것이다. 바다가 이 표류하는 살덩이를 해안으로 밀어온 것이다. 그 사람은, 제 몸뚱이가 모래 속에 파 놓은 거푸집 속에서 나와서, 젖은 머리털에서 물을 털어내고, 말없이 이마를 숙인 채, 다시 인생행로를 떠나고 있었다. 양심은 가장 은밀한 우리의 생각과 우리의 행동을 엄격하게 판단하는데, 틀리지 않는다. 양심은 악을 예방하기에는 자주 무력하여, 특히 어두울 동안에는, 마치 여우처럼 그치지 않고 인간을 몰아세운다. 무식한 학문이 유성流星이라 부르는, 복수심에 찬 눈들은, 창백한 불꽃을 퍼뜨리고, 스스로 구르면서 지나가며, 신비의 말들을 발음하는데… 그것을 그는 이해한다! 그때, 그의 베개는 불면증의 무게로 짓눌린 그의 육체의 경련으로 인하여 으깨지고, 그는 밤의 모호한 소음이 내는 음험한 숨소리를 듣는다. 잠의 천사는, 그 자신, 낯선 돌을 치명적으로 이마에 맞고서, 자신의 임무를 단념하고, 하늘로 다시 올라간다. 그런데, 이번에는, 내가 인간을 보호하기 위해 나타난다. 모든 미덕을 찬탄하는 자인, 나, 하늘의 연대기를 그 초석부터 뒤집어엎으면서, 뭔지 모르는 수치스러운 모략으로 인해, 그의 능력과 그의 영원성이 기록되었던 영광의 날 이래로, 그의 겨드랑이 아래에 나의 사백 개 흡반吸盤을 갖다 대어, 그가 무서운 소리를 내지르게 만든 그 영광의 날 이래로, 창조주가 잊을 수 없는 자는, 바로 나다… 그가 내는 소리는 그의 입에서 나오면서, 살무사로 변해서, 가시덤불과 폐허가 된 성벽 안으로 몸을 숨기러 들어갔고, 밤낮으로 망을 보았다. 납작하며 조그만 머리와 함께 신의信義 없는 눈의 무수한 고리를 가지고 태어났으며, 살무사가 되어 기어가게 된 이 외침 소리는, 인간의 결백 앞에 멈춰 있기를 맹세하였다. 그런데, 그 인간의 결백이 엉클어진 잡목숲 속에서, 또는 경사지 뒤에나 사구砂丘의 모래 위에서 산책을 할 때는, 지체하지 않고 생각을 바꾼다. 그러나, 아직 때가 늦지 않다면 좋겠다. 왜냐하면, 여러 번, 그 사람은, 가던 길을 되돌아와서, 난바다로 나갈 시간을 가지기 전에, 거의 느낄 수 없을 정도로 물린 상처로 인해, 자신의 다리와 혈관 속으로 독이 침투하는 것을 느끼기 때문이다. 이렇게 해서, 가장 지독한 고통에서까지, 놀라운 냉정함을 유지하는, 창조주는, 지상의 거주민들에게 해로운 배종胚種을, 그들 자신의 가슴으로부터, 끄집어낼 줄 안다. 낙지로 변한, 말도로르가, 창조주의 몸에다 자신의 흉측한 여덟 개의 발을 뻗치는 것을 창조주가 보았을 때, 그의 놀라움은 얼마나 컸을 것인가! 견고한 가죽끈 같은, 그 각각의 낙지발은 쉽게 하나의 유성 둘레를 감쌀 수 있었을 것이다. 그는 불시에 붙잡혀서, 얼마 동안, 이 끈적끈적한 점착성의 조임에 대항하여, 몸부림쳤는데도 낙지발들은 점점 더 조여들고 있었다… 나는 그쪽의 어떤 나쁜 습격을 두려워하고 있었다. 그 신성한 핏방울로 풍성하게 영양을 취한 뒤에, 나는 갑자기 그의 거대한 몸에서 떨어져서 한 동굴 속에 숨었는데, 그곳은 그때부터 나의 거처가 되었다. 헛되이 수색을 한 뒤에도, 그는 거기에서 나를 찾을 수 없었다. 그로부터 오랜 시간이 흘렀다. 그러나, 나는 지금 그가 나의 거처를 알고 있다고 믿는다. 그는 나의 거처에 다시 들어오는 것을 피하고 있다. 우리는, 둘 다, 서로의 힘을 알고 있고, 서로를 이길 수 없으며, 지난날의 쓸모없는 싸움들로 인해 피곤해 있는, 이웃한 두 군주처럼 살고 있다. 그는 나를 두려워하고, 나는 그를 두려워한다. 각자, 서로 정복되지는 않은 채, 적의 맹렬한 습격을 체험했고, 우리는 그 상황에서 그친 채 머물러 있다. 그러나, 그가 원할 때, 나는 싸움을 다시 시작할 준비가 되어 있다. 그러나, 그가 자신의 숨겨진 계획에 유리한 어느 순간도, 기대하지 않기를. 나는 항상 그를 주시하면서, 방심하지 않을 것이다. 그가 더 이상 지상으로 양심과 그 양심의 고통을 보내지 않기를. 나는 인간들에게 그들이 가지고서 유리하게 양심과 싸울 수 있는 무기들을 가르쳐 주었다. 그들은 아직 양심과 친숙해지지 않았다. 그러나, 그대는, 나에게 있어, 양심이란 바람이 실어 오는 지푸라기와 같다는 것을 알고 있다. 내가 양심을 평가하는 것은 그 정도일 뿐이다. 만약 내가, 지금 보이는, 이 시적 토론을 미묘하게 다듬는 그런 기회를 이용하고 싶다면, 나는 내가 양심보다는 그 지푸라기를 더 존중할 정도라고 덧붙여 말할 것이다. 왜냐하면, 양심은 단지 강철로 된 자기 발톱만을 보여 줄 수 있는 반면, 지푸라기는 그것을 새김질하는 소에게는 유익한 것이기 때문이다. 그 발톱들은, 내 앞에 놓였던 날, 고통스러운 패배를 감수하였다. 양심은 창조주에 의해 보내졌기 때문에, 나는 양심에 의해 길이 차단되도록 나를 맡겨 두지 않는 것이 적절하다고 믿었다. 만약 양심이 결코 단념하지 말았어야 할, 적절한 겸손과 겸양을 가지고 차례로 나타났다면, 나는 양심의 소리에 귀 기울였을 것이다. 나는 양심의 오만을 좋아하지 않았다. 나는 한 손을 뻗어, 손가락 아래에서 양심의 발톱을 으깨었다. 발톱은, 새로운 종류의 이 절구가 가하는 가중되는 압력으로, 산산이 부서져 버렸다. 나는 다른 손을 뻗어서, 그의 머리를 잡아 뜯었다. 그러고 나서 나는 그 양심이라는 여자를, 채찍질을 하여, 내 집 밖으로, 쫓아 버렸다. 그리고 다시는 그녀를 보지 못하였다. 나는 나의 승리를 기념하여 그녀의 머리를 보관하였다… 나는 어떤 머리의 두개골을 갉아먹고 있었는데, 그 머리를 손에 들고, 산허리에 파진 벼랑 가에서, 왜가리처럼, 한 발로 서 있었다. 무덤의 뚜껑처럼, 내 가슴의 피부가 움직이지 않은 채 고요히 있는 동안, 사람들은 내가 골짜기로 내려가는 것을 보았다! 나는 어떤 머리의 두개골을 갉아먹고 있었는데, 그 머리를 손에 들고, 가장 위험한 심연 속에서, 치명적인 암초를 따라 나아갔고, 이방인처럼, 바다 괴물들의 싸움을 목격하기 위하여, 보통보다 더 낮게 잠수하며, 헤엄쳤다. 나는 내 예리한 시선으로 해안을 볼 수 없을 때까지, 해안으로부터 멀리 갔다. 그런데, 끔찍한 경련이, 그 마비시키는 자력과 함께, 감히 접근하지도 못하고, 내 사지의 주위를 배회하였는데, 내 사지는 강한 움직임으로 파도를 헤치며 나아갔다. 사람들은 내가 무사히 해변으로 되돌아오는 것을 보았다. 그동안, 내 가슴의 피부는, 무덤의 뚜껑처럼, 움직이지 않은 채 고요했다! 나는 어떤 머리의 두개골을 갉아먹고 있었는데, 그 머리를 손에 들고, 높은 탑으로 올라가는 계단을 뛰어넘었다. 나는, 피곤한 다리로, 현기증을 일으키는 옥상 위에 도달했다. 나는 평원을, 바다를 바라보았다. 나는 태양을, 창공을 바라보았다. 뒤로 물리지 않는, 화강암을 발로 밀어내면서, 나는 굉장한 함성을 지르며 신의 복수와 죽음에 도전했고, 그 장소의 입구로, 포장도로처럼, 돌진하였다. 인간들은, 내가 떨어질 때 버렸던, 양심의 머리가 땅과 만나면서 생겨나는 우렁차고 고통스러운 충돌 소리를 들었다. 사람들은 내가 보이지 않는 구름에 실려, 새가 천천히 날아가는 속도로, 내려가서, 내 가슴의 피부가, 무덤의 뚜껑처럼, 움직이지 않은 채 고요할 동안에, 바로 그날 내가 범해야 할, 삼중의 죄의 증인이 되도록, 머리에게 강요하기 위해, 그 머리를 주워 모으는 것을 보았다! 나는 어떤 머리의 두개골을 갉아먹고 있었는데, 그 머리를 손에 들고, 단두대를 지탱하는 기둥들이 세워지고 있는 장소로 향했다. 나는 세 명의 처녀들의 목에서 나는 감미로운 은총을 단두대의 칼날 밑에 놓았다. 사형집행인인 나는, 내 온 생애의 확실한 경험으로 줄을 당겼다. 그러자, 삼각형의 칼이, 비스듬히 쓰러지면서, 나를 다정하게 쳐다보고 있는 세 개의 머리를 잘랐다. 그러고 나서 나는 육중한 칼날 아래 내 머리를 놓았고, 사형집행인은 자신의 의무를 수행할 준비를 하였다. 세 번, 가는 홈들 사이로 칼날이 매번 새로운 격렬함으로 다시 떨어졌다.

세 번, 나의 유형有形의 해골이, 마치 꿈속에서 무너지는 집에 깔릴 때처럼, 특히 목 언저리에서, 그 뿌리까지 흔들거렸다. 어리둥절한 사람들은, 그 죽음의 장소로부터 나를 떼어놓기 위해, 내가 지나가도록 내버려 두었다. 그들은, 내가 내 팔꿈치로, 군중의 물결치는 파도를 열고서, 내 가슴의 피부가, 무덤의 뚜껑처럼, 움직이지 않은 채 고요한 동안, 내가 목을 곧게 하고, 내 앞으로 나아가면서, 활기 있게, 움직이는 것을 보았다! 이번에는, 내가 인간을 옹호하고자 했다고 나는 말했었다. 그러나, 나는 나의 변호가 진실의 표현이 아닐까 봐 두렵다. 그래서, 나는 입을 다물고 싶다. 인류는 이러한 태도에 매우 감사하며 박수갈채를 보낼 것이다!

16

나의 호흡에 제동을 걸고, 여자의 질을 쳐다볼 때처럼, 잠시, 도중에서, 멈출 시간이다. 망라된 경력을 조사하고, 그 뒤에, 충분한 휴식을 취한 팔다리가 격렬히 도약하여, 뛰어오르는 것은 좋은 것이다. 단번에 거래하는 것은 쉬운 일이 아니다. 그리고 날개들은, 희망도 없이 그리고 회한도 없이, 높이 비행하여, 많이 지쳐 있다. 아니다… 부도덕한 이 노래의 폭발적인 모습을 통하여, 곡괭이를 들고 구덩이를 파는 살벌한 일당을 더 깊숙이 인도하지 말자! 악어는 제 두개골 아래로부터 나온 구토에 한마디 말도 바꾸지 않을 것이다.

할 수 없지, 만약 인간에게 복수하려는, 칭찬할 만한 목적에 의해 부추겨지고, 나에게 부당하게 공격을 받은, 어떤 은밀한 그림자가, 한 마리 갈매기의 날개처럼 벽을 스치면서, 몰래 내 침실의 문을 열고서, 하늘의 유실물을 약탈한 자의 옆구리에, 단검을 꽂는다면! 찰흙은 자신의 원자들을, 다른 방법보다는 이러한 방법으로, 용해시키는 편이 좋다.

세 번째 노래

1

두 번째 노래를 부르면서, 나의 펜이, 그들 자신들로부터 발산되는 미광으로 빛나고 있는, 어떤 뇌에서부터 끄집어낸, 천사의 모습을 한, 이 상상적 존재들의 이름을 다시 불러 보자. 그 이름들은 마치, 타는 종이 위에서, 빠르게 불똥이 사라지는 것을 눈이 겨우 따라가는 그 불똥들처럼, 태어나자마자 죽어 버린다. 레망Léman! … 로엔그린Lohengrin! … 롱바노Lombano! … 올제Holzer여! … 한순간, 그대들은, 나의 매력적인 지평선에, 청춘의 휘장으로 덮인 채, 나타났다. 그러나, 나는 그대들을, 마치 종 모양의 잠수기潛水器처럼, 혼돈 속으로 다시 떨어뜨렸다. 그대들은 그곳에서 더 이상 나오지 못할 것이다. 나는 그대들의 추억을 간직하는 것으로 만족한다. 그대들은, 인간 종족 옆에서 자신의 갈증을 달래지 않으려고 결심한 어떤 사랑의 격렬한 감정폭발이 만들어 낼, 아마도 보다 덜 아름다울지도 모르는, 다른 물질들에게 자리를 양보해야 한다. 그 자신의 가슴을 태울 굶주린 사랑, 그 사랑이 자신의 양식을 천상의 가공 속에서 찾지 않는다면 좋겠다. 마침내, 한 방울의 물속에 득실거리고 있는 벌레들 수보다 더 수가 많은 세라핌[천사들의 아홉 계급 중에서 제일 높은 계급의 천사 – 역주]들의 피라미드를 창조하면서, 그 사랑은 자신의 둘레에서 자신이 맴돌게 하는 하나의 타원楕圓 안에 그들 세라핌들을 뒤섞어 놓을 것이다. 그러는 동안에, 여행자가, 폭포의 모습을 대하고 멈춰서, 얼굴을 들어 올리면, 저 멀리에, 살아 있는 동백꽃으로 장식된 채 지옥의 지하를 향하여 실려 온, 한 인간 존재를, 보게 될 것이다! 그러나… 조용히 하라! 다섯 번째 이상의 떠도는 이마주가, 내 지성의 모호한 도면 위에서 마치 북극 여명의 어렴풋하게 숨겨진 부분처럼, 천천히 모습을 드러낸다. 그리고는 점점 더 명확하게 확실해진다… 마리오Mario와 나, 우리는 모래사장을 따라서 가고 있었다. 우리의 말(馬)들은, 목을 앞으로 내밀고서, 공간의 막膜을 뚫고 전진하며, 해변의 자갈밭에서 불꽃을 튀기고 있었다. 우리의 얼굴 한복판을 때리던 북풍이, 우리의 외투 속으로 들이닥치고 있었고, 한 쌍인 우리의 머리들에서 머리칼을 뒤로 흩날리게 하고 있었다. 갈매기가, 날개의 움직임과 외침 소리로, 폭풍의 임박이 가능함을 우리에게 알려주기 위하여 헛되이 애쓰면서, 《저들은 전속력으로 이렇게 무모하게 말을 달려, 어디로 가고 있는가?》라고 소리치고 있었다. 우리는 아무 말도 하지 않고 있었다. 우리는 몽상에 잠겨, 이 미친 듯한 질주의 날개 위에 우리를 내맡기고 있었다. 어부가, 알바트로스[albatros, 한쪽 날개 길이가 2~3.5미터 되는 긴 날개로, 해면 가까이에 생기는 풍속 차를 이용하여 글라이더처럼 나는 바닷새 – 역주]처럼 빠르게, 그의 앞을 지나며 사라지는 우리를 보고, 언제나 함께 있었기 때문에 수수께끼의 두 형제로 불리던 자들로 알아차리고, 서둘러 십자 표시를 하고, 몸이 마비된 자신의 개와 함께, 어느 깊은 바위 아래로, 몸을 숨겼다. 그 해안의 주민들은, 끔찍한 전쟁이 서로 적인 두 나라의 흉부에 작살을 박노라 위협하고 있을 때나, 또는 콜레라가, 그의 투석기投石器로, 모든 도시들에 부패와 죽음을 던질 준비를 하고 있는, 대참화의 시기에, 구름 한가운데서, 대지 위로 나타나곤 하는, 이 두 인물에 대해서 이상한 말들이 전해지는 것을 들었었다. 잔해殘骸를 휩쓸어 가는 가장 나이 든 자들은, 대폭풍 동안에, 모래톱과 암초 위에서, 각자, 검은 날개들의 방대한 규모에 주목했던, 그 두 유령이, 자연의 대변혁 동안에, 그 희귀함과 그 영광이 수 세대의 무한한 끈으로 이어져 경탄을 불러일으킨, 영원한 우정으로 함께 결합된 채, 대기 한가운데서, 자신들의 위엄을 끌고 다니는, 대지의 정령이자 바다의 정령이라는 것을, 확언하면서, 신중한 태도로, 눈썹을 찌푸리고 있었다. 그들은, 안데스산맥의 두 마리 콘도르[condor, 남아메리카 독수리의 일종 – 역주]처럼 나란히 비행하면서, 태양과 이웃해 있는 대기층들 사이에서, 동심의 원을 그리며, 공중을 날고 싶어 한다는, 말이 있었다. 또 그들은, 이 해역에서, 빛의 가장 순수한 정수精髓로, 영양을 취한다고도, 하였다. 그러나, (도시들의 한가운데서, 비밀히, 증오나 또는 야심의 단도로, 신의 없이 서로 죽이지 않을 때에는) 전투가 치열한 싸움터에서 자기들끼리 서로 학살하고, 실존재들의 등급에서 보다 낮은 몇 단계들에 놓여 있으며, 그들처럼 생기로 가득 차 있는 존재들로 영양을 취하는, 잔인한 영혼들이 살고 있는, 미쳐 있는 인간의 구球가 돌고 있는 궤도, 공포에 사로잡혀 있는 그 궤도를 향하여, 그들은 단지 그들의 수직 비행의 경사를 겨우 낮추려고만 마음먹고 있다고도 하였다. 또는, 자신들이 예언한 말들을 후회하고 있는 사람들을 고무시키기 위하여, 그들이, 마치 전염성의 증기처럼, 끔찍한 그 표면을 떼어내고서, 먼 거리로 인해서, 거의 보이지 않아, 하나의 공처럼 작게 보이는, 인색과, 오만과, 저주, 그리고 냉소冷笑로 두터워진 발산물 한가운데서 하나의 유성이 움직이고 있는 항성恒星의 영역을 향하여, 활짝 두 팔을 벌리고 헤엄치려는 굳은 결심을 할 때, 그들은 오해되고 야유 받는, 그들의 호의를 쓰디쓰게 후회하는 기회를 놓치지 않고 찾아내곤 하였고, 인류의 사생아들과 비교할 때, 그들에게는 오히려 온화함의 표본처럼 보이는, 심연의 가장 잔인한 괴물들에 대하여 환멸에 빠진 그들의 시야를 안락하게 쉬게 해 주기 위하여, 그리고 바다 깊숙한 곳이나, 또는 지하 중앙에 있는 큰 통들 속에서 끓어 넘치는 강력한 불과 함께 이야기하기 위하여, 그들은 화산들 밑바닥 깊숙이 몸을 숨기러 가고 있었다. 밤이, 그 유리한 어둠과 함께, 찾아오자, 그들은 반암斑岩의 정점에서, 바다 밑 해류의 분화구로부터 돌진하여, 그들이 불결한 유성이 걸려 있는 윤곽을 더 이상 구별할 수 없을 때까지, 인간 같은 흰 잉꼬들의 변비증 있는 항문이 지배하는 투박한 요강을, 그들 뒤로 꽤 멀리, 남겨 두고 있었다. 그때, 그들의 고통에 동정하는 별들 한가운데 하느님의 눈 아래서, 대지의 천사와 바다의 천사가, 그들의 헛된 시도에 슬퍼하여, 눈물을 흘리면서, 포옹하고 있었다! … 마리오와 그의 옆에서 함께 질주하고 있는 사람은, 해안의 어부들이, 밤늦은 시각이면, 문과 창문을 닫고, 벽난로 아궁이 주위에서 속삭이며, 이야기하는 그 막연하고 미신적인 소리들을 모르고 있지 않았다. 그동안, 다시 기운을 내고 싶어 하는, 밤바람은, 초가집 주위에서 바람 소리를 들려주고, 또 약해진 파도의 물굽이에 실려 온, 조개껍질 조각들로 그 밑부분이 둘러싸인, 그 연약한 벽들을, 바람의 그 힘찬 기력으로, 흔들어 댄다. 우리는 말하지 않고 있었다. 서로 사랑하는 두 마음이 서로 무엇을 말할 것인가? 아무것도 없다. 그러나 우리의 눈이 모든 것을 표현하고 있었다. 나는 그에게 그를 둘러싸고 있는 그의 외투를 더욱 힘주어 잡으라고 경고하고, 그는 나에게, 나의 말이 그의 말로부터 너무 떨어지는지 주의시킨다. 둘 다 자기 자신의 삶에 대한 관심만큼 다른 사람의 삶에 대해 관심을 갖고 있다. 우리는 웃지 않는다. 그는 나에게 미소 지으려고 애쓴다. 그러나, 나는 그의 얼굴이, 인간들의 지성이 갖는 커다란 고뇌들을, 곁눈으로, 따돌리는 스핑크스들 위로 끊임없이 쏠리는, 숙고가 거기에 새겨 넣은, 끔찍한 감동의 무게를 담고 있는 것을 알아채고 있다. 자신의 전략이 무용함을 알고서, 그는 눈을 돌리고, 분노의 거품과 함께 그의 분노를 억누르고, 지평선을 바라보는데, 그 지평선은 우리가 가까이 가면 사라져 버린다. 나로서는, 마치 여왕처럼, 쾌락의 궁전으로 나아가기만을 요구하는, 그에게, 황금빛 그의 청춘을 되찾아 주려고 애쓴다. 그러나, 그는 나의 말이 나의 여윈 입에서 어렵게 새어 나오는 것을, 그리고 나 자신의 봄이란 세월이, 슬프고 차디차게, 향연의 탁자 위에서, 그리고 황금의 번쩍거림, 환멸의 쓰디쓴 쾌락, 노년의 구역질나는 주름들, 고독의 당황스러움과 고통의 불꽃들로 대가를 치른, 사랑에 빠진 창백한 여사제가 잠드는 비단 침대 위에서, 마치 떠도는 집요한 몽상처럼 지나가 버렸다는 것을 알아챘다. 나의 전략이 무용함을 알기에, 내가 그를 행복하게 할 수 없는 것에 나는 놀라지 않는다. 전능의 신은, 자신의 공포로 빛나는 모든 영광 속에서, 자신의 고문기구들을 걸친 채 나에게 나타난다. 나는 눈을 돌리고 우리가 다가가면 사라져 버리는 지평선을 바라본다… 우리의 말들은, 마치 인간의 눈을 피하는 듯이, 해안을 따라 질주하고 있었다… 마리오는 나보다 어리다. 날씨의 습한 기운과 우리에게까지 솟구치는 짭짤한 파도 거품이 그의 입술 위로 냉기를 접촉시킨다. 나는 그에게 다음과 같이 말한다. 《주의하라! … 주의하라! … 서로에 대하여, 입술을 오무려라. 그대에게는 극심한 상처로 그대의 피부에 자국을 내고 있는, 갈라진 피부 틈의 날카로운 발톱들이 보이지 않는가?》 그는 나의 이마를 고정시키고, 그의 혀를 움직여 나에게 즉각 응수한다. 《그렇다. 내게, 그 초록빛 발톱들이 보인다. 그러나, 나는 그것들이 달아나도록 하게 하기 위하여 내 입의 자연스런 상태를 방해하지는 않을 것이다. 보라, 내가 거짓말을 하고 있는지. 그것은 신의 의도인 것 같기에, 나는 거기에 따르고 싶다. 그의 의도는 보다 선한 것이었을 수도 있었으리라.》 그래서 나, 나는 외쳤다. 《나는 이 고상한 복수를 찬미한다.》라고. 나는 나의 머리카락을 뿌리째 뽑아내고 싶었다. 그렇지만, 그가 준엄한 시선으로 내가 그렇게 하지 못하도록 하였고, 나는 존경심을 갖고 그에게 복종하였다. 시각이 늦어지고 있었고, 독수리는, 우툴두툴한 바위에 움푹하게 파여 있는 자신의 보금자리로 되돌아가고 있었다. 그가 내게 말했다. 《그대를 추위로부터 지켜주기 위하여, 나의 외투를 그대에게 빌려주겠다. 내겐 그것이 필요하지 않다.》 나는 즉각 그에게 대꾸하였다. 《만약 그대가 말한 대로 행한다면, 그대에게 불행 있으리, 나는 나 대신에, 다른 사람, 특히 그대가 고통 받는 것을 원하지 않는다.》 그는 대답하지 않았다. 내가 옳았기 때문이다. 그러나, 나, 나는, 내 말의 너무도 과격한 어투 때문에, 그를 위로하기 시작하였다… 우리의 말들은, 마치 인간의 시선을 피하는 것처럼, 해안을 따라 질주하고 있었다… 나는 거대한 파도로 인해 들어 올려진 뱃머리처럼, 고개를 들어 올렸고, 그에게 말했다. 《그대는 울고 있는가? 눈과 안개의 왕인 그대에게, 내가 묻고 있다. 선인장의 꽃처럼 아름다운 그대 얼굴에는 눈물이 보이지 않고, 그대의 눈꺼풀은, 급류의 밑바닥처럼, 메말라 있다. 그러나, 나는 그대 두 눈 깊숙이에서, 커다란 종류의 전갈에 목이 물린 채, 그대의 순진함이 끓고 있는, 피로 가득 찬, 하나의 큰 통을, 구별해 낸다. 한 줄기 세찬 바람이 큰 솥을 다시 덥히고 있는 불길 위로 덮쳐서, 그대의 신성한 눈구멍 밖으로까지 그 어두운 불꽃들을 퍼뜨리고 있다. 나는 그대의 장밋빛 이마에 나의 머리카락을 가까이 가져갔다. 그러자 눌은 듯한 냄새가 느껴졌는데, 그것은 머리카락이 불에 탔기 때문이었다. 그대 두 눈을 감으라. 왜냐하면, 그러지 않을 경우, 화산의 용암처럼 검게 탄, 그대의 얼굴이, 재가 되어, 나의 손바닥 위로 떨어질 것이기 때문이다.》 그런데, 그는, 손에 쥐고 있는 고삐에 주의를 기울이지 않고, 나를 향해 몸을 돌리고, 바다의 밀물과 썰물처럼, 그의 백합 같은 눈꺼풀을 천천히 내렸다가 다시 올리면서, 연민과 함께 나를 응시하고 있었다. 그는 나의 대담한 질문에 잘 대답하고 싶어 했으며, 따라서 그는 다음과 같이 답하였다.《내 걱정은 하지 말라. 큰 강들의 증기는 작은 산허리를 따라서 흘러간다. 그런데, 일단 꼭대기에 도달하면, 구름을 형성하면서, 대기 속으로 뛰어드는 것과 마찬가지다. 또 마찬가지로, 내 생각에 대한 그대의 불안감은, 정당한 이유 없이, 눈에 띄지 않게 조금씩 불어나서, 그대의 상상력 너머로, 슬픈 환상의 기만적인 육체를 형성한다. 내가 그대에게 맹세하나니, 나의 두개골이 숯이 활활 타고 있는 철모 속에 빠지는 것과 똑같은 감정을 내가 나의 눈에서 느낀다 할지라도, 나의 두 눈 속에는 불이 없다. 나에게는, 우리의 머리 위로 지나가는 바람의 구슬픈 소리로밖에는 들리지 않는, 아주 연약하고 어렴풋한 외침 소리만을 내가 듣는다는 이유로, 그대는 어떻게 나의 순진한 육체가 커다란 통 속에서 끓기를 원하는가. 한 마리의 전갈이 자신의 서식처와 날카로운 자신의 집게발들을 갈가리 찢긴 나의 눈구멍 깊숙이 고정시켜 놓는 것은 불가능한 일이다. 나는 시신경을 으깨는 것은 오히려 맹렬한 기운의 큰 집게들이라고 생각한다. 그러나, 나는, 지난 밤 잠자는 동안에, 큰 혈관을 가득 채운 피가, 보이지 않는 사형집행인에 의해 나의 혈관으로부터 추출되었다고, 그대와 함께, 생각한다. 나는, 대양大洋의 사랑받는 아들인 그대를, 오랫동안 기다렸다. 그리고 졸고 있던 나의 두 팔이, 나의 집 현관 안으로 들어온 자(Celui)에게 대항했으나 헛된 일이었다… 그렇다. 나는 내 영혼이 내 육체 안에 빗장으로 가두어져 있으며, 따라서 인류의 바다가 때리는 해안으로부터 멀리 달아나기 위하여, 거기에서 벗어날 수 없다는 것, 그리고 늪들과 크나큰 낙담의 심연들을 지나, 쉬지 않고 인간 영양羚羊들을 쫓아가는, 창백한, 재난의 사냥개 떼의 광경에 더 이상 증인이 되지 않을 수 없다는 것을 느낀다. 그러나, 나는, 한탄하지 않을 것이다. 나는 하나의 상처로서 생명을 받았으며[많은 낭만주의 작가들은 생명이 그들에게 과해졌다고 불평하였다. 위고는 『정관시집(*Les Contemplations*)』의 「베일 쓴 여자에게」에서 "나의 불행, 그것은 태어났다는 것이다"라고 노래함 – 역주], 자살자에게는 상처를 치료하지 못하게 하였다. 나는 창조주가, 영원의 매순간마다, 그 상처의 갈라진 균열을 응시하기 바란다. 내가 그에게 부과하는 것은 바로 징벌이다. 우리의 준마들은 청동을 단 그들의 발의 빠르기를 늦춘다. 그들의 몸은, 멧돼지 떼에 놀란 사냥꾼처럼, 떨리고 있다. 그들이 우리가 무슨 말을 하는지 듣기 시작해서는 안 된다. 대단히 주의를 기울이면, 그들의 지성은 자랄 것이고, 그들은 아마도 우리를 이해할 수도 있으리라. 그러나 그들에겐 불행이리라. 왜냐하면, 그들은 더욱더 고통을 받을 것이기에! 실제로, 그대는 인류라는 새끼 멧돼지밖에는 생각하지 말라. 그들 인류를, 창조된 다른 존재들과 구분하는 지성의 정도는, 헤아릴 수 없는 고통이라는 만회할 수 없는 대가를 치르고서만 그들 인류와 일치되는 것 같지 않은가? 나의 예를 모방하라. 그래서 그대의 은제銀製 박차가 그대 준마의 허리 깊숙이 박히도록 하라…》 우리의 말들은, 마치 인간의 눈을 피하는 것처럼, 해안을 따라 질주하고 있었다.

2

여기 그 미친 여자가 무엇인가를 막연하게 회상하면서, 춤을 추며 지나간다. 아이들이, 마치 그녀가 티티새이기라도 한 것처럼, 돌을 던지며 그녀를 따라간다. 그녀는 막대기를 휘두르고 아이들을 쫓아가는 시늉을 하다가, 다시 자기 길을 간다. 그녀는 도중에서 신발 한 짝을 잃었으나, 그것을 알아채지도 못하고 있다. 거미의 긴 다리들이 그녀의 목덜미에서 돌아다니고 있는데, 그것은 다른 것이 아니라 바로 그녀의 머리카락이다. 그녀의 얼굴은 이제 더 이상 인간의 얼굴과 닮아 있지 않은데, 그녀는 하이에나처럼 폭소를 터뜨린다. 다시 이어 맞추면, 그 속에서 분명한 어떤 의미를 아주 조금 찾을 수 있을, 그러한 문장의 조각들을 그녀는 새어 내보내고 있다. 한군데 이상 구멍이 뚫려 있는, 그녀의 원피스는, 온통 진흙이 묻어 있고 뼈마디가 드러난 다리 주위에서 가끔 한번씩 흔들린다. 그녀는, 무의식적인 능력들의 소용돌이에 의해서, 파괴된 지성의 짙은 안개를 통해 그녀가 다시 보는, 그녀 자신, 그녀의 청춘, 그녀의 환상과 지나간 행복을 빼앗긴 채, 마치 포플러 나뭇잎처럼, 자기 앞으로 나아간다. 그녀는 그녀 본래의 우아함과 아름다움을 잃었다. 그녀의 발걸음은 천하고, 그녀의 숨결에서는 브랜디 냄새가 풍긴다. 이 지상 위에서 인간들이 행복한 때가 있다면, 그것은 바로 놀라야 할 때이다. 그 미친 여자는 아무런 비난도 하지 않으며, 불평하기에는 너무 자존심이 강하다. 그래서 그녀에게 관심을 갖고 있으나, 그녀에게 결코 말을 걸지 못하도록 그녀가 방해하고 있는 사람들에게, 자신의 비밀을 밝히지 않은 채, 그녀는 죽을 것이다. 아이들은 마치 그녀가 티티새인 것처럼, 돌을 던지며, 그녀를 쫓아간다. 그녀는 자신의 품에서 종이 두루마리 한 개를 떨어뜨렸다. 어떤 미지의 사람이 그것을 주워서, 밤새도록 자신의 집에 들어박힌 채, 다음과 같은 내용의, 그 원고를 읽는다. 《흉년이 들었던 많은 세월이 지난 후, 신이 나에게 딸을 보내 주었다. 삼 일 동안, 나는 교회에서 무릎을 꿇고 앉아서, 마침내 나의 소원을 들어준 이의 그 위대한 이름에 끊임없이 감사하였다. 나는 내 젖으로, 내 생명보다도 더한 그녀, 영혼과 육체의 모든 장점들을 타고난 딸아이를 길렀고, 그녀가 빠르게 자라나는 것을 보고 있었다. 아이는 나에게 말하곤 하였다. "나는 함께 놀 여동생이 있었으면 좋겠어요. 내게 여동생을 하나 보내 달라고 선한 하느님께 부탁하세요. 그러면, 그것에 보답하기 위해, 그분을 위하여 나는, 오랑캐꽃, 박하, 제라늄을 섞어서 짠 꽃 장식을 만들겠어요." 대답 대신에, 나는 그녀를 나의 가슴 위로 안아 올려, 애정으로 그녀를 껴안았다. 그녀는 이미 동물들에게 관심을 쏟을 줄 알았다. 그래서 왜 제비가 인간의 오두막집을, 그곳에 다시 돌아오려 하지도 않으면서, 날개로 닿을락 말락하게 스쳐 가는 것에 만족하는지 묻곤 하였다. 그러나, 나는 이 심각한 질문에 대해 침묵을 지키라고 그녀에게 말하기 위한 것처럼, 나의 입 위에 손가락을 갖다 대곤 하였다. 지나친 감동으로, 그녀의 어린아이스러운 상상력을 깨뜨리지 않기 위하여, 그 심각한 질문의 요소들을 그녀에게 아직 이해시키고 싶지 않았던 것이다. 그래서, 나는 대화를 이 주제로부터 딴 데로 돌리기에 바빴는데, 그 주제는, 피창조된 다른 동물들 위로 부당한 지배를 뻗친 종족에 속하는 모든 존재에게는 취급하기 힘든 것이었다. 이 대기 속에서 실편백과 에델바이스의 쾌적한 향내가 맡아진다고 말하면서, 그녀가 내게 묘지의 무덤들에 대해서 이야기할 때면, 나는 그녀와 반대되는 말을 하지 않으려 조심하곤 하였다. 그러나, 나는, 그것이 새들의 도시이며, 거기에서, 새들이 새벽부터 저녁의 황혼까지 노래한다는 것과, 무덤들은 새들의 보금자리로, 거기에서 그들이 밤에는, 대리석을 들어 올리고, 그들의 가족과 함께 잠든다는 것을 그녀에게 말해 주곤 하였다. 일요일을 위해 내가 마련해 둔, 수많은 아라베스크 무늬를 한 레이스 세공품과 함께, 그녀가 입는 모든 귀여운 옷들, 그것들을 바느질한 것이 바로 나였다. 겨울이면, 그녀는 커다란 벽난로 주위에 자신에게 마땅한 자리를 차지하고 있었다. 왜냐하면 그녀는 스스로 중요한 인물이라고 생각하고 있었기 때문이다. 그리고, 여름 동안에, 그녀가, 자유로움으로 가득 찬 벌새들과, 신경을 거스르며 지그재그 모양으로 다니는, 나비들을 따라, 그녀의 비단실로, 어느 등나무 끝에 매달려, 모험을 할 때면, 초원은 그녀의 발자국이 감미롭게 누르는 것을 의식하고 있었다. "한 시간 전부터 스프가 너를 기다리고 있는데, 어린 방랑자야, 참지 못해 초조해하는 숟가락을 가지고, 너는 무엇을 하고 있니?" 그러면, 그녀는, 나의 목을 얼싸안으면서, 다시는 그러지 않겠다고 외치곤 하였다. 이튿날, 그녀는 데이지꽃과 목서초가 있는 곳을 가로질러, 태양의 햇살과 맴돌고 있는 하루살이 벌레들의 무리 사이로, 다시 달아났다. 아직 고통을 모르고, 프리즘으로 분광된, 삶의 단면도만을 알 뿐이면서, 깨새보다 더 커다란 존재인 것에 행복해하면서. 나이팅게일만큼 잘 노래하지 못하는, 꾀꼬리를 비웃으면서, 그녀를 자애롭게 바라보는, 야비한 까마귀의 혀를 교활하게 잡아당기며, 어린 고양이처럼 맵시 있게 달아났던 것이다. 나는 오랫동안 그녀의 존재로 인한 기쁨을 누릴 수 없었다. 멧비둘기와 들꿩, 그리고 방울새의 무리들, 튤립과 아네모네의 지저귀는 소리, 늪지대 초목들의 섭리, 개구리들의 날카로운 정기精氣, 그리고 시냇물의 신선함을 영원히 버리고, 그녀가, 예기치 않게, 삶의 매혹과 작별해야만 할 시간이 가까워지고 있었기 때문이었다. 누군가가 무슨 일이 생겼는지 내게 이야기해 주었다. 왜냐하면, 나, 나는 결국 내 딸의 죽음이 있었던 그 사건 현장에 있지 않았기 때문이었다. 만약 내가 있었더라면, 나는 내 피를 다 바쳐 이 천사를 지켰을 텐데… 말도로르는 그의 불도그와 함께 지나가고 있었다. 그는 한 그루의 플라타너스 그늘 아래에서 자고 있는 처녀를 본다. 그런데 그는 처음에 그녀를 한 송이 장미로 착각했었다. 그의 정신 속에서 가장 먼저 떠오른 것이 무엇인지, 또는 이 아이를 바라보거나 또는 거기에서 생겨난 결심을 우리는 말할 수 없다. 그는, 자신이 무엇을 하려는지 알고 있는 사람처럼, 재빠르게 옷을 벗는다. 마치 돌처럼 벌거벗고서, 그는 소녀의 육체로 덤벼들어, 정숙함… 바로 태양의 빛을 강간하기 위하여 그녀의 원피스를 들어 올렸다! 그는 체면 차리지 않을 것이다. 자! … 이 불순한 행동을 강조하지 말자. 만족하지 못한 마음으로, 그는 서둘러 옷을 다시 입고, 아무도 다니지 않는 먼지투성이 도로 위로 용의주도하게 조심하는 시선을 던지고는, 그 불도그에게, 그 피투성이의 소녀를, 턱으로 물어 교살하라고 명령한다. 그는 고통스러워하는 그 희생자가 잠시 숨을 돌리며 울부짖고 있는, 그 장소를, 개에게 가리키고, 장밋빛 혈관 속으로 날카로운 이빨들이 다시 들어가는 것에 증인이 되지 않으려, 멀리 떨어져 물러난다. 이 명령의 수행은 불도그에게 심각하게 보일 수 있었다. 불도그는 이미 행해진 일을 자기에게 요구한다고 생각했다. 그래서, 괴물 같은 낯짝을 한, 이 늑대는, 제 차례가 되어, 이 섬세한 아이의 순결을 범하는 것에 만족하였다. 찢어진 그녀의 배로부터, 흐른 피가 그녀의 다리를 따라서, 풀밭을 지나, 다시 흐르고 있다. 그녀의 신음소리가 그 동물의 눈물과 합해진다. 소녀는, 개가 자신을 범하지 않도록, 자신의 목에 둘러져 있는 금 십자가를 그에게 보이려 했지만, 우선, 그녀 나이의 연약함을 이용하려는 생각만을 가진 그자의 잔인한 눈에다는 그것을 차마 내놓지 못하였다. 그 개는, 만약 자신이 주인에게 복종하지 않을 경우, 주인의 한쪽 소매 아래로부터 던져진 칼이, 예고도 없이, 갑자기 자신의 내장을 열 것이라는 것을 모르고 있지 않았다. 말도로르는(이 이름을 발음하기 얼마나 싫은지!) 고통으로 죽어 가는 소리를 듣고 있었고, 그 희생자가 아직 죽지 않았을 정도로, 그렇게 질긴 생명을 가지고 있는 것에 대해 놀라고 있었다. 그는 희생 제물의 제단으로 가까이 간다, 그리고 마치 조난자가 풍랑 심한 파도 위에서, 자신의 머리를 쳐들고 있는 것처럼, 천박한 버릇에 몰두한 채, 소녀의 위에서 머리를 들고 있는, 그의 불도그의 행위를 본다. 그는 그 개를 한 번 발로 차서 그의 한쪽 눈을 터뜨린다. 화가 난, 불도그는, 아무리 그 길의 거리가 짧다 해도, 여전히 너무도 긴 도로의 공간에서, 단지 도망가는 발작적인 움직임 덕분으로만 풀려나, 매달려 있는 그 소녀의 몸을, 자신의 뒤로 끌고 가며, 벌판으로 달아난다. 그런데, 그는 제 주인을 공격하기는 두려워한다. 그의 주인은 그를 이제 다시 보지 않을 것이다. 그의 주인은 자신의 주머니에서 다용도로 쓰이는 열 개 내지 열두 개의 날이 있는, 미국 단도를 꺼낸다. 그는 이 강철로 된 히드라의 각이 진 다리들을 연다, 그리고서, 그와 같은 메스를 준비해 두고, 잔디가 그토록 많이 흘린 피의 색깔 아래로 아직 남아 있는 것을 보면서, 그는, 창백해지지도 않은 채, 그 불행한 아이의 질膣을 용기 있게 파낼 준비를 한다. 그 넓어진 구멍으로부터, 그는 내부 장기臟器들을 연달아 끄집어낸다. 창자, 폐, 간장 그리고 마침내 심장까지도, 그 끔찍한 틈을 통하여, 그것들이 자리한 근저로부터 꺼내져서 낮의 햇살로 끌려 나왔다. 그 제물을 바치는 자는, 속이 텅 빈 병아리인, 그 소녀가 오래전에 죽은 것을 깨닫는다. 그는 자신의 참해慘害에 대해 인내심을 증가시키는 것을 그만두고, 시체가 플라타너스 그늘에서 다시 잠자도록 버려 둔다. 몇 발자국 떨어져서 버려져 있는, 그 단도를 누군가가 주웠다. 그 죄악의 증인인, 어느 목동이, 오랜 뒤에, 그 살인자가 확실하게 국경에 이르렀고, 그래서, 폭로할 경우, 그에 대항하여 퍼부어지는 확실한 복수를 더 이상 의심할 필요가 없다고 확신했을 때에야 그 이야기를 했다. 나는 입법부가 예견하지 못하고, 또한 전례도 없는, 그 대죄를 저지른 그 미치광이를 동정했다. 내장의 내막內膜을, 완전히 파내면서, 그가 열두 개의 날이 있는 칼을 사용했을 때, 아마도 이성의 기능을 관리하지 못했을 것이기 때문에, 나는 그를 동정하였다. 만약 그가 미친 것이 아니라면, 내 딸인, 무방비한 어린아이의 살과 동맥에 그렇게 악착스레 열중할 정도로, 그의 부끄러운 행동은 틀림없이, 자신의 동류들에 대해 매우 큰 증오를 품고 있기 때문일 것이기에, 나는 그를 동정하였다. 나는, 말없이 물러서서, 아이의 잔해를 매장하는 데 참가하였다. 그리고 매일 나는 기도하러 이 무덤에 온다.》[사드 후작(Marquis de Sade)의 『줄리엣 이야기(*Histoire de Juliette*)』 참조 – 역주] 이것을 다 읽고 나자, 그 낯선 자는 더 이상 자신의 힘을 지탱할 수 없게 되어, 기절한다. 자신의 감각을 다시 찾자, 그는 그 원고를 태운다. 그는 자신의 청년기의 그 기억을 잊었었다(습관은 기억을 무디게 하나니!). 그리고 이십 년 동안 떠나 있다가, 이 숙명의 고장에 다시 온 것이다. 그는 불도 그를 사지 않을 것이다! … 그는 목동들과 함께 대화하지 않을 것이다! … 그는 플라타너스 그늘로 잠자러 가지 않을 것이다! … 아이들이 돌을 던지며 그녀를 쫓아간다. 마치 그녀가 티티새인 것처럼.

3

항상 인간의 모습을 하고 그를 쫓아다니는 트렘달Tremdall은, 언제나 그의 앞에서 달아나며, 스스로 사라져 버리는 자의 손을 마지막으로 잡았다, 지상의 패권이 악어 종족에게 속한다면 그가 그렇게 달아나지는 않을 것이라고, 그 유랑하는 유대인은 생각했다. 트렘달은, 계곡 위에 서서, 태양의 광선들을 모아, 자신의 시력을 좀 더 예리하게 하기 위하여 자기 눈 위에 한 손을 놓았다. 반면 또 다른 손은, 팔을 수평으로 하여 움직이지 않은 채, 공간의 가슴을 만진다. 앞으로 몸을 기울인, 우정의 자태를 하고, 그는 바다처럼 신비스런 눈으로, 쇠를 붙인 지팡이의 도움을 받는, 그 여행자의 각반들이, 언덕 기슭 위로 기어오르는 것을 바라본다. 그의 발에서는 땅이 꺼지는 것 같은데, 그래도 그는 그렇게 하고 싶어 하고, 자신의 눈물과 감정을 억누를 수 없을 것 같다.

《그는 멀리 있다. 나는 그의 그림자가 좁은 오솔길에서 걸어가고 있는 것을 본다. 이 무거운 발걸음으로, 그는 어디를 가는가? 그 자신도 그것을 모른다… 그러나, 나는 내가 잠자지 않는다고 믿고 있다. 누가 가까이 다가가서, 말도로르를 만나러 가는가? 용, 그는 얼마나 거대한지… 한 그루 떡갈나무보다도 더 거대하다! 질긴 줄로 묶여 있는, 흰빛 도는 그의 날개들은, 강철 신경을 가지고 있는 것 같다. 그만큼 그 날개들은 손쉽게 대기를 가르고 있다. 그의 몸은 호랑이의 가슴으로부터 시작해서, 뱀의 긴 꼬리로 끝나고 있다. 나는 이러한 것들을 보는 데 익숙하지 않았다. 도대체 그의 이마에는 또 무엇이 있는 것인가? 나는, 상징적인 언어로, 내가 해독할 수 없는 낱말이 하나 쓰여 있는 것을 본다. 마지막 날갯짓으로, 그는 내가 그 목소리의 음색을 알고 있는 자 옆으로 옮겨 갔다. 그는 그 자에게 말했다. "나는 그대를 기다리고 있었다. 그리고 그대 또한 그렇다. 시간이 되었다. 나는 여기에 있다. 나의 이마 위에, 난해한 기호로 쓰여 있는 내 이름을 읽어라." 그러나 그, 그는 그 적이 오는 것을 보자마자, 거대한 수리로 변하였다. 그리고는 기쁨에 차, 구부러진 그의 부리로 부딪치는 소리를 내는데, 그렇게 함으로써 그가, 자기 혼자서, 용의 뒷부분을 먹을 자격이 있다는 것을 말하고 싶어 하며, 전투태세를 갖춘다. 그들은 싸우기 전에, 서로의 방법을 정탐하면서, 그 구심력이 감소하는 원들을 그리고 있다. 그들은 잘하고 있다. 내게는 그 용이 더 센 것같이 보인다. 나는 그가 수리에게 승리를 거두기 바란다. 나는, 내 존재의 한 부분이 참여하고 있는 이 광경에서 큰 정서를 느끼려 한다. 힘센 용이여, 나는, 필요하다면, 나의 외침 소리로 그대를 흥분시킬 것이다. 왜냐하면, 그가 지는 것이 수리에게 이익이 되기 때문이다. 그들은 서로 공격하기 위하여 무엇을 기다리는가? 나는 몹시 걱정이 된다. 자, 용이여, 그대가, 먼저, 공격을, 시작하라. 그대는 이제 막 메마른 발톱으로 그를 한번 할퀴었다. 그건 아주 나쁘지는 않다. 내가 그대에게 단언하건대 수리는 그렇게 느꼈을 것이다. 바람이, 피로 얼룩진, 그의 아름다운 깃털들을 실어 온다. 아! 수리가 자신의 부리로 그대의 한쪽 눈을 빼낸다. 그런데, 그대, 그대는 수리의 피부밖에는 떼어내지 못하였다. 그것에 주의해야 했다. 브라보. 그대의 복수를 하라. 그래서 그의 한쪽 날개를 부러뜨려라. 할 말이 없다. 그대의 호랑이 이빨들은 매우 훌륭하다. 만약, 수리가 저 아래 벌판 쪽으로 던져져, 공간 속에서 맴도는 동안에, 그대가 그에게 다가갈 수 있다면! 내가 주목하건대, 그 독수리는 떨어질 때조차도, 그대에게 조심성을 갖게 한다. 그는 땅바닥에 있어서, 다시 일어설 수 없을 것이다. 갈라진 그 모든 상처들의 모양이 나를 열광시킨다. 땅과 같은 높이에서 그의 둘레를 날아라, 그리고, 뱀처럼 비늘이 벗겨진 그대의 꼬리를 쳐서, 할 수 있다면, 그를 끝내 주어라. 용기를 내라, 아름다운 용이여, 그에게 강인한 그대의 발톱들을 박아라. 그래서 피가 피에 섞이게 하여, 물이 없는, 시내를 이루도록 하라. 말하기는 쉽다. 그러나 하는 것은 쉽지 않다. 수리는 이제 막 이 기억할 만한 투쟁의 불운함으로, 새로운 방어 전략을 생각해 내었다. 그는 신중하다. 그는, 그의 남아 있는 날개와, 그의 두 넓적다리, 그리고 전에는 조종날개로 사용되었던 그의 꼬리를 깔고서, 확고부동한 자세로, 견고하게 앉았다. 그는 지금까지 그에게 대항했던 힘들보다 더욱 비범한 힘에 도전한다. 때로, 그는 호랑이만큼 빨리 몸을 돌리는데, 피곤한 모습이 없다. 때로 또, 그는 그의 힘센 두 다리를 공중에 뻗고, 등을 대고 누워서, 냉정하게, 그의 적을 조소하며 바라본다. 결국, 나는 누가 승리자가 될 것인지 알아야 할 것이다. 싸움은 영원히 계속될 수 없다. 나는 거기에서 생길 결과를 꿈꾼다! 수리는 무시무시하다. 그는 마치 비상을 하려는 것처럼, 대지를 흔들 정도로 엄청나게 뛰어오른다. 그러나, 그는 그것이 자신에게 불가능하다는 것을 알고 있다. 용은 그를 믿지 않는다. 용은, 매순간 수리가 용의, 빠져 버린 눈을 공격하려 한다고 생각한다… 나는 얼마나 불행한가! 다음의 일이 생긴 것이다. 어떻게 용이 가슴을 물리게 되었는지? 그가 아무리 술수와 힘을 써도 소용이 없다. 나는, 수리가 거머리처럼, 그의 온 사지에 붙어서, 그에게 생기는 새로운 상처들에도 불구하고, 자신의 부리를 목 끝까지 용의 뱃속으로, 더욱 더 박아 넣는 것을 깨닫는다. 수리의 몸뚱이만이 보일 뿐이다. 그는 편한 것처럼 보인다. 그는 그 상태에서 서둘러 빠져나오려 하지 않는다. 호랑이의 머리를 한, 용이 숲을 일깨우는 고함 소리를 내지르는 동안, 아마도 그는 무엇인가 찾는 것 같다. 저기 그 수리가, 그 동굴[용의 배를 가리킴 – 역주]로부터 나와 있다. 수리여, 그대는 얼마나 흉악한가! 그대는 피바다보다도 더 붉구나! 그대가 비록 그대의 예민한 부리 속에 파닥이는 심장을 물고 있다 할지라도, 그대는 너무도 큰 상처로 덮여 있어, 털이 나 있는 그대 다리들로 겨우 그대 몸을 지탱할 수 있고, 또한 끔찍한 임종의 고통 속에서 죽어 가는 용의 옆에서, 부리를 늦추지도 않은 채, 비틀거리고 있다. 승리는 어려웠다.

어쨌든, 그대는 그를 이겼다. 적어도, 진실을 말해야 하는데… 그대는, 용의 시체로부터 멀어지는 동안, 수리의 형상을 벗으면서, 이성의 법칙에 따라 행동한다. 그러니까 그렇게 하여, 말도로르여, 그대는 승리자였다! 그러니까 그렇게 하여, 말도로르여, 그대는 희망을 이겼노라! 이후로, 절망은 가장 순수한 그대의 실체로 영양을 취할 것이다! 이후로, 그대는, 단호한 발걸음으로, 악의 길로 들어설 것이다! 내가 고통에 대해, 말하자면, 무감각하게 되었음에도 불구하고, 그대가 용에게 가한 마지막 공격은 내 마음속에 확실하게 새겨졌다. 내가 괴로워하는지 그대 스스로 판단하라! 그러나 그대는 나를 두렵게 한다. 자, 저 멀리, 달아나고 있는 저 사람을 보라. 저주는, 탁월한 대지, 그에게서, 무성한 자신의 나뭇잎을 돋아나게 했다. 그 나뭇잎은 저주받고, 또한 저주한다. 그대는 그대의 샌들을 어디로 끌고 가는가? 몽유병 환자처럼, 어느 집 지붕 위에서, 더듬거리면서, 그대는 어디로 가는가? 그대의 비뚤어진 운명이 끝나기를! 말도로르여, 안녕! 영원히, 안녕, 그 영원에서 우리는 다시는 서로 만나지 않을 것이다!》

4

어느 봄날이었다. 새들은 지저귀며 그들의 찬송가를 유포하고 있었고, 인간들은, 자신들의 다양한 의무에 따르면서, 피로의 신성함 속에 빠져 있었다. 나무들, 행성들, 상어들, 그 모두가 자신의 운명대로 일하고 있었다. 창조주만을 제외하고, 모두가 말이다! 창조주는 찢어진 옷을 입고, 도로 위에 누워 있었다. 그의 아랫입술은 최면에 걸린 굵은 밧줄처럼 늘어져 있었고, 그의 이는 닦여 있지 않았으며, 금발 물결을 이루고 있는 그의 머리카락에는 먼지가 섞여 있었다. 졸음이 내리눌러서 둔해지고, 자갈들에 부딪쳐 으깨진, 그의 몸뚱이는, 다시 일어나려는 헛수고를 하고 있었다. 그의 힘은 그를 버렸던 것이다. 그래서 그는, 저기, 땅벌레처럼 연약하고, 나무껍질처럼 무감각하게, 누워 있었다. 그의 어깨가 힘차게 심히 요동친 결과 움푹 파인, 홈들에는 다량의 포도주가 가득 채워져 있었다. 우둔한 상대는, 돼지코를 하고서, 자신의 방어용 날개로 그를 덮고, 그에게 사랑이 담긴 시선을 던지고 있었다. 늘어진 근육으로 된, 그의 다리들은, 마치 눈먼 두 개의 돛처럼, 땅을 쓸고 있었다. 그의 콧구멍에서는 피가 흐르고 있었다. 그가 떨어질 때, 그의 얼굴이 기둥에 부딪쳤던 것이다… 그는 포식하였다! 끔찍할 정도로 포식하였다! 밤 동안에 커다란 세 통의 피를 씹어 먹은 한 마리 빈대처럼 포식하였던 것이다! 그는 조리가 맞지 않는 말들로 메아리를 가득 채워 주고 있었는데, 나는 그 말을 여기에서 되풀이해서 말하지 않도록 조심할 것이다. 만약 최고의 술꾼이 자신의 체면을 지키지 않는다면, 나, 나는 인간들을 존경해야 한다. 그대들은 창조주가… 취한다는 것을 알았는가! 대향연의 술잔들 속에서 더럽혀진, 그 입술에 동정을! 지나가던, 고슴도치가, 자신의 가시들을 그의 등에다 찌르고는, 말했다. 《이건, 당신을 위한 거야. 태양이 중천에 와 있다. 일해라, 게으름뱅이야, 그리고 다른 사람들의 빵을 먹지 말라. 잠깐만 기다려라, 그러면 당신은 내가 갈고리 모양으로 굽은 부리를 가진, 흰 잉꼬[kakatoès, 새의 머리 부분에 털이 길고 더부룩하게 난 도가머리가 있는 흰 잉꼬 – 역주]를 부르는 것을 보게 될 것이다.》 지나가던, 청딱따구리와 올빼미는, 그의 배에다 부리를 온통 찔러 넣고는, 말했다. 《이건, 당신을 위한 거야. 당신은 이 지구상에 무엇 하러 왔는가? 동물들에게 음산한 희극을 제공하기 위한 것인가? 하지만, 내가 당신에게 맹세하건대, 두더지도, 화식조火食鳥도, 홍학도 당신을 모방하진 않을 것이다.》 지나가던, 당나귀가, 그의 관자놀이에다 한번 발길질을 하고는, 말했다. 《이건, 당신을 위한 거야. 내가 당신에게 무슨 짓을 했기에 이렇게도 긴 귀를 갖게 되었는가? 하다못해 귀뚜라미까지 나를 무시하지 않는 것이 없다.》 지나가던, 두꺼비가, 그의 이마에다 침을 뱉고는, 말했다. 《이건, 당신을 위한 거야. 당신이 내 눈을 이렇게 크게 만들지 않고, 지금 내가 당신을 보고 있는 이런 상황에서 내가 당신을 알아보았다면, 나는 아무도 당신을 보지 못하게, 수많은, 미나리아재비속屬, 물망초, 그리고 동백꽃들 아래 당신의 지체肢體들의 아름다움을 정결하게 감춰 주었을 텐데.》 지나가던, 사자가, 자신의 용안龍顔을 굽히고는, 말했다. 《나로서는, 그의 영광이 지금은 우리에게 이지러진 것처럼 보인다 하여도, 그를 존경한다. 그대들은 모두, 거만한 체하지만, 그가 잠자고 있을 때 그를 공격했기 때문에, 비겁자에 지나지 않는다. 만약, 그대들이, 지나는 사람들의 편이 되어, 그에게 아끼지 않고 해 준 모욕들을, 그자의 자리에서, 대신 견뎌야 한다면, 그대들은 만족할 것인가?》 지나가던, 인간이, 제대로 인정을 못 받고 있는 창조주 앞에서 멈춰 섰다. 그리고는, 사면발니와 살무사의 박수갈채 속에, 삼 일 동안, 그의 거룩한 얼굴 위에다, 똥을 쌌다! 이 모욕으로 인해, 인간에게 불행 있으리. 왜냐하면, 인간은, 진창과, 피 그리고 포도주의 혼합물 속에 누워 있는 그 적을 존경하지 않았기 때문이다. 그것도 그가 무방비로, 거의 움직이지도 못한 채 있는데 말이다! … 그때, 마침내, 이 모든 비속한 모욕으로 인해 깨어난, 최고 권위의 신은, 자신이 할 수 있는 만큼 다시 몸을 일으켰다. 비틀거리면서, 폐병 환자의 두 고환처럼, 팔을 늘어뜨리고, 그는 돌 위로 앉으러 갔다. 그리고 그에게 속해 있는, 전 자연 위로, 불꽃 없는, 흐릿한 시선을 던졌다. 오 인간들이여, 그대들은 무서운 아이들이다. 그러나, 내가 그대들에게 애원하건대, 불결한 액체를 발효시키는 것을 아직 끝내지 못하고, 또한, 몸을 바로 하고 있을 만큼의 힘도 지니지 못하여, 마치 여행자처럼, 자신이 앉았던, 그 돌 위로, 육중하게, 다시 넘어진, 이 위대한 존재를 너그럽게 봐주자. 지나가는 그 걸인을 조심하라. 그는 회교의 수도자가 굶주린 팔을 뻗치는 것을 보았다. 그래서, 누구에게 자신이 적선해 주고 있는지도 알지 못한 채, 자비를 애원하는 그 손 안에 그는 빵 한 조각을 던졌다. 창조주는 고갯짓으로 자신의 감사를 그에게 표현하였다. 오! 끊임없이 우주의 고삐를 잡는다는 것이 얼마나 어려운 일이 되어 가는지 그대들은 결코 알지 못할 것이다! 새로운 종류의 정기精氣를 가지고, 무無로부터 마지막 혜성을 끄집어내는 일에 열중할 때는, 가끔씩 피가 머리까지 오른다. 머리부터 발끝까지 온통 너무도 흔들린, 지성은, 마치 패자敗者처럼 물러나서, 인생에서 한번은, 그대들이 그 증인이었던 과오 속으로, 인생에서 한번은, 떨어질 수 있는 것이다.

5

삼각형의 맨 끝에 달려 있는, 악의 깃발, 빨간 램프 하나가, 벌레 먹은 육중한 문 위에서, 사방에서 부는 바람의 채찍을 맞으며, 자신의 앙상한 몸뚱이를 흔들고 있었다. 인간의 넓적다리의 냄새를 맡은, 더러운 통로 하나가, 마당 쪽으로 나 있었는데, 그 마당에서는, 자신의 날개보다도 더 앙상한, 수탉과 암탉들이, 자신들의 사료를 찾고 있었다. 마당에서 울타리로 사용되고 있는, 서쪽에 자리 잡고 있는 벽 위에는, 다양하게 터진 틈들이 드문드문 만들어져 있었는데, 그것들은 철책으로 된 쪽문으로 폐쇄되어 있었다. 이끼가, 아마도, 수도원이었던 안채를 덮고 있었는데, 그 안채는, 현재, 건물의 나머지 부분과 함께, 그곳에 들어오는 사람들에게, 약간의 금과 맞바꿔, 매일 자신들의 질膣의 내부를 보여 주는 그 모든 여자들의 거처로 쓰이고 있는 것 같았다. 나는 다리 위에 있었는데, 그 교각들은 길게 난 도랑의 진흙투성이 물속에 잠겨 있었다. 나는 벌판에서, 오래되어 기울어진 그 건물을, 그 건물의 높은 외관으로부터 시작하여, 그 내부 건축 구조의 아주 작은 세부까지 관찰하고 있었다. 가끔, 쪽문의 철책이, 마치 강철의 특성을 거스르는 손의 상승하는 추진력에 의한 것처럼, 삐걱거리면서 위로 올라가곤 하였다. 한 남자가 반쯤 열린 틈으로 머리를 드러내고는, 그 위로 비늘 모양의 석고가 떨어지고 있는, 어깨를 디밀고, 거미줄로 덮인 자신의 몸을, 어깨에 뒤이어, 힘들여 빼내고 있었다. 그는 아직, 철책의 얽힌 부분에 다리를 걸치고 있으면서, 제 무게로 바닥을 누르고 있는 온갖 종류의 오물 위에다, 마치 왕관처럼, 자신의 손들을 놓으며, 그렇게 다시 자연스런 자신의 자세를 취하고, 쓰러질 듯 찌그러진 함지—그 속의 비누 거품 물은 수세대들이 모두 일어나고 또 지는 것을 보았던—속에 손을 담그러 갔다. 그러고 나서, 깨끗한 공기를 숨 쉬러 가기 위해 시내를 향하여, 이 변두리 골목길로부터, 가능한 한 가장 빨리, 멀어져 갔다. 그 손님이 나가자, 완전히 벌거벗은 한 여자가, 똑같은 방법으로, 밖으로 나와서, 똑같은 함지를 향하여 갔다. 그때, 정액 냄새에 이끌린, 수탉과 암탉들이 무리지어 마당의 곳곳으로부터 달려가서, 그녀의 격렬한 노력에도 불구하고, 그녀를 땅에 쓰러뜨리고는, 마치 두엄처럼 그녀의 몸 위를 짓밟고, 피가 나올 때까지, 부리질을 하여, 부푼 그녀의 질의 연한 꽃잎을 갈기갈기 물어뜯었다. 암탉과 수탉들은, 포식한 그들의 목구멍으로, 마당의 풀을 긁으러 돌아갔다. 다시 깨끗해진 그 여자는, 마치 악몽을 꾸고 나서 잠을 깰 때처럼, 상처투성이가 되어, 몸을 떨면서, 다시 일어났다. 그녀는,

자신의 다리를 씻으려고 가져온 걸레를 떨어뜨렸다. 더 이상 공동의 함지가 필요하지 않은 그녀는, 자기 거처에서 나왔던 것처럼, 또 다른 손님을 기다리기 위하여, 그곳으로 다시 돌아갔다. 이 광경을 보고, 나, 또한, 그 집 안으로 들어가고 싶었다! 나는 다리에서 내려가려 하였다. 그때 나는, 히브리 문자로, 한 교각의 갓돌 위에 새겨진, 다음과 같은 글을 보았다. 《이 다리 위를 지나는, 그대들이여, 그곳에 가지 마시오. 거기에는 죄악이 악덕과 함께 머무르고 있나니, 어느 날, 죄악의 친구들은 숙명의 문을 넘은 한 젊은이를 헛되이 기다렸나니.》 호기심이 두려움보다 강했다. 잠시 후, 나는 쪽문 앞에 이르렀는데, 쪽문의 철책은, 촘촘하게 엇갈리고 있는, 단단한 창살을 갖고 있었다. 나는 두터운 여과기 역할을 하고 있는 철책을 통해, 내부를 바라보고 싶었다. 처음에는, 아무것도 볼 수 없었다. 그러나, 그 빛을 감소시키며 곧 지평선으로 사라지려고 하는 태양광선 덕분에, 지체하지 않고 어두운 방 안에 있는 물체들을 알아보았다. 맨 처음 내 눈에 띄어 나를 깜짝 놀라게 한 단 한 가지 물건은, 서로 엇갈려 박혀 있는, 작은 돌기들로 이루어진, 황금색의 막대기 하나였다. 그 막대기는 움직이고 있었다! 그것이 방 안에서 걸어 다니고 있었던 것이다! 그것의 진동은 너무도 강렬해서, 방바닥이 흔들리고 있었다. 그것은 양 끝으로, 벽에다 커다란 균열을 만들고 있어서 마치 포위당한 도시의 문에 대고 흔들어 대는 파성추破城錐처럼 보이고 있었다. 그런데 막대기의 노력은 소용없었다. 벽은 건축용으로 재단된 돌들로 지어졌고, 따라서, 그것이 방의 안쪽 벽을 칠 때마다, 강철판으로 다시 구부러졌다가 탄력성 있는 공처럼 튀어나오는 것이 보였다. 그 막대기는 그러니까 나무로 된 것이 아니었던 것이다! 그 다음에, 나는, 그것이 마치 한 마리의 뱀장어처럼 쉽게 몸을 돌돌 감고 또 푸는 것을 보았다. 사람의 키만큼 긴데도 불구하고 그것은 몸을 똑바로 하고 있지 않았다. 가끔, 그것은 몸을 똑바로 하고자 했고, 쪽문의 철책 앞에서, 막대기의 양쪽 끝 중의 한쪽 끝을 보이곤 하였다. 그것은 맹렬히 뛰어올랐다가, 바닥에 다시 떨어지곤 했는데 장애물을 부수지는 못하고 있었다. 더욱더 주의 깊게 그것을 바라보기 시작하여, 나는 그것이 한 올의 머리카락인 것을 알았다! 마치 감옥처럼 그것을 가두고 있는 물체와, 격렬히 부딪친 후, 그것은 그 방 안에 있는 침대에 몸을 기대러 가서, 뿌리 부분은 양탄자 위에 두고 끝 부분은 머리맡에 기대었다. 침묵이 흘렀는데, 그동안 나는 간헐적인 흐느낌 소리를 들었다. 잠시 후, 그는 목소리를 높여 이렇게 말했다.《나의 주인은 이 방 안에 있는 나를 잊었다. 그는 나를 찾으러 오지 않는구나. 그는 내가 기대고 있는, 이 침대에서 일어나, 향수를 뿌린 머리털을 빗질했는데, 그전에 내가 바닥에 떨어진 것을 생각하지 못하였다. 그러나, 그가 나를 다시 주웠다면, 그 소박한 정의의 행동이 놀랍다고 생각하지 않았을 것이다. 그는 한 여자의 품에 안긴 후에, 이 틈새 없는 방 안에, 나를 내버린 것이다. 그런데 어떤 여인인가! 시트는 그들의 따뜻한 접촉으로 아직 축축하고, 뒤엉켜 있어, 사랑 속에 지낸 한밤의 흔적을, 지니고 있다…》그래서 나는 그의 주인이 누구일 수 있을까 생각하였다! 나의 눈은 더욱 힘차게 철책을 노려보았다…《온 자연이 그의 정결함 속에서 잠들어 있는 동안, 그, 그는 타락한 여인과, 음란하고 불순한 포옹을 하며, 한 쌍이 되었다. 그는, 그녀의 일상적인 파렴치함으로 인해 경멸받을 만하며, 그녀의 수액 속에서 시들어 버리는 그녀의 뺨들이, 그의 위엄 있는 얼굴로 다가가게 될 때까지 몸을 굽혔다. 그는 얼굴을 붉히지 않았다, 그러나, 나, 나는 그 때문에 얼굴이 붉어졌다. 그는 그러한 하룻밤의 여자와 잠잔 것에 대해 행복하게 느낀 것이 확실하다. 이 주인의 위엄 있는 모습에 놀란, 그 여자는, 비할 데 없는 쾌락을 느끼는 것 같았으며, 그의 목을 열정적으로 껴안았다.》그런데 나는 그의 주인이 누구일 수 있는가를 생각하고 있었다! 그래서 나의 눈은 더욱 힘차게 철책을 노려보았다…《그동안에, 육체의 쾌락에 익숙하지 않은 그의 열정 때문에, 점점 더 수가 늘어나며 악화된 종기들이, 자신들의 치명적인 담즙으로 나의 뿌리를 둘러싸고, 자신들의 흡관들로, 나의 생명을 만들어 내는 물질을 빨아들이는 것을, 나, 나는 느끼고 있었다. 그들의 무분별한 움직임 속에서, 그들이 자기 자신을 망각하면 할수록, 더욱더 나는 나의 힘이 줄어드는 것을 느꼈다. 육체적 욕망이 격렬한 감홍의 절정에 이른 순간에, 나는 나의 뿌리가, 총탄에 맞아 부상 입은 군인처럼, 스스로 내려앉는 것을 알아차렸다. 내 안에서 생명의 불꽃이 꺼져 버렸기 때문에, 나는 죽은 나뭇가지처럼, 빛나는 그의 머리로부터 떨어져 나왔다. 나는, 용기 없이, 힘없이, 생명력 없이, 바닥에 떨어졌다. 그러나, 내가 속했던 자에 대한 깊은 연민과 함께였다. 또한 그의 자발적인 방황에 대한 무한한 고통과 함께였다! …》 그런데 나는 누가 그의 주인일 수 있는가 생각하였다! 그래서 나의 눈은 더 힘차게 철책을 노려보았다! …《적어도, 만약 그가 처녀의 순결한 가슴을 그의 영혼으로 감싸 안았더라면 좋았을 텐데. 그녀는 보다 더욱 그에게 합당했을 것이고 따라서 타락은 훨씬 덜했을 것이다. 그는, 그의 입술로, 남자들이 먼지로 가득 찬, 발뒤축으로 그 위를 걸었던, 진창으로 덮인 그 이마에 입 맞춘다! … 그는, 뻔뻔한 콧구멍으로, 젖어 있는 이 양쪽 겨드랑이의 발산물을 들이마신다. 나는 콧구멍들이, 그들 쪽에서는, 이 불결한 호흡을 거부하는 동안, 그 겨드랑이들의 막膜이 부끄러움으로 일그러지는 것을 보았다. 그러나 그도, 그녀도, 콧구멍들의 침울하고 파랗게 질린 반발에, 그리고 겨드랑이들의 점잔을 뺀 경고에 어떤 주의도 기울이지 않고 있었다. 그녀는 더욱더 그의 팔들을 들어 올렸으며, 그는, 더욱 강한 충동으로, 그의 얼굴을 그 겨드랑이 속에다 파묻었다. 나는 이 신성모독의 공범자가 되어야만 했다. 나는 이 전대미문의 관능적 몸짓의 관객이 되어야만 했고, 그 무한한 심연이 자연을 다양하게 나누는, 이 두 존재의 부자연한 결합에 동석했어야만 되었던 것이다…》 나는 그의 주인이 누구일 수 있을까 생각하고 있었다! 그래서 나의 눈은 더욱 힘차게 철책을 노려보았다! …《그는 실컷 그 여인의 체취를 맡자, 그녀의 근육을 하나씩 떼어내고 싶었다. 그러나, 그녀가 여자이기 때문에, 그는 그녀를 용서했다, 그리고 자신과 성性이 같은 한 존재를 괴롭히고 싶었다. 그는, 이 여인들 가운데 하나와 잠시 태평한 시간을 보내기 위해

이 집에 온, 옆방의 젊은이를 불러서, 그의 눈앞에서 한 발자국 떨어진 곳에 있도록 그에게 엄명하였다. 나는 땅바닥에 누워 있은 지 오래되었다. 나는 타는 듯한 나의 뿌리를 딛고 일어설 힘이 없었기 때문에, 그들이 무엇을 하는지 볼 수 없었다. 내가 아는 것은 단지, 그 젊은이가 그의 손에 닿는 곳에 오자마자, 살 조각들이 침대 밑으로 떨어져서 내 옆에 자리 잡게 된 것뿐이다. 그 살 조각들은 내게, 나의 주인의 발톱들이 그 청년의 어깨에서 그것들을 떼어 냈다고, 아주 낮은 소리로 이야기해 주었다. 그 청년이 보다 큰 힘과 대항하여 싸웠던, 몇 시간이 지난 후, 그는 침대에서 일어나 위엄을 부리며 물러갔다. 그 청년은 문자 그대로 머리부터 발끝까지 가죽이 벗겨졌다. 그는 방바닥의 타일 한가운데를 가로질러 뒤집어진 그의 피부를 질질 끌고 가고 있었다. 그는 자신의 성격이 선함으로 가득 차 있다고 생각하고 있었다. 그는 자신의 동류들 역시 착하다고 믿고 싶어 했다. 그렇기 때문에 자기 옆으로 그를 부른 품위 있는 그 외국인의 희망에 동의했던 것이다. 그러나, 결코, 결단코, 그가 사형집행인에 의해 고문 받으리라고 예상하지 못했을 것이다. 잠시 후 그가, 그러한 사형집행인에 의해서 말이다, 라고 덧붙였다. 마침내, 그는 피부가 없는 그 육체 앞에서, 연민으로 평평한 땅까지 금이 가며 갈라지고 있는, 그 쪽문을 향하여 나아갔다. 마치 외투처럼밖에는 되지 않을, 아직 그에게 유용할 수 있는, 자신의 피부를 버리지 않고서, 그는 이 살인적인 장소로부터 사라지려고 하였다. 일단 방에서 멀리 떨어져서, 나는, 그가 나가는 문까지 도달할 힘이 있었는지 볼 수가 없었다. 오! 암탉과 수탉들은 그들의 배고픔에도 불구하고, 젖은 땅 위에 나 있는, 이 긴 핏자국으로부터, 얼마나 공손하게 멀리 가버렸는지!》 나는 그의 주인이 누구일 수 있을까 생각하고 있었다! 그래서 나의 눈은 더욱 힘차게 철책을 노려보았다! …《자신의 위엄과 정당함을 더욱더 생각했을 그가, 그때, 피로한 팔꿈치를 딛고, 고통스럽게, 다시 일어났다. 홀로, 침울하게, 혐오스럽고 흉측하게! … 그는 천천히 옷을 입었다. 수도원의 지하묘지 안에서 수세기 전부터 매장되어 있었던, 수녀들이, 이 끔찍한 밤의 소리 때문에 깜짝 놀라 잠을 깬 뒤, 지하 유골안치소 위에 위치하고 있는 골방 안에서 저희들끼리 서로 부딪치더니, 함께 손을 잡고서, 그의 주위에서 장송葬送 원무圓舞를 하러 왔다. 그가 자신의 옛 영광의 파편들을 찾는 동안, 그리고 침으로 자신의 손을 씻은 다음 머리카락에 닦는 동안(악덕과 죄악 속에서 온 하룻밤을 지낸 후에는, 손을 전혀 씻지 않는 것보다, 침으로라도 씻는 것이 더 나았다), 그녀들은 죽은 자들을 위하여 비통한 기도를 시로 읊었는데, 그때 누군가가 무덤 속으로 내려왔다. 실제로, 그 젊은이는 성스러운 손이 그에게 행한, 이 고통을 겪고 살아남을 수 없었는데, 수녀들이 노래 부르는 동안 그의 임종의 고통은 끝났다…》 나는 교각의 비문을 상기했다. 나는, 그의 친구들이 그가 사라진 순간 이래 아직도 매일 기다리고 있는 사춘기의 몽상이 어떻게 되었는지 깨달았다… 그리고 나는 그 머리카락의 주인이 누구일 수 있을까 생각하고 있었다! 그래서 나의 눈은 더욱 힘차게 철책을 다시 노려보았다! …《벽들이 그가 지나가도록 갈라졌다.

그가 그때까지 그의 에메랄드색의 긴 옷 속에 감추었던 날개로, 공중으로, 날아오르는 것을 본, 수녀들은, 무덤의 뚜껑 아래 조용히 다시 자리를 잡았다. 그는 나를 이곳에 남겨 두고, 그의 천상의 거처로 떠났다. 그것은 옳지 않다. 다른 머리카락들은 그의 머리에 남아 있다. 그런데, 나, 나는, 이 음울한 방안, 엉겨 붙은 피와, 말라 버린 살점들이 가득한 이 마루판 위에 누워 있다. 그가 이 방에 들어온 후로, 이 방은 망할 놈의 방이 되었다. 아무도 여기에 들어오지 않는다. 그러나, 나는 여기에 갇혀 있다. 그러니까 볼장 다 본 것이다! 나는 많은 천사들이 무리지어 마치 밀집군단처럼 걸어 다니는 것도, 별들이 조화로운 정원들을 거니는 것도 더 이상 보지 못할 것이다. 그렇다면, 좋다… 나는 체념하고 나의 불행을 견딜 수 있을 것이다. 그러나, 나는 남자들에게 이 방에서 무슨 일이 있었는지 잊지 않고 말할 것이다. 그들은 나의 주인을 본받고 있으니까, 나는 그들에게, 마치 쓸모없는 옷처럼, 그들의 권위를 던져 버리도록 허락할 것이다. 나는 그들에게 죄악의 음경을 빨라고 충고할 것이다. 왜냐하면 다른 자가 이미 그렇게 했으니까…》 그 머리카락은 입을 다물었다… 그리고 나는 누가 그의 주인일 수 있을까 생각하고 있었다! 그래서 나의 눈은 더욱 힘차게 철책을 다시 노려보았다! … 천둥이 치자 곧, 인燐처럼 빛나는 한 줄기 빛이 방 안으로 들어왔다. 나는, 본의 아니게, 나도 모를 경고의 본능에 의해, 뒤로 물러났다. 쪽문으로부터 내가 멀리 떨어졌음에도 불구하고, 나는 또 다른 목소리를 들었다. 그러나, 그 목소리는 들릴까 두려워하는, 부드러우면서도 음험한 것이었다. 《그렇게 뛰어오르지 말라! 입 다물어… 조용해… 누군가 네 소리를 듣는다면! 내가 너를 다른 머리카락들 사이에 다시 넣어 주마. 그러나, 밤이 너의 발자국을 덮도록, 먼저 태양이 수평선으로 지도록 두어라… 나는 너를 잊지 않았다. 그러나, 네가 나가는 것을 사람들이 보았다면, 나는 명예를 더럽혔을 것이다! 오! 그때 이후로 내가 얼마나 고통스러웠는지 네가 안다면! 하늘로 돌아오자, 나의 천사장들이 호기심을 갖고 나를 둘러쌌다. 그들은 내가 없었던 이유를 내게 물으려 하지 않았다. 나를 향하여 감히 시선을 들지도 못했던, 그들은, 이 수수께끼를 풀어 보려 애쓰면서, 그 비밀의 내막을 알아채지 못했음에도 불구하고, 나의 기죽은 얼굴 위로 놀란 시선을 던지고서, 내 마음속에서 일어나는 심상치 않은 어떤 변화를 두려워하는 생각들을 아주 낮은 소리로 서로 주고받고 있었다. 그들은 아무 말 없이 눈물을 흘리고 있었다. 그들은, 내가 나의 신분에 미흡하게 되어, 더 이상 전과 똑같은 내가 아님을, 막연히 느끼고 있었다. 그들은, 어떤 불길한 결심이 나에게 하늘의 경계선을 넘게 하고, 나를 지상으로 떨어뜨려서, 그들 스스로 매우 경멸하고 있는, 일시적인 쾌락을 맛보도록 만들었는지 알고 싶었을 것이다. 그들은 나의 이마 위에서 한 방울의 정액과, 한 방울의 피를 식별해 냈다. 앞의 것은 매춘부의 엉덩이로부터 분출된 것이었다! 두 번째 것은 그 희생자의 정맥에서 뿜어나온 것이었다! 끔찍한 흔적들! 확고부동한 장미꽃 모양의 장식들이여! 나의 대천사들은, 공간의 새그물에 매달려서, 놀라 크게 입을 벌린 사람들 위로 떠다니고 있는, 오팔로 된 내 튜닉[Tunik, 고대 그리스 로마에서 남녀 모두 입었던 단순한 의복으로, 지금도 어깨부터 엉덩이와 무릎 사이 어느 지점까지 굴곡 없이 내려오는 옷을 가리킴 – 역주]옷의 화려한 조각들을 찾아내었다. 그들은 그것을 다시 복원할 수 없었다. 그래서 나의 몸은 그들의 순결함 앞에서 벌거벗은 채로 있다. 버려진 덕목의 기억할 만한 징벌이다. 창백한 나의 뺨 위로 층을 이루고 있는 주름들을 보라. 메마른 나의 주름들을 따라 천천히 흐르는 것은, 바로 정액 방울과 핏방울이다. 그것들은, 윗입술에 이르자, 거대한 노력을 기울여서, 저항할 수 없는 목구멍에 의해, 마치 자석처럼, 서로 이끌려, 나의 입, 성전 속으로 흘러 들어간다. 이 가차없는 두 방울들, 그것들은 나를 질식시킨다. 지금까지, 나, 나는 스스로 전능의 신이라고 믿어 왔다. 그러나, 아니다. "그대는 한 불쌍한 자에 지나지 않는다!"라고 내게 외치는 양심의 가책 앞에서 나는 자신을 낮춰야 한다. 그렇게 뛰어오르지 말라! 입을 다물라… 조용히 하라… 만약 누군가 너의 소리를 듣는다면! 내가 너를 다른 머리카락들 사이에 다시 넣어 주마. 그러나, 밤이 너의 발자국을 덮을 수 있게, 우선 태양이 수평선에 잠들도록 두라… 나는, 커다란 적인, 사탄이, 무기력한 망령 위에, 뼈대의 얽힌 골질들을 다시 세우는 것과, 그리고, 그가 일어서서, 숭고하고, 의기양양하게, 모여 있는 자신의 무리에게 연설하는 것을 보았다. 그리고, 내가 그런 대접을 받는 것이 당연한 것처럼, 나를 조롱하는 것을 보았다. 그는, 끊임없는 정탐행위의 성공에 의해 현행범으로 잡힌, 자신의 오만한 경쟁자가, 에테르의 암초를 가로지르는 긴 운행의 여행을 통해, 인간의 방탕의 옷에 입맞출 정도로까지, 그리고 인류의 한 구성원을, 고통 속에, 죽일 정도로까지, 그렇게 낮아질 수 있는 것이 대단히 놀랍다고 말했다. 그는, 톱니바퀴 장치처럼 교묘한 나의 심한 고문으로 으깨어진, 그 젊은이가, 아마도 천재적인 지성이 되어, 이 지상에서, 재앙의 습격에 대항하는 시詩와, 용기 있는, 감탄할 만한 노래로, 인간들을 위로할 수 있었을 것이라고 말했다. 분개로 인해 미쳐 버렸지만, 그들의 머릿속에서, 그 병을 만든 원인을 상기하지 못할 만큼 미쳐 버린 것은 아닌, 그 수도원 창가娼家의 수녀들이, 더 이상 잠을 이루지 못하고, 자동인형들처럼 쉴 새 없이 몸짓을 하면서, 미나리아재비속과 라일락들을 발로 짓이기며, 그 안마당을 배회하고 있다고 그는 말했다… (그녀들은 하얀 수의로 다시 갈아입고서 나아가고 있다. 그녀들은 서로 이야기하지 않는다. 그녀들은 서로 손을 잡고 있다. 그녀들의 머리카락은 드러난 그녀들의 어깨 위에 내려와 헝클어져 있다. 검은 꽃 한 다발이 그녀들의 가슴 위에 비스듬히 걸려 있다. 수녀들이여, 그대들의 지하유골안치소로 돌아가라, 아직 완전히 밤이 온 것은 아니다. 단지 저녁 황혼일 뿐이다… 오 머리카락이여, 그대 스스로 그것을 알고 있다. 미친 듯이 날뛰는 내 타락의 감정이, 사방에서, 나를 괴롭힌다!) 존재하는 모든 것의 하느님인 것에 대하여 자만하는 창조주가, 그러한 광경을 별처럼 총총한 세상 사람들에게 보여 주면서, 더 이상 말할 수 없을 정도로, 매우 가볍게 처신한다고, 그는 말했다. 그는 어떻게 내가 나의 거대한 왕국에서, 내 자신만의 표본으로, 덕과 선을 유지하는가를, 둥근 행성들에게 알려 주러 가려는 자신의 의도를 분명히 긍정했다. 그는, 자신이 너무도 고귀한 적에 대하여 가지고 있는, 커다란 존경이, 그의 상상으로부터 달아나 버렸다고 말하고, 또 피와 정액이 뒤엉켜 세 겹의 층으로 덮여 있는 나의 얼굴에다 침을 뱉는 것보다, 자신의 흐르는 침을 더럽히지 않기 위하여는, 오히려, 비록 그것이 아주 고약한 악의적 행동이라 할지라도, 처녀의 가슴 위에 손을 얹고 싶다고 말했다. 그는 자신이, 악덕에 의해서가 아니라, 덕목과 정숙함에 의해서, 그리고 죄악에 의해서가 아니라, 정의에 의해서, 당연히, 나보다 우월하다고 생각한다고 말했다. 그는, 나의 수많은 잘못 때문에, 나를 서랍짝에 묶어서, 뜨거운 숯불 속에서 천천히 태워 죽여야 하는데, 그럼에도 바다가 나를 받아들이고자 한다면, 그다음에 나를 바닷속에 던져야 한다고 말했다. 그다음에 그는 말했다. 심각한 결과가 없었던 그의 가벼운 반항에 대하여 그를 영원한 고통의 형벌에 처한 나, 그런 내가 스스로 정당하다고 자만하기 때문에, 나는 그러니까 나 자신에 대하여 엄격하게 잘못을 가려야 하며, 부패로 가득 찬 나의 양심을 공평하게 판단해야 한다고… 그렇게 뛰어오르지 말라. 입을 다물라… 조용히 하라… 만약 누군가 너의 소리를 듣는다면! 내가 너를 다른 머리카락들 사이에 다시 넣어 주마. 그러나, 밤이 너의 발자국을 덮도록, 우선 태양이 수평선에서 잠들도록 두라.》 그는 잠시 멈추었다. 나는 그를 보지 못함에도 불구하고, 이 유용하게 멈춘 시간에, 마치 선회하는 사이클론이 한 고래 가족을 들어 올리는 것처럼, 감정의 큰 파도가 그의 가슴을 북받쳐 오르게 하는 것을 알았다. 어느 날, 정숙하지 않은 한 여인의 유방과의 쓰디쓴 접촉에 의해, 더럽혀진, 성스런 가슴이여! 망각의 한 순간에, 게에게 방탕을, 낙지에게 성격의 연약함을, 상어에게 각자의 비열함을, 보아뱀에게 도덕심의 부재를, 그리고 기괴한 달팽이에게 백치성을 맡겨 준, 제왕의 영혼이여! 그 머리카락과 그것의 주인은, 오랫동안 자리를 비운 다음에 서로 다시 만나는 두 친구처럼, 서로 굳게 포옹하였다. 자신만의 법정 앞에 다시 선 피고인, 창조주는 계속하였다. 《그리고 나에 대해 그렇게도 고상한 생각을 갖고 있는 인간들은, 안개로 덮여서, 침울한 다리(脚)를 가진, 죄악이 푸르스름하게 창백해지며 노호하고 있는, 늪의 젖은 등심초들과 괴어 있는 물을 지나가는 어두운 내 길의 방향과, 물질의 더러운 미로 속에서, 내 샌들 걸음이 주저하면서, 내가 방황하는 행동을 깨달을 때, 나에 대해 어떻게 생각할 것인가! … 나는, 미래에, 그들의 존경을 다시 얻기 위하여, 나의 명예 회복을 위해 내가 많이 힘써야 한다는 것을 깨닫는다. 나는 전능한 신이다. 그렇지만, 어떤 면에서는, 내가 약간의 모래를 가지고 창조한, 인간들보다 열등하다! 그들에게 뻔뻔스런 거짓말을 하라, 그리고 그들에게, 내가 항상, 왕좌의 근심거리와 함께, 나의 궁전의 대리석들, 조각상들 그리고 모자이크들 사이에 갇혀 있어, 내가 결코 하늘에서 나간 적이 없다고 말하라. 나는 경이로운, 인간의 아들들 앞에 나타나, 그들에게 말했다. "그대들의 초가집에서 악을 몰아내라, 그리고 집 안에 선의 외투를 들이거라. 자신의 동류들 가운데 한 사람에게 살인적인 쇠로, 그의 가슴에 치명적인 상처를 내면서, 손을 댈 사람, 그는 내 자비의 효과를 기대하지 말기를, 그리고 그가 정의의 저울을 의심하지 말기를. 그는 자신의 슬픔을 숲속에 숨기러 갈 것이다. 그러나, 숲속의 빈터를 통해 들려오는, 나뭇잎들의 살랑이는 소리는, 그의 귀에 회한의 발라드를 노래해 줄 것이다. 그리고, 덤불과 호랑가시나무 그리고 푸른 엉겅퀴에 엉덩이를 찔리고, 전갈들의 물어뜯기와 칡의 유연함이 뒤엉킨 빠른 걸음으로, 그는 이 지역으로부터 달아날 것이다. 그는 해변의 자갈들을 향하여 갈 것이다. 그러나, 밀물은, 자신의 물보라와 그 위험한 공략으로, 자신들은 그의 과거를 모른다고 그에게 이야기할 것이다. 그러면, 춘분점의 날카로운 바람이, 만灣의 자연 동굴들과 소리를 잘 반향하는 바위들로 된 벽 아래 마련된 채석장 속으로 깊숙이 들어가면서, 마치 팜파스[Pampas, 남아메리카의 대초원 – 역주]의 거대한 물소 떼처럼 고함칠 동안, 그는 절벽의 고지 점령을 향하여 맹목적으로 걸음을 재촉할 것이다. 해안의 등대들이, 북극의 끝까지, 냉소하는 듯한 그들의 반사 빛으로, 그를 쫓아갈 것이며, 또한 연소하는 단순한 안개인, 해안 늪지대의 도깨비불들이, 환상적인 춤을 추면서, 그의 모공의 털들을 송연하게 만들고, 그의 눈의 홍채를 창백하게 만들 것이다. 정숙함이 그대들의 오두막집 안에서 즐거워하기를, 그리고 확실히 그대들의 영역에 있기를. 그렇게 해서 그대들의 아들들은 아름다워질 것이고, 또한 그들은 자신들의 부모들 앞에서 감사히 머리를 숙일 것이다. 그렇지 않다면, 책장의 양피지처럼 발육이 안 돼 왜소하고, 허약하여,

그들은 그들의 탄생일과 그들 어머니의 불결한 음핵에 대항해, 어느덧 반항적으로 나아갈 것이다."라고. 만약 입법자 자신이 이것에 애써 따르는 것을 가장 먼저 거부한다면, 이 엄격한 율법에 인간들이 어떻게 복종할 것인가? … 그러면 나의 불명예는 마치 영원처럼 거대하리라!》 나는, 그 머리카락이, 자기 주인이 경박함에 의해서가 아니라 신중함에 의하여 행동하였기 때문에, 자신을 감금한 그를, 겸손하게, 용서하는 소리를 들었다. 그리고 나의 눈꺼풀을 비추는 창백한 마지막 태양빛은 산의 협곡으로부터 물러갔다. 그를 향해 몸을 돌리자, 나는 그가 마치 수의처럼 접히는 것을 보았다… 그렇게 뛰어오르지 말라! 입을 다물라… 조용히 하라… 만약 누군가 너의 소리를 듣는다면! 그가 너를 다른 머리카락들 사이에 다시 넣어 줄 것이다. 그러니까, 태양이 수평선에 잠든 지금, 파렴치한 늙은이와 부드러운 머리카락이여, 밤이, 수도원 위로 자신의 그림자를 펼치면서, 은밀한 그대들의 발자국의 길이를 덮는 동안, 둘 다, 그 사창가로부터 멀리 떨어진 곳으로 기어가라… 그때, 한 해각의 뒤에서 갑자기, 그 이(虱)가, 나와서, 자신의 발톱들을 세우면서, 나에게 말했다. 《그 일에 대해 그대는 어떻게 생각하는가?》 그러나, 나, 나는 그에게 대꾸하고 싶지 않았다. 나는 물러나서, 다시 그 지점으로 돌아왔다. 나는 처음의 비문을 지우고, 그 자리를 다음의 것으로 대신했다. 《자신의 가슴속에 그러한 비밀을, 단검처럼, 간직하는 것은 고통스러운 일이다. 그러나, 나는, 내가 이 끔찍한 창가의 주루主樓 속에, 처음으로, 들어갔을 때, 내가 증인이 되었던 그 일에 대하여 결코 폭로하지 않을 것을 맹세한다.》 나는, 이 글자들을 새기느라 사용한 칼을, 난간 너머로, 던졌다. 그리고, 슬프게도! 아주 오랫동안, 잔인성에 의해서건, 또는 대단한 악덕이 야기하는 궤양의 비열한 광경에 의해서건, 인류를 아직도 고통스럽게 하고 있음에 틀림없는(영원은 길다) 창조주의 어린 시절의 성격에 대해 몇 가지 빠르게 스쳐가는 회상을 하면서, 나는, 그러한 존재를 적으로 가지고 있다는 생각에, 마치 취한 사람처럼, 눈을 감고서, 슬픈 마음으로, 미로 같은 길을 지나, 다시 나의 길을 계속하였다.

네 번째 노래

1

네 번째 노래를 시작하려 하는 것은 바로 한 인간 또는 한 개의 돌 또는 나무 한 그루이다. 발이 개구리 위를 스칠 때, 우리는 혐오감을 느낀다. 그러나, 인간의 몸을, 손으로, 겨우 스치기만 하더라도, 손가락의 피부는, 망치질을 하여 깨뜨리는 운모 덩어리의 비늘들처럼, 금이 간다. 그리고, 한 시간 전에 죽은, 상어의 심장이, 다리 위에서, 아직도, 강력한 생명력을 가지고, 파닥이는 것과 마찬가지로, 그렇게 우리의 내장은, 손을 댄 이후에도 오랫동안, 머리에서 발끝까지 전부 움직이고 있다. 그 정도로 인간은 바로 자신의 동류에게 공포심을 불어넣어 준다! 아마도, 내가 그렇게 주장할 때, 나는 틀린지도 모른다. 그러나, 또한 아마도 내가 사실을 말하는지도 모른다. 나는 어떤 병이, 인간의 이상한 특성에 대한 긴 명상으로 인해 부어오른 눈들보다 더 무섭다고 생각하고, 또 그렇게 알고 있다. 그래서, 나는 여전히 그 병을 찾고 있다… 그런데 나는 그것을 찾아낼 수 없었다! 나는 내가 다른 자보다 총명하지 못하다고 생각하지 않는다. 그렇지만, 내가 나의 조사에서 성공했다고 누가 감히 단언할 것인가? 그의 입에서 어떤 거짓말이 나올 것인지! 덴데라[Denderah, 나일강 좌안에 있는 이집트 고지대의 마을로, 이집트의 가장 오래된 도시 가운데 하나 – 역주]의 고대 신전은 나일강의 좌안으로부터 한 시간 반 되는 곳에 자리 잡고 있다. 오늘날에는, 말벌들의 무수한 지골指骨들이 개울들과 절벽 위 좁은 길들을 가득 메우고 있다. 그것들은, 검은 머리털의 두터운 물결처럼, 기둥들 둘레를 왔다 갔다 한다. 단지 차가운 회랑 주민들, 그들만이 현관의 입구를, 마치 세습되는 권리처럼, 지키고 있다. 나는 그들의 금속 날개들의 부딪침을, 극해의 해빙 동안에, 서로 겹치며 떨어지는, 얼음덩어리들이 끊임없이 서로 부딪치는 것과 비교한다. 그러나, 내가 하느님이 지상에서 왕좌를 부여해 준 자의 행위를 생각하면, 내 고통의 세 지느러미들은 가장 커다란 중얼거림 소리를 낸다! 혜성이, 팔십 년간의 부재 후에, 밤에, 하늘의 한 부분에, 갑자기 나타날 때, 그 혜성은 지상의 주민들과 귀뚜라미들에게 엷게 빛나는 자신의 꼬리를 보여 준다. 틀림없이, 그 혜성은 그 긴 여행을 의식하지 못하고 있을 것이다. 그런데 나는 그렇지 않다. 무미건조하고 침울한 수평선의 톱니 모양이, 내 마음의 깊숙한 곳에서 계속 올라가고 있는 동안, 내 침대 머리맡에 팔꿈치를 괴고서, 나는 연민의 몽상 속에 잠겨서 인간 때문에 얼굴을 붉힌다! 선원은, 밤 당직근무를 한 다음에, 삭풍으로 몸이 둘로 나뉜 것처럼 되어, 서둘러 자신의 그물침대로 간다. 왜 이 위안이 나에게는 제공되지 않는 것인가? 내가, 자의적으로, 나의 동류들만큼 낮게, 떨어졌다는 생각, 그리고 한 행성의 단단해진 껍질에 묶여 있는, 우리의 운명에 대하여, 그리고 우리의 타락한 영혼의 본질에 대하여, 내가 다른 자보다 불평들을 발설할 권리가 적다는 생각이, 마치 대장간의 못처럼 내게로 파고 들어온다. 갱내 가스 폭발이 전 가족을 전멸시키는 것이 보였다. 그러나, 그들은, 죽음이 무척 갑작스런 것이었기 때문에, 유독가스와 파편들 한가운데서, 거의 임종의 고통을 겪지 않았다. 나… 나는 언제나 현무암처럼 존재하고 있다! 삶의 초기처럼, 삶의 한가운데에서, 천사들은 변함이 없다. 내가 전과 같지 않은 것은 이미 오래전 일이 아니었던가! 우연과 불운으로부터 우리를 방어하기 위하여 우리 각자의 힘을 합치는 대신에, 산호섬 지대에 있는 하나의 호수처럼 자주, 우리의 지성의 한계 속에 갇혀 있는 인간과 나, 우리는, 마치 우리가 단검의 뾰족한 끝으로 서로 상처를 받은 것처럼, 증오의 전율과 함께, 서로 반대되는 두 길을 택하여 서로 갈라진다! 우리는 서로 자신이 다른 자에게 불러일으키는 경멸을 깨닫고 있는 것 같다. 상대적인 위엄의 원동력에 의해 부추겨져서, 우리는 서둘러 우리의 적을 오류로 이끌지 않으려 한다. 각자는 자기편에 머물러, 포고된 평화는 유지하기가 불가능할 것이라는 것을 모르지 않는다. 그렇다면, 좋다! 인간에 대한 나의 전쟁은 영원히 계속된다. 각자 상대편에게서 자기 자신의 타락을 확인하기 때문이고… 둘은 서로 숙적이기 때문이다. 내가 비참한 승리를 거두게 되든 또는 굴복을 하게 되든, 내가, 홀로, 인류와 대항하는, 그 싸움은 아름다울 것이다. 나는 나무나 또는 철로 만든 무기들을 사용하지는 않을 것이다. 나는 대지에서 추출된

광물질의 지층들을 발로 밀어낼 것이다. 하프의 힘차면서도 청순한 음향은, 나의 손가락들 아래에서, 두려운 부적이 될 것이다. 한 사람 이상의 매복자들 안에서, 그 고상한 원숭이인, 인간은, 이미 반암斑岩으로 된 자신의 창槍으로 나의 가슴을 찔렀다. 군인은 자신의 상처가 아주 명예스럽도록, 그 상처를 보이지 않는다. 이 끔찍한 전쟁은 양편에 고통을 던질 것이다. 집요하게 자멸하려 애쓰는 두 친구여, 이 무슨 비극인가!

2

바오바브 나무[몸통이 거대한 열대지방의 나무 — 역주]로 착각하는 것이 어렵지 않고 오히려 그렇게 착각하는 것이 더 가능한, 두 개의 기둥들이, 계곡에서, 두 개의 핀보다 더 크게, 눈에 뜨였다. 사실, 그것은 두 개의 거대한 탑이었다. 그런데, 두 개의 바오바브 나무가, 처음 볼 때에는, 두 개의 핀과도, 그리고 두 개의 탑과도 비슷하지 않음에도 불구하고, 그렇지만, 능숙하게 신중함의 비결을 사용하면서, 틀릴까 하는 염려 없이, 한 개의 바오바브 나무가 한 개의 기둥과 그렇게 다르지 않다는 것, 그리고 이 건축학상의… 또는 기하학적인… 또는 그 둘 다인… 또는 그 둘 다 어느 것도 아닌… 그 형태들 아니 오히려 높이 육중하게 세워진 그 형태들 사이에 비유가 금지되어 있다고 우리는 단언할 수 있다. (왜냐하면, 이 단언에 단 한 조각의 염려라도 동반된다면, 그것은 더 이상 단언이 아닐 것이기 때문이다. 하나의 같은 이름이, 비록 가볍게 혼동되지 않을 만큼 충분히 뚜렷한 특성들을 보여 주는, 마음의 이 두 현상들을 표현하고 있다 해도 말이다.) 나는 이제 막 기둥과 바오바브 나무라는 명사에게 적당한 형용어들을 찾아내었으며, 그 반대를 말할 생각은 없다. 자신들의 눈꺼풀을 다시 든 다음, 밤이라면, 초가 타는 동안에, 낮이라면, 태양이 비추는 동안에, 이 페이지들을 훑어보는 아주 칭찬할 만한 해결을 한 사람들에게, 오만이 섞인 어떤 기쁨 없이, 내가 그것을 지적하는 것이 아니라는 것을 사람들이 잘 알기 바란다. 그리고 또, 가장 분명하게 정확한 용어에서, 어떤 우월한 힘이, 각자가 처벌받지 않고 확실히 맛볼 수 있었던 분별 있는 비교를, 혼돈의 심연 속으로, 내던지도록 우리에게 명령할지라도, 그때에도, 아니 특히 그때에, 사람들이 다음의 중요한 공리를 잊어버리지 않기를 바란다. 그것은, 나이에 따라 얻어진 습관들, 책들, 자신의 동류들과의 접촉, 그리고 각자에게 유전되어, 빠른 개화 속에 발달되는 성격이, 몇몇 이들은 경멸하지만, 많은 이들이 예찬하는, 어떤 수사修辭 기법의 범죄적인 사용(순간적으로 그리고 자발적으로 우월한 힘의 관점에 머물면서, 범죄적인)에서, 재범이라는 돌이킬 수 없는 낙인을, 인간의 정신에, 부과할 것이라는 것이다. 만약 독자가 이 문장이 너무 길다고 생각한다면, 나의 사과를 받아 주기 바란다. 그러나 독자는 내게 상스러움을 기대하지는 말기 바란다. 나는 내 잘못들을 인정할 수 있다. 그러나, 나의 비겁함으로 그 잘못들을 더 크게 만들 수는 없다.

나의 논법은 (몇몇 철학자들이 말한 것처럼, 비록, 삶 자체가 희극적인 비극 또는 비극적인 희극이기 때문에, 익살광대를 우울증 환자와 구별하는 것이 꽤 어렵다 할지라도) 가끔 광기의 야단법석과, 결국 기괴한 것에 지나지 않는 것의 심각한 외양과 충돌할 것이다. 그렇지만, 너무도 힘든 작업에서 벗어나 가끔씩 쉬기 위하여, 파리들과 코뿔소들까지도 죽이는 것이 각자에게 허락되어 있다. 비록 가장 훌륭한 방법은 아니지만, 파리들을 죽이기 위한 가장 민첩한 방법은 이것이다. 곧 손의 첫 두 손가락들 사이에다 그것들을 놓고 문대는 것이다. 이 주제를 깊이 취급한 작가들의 대부분이, 몇몇 경우에는, 그들의 머리를 자르는 것이 더 낫다는 것을, 매우 그럴듯하게, 측정해 내었다. 만약 누군가가 핀들에 대하여, 마치 근본적으로 하찮은 주제에 대해 말하는 것처럼, 말했다고 나를 비난한다면, 그가, 가장 위대한 결과는 자주 가장 사소한 원인들에 의해 만들어졌다는 것에, 선입견 없이, 주목하기를. 그런데, 만약 그가 화학이나 또는 내부 병리학에 대한 까다로운 질문 속에 자신의 거점을 두고 있다면, 이 종잇장의 범위로부터 내가 더 멀어지지 않기 위하여, 이 절節의 처음부터, 내가 쓰고 있는 문학의 난해한 부분이, 아마도 덜 맛보아졌으리라는 것을 알 수 없는 것인가? 게다가, 모든 기호는 자연 속에 있다. 그리고, 처음에 내가 그렇게도 공정하게 기둥들을 핀들에 비교했을 때(게다가, 사람들이 그것 때문에 어느 날, 나를 비난하러 올 것이라고 나는 생각하지 않고 있었다), 나는 시축視軸이 물체에서 멀어질수록, 그 영상은 망막에서 축소되어 비친다는 것을 확증한, 광학론의 법칙들에 의거했던 것이다.

이렇게 해서 우리의 정신이 짓궂은 장난으로 기우는 성향을 비참한 정신적 충격이라고 착각하는 것은, 대부분, 작가의 사고 속에서, 위엄 있게 선언된, 중요한 한 가지 진실에 지나지 않는다! 오! 당나귀 한 마리가 무화과를 먹는 것을 보면서, 웃음을 터뜨린 정신 나간 철학자여! 나는 아무것도 창조하지 않는데, 고대 서적들은, 가장 자세하고 상세하게, 인간의 고상함을 제멋대로 수치스럽게 벗겨 이야기하였다. 나, 나는 웃을 줄 모른다. 몇 번 웃으려고 노력해 보았음에도 불구하고, 나는 결코 웃을 수 없었다. 웃는 것을 배우는 것은 매우 어렵다. 아니, 오히려, 이 괴상망측함에 혐오감을 갖는 것이 내 성격의 하나의 본질적인 특성을 이룬다고 나는 생각한다. 그런데, 나는 더욱 심한 어떤 일의 증인이 되었다. 나는 무화과가 당나귀를 먹는 것을 본 것이다! 그런데, 그럼에도, 나는 웃지 않았다. 솔직하게, 입의 어떤 부분도 움직이지 않은 것이다. 울고 싶은 마음이 너무 강하게 나를 사로잡아서, 나의 눈들은 눈물 한 방울을 떨어뜨렸다. 《자연이여! 자연이여! 나는 흐느껴 울면서 소리쳤다. 매가 참새를 물어뜯고, 무화과가 당나귀를 먹고, 그리고 촌충이 인간을 삼키는구나!》 더 나아가는 해결책을 택하지 않고서, 나는 파리를 죽이는 방법으로 말하였는지 아닌지를 마음속으로 생각해 본다. 그래, 그렇지 않은가? 내가 코뿔소들의 섬멸에 대해 말하지 않았던 것은 그래도 사실이다! 만약 몇 명의 친구들이 내게 그 반대를 주장한다 해도, 나는 그들의 말을 듣지 않을 것이고, 또한 찬사와 아첨이 두 개의 커다란 장애석이라는 것을 상기할 것이다. 그렇지만, 가능한 한 나의 양심을 만족시키기 위하여, 코뿔소에 대한 이러한 논설이 나를 참을성과 냉정의 한계 밖으로 끌어낼 것이고, 또한, 그 나름으로는, 아마도 현 세대들을 낙담시킬 것이라는 것을(그래도, 확실하게 말하는 과감성을 갖자) 강조하지 않을 수 없다. 파리 다음에 코뿔소에 대해 이야기하지 않다니! 미리 계획된 것이 아닌 그 생략을 재빨리, 적어도, 웬만한 변명으로서, 언급했어야 했을 것인데, 그 생략은 인간의 뇌엽을 차지하고 있는 설명할 수 없는 실제 모순들을 깊이 연구한 사람들을 놀라게 하지 않을 것이다(그런데 나는 그렇게 하지 않았다!). 위대하고도 소박한 지성에게는 아무것도 부당하지 않다. 자연의 가장 사소한 현상은, 그 안에 신비가 있다면, 현자에게, 무궁무진한 숙고의 재료가 될 것이다. 만약 누군가가, 당나귀가 무화과를 먹거나 또는 무화가가 당나귀를 먹는 것을 본다면(이 두 상황은, 시에서가 아니라면, 자주 생기지 않는 것이다), 어떤 행동을 취해야 할지 알기 위해서는, 이삼 분 생각한 뒤에, 그가 미덕의 오솔길을 버리고 마치 수탉처럼 웃기 시작할 것이라고 확신하라. 수탉들이 인간을 모방하며 괴롭게 얼굴을 찌푸리기 위하여 일부러 그들의 부리를 벌린다는 것은, 아직, 정확히 증명되지 않았다. 나는 인간에게서 그러한 현상과 똑같은 이름의 것을 새들에게서 찌푸림이라 부른다! 수탉은, 무능력해서보다는, 오히려 오만에 의하여, 자신의 본성으로부터 이탈하지 않는다. 그들에게 읽는 것을 가르치라, 그들은 반란을 일으킨다. 그것은, 무지하고 용서할 수 없는, 자신의 연약함 앞에서 그렇게 황홀하게 넋을 잃을 자는 앵무새가 아니다! 오! 밉살스러운 타락이여! 우리가 웃을 때 우리는 얼마나 염소와 비슷한지! 이마의 고요함은 물고기들의 두 개의 거대한 눈(目)들에게 자리를 내어주기 위해 사라졌다. 그 눈들은(통탄스럽지 않은가?)… 그것들은… 마치 등대들처럼 빛을 발하기 시작한다! 자주, 나는 가장 익살스런 제안들을, 엄숙하게, 말하게 될 것이다… 나는 그것이 입을 크게 만드는 데 결정적으로 충분한 동기가 되리라고는 생각하지 않는다! 내가 웃는 것을 참지 못한다고, 당신들은 내게 대답해 줄 것이다. 나는 이 부조리한 설명을 받아들인다, 그러나, 그때에는, 그것이 침울한 웃음이 되기를. 웃으라, 그러나 동시에 울라. 만약 당신들이 눈으로 울 수 없다면, 입으로 울라. 그것이 아직도 불가능한가, 그렇다면 소변을 보라. 그러나, 뒤쪽이 찢어진 모습의, 웃음이, 뱃속에, 배고 있는 건조함을 완화시키기 위하여, 어떤 유액이 여기 필요하다는 것을 나는 경고한다. 나로 말하자면, 자신들의 것과 닮지 않은 성격 속에서 언제나 무엇인가 다시 말할 것을 발견하는 사람들의 독창적인 소 울음소리와 우스꽝스러운 꼬꼬댁 소리 때문에 당황하지는 않을 것이다. 왜냐하면 웃음은 신이, 태초의 형태로부터 꺼내지 않고, 뼈대의 골조들을 지배하기 위하여 창조한, 수많은 지적으로 수정한 것들 중의 하나이기 때문이다. 지금 우리 시대까지, 시는 잘못된 길로 나아갔다. 하늘에까지 오르거나 또는 땅으로까지 기어가며, 시는 자신의 존재의 원리들을 오해하였다. 그래서, 그럴 이유가 없는 것은 아니지만, 끊임없이 정직한 사람들에 의하여 우롱을 당하였다. 시는 겸손하지 않았다… 겸손은 불완전한 존재 안에서 존재해야 하는 가장 아름다운 특질이었는데, 나, 나는 나의 특질들을 보여 주고 싶다. 그러나, 나는 나의 악덕들을 숨길 만큼 위선적이지 않다! 웃음, 악, 오만, 광기 등은, 감수성과 정의에 대한 사랑 사이에서, 차례로, 나타날 것이며, 인간의 경악에 교훈이 될 것이다. 각자는, 자신이 되어야 할 그 모습으로서가 아니라, 지금 있는 그대로의 모습으로, 자신의 모습을 발견할 것이다. 그리고, 아마도 나의 상상력이 생각해 낸, 이 소박한 이상은 아마도, 시가 지금까지 더 거창하고 더 성스럽다고 생각해 왔던 모든 것을, 오히려, 능가할 것이다. 왜냐하면, 만약 내가 나의 악덕들이 이 페이지들에서 드러나도록 둔다면, 사람들은, 내가 거기에서 빛나게 하고, 또, 그것의 영광을 너무도 높이 자리매김하여, 미래의 가장 위대한 천재들이, 나에게, 성실한 감사를 보여 줄, 그 미덕들만을 더 잘 믿을 것이다. 그래서, 그렇게, 위선은 나의 거처에서 확실히 내몰릴 것이다. 나의 노래들에는, 기성의 의견들을 그렇게 경멸하기 위한, 위압적인 힘의 증거가 있을 것이다. 그는 그의 동류들을 위해서가 아니라, 그 자신만을 위해서 노래한다. 그는 인간의 저울 속에 그의 영감의 측정을 두지 않는다. 태풍처럼 자유롭게, 그는, 어느 날, 자신의 끔찍한 의지로 정복할 수 없는 해변에 밀려 올라왔다. 그 사람이 그 자신이 아니라 하더라도, 그는 아무것도 두려워하지 않는다! 자신의 초자연적인 투쟁에서, 마치 황새치가 자신의 검을 고래의 뱃속에 찌르듯, 유리한 조건에서, 그는 인간과 창조주를 공격할 것이다. 냉혹한

캥거루들의 웃음과 방약무인한 이(虱)들의 우스꽝스러운 묘사를 끈질기게 이해하지 않으려 하는 자, 그가 그의 아이들로부터 그리고 말라빠진 나의 손에 의해 저주받기를! … 거대한 두 개의 탑이 계곡 속에 모습을 드러내고 있었다. 나는 처음에 이 말을 했었다. 그것들을 두 배로 만들면, 결과는 넷이었다… 그러나 나는 이러한 산술 작업의 필요성을 아주 잘 구분해 내지 못하였다. 나는, 얼굴에 열이 오른 채, 나의 길을 계속 갔다. 그러면서 나는 끊임없이 외쳤다.《아니야… 아니야… 나는 이 산술 작업의 필요성을 아주 잘 구분해 내지 못한다!》나는 사슬들의 삐걱거리는 소리와, 고통스러운 흐느낌 소리를 들었다. 그가 이 지역을 지나갈 때, 아무도, 그 결과가 넷이 되도록, 탑들을 두 배로 할 수 없기를! 어떤 사람들은 마치 내가 그의 어머니인 것처럼 내가 인간을 사랑하는지, 그리고 내가, 아홉 달 동안, 나의 향기로운 뱃속에 그를 배고 있지 않았는지 의심하고 있다. 그래서, 나는 피승수被乘數가 둘의 단위로 올라가는 그 계곡을 더 이상 다시 지나가지 않는다.

3

교수대 하나가 땅 위에 세워져 있었다. 그것으로부터 일 미터 떨어진 곳에, 한 남자가 팔이 뒤로 묶인 채, 머리카락으로 매달려 있었다. 그의 다리들은, 그의 고통을 증가시키기 위하여, 그래서 그가 팔의 얽힘을 방해할 수 있는 것은 무엇이든지 더욱 원하게끔, 그대로 자유롭게 내버려져 있었다. 매달려져 있는 무게 때문에 이마의 피부는 너무도 잡아당겨져서, 자연스럽게 자신의 뜻을 표현할 수 없는 상황에서 형벌을 받은, 그의 얼굴은, 종유석이 돌같이 딱딱하게 응고한 것과 비슷하였다. 삼 일 전부터, 그는 이 고통을 당하고 있었다. 그는 외치고 있었다. 《누가 나의 팔을 풀어 줄 것인가? 누가 나의 머리카락을 풀어 줄 것인가? 나는, 내 머리로부터 머리카락의 뿌리를 더욱 뽑아내게만 하는 흔들림 속에서 몸이 찢어지고 있다. 갈증과 허기는 나를 잠자지 못하게 하는 중요한 이유가 아니다. 나의 생존이 한 시간이 다 가고 난 후까지 연장된다는 것은 불가능하다. 내 입을 열기 위해, 뾰족한 자갈로, 누군가가!》 그가 말하는 사이사이, 강렬한 외침 소리가 뒤따랐다. 나는 내가 그 뒤에서 몸을 숨기고 있던 덤불로부터 뛰어나가서, 꼭대기에 매달려 있는 비곗덩어리인지 꼭두각시인지를 향해 갔다. 그런데, 반대편에서부터, 취한 두 명의 여자들이 춤을 추면서 도착하였다. 한 여자는 가방 한 개, 그리고 납줄로 된 두 개의 채찍을 들고 있었고, 또 한 여자는, 타르가 가득 담긴 통 하나와 두 개의 붓을 갖고 있었다. 더 늙은 여자의 반백이 되어 가는 머리카락은, 마치 찢어진 베일 조각들처럼, 바람에 나부끼고 있었다. 그리고 또 다른 여자의 발목들은 그들끼리 부딪치며, 마치 배의 맨 위 뒤쪽 갑판 위에서 한 마리 다랑어가 꼬리를 퍼덕거리듯이, 탁탁 소리를 내고 있었다. 그들의 눈은, 너무도 검으며 너무도 강한 불꽃으로 이글거리고 있어서, 나는 처음에 이 두 여자가 나의 종족에 속한다고 생각하지 못했다. 그녀들은 너무도 이기적으로 태연하게 웃고 있었고, 그리고 그들의 모습은 너무도 혐오감을 주었기 때문에, 한 순간 나는 인간 종족 가운데 가장 추악한 두 견본을 눈앞에서 보고 있다는 것을 의심하지 않았다. 나는 다시 덤불 뒤로 몸을 숨기고, 자신의 둥지 밖으로 머리밖에는 드러내지 않는 아칸토포루스 세라티코르니스[acantophorus serraticornis, 인도·말레이시아 지역에 분포되어 있는 곤충으로 더듬이 마디가 12개 달려 있는 게 특징임 – 역주]처럼, 가만히 움직이지 않고 있었다. 그녀들은 밀물이 밀려오는 듯이 재빨리 다가왔다. 땅에다 귀를 대자, 분명하게 감지되는 소리는, 내게 그들 걸음의 서정적인 흔들림을 전해 주었다. 그 두 암컷 오랑우탄들은 교수대 아래 도달하자, 잠시 동안 코를 킁킁거리며 대기의 냄새를 맡았다. 그들은, 이 부근에서 아무것도 변한 것이 없다는 것을 알아차리자, 괴상망측한 몸짓으로, 그들의 경험에서 생겨난 진정으로 주목할 만한 깜짝 놀라운 행동을 보여 주었다. 그들의 소원과 일치하는, 죽음이란 결말은 아직 엄습하지 않았던 것이다. 그들은 그 모르타델[mortadelle, 이탈리아 볼로냐산의 대형 소시지 – 역주] 소시지가 아직도 같은 자리에 있는지 알기 위해, 고개를 들지도 않았다. 한 여자가 말했다. 《당신은 아직 숨을 쉴 수 있는가? 내 가장 사랑하는 남편이여, 당신의 삶은 고되구나.》 성당에서, 두 명의 성가대원이, 번갈아 성가聖歌의 창구唱句들을 노래할 때처럼, 두 번째 여자가 말을 받았다. 《오 나의 귀여운 아들아, 그러니까 너는 죽고 싶지 않구나? 독수리들에게 겁을 주기 위하여 도대체 네가 어떻게 하였는지(확실히 그것은 어떤 마법에 의한 것이다) 내게 말하렴? 사실, 너의 몸뚱이는 너무도 앙상해졌다! 미풍이 마치 초롱처럼 네 몸을 흔드는구나.》그 여자들은 각자 붓을 잡고 그 매달린 남자의 몸에 타르를 칠했다… 그들은 각자 채찍을 잡고는 팔을 들었다… 나는, 마치 사람들이 흑인과 싸우면서, 그의 머리카락을 움켜쥐기 위해, 악몽에 특유하게 나타나는, 소용없는 노력을 기울일 때처럼, 채찍의 금속 날들이, 표면에서 미끄러지는, 타르 덕분에, 뼈의 방해가 합리적으로 그것을 허용하는 만큼 움푹 파이며 주름진, 살속까지, 얼마만큼 힘차고 정확하게, 파고드는지, 감탄하고 있었다(나처럼 행동하지 않는다는 것은 절대적으로 불가능한 일이었다). 나는 지나치게 이상하지만, 기대하는 것만큼 아주 우스꽝스럽지는 않은 이 광경에서 쾌락을 찾으려는 유혹을 물리쳤다. 그렇지만, 미리 취해진 좋은 해결책에도 불구하고, 어떻게 이 여자들의 힘, 그녀들의 팔 근육들을 인정하지 않겠는가? 내가 모든 진실을 이야기하려는 야심을 갈망하는 경우가 아니라면, 얼굴과 아랫배처럼, 가장 연약한 부분을 때리는, 그들의 교활함을, 나는 언급하지 않을 것이다! 나의 두 입술을, 특히 수평선의 방향으로(그러나, 이것이 억압을 만들어 내는 가장 통상적인 방법이라는 것을 각자 모르지 않는다), 서로, 갖다 대면서, 그 고통스런 표현이, 메마른 장골掌骨과 건장한 관절들을 사용하는 공포에 의해 야기된 죽음의 결과들을, 나의 말만큼 잘, 또한 더 나아가서 나의 말보다 더 잘, 숨기기에는 무력할, 눈물과 신비로 부풀어 오른 침묵을 지키는 것을 내가 더 좋아하지 않는 한 말이다(왜냐하면, 솜씨의 가장 기본적인 법칙들에서 부족한 고통 아래, 실수의 불확실한 가능성들을 원칙적으로 확실하게 거부하지 말아야 하지만, 나는 내가 틀리다고 생각하지 않기 때문이다). 그래도 사람들은 공정한 관찰자와 경험 있는 도덕주의자의 관점에 서지 않을 것이고(내가 다소 기만적인 이 제약을, 적어도 전적으로는, 인정하지 않는 것을 배우는 것은 대부분 꽤 중요하다), 의심은, 이러한 관점에서, 자신의 뿌리를 뽑는 능력을 갖지 못할 것인데, 왜냐하면, 지금으로서는, 그 의심이 초자연적인 힘의 수중에, 있다고 생각하지 않기 때문이다. 따라서 의심은 영양과, 유독물질의 부재라는 동시적 조건을 채우는 수액의 부족으로, 아마도 갑자기는 아니겠지만, 틀림없이 사라질 것이다. 내가 단지 내 의견의 수줍은 성격만을 드러내는 것은 인정된 일인데, 그게 아니라면 나의 글을 읽지 말라! 그렇지만, 이론의 여지 없는 권리들을 거부하는 생각은, 나와는 먼 일이다! 게다가, 나의 의도는, 서로 이해되는 것이 보다 간단한 방법이라는 긍정, 여기에서 확실성의 기준이 빛나는, 그 긍정을 공박하는 것이 아니다. 나는 그 방법을 단지 몇 마디 말, 그러나, 천 배나 더 가치 있는 말로 옮기는데, 그 방법은 바로 논쟁하지 않는 데 있을 것이다. 보통 사람들은 일반적으로 그것을 잘 생각하고자 하는 것보다 실행하는 것을 더 어려워한다. 논쟁하다(discuter)라는 말은 문법적인 낱말이다. 그리고 많은 사람들은, 방대한 증거자료 없이, 내가 이제 막 종이 위에 기입한 것을, 반대로 말해서는 안 될 것이라고 생각할 것이다. 그러나 그가 자신의 신중함을 위해 드문 총명함을 사용하는 것을 자신만의 본능에 일치시키는 것이 허용된다면, 문제는 완전히 달라진다. 그가 다르게 나타날지도 모르는 판단을 작성할 때는, 허세의 강변을 따라 뻗어 있는 대담성으로, 그것에 설복되라. 운명적으로 흥미(가장 최근의 그의 기억을 청진한다면, 각자가 빼놓지 않고 확인할 것)로 가득 찬 만큼이나 치유할 수 없을 만큼 통탄스러운 경망함으로 스스로 자신의 외피外被를 버린, 이 작은 사건을 마무리하기 위하여, 만약 우리가 완전한 균형을 이루고 있는 능력들을 소유하거나, 또는 그보다 더 나은 능력들을 소유한다면, 그리고 바보 같은 말의 균형이, 이성의 고상하고도 훌륭한 속성들이 그 안에 머물고 있는 저울판보다 많이 우세하지 않는다면, 그것은 좋은 일이다. 좀 더 분명히 하기 위해, 다시 말하자면(왜냐하면, 지금까지 나는 단지 간결하였을 뿐이었는데, 몇몇 사람들조차, 단지 상상적인 것에 불과한, 나의 긴 문장들 때문에, 내가 간결하다는 것을 받아들이지 않을 것이기 때문이다. 그 긴 문장들은, 분석의 메스를 가지고, 진실의 일시적인 출현을, 그것들이 마지막으로 삭제될 때까지, 추적하려는 그들의 목적을 채워 주고 있기 때문이다), 습관, 성격 그리고 교육은 그것들이 가진 단점들의 무게로 지성을 짓눌렀는데, 만약 지성이 충분히 그 단점들을 압도한다면, 그것은 좋은 일이지, 라고 나는 또다시 그리고 마지막으로 반복해서 말한다. 왜냐하면, 많이 반복해 말함으로써, 우리는 결국 더 이상 서로 이해되지 않을 것인데, (내가 꼬리를 가진 것이 사실이라면, 또 그렇다 할지라도) 이것은 틀린 것이 아닌데, 이 절節에서 공고히

한 극적인 주제로, 꼬리를 내리고 풀이 죽어서 되돌아오는 것은 대체로, 잘못된 것이 아니기 때문이다. 나의 작업을 다시 시작하려고 하기 전에, 물 한 잔을 마시는 것은 유용하다. 나는 그렇게 하지 않고 지나가는 것보다, 오히려 물 두 잔을 마시고 싶다. 그래서, 숲을 가로질러, 산속으로 탈주한 흑인 노예를 사냥하면서, 사냥꾼 무리의 일원들은, 결정된 어느 순간에, 각각 자신의 총을 리아나[liane, 열대 아메리카산 덩굴식물 – 역주]에 걸어 놓고, 갈증을 풀고 요기를 하기 위해, 나무숲 그늘에, 함께 모인다. 그러나, 휴식은 단지 잠시 동안만 계속되고, 추격이 악착스럽게 다시 시작되자 짐승을 몰아 넣었을 때의 함성 소리가 지체 없이 울린다. 그리고, 산소가, 연소하는 것을 보여 주고 있는 성냥에 다시 불을 붙이는 것에 대하여, 오만 없이, 자신이 갖는 특권을 확인할 수 있는 것과 마찬가지로, 그렇게, 사람들은 문제점으로 되돌아오려고 내가 보여 주는 열성에서 나의 임무의 수행을 확인할 것이다. 그 암컷들은 채찍질을 억제할 수 없는 가운데 서로 바라보더니, 피로가 그들의 손에 몰려오자, 거의 두 시간 가까이 그들이 행했던 체조작업을 현명하게 그만두고, 미래에 대한 흉조凶兆가 없지는 않은 기쁨과 함께, 물러섰다. 나는, 한쪽 눈이 얼어붙은 채, 내게 구원을 청했던 사람을 향해 갔다(왜냐하면, 그는 피를 너무도 많이 흘려서, 무력함으로 말을 하지 못하고 있었고, 또한 내가 의사는 아니지만, 나의 생각으로는 출혈이 얼굴과 아랫배에서 생긴 것이었기 때문이다). 그리고는 그의 팔을 풀어준 후에, 가위로 그의 머리카락을 잘랐다. 그는 나에게, 그의 어머니가, 어느 날 저녁, 그를 그녀의 침실로 부르고서, 그녀와 함께 침대에서 밤을 보내게, 그에게 옷을 벗으라고 명령하더니, 그 모성은 아무 대답도 기다리지 않고, 그의 앞에서, 가장 음란한 몸짓을 교차시키면서, 자신의 옷을 모두 벗었다고, 이야기했다. 그래서 그는 물러났다고 하였다. 게다가, 그의 계속적인 거부는, 자신의 남편이 자기 육체를 그 노파의 정염에 맡기게 하는 데 성공했을 경우 생기는, 그 보상에 대한 희망에 기대를 걸고 있던 그의 아내의 분노를 샀다는 것이다. 그 여자들은, 음모를 짜고, 인적이 없는 어느 지역에서, 미리 준비해 둔 교수대에 그를 매달고, 온갖 비참함과 온갖 위험에 노출시켜, 눈에 띄지 않을 정도로 그가 조금씩 죽어 가게 내버려 두기로 결정하였다. 그녀들이 마침내, 나의 간섭이라는 예기치 않은 도움이 아니었다면 그 일의 종말을 찾지 못했을 그 교묘한 형벌로 그들의 선택을 끌고 가기에 이른 것은, 거의 극복할 수 없는 어려움으로 가득 찬 숙고, 매우 성숙한 많은 숙고 없이 된 것은 아니었다. 감사의 가장 강렬한 표시들이 각 표현마다 강조되었는데, 그 표시들은 그의 속내 이야기들을 매우 진지한 것으로 만들어 주고 있었다. 나는 그를 가장 가까운 오두막으로 데려갔다. 왜냐하면, 그가 이제 막 기절하였기 때문이다. 그래서 나는, 상처 입은 자의 치료를 위해, 나의 지갑을 농부들에게 남겨 놓고, 또한 그들이 그 불쌍한 사람에게, 그들의 아들에게처럼, 동정의 표시를 아낌없이 계속하여 베풀어 줄 것을 약속시키고서야, 그들을 떠났다. 이번에는 내가, 그들에게 사건을 이야기해 주었다. 그리고서 나는, 오솔길로 가기 위하여,

문으로 다가갔다. 그러나, 백여 미터를 간 다음에, 나는 기계적으로 나의 길을 되돌아와서, 다시 그 오두막으로 들어갔다. 그리고서, 순진한 그들의 지주들에게 말하면서, 나는 이렇게 외쳤다.《아니오, 아니오… 그 때문에 내가 놀란 것이라고 생각하지 마시오!》이번에는, 나는 확실하게 멀리 갔다. 그러나, 발바닥이 확실하게 놓일 수 없었다. 다른 자는 그것을 알아채지 못할 수도 있었을 것이다! 마치 자신이, 제 상상력에 매혹되어, 헛된 저녁식사의 길을 택했을 때처럼, 그 늑대는, 어느 봄날, 아내와 어머니의 손들이 얽히며, 세워 놓은 교수대 밑으로 더 이상 지나가지 않는다. 그는, 지평선에서, 바람에 나부끼는, 그 검은 머리털을 보면, 무기력한 자신의 힘을 부추기지 않고서도, 비교도 할 수 없는 정도로 재빨리 달아난다! 이러한 심리적인 현상에서, 포유류의 일상적 본능보다 우월한 지성을 보아야 하는 것인지? 나에게는 동물들이, 아무것도 확신하지 못하고 또한 아무것도 예견하지 못하면서조차, 죄악이 무엇인지 깨닫고 있는 것 같다! 인간 존재들, 그들 자신들이, 이 폐위된 여왕 대신에, 오직 잔인한 복수만을 존속시키기 위하여, 그 묘사할 수 없는 정도까지, 이성의 왕궁을 거부했을 때, 어떻게 동물이 그것을 깨닫지 못할 것인가!

4

나는 더럽다. 이(虱)들이 나를 갉아먹고 있다. 돼지들이, 나를 바라볼 때면, 구토한다. 나병의 상처 딱지들과 욕창들이 누르스름한 고름으로 덮인, 나의 피부를 비늘처럼 벗겨 놓았다. 나는 강물도, 또한 구름의 이슬방울도 알지 못한다. 나의 목덜미에는, 마치 비료 위에처럼, 육각 미나리의, 거대한 버섯 하나가 자라고 있다. 무형의 한 가구 위에 앉아서, 4세기 전부터 나는 나의 육체를 움직이지 않았다. 나의 발은 땅 속에 뿌리를 뻗고서, 나의 배에까지, 더러운 기생물로 가득한 일종의 초목군을 만들고 있는데, 그것은 아직 식물로부터 파생한 것은 아니지만, 더 이상 살로 된 것도 아니다. 그렇지만 나의 심장은 뛰고 있다. 그러나, 만약 나의 시체(나는 감히 육체라고 말하지 않겠다)에서 나오는 부패물과 발산물이 충분히 내 심장에 영양을 주지 않는다면, 어떻게 그것이 뛰겠는가? 나의 왼쪽 겨드랑이 아래를, 두꺼비 한 가족이 거처로 삼았다. 그래서, 그들 중의 하나가 움직일 때면, 나는 간지럽다. 그들 가운데의 하나가 거기에서 빠져나와서, 입으로, 그대들의 귓속을 긁으러 오지 않도록 조심하라. 그다음에는 그가 그대들의 뇌 속으로 들어갈 수 있을 테니까. 나의 오른쪽 겨드랑이 아래에는, 배고픔으로 죽지 않으려고, 그들을 끊임없이 사냥하는 카멜레온 하나가 있다. 각자 살아야 하는 것이다. 그러나, 한편이 다른 편의 계략을 완전히 실패시킬 때는, 그들은 서로 방해하지 않은 것보다 더 나은 아무것도 찾아내지 못하고서, 나의 허리를 덮고 있는 맛있는 기름기를 빨아먹는다. 나는 그것에 익숙해 있다. 못된 살무사 한 마리가 나의 음경을 뜯어먹고서 그 자리를 차지했다. 그 야비한 놈, 그는 나를 거세된 자로 만들었다. 오! 내가 나의 마비된 팔들로 나를 방어할 수 있었다면, 그러나, 나는 오히려 팔들이 장작으로 변했다고 생각한다. 그럼에도 불구하고, 피가 더 이상 거기에 그 붉은빛을 뿌리러 오지 않는 것을 확인하는 것이 중요하다. 더 이상 자라지 않는, 두 마리의 어린 고슴도치들이, 한 마리 개에게 내 고환의 알맹이를 던졌고, 개는 그것을 거부하지 않았다. 고슴도치들은, 그 표피를, 정성껏 씻고서, 그 안에 자리를 잡았다. 항문은 게 한 마리가 막고 있었다. 나의 무기력에 그는 힘을 내어, 자신의 집게들로 항문의 입구를 지키고서, 나를 많이 아프게 한다! 두 마리의 해파리가, 실망시키지 않는 어떤 희망에 즉흥적으로 이끌려, 바다를 건너왔다. 그들은 이 마지막 인간을 이루고 있는, 살이 많이 찐 두 부분을 주의 깊게 바라보았다. 그리고, 그 볼록한 모양의 윤곽에 애착을 느끼고서, 그것들을 계속 눌러서 너무도 짓이겼기 때문에, 그 두 덩이의 살은 사라져 버렸다. 그러는 동안, 그 점착성粘着性의 왕국으로부터 나온, 색깔, 형태 그리고 잔인성이 똑같은, 두 괴물이 남게 되었다. 나의 척추 기둥에 대해서는 말하지 말라, 그것은 하나의 칼이니까. 그렇다, 그렇다… 나는 거기에 주의를 기울이지 않고 있었다… 그대들의 요구는 정당하다. 그대들은, 어떻게 그것이 나의 허리에 수직으로 뿌리박게 되었는지 알고 싶은 것이 아닌가? 나 자신도, 그것을 아주 확실히는 상기하지 못한다. 그렇지만, 만약 아마도 한갓 몽상에 지날지도 모를 어떤 추억을 위하여, 내가 상기하려고 결심한다면, 인간은 내가 창조주를 이길 때까지 질병을 가지고 몸을 움직이지 않은 채 살기로 맹세한 것을 알았을 때, 그가, 내 뒤에서, 발끝으로 걸었다는 것, 그러나, 내가 듣지 못할 정도로, 그렇게 조용하게 걸은 것은 아니라는 것을 그대들은 알라. 나는, 길지 않은 한순간 동안, 더 이상 아무것도 느끼지 못했다. 날카로운 그 단검이, 축제에 나온 황소의 두 어깨 사이로, 손잡이까지 깊이 들어갔다. 그러자 그 황소의 몸체는, 마치 지진처럼, 전율하였다. 칼날이 몸체에 너무도 강하게 들러붙어서, 아무도, 지금까지, 그것을 뽑아낼 수 없었다. 장사들, 기계 기술자들, 철학자들, 의사들이, 번갈아서, 아주 다양한 방법들을 시도해 보았다. 그들은, 인간이 만든 악이 더 이상 없어질 수 없다는 것을 알지 못하고 있었던 것이다! 나는 그들의 타고난 깊은 무지를 용서하였고, 그래서 눈꺼풀을 깜박여 그들에게 인사를 하였다. 나그네여, 그대가 내 가까이 지날 때는, 그대에게 애원하건대, 위로하는 극히 적은 말 한마디라도, 나에게 건네지 말라. 그렇지 않으면, 그대는 나의 용기를 약화시킬 것이다. 자의적인 순교자의 불꽃에 나의 완강함이 덮이게 나를 내버려다오. 가라… 내가 그대에게 어떤 동정도 불러일으키지 않기를… 증오는 그대가 생각하는 것보다 더 이상한 것이다. 증오의 행위는, 마치 물속에 잠긴 막대기의 부러진 겉면처럼, 설명할 수 없는 것이다. 그대가 나를 보는 그대로, 나는 아직, 수많은 살인자들의 머리에서, 하늘의 벽까지 유람하고, 그리고는 복수의 고상한 계획을, 다시, 곰곰 생각하기 위해, 이 자세를 취하러 돌아올 수 있다. 잘 가렴, 나는 그대를 더 바라보지 않으련다. 그리고, 그대가 배우고, 또 자신을 보호하기 위해서는, 아마도 내가 착하게 태어났던 그 때 나를 반항으로 이끈 숙명에 대해 깊이 생각하라! 그대는 그대의 아들에게 그대가 본 것을 말하리라. 그리고, 그 아들의 손을 잡고서, 별들의 아름다움과 우주의 경이로움, 울새의 둥지와 주님의 신전들에 대해 그가 감탄하게 하라. 그대는 그가 부성父性의 충고에 너무도 유순한 것을 보고 놀랄 것이고, 그래서 그대는 그에게 미소로 보답하리라. 그러나, 그가 자신이 관찰당하지 않는 것을 깨닫고 있을 때, 그를 바라보라, 그러면 그대는 그가 미덕에 침을 뱉는 것을 보게 될 것이다. 인간 종족의 후손인 자, 그는 그대를 속였다. 그러나, 그는 더 이상 그대를 속이지 않을 것이다. 그가 앞으로 어떻게 될 것인지 그대는 알게 되리라. 오 불행한 아버지여, 그대의 늙은 발걸음과 동행하기 위하여, 조숙한 범죄자의 머리를 자를 불멸의 교수대와, 무덤으로 가는 길을 그대에게 보여 줄 고통을 준비하라.

5

내 침실의 벽에다, 어떤 망령이, 그 무엇과 비교할 데 없는 힘으로, 경직된 자신의 그림자의 마술 환등의 상연을 그리고 있는가? 내가 내 마음에다 이 정신착란적이며 말 없는 질문을 제기할 때, 문제의 절제가 그렇게 이루어지는 것은, 형태의 위엄을 위해서보다는, 현실의 광경 묘사를 위해서이다. 그대는 누구이든 간에, 자신을 지키라. 왜냐하면, 내가 끔찍한 비난의 투석기를 그대를 향하여 보내려 하기 때문이다. 이 눈(目)들은 그대에게 속해 있지 않다… 그대는 그것을 어디에서 얻었는가? 어느 날, 나는 한 금발의 여자가 내 앞으로 지나가는 것을 보았다. 그녀는 그대의 것과 같은 눈을 갖고 있었다. 그대는 그녀에게서 그것들을 뽑아내었다. 그대가 그대의 아름다움을 믿게 하고 싶어 하는 것을 나는 안다. 그러나, 아무도 거기에 속지 않는다. 그런데 나는, 다른 자보다 더 속지 않는다. 내가 그것을 그대에게 말하는 것은, 그대가 나를 바보로 착각하지 않도록 하기 위해서이다. 아칸소[Arkansas, 미국 중부의 주로 프랑스의 영토였다가 1803년 미국이 루이지애나를 구입함에 따라 미국 영토가 됨 – 역주]의 파노코스[panoccos, 인도에서 말하는 "성스런 연꽃"에 상응하는 수생식물. 그러나 이 용어는 실제로 존재하지 않으며, 피에르-장 카프레츠Pierre-Jean Capretz의 학위논문 *Quelques sources de Lautréamont*(『로트레아몽의 몇 가지 출처들』)에 의하면, 서부 아프리카의 기니Guinee에 분포한 ormosia coccinea나 swartzia tormentosa와 같은 종류의 나무들을 가리키는 panococo의 변형인 것으로 보임 – 역주] 잎을 따는 해골들처럼 아름답고, 다른 자의 고기를 취하는 것에는 아마추어들이자 추적의 유용성을 지키는 자들인, 모든 일련의 육식 조류들은, 공손하고 공인된 하인들처럼, 그대의 이마 주위에서 이리 왔다 저리 갔다 한다. 그런데, 그것이 이마인가? 그렇다고 생각하기에는 어렵지 않게 많이 망설여진다. 그것은 너무나도 낮아서, 그 모호한 존재에 대하여, 숫자적으로 너무 적은, 그 증거들을 검증한다는 것은 불가능하다. 내가 그대에게 그것을 말하는 것은 그냥 장난삼아 그러는 것이 아니다. 아마도, 그대, 마치 환상적인 춤에 대해 잘못 숙고된 상징처럼, 그대 요추 추골의 열에 들뜬 흔들림을, 벽 위로, 이리저리 끌고 다니는 그대는 이마가 없을 것이다. 그렇다면 도대체 누가 그대의 머리 가죽을 벗겼는가? 만약 그것이, 그대가 한 인간 존재를, 이십 년 동안, 감옥 속에 가두었기 때문에, 자신의 보복에 어울리는 복수를 준비하기 위하여 탈출한 한 인간 존재라면, 그는 그가 해야 할 일을 그대로 한 것이며, 나는 그에게 박수를 보낸다. 단지, 그저 한 가지가 있는데, 그것은 그가 충분히 준엄하지 않았다는 것이다. 이제, 적어도(미리 이것을 적어 두자) 머리털로 표현하지 못하는 것 때문에, 그대는 죄수인 아메리칸인디언과 비슷하다. 머리털이 다시 자랄 수 없기 때문이 아니다. 동물들에게서는, 제거된 뇌조차도 결국 다시 생겨난다는 것을 생리학자들이 발견했기 때문이다. 그러나, 내가 그것에 대해 알아채고 있는 약간의 것에 따라서, 거대한 쾌락을 빼앗기지 않고, 단순한 확인에 멈추는, 나의 생각은, 가장 대담한 그 결과에서조차, 회복을 위한 기원의 경계선까지도 가지 않고, 그 반대로, 의심스럽기만 한 그의 중성화 상태의 이행에 의해, 그대에게는 단지 그대의 머리 아래를 덮고 있는 피부의 순간적인 탈취에 지나지 않을 수 있는 것을, 마치 보다 큰 불행의 예감처럼, 바라본다(또는 적어도 희망한다). 나는 그대가 나를 이해했기 바란다. 만약 우연히, 절대적인, 그러나, 가끔씩, 합리적이지는 않은 기적에 의해, 그대의 적의 종교적인 주의가, 자신의 승리에 대해 도취하게 하는 기억처럼, 수호한 그 귀중한 피부를 다시 찾도록, 그대에게 허락한다면, 수학과의 관련 아래에서만 우연성의 법칙을 연구했다 할지라도(그런데, 유추類推는 이 법칙의 적용을 쉽게 지성의 다른 영역들로 옮긴다고 알려져 있다), 부분적인 또는 전체적인 생각에 대한, 그대의 합법적인, 그러나, 약간 과장된 두려움은, 중요하면서, 또는 유일하기까지 한 그 기회를 거부하지 않을 것이다. 그런데 그 기회는, 비록 갑작스럽지만, 시의 적절하게 드러날 텐데, 그 모양이 자연스럽기 때문에, 그리고 게다가(그대가 그것을 부정하는 것은 이해할 수 없는 일일 것이다), 언제나 마음에 들지 않는, 위험들을 무릅쓰지 않고, 기본적인 예절의 가장 단순한 법칙들을 머리 위에서 끊임없이 보호하고, 또 위반하는 것이 그대에게 허락될 것이기 때문에, 당연히, 그대에게 속하는, 그대의 뇌장腦漿의 다양한 부분들을, 특히 겨울 동안에, 머리 모양으로 인해, 대기와의 접촉으로부터 보호하면서, 그 기회는, 갑작스럽지만, 매우 시기적절하게, 생길 것이다. 그대는 사실 내 말을 주의 깊게 듣고 있지 않는 것인가? 만약 그대가 내 말에 더 귀를 기울인다면, 그대의 슬픔은 그대의 빨간 콧구멍의 안쪽으로부터 조금도 떨어져 나가지 못할 것이다. 그러나, 나는 매우 공평하기 때문에, 또한 내가 그래야 할 만큼 그대를 미워하지 않기 때문에(만약 내가 틀리다면, 그렇다고 내게 말하라), 그대는, 그대의 본의와 달리, 보다 우월한 어떤 힘에 떠밀리는 것처럼, 나의 이야기에 귀를 기울인다. 나는 그대만큼 그렇게 심술궂지 않다. 그렇기 때문에 그대의 천재성은 나의 천재성 앞에서 자기 스스로 굴복하는 것이다… 사실, 나는 그대만큼 그렇게 심술궂지 않다! 그대는 이제 막 그 산의 중턱에 세워진 도시에 시선을 던졌다. 그런데 지금, 나는 무엇을 보고 있는가? … 모든 주민들이 죽은 것이다! 나는 다른 자만큼 오만하다. 그런데 아마도 자만심을 더 갖는다는 것은, 더한 악덕일 것이다. 아프리카의 해안을 따라 흐르는 바다 밑 조류 속에서 상어의 모습을 하고 반세기를 산 것을 회상하는, 한 인간의 고백이, 그에게 주의를 기울일 만큼 꽤 강렬하게, 그대의 흥미를 끈다면, 쓰디쓴 마음으로는 아닐지라도, 적어도 내가 그대에게 불러일으키는 혐오감을 드러내는 회복할 길 없는 잘못은 하지 말고, 그 고백을 들으라… 들으라. 그대의 눈에 있는 그대로의 나를 보이기 위하여, 나는 그대의 발치에 미덕의 가면을 던지지 않으리라, 왜냐하면, (그것이, 그러나, 변명이라 해도) 나는 결코 그 가면을 쓴 적이 없기 때문이다. 또한, 첫 순간부터, 그대가 나의 모습을 주의 깊게 살펴본다면, 그대는, 두려운 그대의 경쟁자로서가 아니라, 타락해 있는 그대를 존경하는 그대의 제자로서 나를 알아볼 것이다. 나는 악의 종려나무 가지를 차지하려고 그대와 다투지 않기 때문에, 다른 자가 그렇게 하리라고도 믿지 않는다. 그는 전에는 나와 필적했을 것이지만, 쉬운 일이 아니었다… 그대가 안개의 연약한 응축물이 아닌 한(그대는 그대의 육체를 어딘가에 숨기고 있어서, 나는 그것과 만날 수 없다), 들으라, 어느 날 아침, 분홍빛 연꽃을 꺾기 위하여, 호수 위로 몸을 구부리고 있는 한 소녀를 보았는데, 그녀는, 조숙한 경험으로, 발걸음을 견고히 하고 있었다. 나의 눈이 그녀의 시선과 만났을 때, (내 편에서는, 그것이 계획적이 아닌 것은 아니었던 것이, 사실이다) 그녀는 물 위로 몸을 구부리고 있었다. 그녀는, 곧, 한 바위 주변에서 조수가 만들어 내는 회오리바람처럼, 휘청거렸고, 그녀의 다리는 구부러졌다. 그런데, 보기에 경이로운 것은, 내가 그대와 함께 이야기하는 만큼의 진실성과 함께 이루어진 현상으로, 그녀가 호수 밑바닥까지 떨어진 것이다. 이상한 결과는, 그녀가 더 이상 어떤 수련睡蓮도 따지 못한 것이다. 그 아래에서 그녀는 무엇을 하는가? … 나는 그것에 대해서 알아보지 않았다. 틀림없이, 해방의 깃발 아래 정렬된, 그녀의 의지는, 자신의 몸이 썩는 것에 대항하여 악착스레 증오심을 품은 전투를 하고 있을 것이다! 그러나 그대, 오 나의 주인이여, 그대의 시선 아래서, 도시의 주민들은, 마치 코끼리의 발뒤축이 짓이기는 개미의 둔덕처럼, 갑자기 파괴되었다. 나는 이제 막 그러한 한 표본의 증인이 되지 않았는가? 보라… 산은 이제 더 이상 즐거워하지 않는다… 그것은 노인처럼 외롭게 떨어져 있다. 집들이 존재하는데, 그것은 사실이다. 그러나, 거기에 더 이상 존재하지 않는 사람들에 대해서만큼 그대가 같은 말을 할 수는 없을 것이라고, 낮은 목소리로, 긍정하는 것은 역설이 아니다. 이미, 시체들의 발산물은 나에게까지 오고 있다. 그대는 그것을 느끼지 못하는가? 이 거대한 식사를 시작하기 위하여, 우리가 멀리 가기를 기다리는, 맹금猛禽들을 보라. 지평선의 사방에서 그 새들이 구름같이 끊임없이 몰려오고 있다. 아 슬프다! 그들의 탐욕스런 날개들이, 그대의 바로 위에서, 그대에게 서둘러 범죄를 저지르도록 부추기기 위한 것처럼, 나선螺旋들로 된 기념물을 그리는 것을 내가 보았으니, 그들은 이미 왔었다. 그대의 후각은 도대체 가장 적은 냄새의 발산조차 맡지 못하는가? 사기꾼이란 다른 것이 아니다… 그대의 후각 신경들은 마침내 향기로운 원자들의 지각知覺에 의해 움직이기 시작했다. 이 냄새나는 원자들은, 내가 그대에게 그것을 가르쳐 줄 필요는 없지만, 파괴된 도시로부터 올라오고 있다… 나는 그대의 발을 껴안고 싶지만, 하지만 나의 팔들은 투명한 안개만을 교착시키고 있을 뿐이다. 찾아낼 수 없는, 그러나 나의 눈은 언뜻 보고 있는 이 육체를 찾자. 나로서는, 그것은, 충실한 감탄을 나타내는 가장 수많은 표시들을 받을 만하다. 유령은 나를 조롱한다. 그는 나에게 그 자신의 육체를 찾도록 도와준다. 내가 그에게 제 자리에 머물러 있으라고 신호하면, 바로 그는 내게 똑같은 신호를 보낸다… 비밀은 밝혀졌다. 그러나, 내가 솔직하게 말하건대, 그것은 나에게 가장 만족스러운 것은 아니다. 모든 것이, 커다란 일들도 가장 작은 세세한 일들처럼, 자세하게 설명되었다. 이 세세한 일들은, 예를 들자면, 마치, 그것은 거의 아무 일도 아닌데! … 금발의 여자에게서 눈을 떼어내는 것처럼, 기억할 필요가 없는 것이다. 나, 역시, 머리가죽 벗김을 당했던 것을, 그리고 내가 한 인간 존재를, 그가, 당연하게, 나와 같은 존재들에게 어울리지 않는 우정을 나에게 거절하였다는 이유로, 그가 고통스러워하는 광경의 증인이 되기 위하여, 비록 오년 동안밖에 아니었지만 감옥 속에 가두었던 것을 나는 도대체 기억하지 못하고 있었던가(그 기간의 정확한 숫자는 잊을 뻔하였다)? 나의 시선이, 공간 속에서 돌고 있는 행성들에게조차도, 죽음을 줄 수 있다는 것을 내가 모르는 체하기 때문에, 내가 기억 능력을 갖고 있지 않다고 주장할 사람인 그는 틀리지 않을 것이다. 내게 남아 있는 할 일은, 돌멩이 한 개의 도움을 받아, 이 얼음을, 산산이 조각내어, 깨뜨리는 것이다… 엄격한 광학법칙에 의하여, 나만의 영상을 내가 인식하지 못하게 될 때, 기억의 순간적인 망각이라는 악몽이 나의 상상력 속에 자리 잡는 것이 처음은 아니다!

6

나는 절벽 위에서 자고 있었다. 하루 동안에, 사막을 가로질러 타조를 쫓아간, 사람은, 그것을 잡지도 못하면서, 영양을 취하고 눈감을 시간이 없었다. 나의 마음을 읽는 자가 바로 그라면, 엄밀히 말해서, 어떤 잠이 나를 짓누르는지, 추측하는 것은 가능하다. 그러나, 태풍이, 자신의 손바닥으로, 바닥 깊숙이까지, 한 척의 배를 수직으로 밀었을 때, 만약, 뗏목 위에, 피로와 온갖 것의 빼앗김으로 엉망이 된, 단 한 사람을 빼고 모든 선원이 더 이상 남아 있지 않다면, 만약, 인간의 생애보다 더 긴 시간 동안, 표류물처럼, 파도가 그를 뒤흔든다면, 또한, 만약, 조금 뒤에 황량한 이 해역을 갈라진 배 밑바닥으로 물결을 헤치며 달리는, 한 척의 경비함이, 대양 위에 뼈만 앙상한 자신의 해골을 끌고 가는 그 불행한 사람을 발견하고, 때늦을 뻔한 구조를 해 준다면, 이 난파자가 내 감각의 마비 상태가 어느 정도인지 더욱 잘 추측하리라고 나는 믿는다. 최면술과 클로로포름은, 그들이 수고스럽게도 그렇게 하려고 할 때에는, 가끔 이 혼수상태의 전신 강직증과 마찬가지 상태를 야기할 수 있다. 강직증은 죽음과는 조금도 비슷하지 않다, 이렇게 말하는 것은 커다란 거짓말일 것이다. 그러나, 이러한 종류의 독서에 굶주린, 참을성 없는 사람들이, 새끼를 밴 암컷을 위해 저희들끼리 서로 다투는, 머리가 큰 향유고래 떼처럼, 포효하기 시작하지 않도록, 곧 몽상에 들어가자. 나는 내가 돼지의 몸 안에 들어갔던 것을, 거기에서 나오는 것이 나에게 쉽지 않은 것을, 그리고 내가 가장 더러운 늪 속에 누워 나의 털을 이리저리 뒹굴던 것을 꿈꾸고 있었다. 그것은 보상과 같은 것이었을까? 나의 기원의 대상이여, 나는 더 이상 인간에 속하지 않았던 것이다! 나로서는, 그러한 해석을 들었는데, 그것에 대해 심오한 그 이상의 기쁨을 느꼈다. 그러나, 하느님의 편으로부터 이 굉장한 총애를 받을 만한 어떤 선행을 내가 수행하였는지 나는 적극적으로 찾아보았다. 화강암 같은 배(腹)에 대항하는 그 무시무시한 타락의 다양한 단계를 내가 나의 기억 속에서 다시 거치고, 그러는 동안 조수는, 내가 모르는 사이에, 죽은 물질과 살아 있는 살로 이루어진 이 원상회복이 불가능한 혼합물 위로, 두 번, 지나갔는데, 그러한 지금, 이러한 타락이 아마도 신의 정의가 나에게 실현한 하나의 징벌에 불과했을 것이라고 선언하는 것이 아마도 소용없지는 않을 것이다. 그러나, 누가 악취를 내는 그의 기쁨의 원인이나 또는 그의 내적인 욕구를 알겠는가! 변신은, 내가 오래전부터 기다리고 있었던, 완전한 행복의 높고도 넓은 울림소리로밖에는 결코 내 눈에 나타나지 않았다. 내가 돼지였던 날, 마침내 그것이 온 것이다! 나는 나무들의 껍질 위에다 나의 이빨을 시험해 보았다. 나의 돼지 코, 그것을 나는 황홀하게 응시하고 있었다. 더 이상 신성神性의 가장 작은 파편도 남아 있지 않았다. 나는 나의 영혼을 이루 말로 다 표현할 수 없는 그 쾌락의 과도한 높이까지 올릴 수 있었다. 더할 바 없이 경멸할 만한, 당신 영혼의 우스꽝스러운 당나귀 울음소리를 심각하게 여기고, 또한, 왜 전능의 신이, 확실히, 괴짜의 일반적인 대법칙을 지나치지 않는, 뛰어난 익살의 드문 순간에, 어느 날, 인류라고 불리고, 그 재료는 주홍빛 산호의 재료와 닮은, 아주 미세하고도 특이한 존재들을 한 행성에 살게 하는 놀라운 기쁨을 취하였는지, 깨닫지 못하는, 아름다움의 무궁무진한 캐리커처들이여, 그러니까 내 말을 들으라, 그리고 얼굴을 붉히지 말라. 뼈와 기름기여, 물론, 그대들이 얼굴을 붉히는 것은 옳은 일이다, 그러나 내 말을 들으라. 나는 그대들의 지성을 내세우지 않는다. 그대들은 그 지성이 그대들에게 보여 주는 공포에 의해 피를 토하도록 만들 것이다. 그 지성을 잊으라, 그리고 그대들을 자신들과 모순되지 않게 일치시켜라… 거기에, 더 이상 구속은 없다. 나는 내가 죽이고 싶을 때, 죽이곤 했다. 그런 일은, 내게 자주 생기곤 했다. 그런데도 아무도 내가 그렇게 하는 것을 막지 못했다. 내가 그렇게도 조용히 포기했던 그 종족을 공격하지 않았음에도 불구하고, 인간들의 법률은 아직도 그들의 복수로 나를 괴롭히곤 했다. 그날 낮 동안, 나는 나의 새로운 동류들과 싸웠고, 또한 땅은 수없이 엉긴 핏자국으로 얼룩졌다. 나는 가장 강하였다, 그래서 내가 모든 승리를 거두었다. 내 몸은 심한 상처투성이였다. 나는 그것을 모르는 체하였다. 지상의 동물들은 내게서 멀어져 갔고, 그래서 나는 나의 빛나는 위대함 속에서 홀로 남았다. 나의 분노가 그곳의 생물들을 전멸시킨 고장들로부터 멀어져서, 다른 평원에 이르러 그곳에 학살과 살해라는 나의 습관을 심기 위하여, 헤엄쳐서 강을 건넌 다음, 내가 이 꽃핀 강가를 걷고자 시도하였을 때, 그때, 나의 놀라움은 얼마나 컸었는지. 나의 발들이 마비되었던 것이다. 어떤 움직임도 이 어쩔 수 없는 부동 상태라는 진실을 배반하려 하지 않았다. 나의 길을 계속 가기 위하여, 초자연적인 노력을 하는 가운데, 바로 그때 나는 각성하였고, 내가 다시 인간이 되고 있는 것을 느꼈다. 하느님은 그렇게, 설명할 수 없는 것은 아닌 방법으로, 자신이, 몽상으로조차, 나의 숭고한 계획들이 완수되는 것을 바라지 않는다는 것을 내게 깨닫게 하였다. 내 원래의 모습으로 되돌아오는 것은 나에게는 너무도 커다란 고통이어서, 밤이면, 나는 아직도 그것 때문에 울고 있다. 나의 시트들은 마치 물속에 담가진 것처럼, 항상 젖어 있고, 그래서, 매일, 나는 그것을 바꾼다. 당신들이 그것을 믿지 못한다면, 나를 만나러 오라. 당신들은, 당신들 자신의 경험에 의해, 내 단언이 진실임 직한 것이 아니라, 거기에 덧붙여, 그것이 진실 그 자체임을, 확인해 볼 것이다. 아름다운 별이 빛나던 그날 밤 이후로, 마치 권리처럼, 내 파괴된 변신을 다시 회복하기 위하여, 나는, 절벽 위에서, 몇 번이나, 돼지 떼들에 섞였던가! 그들을 뒤따라간 다음에는, 영원한 회한의 창백한 은하수만을 남기는, 그 영광스런 기억들을 이제 떠나야 할 때가 되었다.

7

자연의 법칙들의 잠재하고 있거나 또는 눈에 보이는 기능에서 비정상적인 빗나감의 증인이 되는 것은 불가능한 일이 아니다. 실제로, 만약 각자가 자신의 존재의 다양한 단계들(그중 한 단계는 잊지 말고 말이다. 왜냐하면 그것은 아마도 내가 주장하는 것에 대한 증거를 제공하기로 되어 있는 그 단계일 것이기 때문이다)을, 조사하는 정묘한 수고를 한다면, 그들은, 다른 상황들에서는 희극적일, 어떤 놀라움 없이, 어느 날, 객관적인 일들을 처음으로 말하기 위해서, 어떤 상황, 예를 들자면, 마치, 그 마술적 광경이 처음에는 학자들에게 이해되지 않았음에 틀림없는, 수많은 두꺼비들처럼, 관찰과 경험에 의해 제공된 알려진 공 개념들을 적극적으로 능가하는 것 같으며 또한 능가하고 있는 어떤 상황의 증인이었다는 것을, 자신은 기억하지 못할 것이다. 또한, 그러한 또 다른 날, 주관적인 것들에 대해 두 번째이자 마지막으로 이야기하기 위해서, 그의 영혼이 심리학의 날카로운 시선에 보여 준 것은, 나는 이성의 어떤 착오를 말하려고

까지는 하지 않으려 한다(그렇지만, 이성은 그것에 대해 호기심을 덜 갖지는 않고, 반대로, 더욱 더 관심을 가질 것이다), 그러나, 적어도, 나의 과장의 명백하고도 참담한 고심들로, 그것들은 이례적이며, 꽤 자주는 매우 막중한 상태인데, 이것을 각자는 기억하지 못할 것이다. 이 상태는 상식에 의해 상상력에 일치되는 경계가, 두 개의 힘들 사이에 결정된 일시적인 협약에도 불구하고, 불행히도 의지라는 힘에 넘치는 압력에 의해, 그러나, 대부분 또한, 효과적인 그것의 공동작업의 부재에 의해, 가끔씩 추월당하고 있다는 것을 표시하고 있는데, 이에 대해 결코 나를 용서하지 않을, 몇몇의 냉정한 사람들 옆에서 어려운 일을 하지 않기 위해서, 그것의 시의적절함을 높이 평가하는 것이 어려운 일은 아니라는 것을 뒷받침하는 몇몇 예들을 들 수 있을 것이다. 만약, 우리가 항상 주의 깊게 절제를 취한다면, 나는 분노로 인한 흥분과 자만으로 인한 질병들이라는 두 가지 예를 제시한다. 나는 내 글을 읽는 이에게, 내 문장들의 과도하게 빠른 전개에서, 막연한 사고를 지니지 않도록 경고하는데, 더구나 내가 그 꽃잎을 따고 있는 문학의 아름다움에 대해서야 더 그러하며, 막연하고, 그리고, 더구나 잘못되기까지 한 사상은 성립되지 않는다는 것을 알려 주고 있다. 아 슬프다! 어느 여름날 저녁, 태양이 지평선으로 기울어지는 것 같았을 때, 팔과 다리의 맨 끝부분에 넓은 오리발을 하고서, 비교적 돌고래들의 것만큼 길고 그만큼 술이 달린, 지느러미를 가진 자로, 수많은 물고기 떼(물속에 거주하는 생물들 사이에서, 나는, 수뢰水雷, 그린란드의 아나르낙[anarnak, 이 단어는 그린란드 사람들이 anarnak이라고 부른 동물에 대하여 작가인 Lacépède가 붙여 준 용어로서 오늘날 사전에 나오지 않는다. 자연과학자들은 그러한 동물 종류에 대해 hyperoodon이라는 학술적인 명칭을 부여함 – 역주] 그리고 추악한 쑥감펭[scorpène, 기이하고 흉측한 형태를 한 극기어류棘鰭魚類의 한 종류로, 쏨뱅이(rascasse)의 일종. 시인은 scorpène-horrible이라고 씀으로써, horrible(추악한)까지 고유명사화하여 scorpène의 끔찍한 형상을 강조함 – 역주]을 보았다)들이 아주 드러내 놓고 가장 커다란 감탄의 표시를 하며 따라가고 있는, 강인한 근육을 한, 한 인간 존재가, 바다 위에서, 헤엄치는 것을 내가 보았을 때, 각자가, 나의 격렬한 공포는 아닐망정, 적어도 나의 경악을, 보다 더 이해하도록 하기 위해, 나는 나의 추론들과 나의 비유들을 천천히 그리고 매우 화려하게 개진하고 싶다(그렇지만 누가 자신의 시간을 자유롭게 쓸 것인가?). 가끔씩 그는 물속에 잠겼는데, 그럴 때마다 그의 점착성 육체는, 이백 미터 떨어진 곳에서, 곧바로 다시 나타나곤 하였다. 돌고래들은, 나의 의견으로는, 훌륭한 수영자라는 평판을 빼앗지 못한 채, 이 새로운 종류의 양서동물을 겨우 멀리에서 따라갈 수 있을 뿐이었다. 독자가 나의 서술을, 우둔한 고지식함이라는 해로운 장애물이라기보다는, 깊은 신뢰의 최상의 봉사라고 여겨 준다면, 나는 독자가 후회할 일이 생기리라고 생각하지 않는다. 그 최상의 봉사는, 신선한 북풍이, 이 절節 — 물새 종족만의 독특한 특징들을 제 것으로 가로챈, 한 괴물을 품고 있는 — 에 옮겨 놓는, 수생식물들의 원기를 돋우는 향기들을 깊숙이 흡수하고 오늘 느닷없이 나타난 기회처럼, 매번 그런 기회가 생길 때마다, 내가 독자에게 밝히는 시적 신비들—독자 그 자신의 의견에 따르면, 너무도 그 수가 적은—에 대해, 내밀한 동정심과 함께, 합법적으로 이야기하는 것이다. 여기에서 누가 가로챔에 대하여 말하는가? 인간은, 그 자신의 다양하고도 복잡한 성격 때문에, 그 경계를 더욱 넓히는 방법들을 모른다는 것을 우리가 잘 알기 바란다. 그는, 마치 해마海馬처럼, 물속에서 산다. 공중에서는 상층부를 가로지르며, 흰꼬리수리처럼 살고, 땅 밑에서는, 두더지, 쥐며느리 그리고 숭고한 구더기처럼 산다. 내가, 저 멀리 매우 떨어진 곳, 파도의 표면에서, 마치 가마우지처럼—그러나 가장 우월한 가마우지도 결코 그렇게 한 적이 없었을 텐데—팔다리로 헤엄치고 있는 것을 알아본 그 인간 존재가, 아마도, 어떤 미지의 범죄에 대한 속죄적인 징벌로서만, 자신의 팔들과 다리들의 끝부분에 새로운 변화를 얻었으리라고 내가 생각하고 있었을 때, 내가 내 영혼 속에서 태어나게 하려고 애쓰고 있었던, 극히 기운을 북돋아 주는 위안의 정확한 기준은, 다소(그러나 조금 소少하기보다는, 다多한[불어에서 다소는 plus ou moins인데, 시인은 moins(少)보다는 plus(多)라고 괄호 속에 부연 설명함. 직역하자면 '덜 그렇기보다는 더욱 그러한'임—역주]) 간결한 그것의 형상 속에 그렇게 있는 것이다. 동정심을 생성시키는 우울한 환약들을 미리 제조하기 위하여, 내가 머리 아픈 것이 필요하지는 않았다. 왜냐하면, 그의 다리들이, 일각고래[narval, 돌고래족에 속하는 북빙양의 고래과 동물. 나선형으로 꼬여 있는 뿔의 형상을 한 한 개의 이빨을 가지고 있다. 외모는 험악해 보이지만 온순한 동물로 알려

짐 – 역주]의 나선형으로 된 엄니들이 가진 힘과 비슷한 힘으로, 물의 층들을 뒤로 물러나게 하는 동안, 자신의 팔들로 번갈아 바다 물결을 치고 있는, 그 사람이, 그 일각고래에게 형벌로서 강제되었던 것은 아니었던 이 이상야릇한 형상들을 더 이상 기꺼이 제 것으로 가로채지는 못하는 것을 나는 모르고 있었기 때문이다. 내가 좀 더 후에 안 것에 의하면, 다음이 간단한 진실이다. 곧, 이 유동적 요소 안에서, 존재의 연장은, 돌투성이의 대륙들에서 그 스스로 추방된 그 인간 존재에게, 중요한, 그러나, 본질적이지는 않은 변화들을 느끼지 못할 정도로 조금씩 끌어들였다. 나는, 일시적으로 혼돈된 한 시선이, 그 물체가 나타난(무어라 말할 수 없이 가볍게, 그런데 그 가벼움의 일탈은, 심리학자들과 신중한 애인들은 쉽게 이해할 너무도 고통스러운 감정을 만들어 낸다) 최초의 순간부터, 나를, 자연과학자들의 분류에 아직 묘사되지 않은, 이상한 형태를 한, 한 마리 물고기로 착각하게 한 그 물체 안에서, 그 변화들에 주목하였다. 그 물고기는 그러나, 내가 비록, 너무도 가설적인 상황에서 상상된, 이 마지막 가정으로 쏠리려는 무리는 아닌 주장을 하지 않는다 해도, 아마도, 그 자연과학자들의 사후 저작에서는 묘사될지도 모를 이상한 모양을 하고 있다. 사실, 이 양서동물(양서동물은 있으니까, 그 반대를 받아들일 수는 없다)은, 물고기들과 고래과 동물들을 제외하고는, 나 혼자에게밖에는 보이지 않고 있었다. 왜냐하면, 몇몇 농부들이, 이 초자연적인 현상 때문에 괴로워하는 나의 얼굴을 응시하는 것을 그치고서, 이겨낼 수 없을 것처럼 보이지만, 실제로는 그렇지 않은, 그러한 참을성을 가지고, 왜 나의 눈이 끊임없이, 그들, 그들이 단지 온갖 종류의 수많은 물고기 떼들의 눈에 띌 정도의 한정된 양만을 구별해 내고 있는, 바다의 한 장소 위에, 고정되어 있는지 쓸데없이 납득하려 애쓰며, 그들이 아마도 고래만큼이나 큰, 그들의 거대한 입을 크게 벌리는 것을 내가 알아챘기 때문이다.《그것은 그들을 미소 짓게 하였으나, 나에게처럼, 창백하게 만들지는 않았다. 그런데 그들은, 내가 물고기들의 전원적인 진보를, 정확히, 바라보지 않는다는 것을, 그러나 나의 시선은, 훨씬 더, 앞으로, 놓여 있다는 것을 주목하지 못할 정도로 그렇게 우둔하지는 않았다.》라고 그들은 그들의 독특한 언어로 말하였다. 그래서, 나로 말하자면, 이 강력한 입들의 주목할 만한 넓은 너비 쪽으로 기계적으로 눈을 돌리면서, 나는, 마음속으로, 우주의 전체에서, 산같이 커다란 또는 적어도 곶(岬)(내가 그대들에게 바라건대, 땅의 아주 작은 부분도 잃지 않는 제약의 교묘함에 대해 감탄하라)만큼 거대한, 펠리컨을 발견하지 않는 한, 맹금猛禽의 어떤 부리 또는 맹수의 어떤 턱뼈도 결코, 딱 벌어진, 그렇지만 너무 음산한 이 분화구들을 능가할 수도, 아니 비견할 수조차도 없을 것이라고, 중얼거리고 있었다. 그런데, 내가 비유의 공감적인 사용에 상당한 부분을, 따로 떼어 두지만(수사학의 이러한 면은, 결국 똑같은 것이지만, 편견이나 잘못된 생각들에 젖은 사람들이 보통 그렇게 생각하고자 애쓰는 것보다 무한을 향한 인간적인 갈망에 훨씬 더 많이 쓸모가 있다), 그 농부들의 우스꽝스러운 입이 아직도 세 마리의 향유고래들을 삼킬 만큼 꽤 넓은 채로 있다는 것은 그래도 사실이다. 우리의 생각을 더욱 요약하자, 진지하자, 그리고 이제 막 겨우 태어난 세 마리의 어린 코끼리들에 만족하자. 양서동물은, 단 한번 팔을 휘저어 나아감으로써, 자기 뒤로 일 킬로미터가 되는 거품 이는 자국을 남겨 놓았다. 그가 다시 물속으로 들어가기 전에, 앞으로 뻗은 팔이 공중에 걸려 있는, 그 아주 짧은 순간 동안, 물갈퀴 모양의, 피부의 접힌 부분의 도움으로 사이가 벌어졌다, 다시 붙은 그의 손가락들이, 공간의 고지를 향하여 뻗치더니 별을 잡는 것 같았다. 게들과 가재들이 가장 비밀스런 균열들의 어둠을 향하여 도망가는 동안, 바위 위에 서서, 나는 손을 메가폰처럼 사용하며 외쳤다. 《오 그대, 수영술이 군함조[열대에 서식하는 거대한 맹금류 – 역주]의 긴 날개의 비행飛行보다 우월한 그대가 만약, 자신의 내밀한 생각에 대한 성실한 해석으로서, 인류가 힘차게 던지는 목소리의 굉음의 의미를 또한 이해한다면, 한순간, 그대의 빠른 발걸음을 멈춰 주시라, 그리고, 나에게 그대의 진실한 내력의 과정들을 간략하게 이야기하라. 그러나, 만약 그대의 대담한 의도가, 그대의 원칙에서 벗어나지 않는 불굴의 순례를, 상어의 힘과 우아함으로, 완수하면서, 내가 그대를, 처음으로, 보자마자, 그대에 대한 우정과 존경을 나에게서 생겨나게 하는 것이라면, 내가 그대에게 경고하건대, 그대는 내게 말을 건넬 필요가 없다.》 나의 뼈를 얼어붙게 하고, 그 위에다 내가 나의 발바닥을 올려놓은(나의 귀에 그러한 절망의 외침 소리를 가져다준, 요란한 파도 소리의 맹렬한 침투에 의하여, 흔들린 것이 나 자신이 아니라면) 바위를 흔들리게 한,

그 한 줄기 한숨 소리가 대지의 가장 깊숙한 곳까지 들렸다. 물고기들은, 눈사태 소리와 함께, 파도 아래로 잠겼다. 그 양서동물은 강둑까지 감히 더 나아가지 못했다. 그러나, 그는 자신의 목소리가 나의 고막에까지 꽤 확실하게 이른다는 것을 확신하자 곧, 노호怒號하는 물결 위에서, 해초로 덮인, 그의 상체를 떠받치는 방법으로, 물갈퀴가 나 있는 그의 사지의 움직임을 줄였다. 나는 그가, 엄숙한 순서에 따라, 떠도는 기억의 무리를 환기하기 위한 것처럼, 자신의 이마를 숙이는 것을 보았다. 나는, 성스럽게 고고학적인, 이 작업에서 감히 그를 멈추게 하지 못했다. 과거 속에 잠긴 채, 그는 하나의 암초와 비슷하였다. 그는 마침내 다음의 말로 이야기를 시작하였다. 《지네에겐 적들이 없지 않다. 다 셀 수 없을 정도로 많은 그의 다리들이 지닌 환상적인 아름다움은, 다른 동물들의 호감을 사는 대신에, 아마도, 그들에게는, 단지 질투심 나는 노여움만을 일으키는 강력한 자극물에 지나지 않을 것이다. 그래서, 나는 이 벌레가 가장 강력한 증오의 표적이 되는 것을 알아도 놀라지 않을 것이다. 나는, 나의 이야기에서는 중요하지 않은, 나의 출생 장소를 그대에게 숨길 것이다. 그러나, 나의 가족에 대하여 다시 분출될 부끄러움은 내 책임에서 중요하다. 내 아버지와 어머니(하느님이 그들을 용서하기를!)는, 일 년 동안의 기다림 후에, 하늘이 그들의 소원을 들어준 것을 알았다. 두 쌍둥이인, 나의 남자 형제와 내가, 태어난 것이다. 그러니까 더군다나 서로 사랑해야 한다. 내가 이야기하는 것은 그런데 그러하지 못하였다는 것이다. 둘 중 내가 더 잘생기고, 또한 더 총명했기 때문에, 나의 형제는 나를 증오했고, 자신의 감정을 숨기려 애쓰지 않았다. 그래서, 나의 아버지와 어머니는 그들의 사랑의 가장 많은 부분을 나에게 미치게 했다. 그 반면, 나는, 똑같은 육신으로부터 나온 자에 대항하여, 반항할 권리가 없는, 한 영혼을, 나의 일관되고도 충실한 우애로, 진정시키려 애썼다. 그러자, 나의 형제는 자신의 분노를 주체하지 못했다. 그리고는 가장 터무니없는 중상으로, 우리 공통의 부모의 마음속에서, 나를 밀어내었다. 나는, 한 지하 감옥 속에서, 음식이라곤 오직 유충들과 진흙투성이의 물만으로, 십오 년 동안, 살았다. 나는 이 긴 세월의 부당한 이 불법감금에서, 내가 겪은 엄청난 고통을 그대에게 자세히 이야기하지는 않을 것이다. 가끔씩, 하루의 어느 한 순간, 세 명의 사형집행인이, 번갈아, 한 명씩, 집게와, 못뽑이와 다양한 고문기구들을 가지고, 갑자기 들어오곤 했다. 그들은 고문이 나에게서 끌어내는 외침 소리에 끄떡도 하지 않았다. 내가 흘리는 많은 피에 그들은 미소 지었다. 오 나의 형제여, 나는 그대, 나의 모든 재난의 첫 번째 근원인 그대를 용서하였다! 눈먼 분노는 결국 자기 자신의 무지를 깨우치게 할 수 있는 것인지! 나는 나의 영원한 감옥 안에서, 많은 생각을 하였다. 인간성에 대항하는 나의 전반적인 증오가 어떻게 이루어진 것인지, 그대는 추측한다. 점진적인 황폐, 육체와 영혼의 고독은, 내가 끊임없이 사랑한 사람들에 대해서 원한을 품을 만큼, 아직 나에게 나의 온 이성을 잃게 하지는 않았다. 그것들은 삼중의 굴레였는데, 나는 그 굴레의 노예였다. 나는, 술수로써, 나의 자유를 다시 찾게 되었다! 비록 나의 동류들로 자처하지는 않았지만, 지금까지 어떤 점도 나와 비슷하지 않은 것 같은, 대륙의 주민들에 대해 혐오감을 느끼고, (만약 그들이 내가 자신들과 비슷하다고 생각한다면, 왜 그들이 내게 악을 행했겠는가?) 만약 바다가, 숙명적으로 살아온 한 존재의 전생의 기억을 내게 제공해 준다면, 나는 죽기로 확고하게 결심을 하고서, 해변의 자갈들을 향하여 나의 길을 갔다. 그대는 그대 자신의 눈을 믿을 것인가? 내가 아버지의 집에서 도망친 날 이래, 나는 내가 바다와 바다의 수정동굴에서 사는 것에 대하여 그대가 생각하는 것만큼 그렇게 불평하지 않는다. 그대가 보듯, 하느님은 내게 부분적으로 백조의 체질을 주었다. 나는 물고기들과 의좋게 지냈고, 그들은 내가 마치 그들의 군주인 것처럼, 내게 필요한 음식을 마련해 주었다. 그대에게 방해가 되는 것이 아니기만 하다면, 나는 특별한 휘파람을 불려고 한다. 그러면 그대는 그들이 어떻게 다시 나타나는지 보게 될 것이다.》 그가 예견한 것과 같은 일이 일어났다. 그는 줄지어 선 자신의 신하들에 둘러싸여서, 왕자다운 수영을 다시 시작하였다. 그리고서, 잠시 후에, 그는 완전히 사라졌지만, 멀리 내다보니, 수평선의 마지막 끝에서, 나는 아직 그를 구별할 수 있었다. 그는, 한 손으로, 헤엄치고 있었다, 그리고, 또 다른 손으로는, 충혈된 자신의 눈을 씻고 있었는데, 그 눈은 그가 견고한 육지에 가까이 다가간다는 것이 끔찍한 구속으로 여겨져 생긴 결과였다. 그는 나를 기쁘게 해 주기 위하여 그렇게 행동했던 것이다. 나는 깎아지른 절벽의 비밀을 폭로하는 그 연장을 던져 버렸다. 그것은, 파편들을 흩뜨리며, 이 바위에서 저 바위로 솟구쳤는데, 그것을 받은 것은 바로 파도였다. 마지막 나타남과 최후의 안녕은 그러하였고, 이렇게 함으로써, 나는, 꿈속에서처럼, 고상하고도 불행한 지성에게 경의를 표하였다! 그러나, 그 여름날 저녁 동안, 일어났던 일 가운데서, 그 모든 것은 사실이었다.

8

매일 밤, 나는, 내 날개들을 펼쳐서 나의 꺼져 가는 기억 속에 담으면서, 팔메르[Falmer, 영어 이름으로, 프랑스인이 발음하는 방식으로 표기함 – 역주]의 추억을 떠올리곤 했다… 매일 밤. 그의 금발 머리칼, 그의 타원형 얼굴, 그의 위엄 있는 모습은 아직도 나의 상상력 속에 새겨져 있었다… 불멸의 것으로… 특히 그의 금발 머리칼은. 멀리하라, 거북이의 갑각甲殼처럼 반들반들하고, 머리털 없는 이 머리를 어서 멀리하라. 그는 열네 살이었다, 그리고 나는 한 살 더 많을 뿐이었다. 이 음산한 목소리가 입 다물게 하라. 왜 그 목소리는 내게 폭로하러 오는가? 그러나 이야기하는 것은 바로 나 자신이다. 나의 생각을 표명하기 위하여 나는 나 자신의 혀를 사용하면서, 나의 입술이 움직이는 것과, 그리고 이야기하는 것이 바로 나 자신이라는 것을 깨닫는다. 그리고, 나의 청춘의 이야기를 말하면서, 그리고 회한이 나의 가슴속으로 스며드는 것을 느끼면서… 이야기하는 것은 바로 나 자신, 내가 틀리지 않는 한, 그것은 바로 나 자신… 말하는 것은 바로 나 자신이다. 나는 한 살 더 많을 뿐이었다. 내가 암시하고 있는 자는 도대체 어떤 자인가? 내가 생각하건대, 그는 내가 지난 시절 알았던 친구이다. 그렇다, 그렇다, 나는 이미 그의 이름이 무엇인지 말했다… 나는 다시 그 여섯 철자를 말하고 싶지 않다, 싫다, 싫다, 내가 한 살 더 많았다는 것을 반복하는 것도 더 이상 소용없는 일이다. 누가 그것을 알겠는가? 그렇지만, 우리 그것을 반복해 말해 보자, 하지만, 고통스럽게 중얼거리며, 나는 한 살 더 많을 뿐이었다라고. 그때에도, 나의 육체적 힘의 절대적 우세는 오히려, 눈에 띄게 더 약한 어떤 존재를 학대하는 것보다, 나에게 헌신한 자를, 삶의 험한 오솔길을 통해, 옹호해 주는 동기가 되었다. 그런데, 나는 그가 더 약했다고 실제로 생각한다… 그때에도 그랬다. 내가 생각하건대, 그는 내가 지난 시절 알았던 친구이다. 나의 육체적 힘의 절대적 우세는… 매일 밤… 특히 그의 금발 머리털. 대머리들을 본 인간 존재는 한 명 이상 존재한다. 늙음, 질병, 고통(이 셋은 함께 또는 각각)은 만족스러운 방법으로 이 부정적인 현상을 설명한다. 내가 학자에게 그 점에 대해서 질문한다면, 적어도, 그가 내게 할 대답은 그러하다. 늙음, 질병, 고통인 것이다. 그러나 어느 날, 내가 한 여성의 가슴을 찌르려고 나의 칼을 든 순간에, 그가 나의 팔을 잡았기 때문에, 나는 강철 팔로 그의 머리카락을 잡았고, 그리고선 그를 공중에다 빠르게 뱅뱅 돌린 결과, 머리털은 나의 손 안에 남았고, 또한 원심력에 의해 던져진, 그의 육체는, 한 떡갈나무의 기둥에 가서 박혀 버린 것을, 나는 모르고 있지 않다(나, 역시, 박식하다)··· 나는 어느 날 그의 머리털이 나의 손 안에 남겨진 것을 모르고 있지 않다. 나, 역시, 박식하다. 그렇다, 그렇다, 그의 이름이 무엇인지 나는 이미 말하였다. 어느 날 그의 육체가 원심력에 의해 던져진 동안, 내가 끔찍한 행위를 한 것을 나는 모르지 않는다. 그는 열네 살이었다. 내가, 정신착란이 발작하여, 존경하는 성유물처럼, 내가 오래전부터 보존하고 있는 피투성이의 물건 하나를, 나의 가슴 위에 꼭 댄 채, 들고서, 밭들을 가로질러 달리고 있을 때, 나를 좇아오는 어린아이들이··· 돌을 던지며 나를 좇아오는 어린아이들과 노파들이, 《저것은 팔메르의 머리털이다.》라고 비통한 신음 소리를 내지른다. 멀리하라, 거북이의 갑각처럼 반질반질한, 그 대머리를··· 피투성이의 물건을 어서 멀리하라. 그러나 이야기하고 있는 것은 바로 나 자신이다. 그의 타원형 얼굴, 그의 위엄 있는 모습. 그런데, 나는 그가 더 약했다고 실제로 생각하고 있다. 노파들과 어린아이들. 그런데, 내가 실제로 생각하건대··· 내가 무엇을 말하려 했는가? ··· 그런데, 나는 그가 더 약했다고 실제로 생각하고 있다. 강철 같은 한쪽 팔을 가지고. 그 충격, 그 충격이 그를 죽였는가? 그의 뼈들은 나무에 부딪쳐 부서졌는가··· 회복될 수 없을 정도로? 역사力士의 기운에 의해 생겨난 그 충격, 그 충격이 그를 죽였는가? 그의 뼈들이 회복될 수 없을 정도로··· 회복될 수 없을 정도로 부서졌음에도 불구하고, 그는 생명을 건졌는가? 그 충격은 그를 죽였는가? 그의 뼈들이 회복될 수 없을 정도로··· 회복될 수 없을 정도로 부서졌음에도 불구하고, 그는 생명을 건졌는가? 그 충격이 그를 죽였는가? 나는 나의 감은 눈들이 그 증인이 못 되었던 그 일을 아는 것이 두렵다. 실제로… 특히 그의 금발 머리칼은. 실제로, 그 후부터 가차 없이 된 양심과 함께 나는 멀리 달아난다. 그는 열네 살이었다. 그 후부터 가차 없이 된 양심과 함께. 매일 밤. 자정의 고요한 시각에, 어느 육층에서, 자신의 작업대 위로 몸을 굽히고, 명예를 갈망하는, 한 젊은이는, 무엇으로 간주할지 모르는 한 가닥의 희미한 소리를 감지할 때면, 명상과 먼지투성이의 원고로 무거워진, 자신의 머리를, 사면팔방으로, 돌린다. 그러나, 그가 그 소리를 듣고 있음에도, 아무것도, 뜻밖의 어떤 지표도 그에게 그가 그렇게 약하게 듣고 있는 소리의 원인을, 밝혀 주지 못한다. 마침내, 그는, 그의 초의 연기가, 천장을 향해 올라가면서, 주위의 공기를 통해, 벽에 붙어 있는 한 개의 굳은 못에 걸려 있는 한 장의 종이가 거의 감지할 수 없을 정도로 떨리도록 만들고 있다는 것을, 깨닫는다. 어느 육층에서. 명예를 갈망하는, 한 젊은이가 무엇으로 간주할지 모르는 한 가닥의 희미한 소리를 듣는 것과 마찬가지로, 그렇게 나는 나의 귀에서 울리는《말도로르여!》라는 선율적인 목소리를 듣는다. 그러나, 그는 자신의 착각을 깨닫기 전에는, 자신의 작업대 위로 몸을 기울인 채, 모기의 날개소리를 듣는 것으로 생각하고 있었다… 그렇지만, 나는 꿈꾸지 않는다. 내가 나의 비단 침대 위에 누워 있는 것이 무슨 상관인가? 가면무도회와 그때 입는 분홍빛 도미노 의복[옛 성직자가 겨울에 입던 두건 달린 검은 법의, 또는 두건 달린 가면무도회의 의복 – 역주]의 시간이라

할지라도, 내가 눈을 뜨고 있다는 것을 나는 냉정하고 통찰력 있게 주목하고 있다. 결코… 오! 아니다, 결코! … 내 이름의 음절들을, 그렇게도 고통스럽고도 우아하게, 발음하면서, 죽어 가는 목소리는 천사의 그 어조를 들려주지 않았던 것이다! 한 마리 모기의 날개들… 그의 목소리는 얼마나 호의적인지… 그러니까 그는 나를 용서한 것인가? 그의 육체는 한 그루 떡갈나무의 기둥에 가서 박혔다… 《말도로르여!》

다섯 번째 노래

1

비록 나의 산문이 독자의 마음에 들지 않는다 하더라도, 독자가 나에 대해 화내지 말기를 바란다. 그대는 나의 생각들이 적어도 독특한 것이라고 옹호한다. 존경할 만한 인간이여, 그대가 한 말은 진실이다. 그러나, 주관적인 진실이다. 그런데, 실수와 착각으로 넘치는 샘은 정말 완전히 주관적인 진실일 뿐이다! 경솔한 젊은이의 무리들은 그들에게 알맞은 비행飛行 방법을 갖고서, 단지 한 명의 우두머리의 목소리에 정확하게 복종하는, 마치 훈련된 군대의 전술인 듯한, 일사불란하고 규칙적인 전술에 따르는 것 같다. 찌르레기[길고 뾰족한 부리와 짧은 꼬리를 가진 작은 참새류에 속하는 새 – 역주]들이 복종하는 것은 바로 본능의 목소리인데, 그들의 본능은, 언제나 그들을 분대의 중심에 가까이 가게 하는 반면, 그들의 비행의 빠르기는 그들을 끊임없이 그 너머로 데려가는데, 자기磁氣를 띤 똑같은 점을 향하는 공통된 경향으로 그렇게 모인 그 수많은 새들은, 끊임없이 오가고, 원을 그리며 사방으로 엇갈리면서, 매우 강한 일종의 회오리바람을 형성하는데, 그 무리 전체는, 아주 확실한 방향을 따라가지 않고, 각 무리에 적당한 선회의 독특한 움직임들로부터 생겨나는, 이동의 일반적 움직임을 갖는 것 같다. 그런데 그 움직임 안에서 영원히 발전하고자 하지만, 그 위로 누르는 주변 행렬들의 반대적인 노력에 의해, 끊임없이 공격받고, 되밀리는, 그 중심은, 그 행렬들의 어떤 것보다도 더 빽빽하며, 그 행렬들은 중심에 더 가까울수록 더욱더 빽빽해진다. 이렇게 선회하는 독특한 방법에도 불구하고, 그 경솔한 젊은이들은, 드문 속력으로, 주위의 공기를 헤치고 가서, 매 순간, 그들의 피로의 종말과 그들의 순례의 목적을 위하여 귀중한 영토를, 민감하게 획득한다. 그대여, 마찬가지로, 내가 이 절節들의 각각을 노래하는 그 이상한 방법에 주의를 기울이지 말라. 그러나, 시의 기본적인 어조가 나의 지성에 대해 그래도 본질적인 권리를 지니고 있다는 것을 납득하라. 예외적인 사실들을 일반화하지 말자, 나는 이 이상 더 요구하지 않는다. 그러나 나의 성격은 그래도 정상적이다. 아마도, 그대가 듣는 바 그대로의, 그대의 문학과, 나의 문학이라는, 두 개의 극단의 용어 사이에는, 중간자들이 무수히 있을 것이며 따라서 수를 증가시켜 구분하는 것이 쉬울 것이다. 그러나, 그것은 조금도 유용하지 않을 것이며, 또한 실질적으로 철학적인 한 개념에 잘못되고 편협한 무엇인가를 부여하는 위험이 존재할 것인데, 그 개념은 상상되어진 대로, 말하자면 여유 있게, 더 이상 이해되지 않는 순간부터, 바로 더 이상 이성적이기를 그친다. 집중적인 기질의 관찰자인, 그대는 열광주의와 내적인 냉정함을 조화시킬 줄 안다. 결국, 나로서는, 그대가, 완전하다고 생각한다… 그런데 그대는 나를 이해하고 싶어 하지 않는구나! 만약 그대가 건강하지 못하다면, 나의 충고를 따라서(이것이 내가 그대를 도울 수 있는 최상의 것이다), 시골로 산책하러 가라. 슬픈 보상인데, 이에 대해 그대는 어떻게 말하겠는가? 그대는 바람을 쐬고 나서, 다시 나를 만나러 오라. 그러면 그대의 기분이 훨씬 나아질 것이다. 더 이상 울지 말라. 나는 그대를 괴롭히고자 한 것이 아니었다. 나의 친구여, 어느 정도까지는, 그대가 나의 노래에 공감한 것이 사실이지 않는가? 그런데, 그대가 다른 단계들을 뛰어넘지 못하도록 하는 자가 누구인가? 그대의 기호와 나의 기호 사이의 경계선은 눈에 보이지 않는다. 그대는 결코 그것을 포착하지 못할 것이다. 그것은 그 경계선 자체가 존재하지 않는다는 증거이다. 그러니까 그대는 생각해 보라, 그 당시(나는 여기에서 단지 가볍게 질문할 뿐이다) 그대가, 그 숱한 편협의 근원인, 숫노새[노새는 프랑스어에서 고집스러움의 상징임 – 역주]의 그 상냥한 딸과, 집요하게 결혼계약을 맺었다는 것이 불가능하지는 않을 것이라는 것을. 만일 그대가 바보가 아니라는 것을 내가 모른다면, 나는 그대에게 그와 같은 비난을 하지 않을 텐데. 그대가 요지부동하게 믿는 공리의 연골 갑각 속에서 그대가 우둔해지는 것은 그대에게 유익한 일이 아니다. 확고부동하면서, 또한 그대의 공리와 병행하는 또 다른 공리들도 있다. 만약 그대가 (자연의 감탄할 만한 요리인) 캐러멜을 유난히 좋아한다 해도, 아무도 그것을 범죄로 생각하지 않을 것이다. 그러나, 그 사람들 – 보다 위대한 일들을 할 수 있고 보다 강력한 그들의 지성이, 후추와 비소

砒素를 더 좋아하는 — 이, 뱀족뒤쥐 앞에서나 또는 한 입방체의 표면들에 대해 말하는 표현 앞에서 두려워 떠는 사람들을 은근히 지배할 의도 없이도, 그렇게 행동하는 데에는 충분한 이유가 있다. 나는, 여기에서 선동자의 역할을 하려는 것이 아니라, 경험에서 이야기하는 것이다. 그리고, 윤충류輪蟲類와 완보류緩步類가 비등점 가까운 온도에서 그들의 생명력을 꼭 잃지 않고서도, 몸을 덥힐 수 있는 것과 같이, 그대가, 나의 흥미로운 노작勞作이 야기하는 자극으로부터 천천히 생겨나는 쓰디쓴 화농성 장액漿液을, 신중하게, 소화할 수 있다면, 그것은 그대에게도 마찬가지일 것이다. 그런데 뭐라고, 살아 있는 쥐의 등 위에 다른 쥐의 몸에서 떼어낸 꼬리를 붙이는 데에는 이르지 못했다고? 그러니까 송장 같은 내 이성의 여러 가지 변형을 그와 같이 그대의 상상력 속으로 옮겨 꾸며 보도록 노력하라. 그러나, 신중하라. 내가 글을 쓰는 시간에는, 새로운 전율이 지적인 분위기를 관통한다. 단지 그 전율을 정면에서 바라보는 용기를 갖는 것만이 중요하다. 왜 그대는 얼굴을 찌푸리는가? 게다가 그대는 오랜 연습 후가 아니라면 흉내 낼 수 없을 몸짓까지 거기에 더하고 있다. 모든 것에 습관이 필요하다는 것을 납득하라. 그리고, 맨 앞 페이지들에서부터 밝혀졌던, 본능적 혐오감은, 독서에의 집중과 반비례하여, 절개된 종기처럼, 눈에 띄게 그 깊이가 감소했기 때문에, 그대의 머리가 아직 아프다 할지라도, 그대의 회복이 분명히 지체 없이 회복의 마지막 단계로 들어갈 것을 희망해야 한다. 나로서는, 그대가 이미 완전히 회복기로 나아가고 있는 것을 확신한다. 그렇지만,

그대의 모습은, 슬프게도, 매우 여위어 있구나! 그러나… 용기를 내라! 그대에게는 대체로 평범하지 않은 정신이 있고, 나는 그대를 사랑한다, 그리고 그대가 단지 그 병의 마지막 증상들을 서둘러 없애게 할 뿐인, 약효가 있는 몇 가지 자양분을 섭취한다면, 내가 그대를 고통으로부터 완전히 구해 낼 희망이 있다. 그대는 우선, 수렴제와 강장제로서, 그대 어머니(만약 그녀가 아직 살아 있다면)의 팔을 떼어내어, 그것을 작은 조각들로 나누고, 그다음에 그대 얼굴의 어느 부분도 그대의 감정과 상치하는 법 없이, 단지 하루 동안에, 그것들을 먹어 치우렴, 만약 그대의 어머니가 너무 늙었다면, 더 젊고 더 신선한, 또 다른 외과 재료, 예를 들면, 그대의 누이를 선택하라. 그 외과 재료 위에는 치석 제거기가 놓일 것이고, 그것이 걸을 때는, 그것의 부골들이 앞뒤로 움직이기 위한 받침점을 쉽게 취한다. 나는 그녀의 운명을 동정하지 않을 수 없는데, 그래도 나는 그들 마음속에서는 매우 차가운 열정이 단지 선함을 충당할 뿐인 그런 사람들과는 다르다. 그대와 나, 우리는 그녀, 그 사랑받는 처녀(그러나, 나는 그녀가 처녀라는 것을 입증할 증거는 없다)를 위해, 억제할 수 없는 두 줄기 눈물을, 쏟아지는 두 줄기 눈물을 흘릴 것이다. 그게 전부일 것이다. 내가 그대에게 충고하는 바, 가장 진정시키는 물약은, 핵 임질의 고름으로 가득 찬 대야인데, 그 안에는 난소의 털 난 낭종囊腫, 삼문문사三文文士의 궤양, 반포경[反包莖, 음경의 포피가 수축되면서 귀두가 드러나는 현상 – 역주]에 의해 귀두의 뒤로 뒤집어지고 염증이 생긴 포피, 그리고 세 마리의 붉은 괄태충이 이미 용해되어 있다. 만약 그대가 나의 처방을 따른다면, 나의 시는, 마치 이(虱)가, 자신의 입맞춤으로, 머리카락의 뿌리를 절제할 때와 같이, 두 팔을 벌리고 그대를 맞아들일 것이다.

2

나는, 내 앞으로, 제방 위에 서 있는 한 물체를 보고 있었다. 나는 그의 머리를 분명하게 분간하지 못하였다. 그러나, 이미, 그 윤곽의 정확한 비례를 분명하게 알지 못함에도, 불구하고, 나는 그 머리가 정상적인 형태가 아니라고 짐작하고 있었다. 나는 그 움직이지 않고 있는 기둥에 감히 다가갈 수 없었다. 그런데, 만약, 그 자체로는 아주 하찮은, 한 사건이, 그 방파제를 와지끈 무너뜨리고 있는 나의 호기심에, 무거운 조세를 징수하지 않았다면, 내가 삼천 마리도 더 되는 게들의 보행용 다리를 내 마음껏 가졌을지라도(나는 먹이의 포착과 저작咀嚼에 사용되는 다리들에 대해서까지는 말도 꺼내지 않는다), 나는 여전히 똑같은 자리에 머물러 있을 것이다. 풍뎅이 한 마리가, 땅 위에서, 그 주성분이 배설물로 이루어진 공 하나를 굴리면서, 빠른 발걸음으로, 앞에서 말한 제방을 향하여, 그 방향을 택한 자신의 의지를 아주 명백하게 보이느라 열중한 채, 나아가고 있었다. 그 관절동물은 암소보다 훨씬 더 크지는 않았다! 만약 내가 말하는 것이 의심스러우면, 내게로 오기 바란다. 그러면 내가 충분한 증거물을 갖고 증언하여 가장 의심 많은 사람들이라도 만족시켜 줄 것이다. 나는 공공연히 호기심에 이끌려, 그 동물을 멀찍이 뒤좇아 갔다. 그는 그 검은색의 거대한 공으로 무엇을 하려고 한 것인가? 오 독자여, 끊임없이 그대의 명석함을 자랑하는(부당한 것은 아니다) 그대여, 그대는 내게 그것을 말할 수 있을 것인가? 그러나, 나는 수수께끼에 대한 그대의 확실한 열정을 고된 시험에 굴복하게 하고 싶지 않다. 내가 그대에게 가할 수 있는 가장 부드러운 벌은, 이 신비스런 수수께끼가 오직 좀 더 뒤, 그대의 생이 끝날 때, 그대가 그대 침대 머리맡에서 임종의 고통과 철학적 논의를 시작할 때… 아니 아마도 이 절節의 마지막에서야, 그대에게 밝혀지리라는 것을(그것은 그대에게 밝혀질 것이다) 그대가 지켜보게 하는 것이라는 걸, 그대가 아는 것으로 충분하기를 바란다. 그 풍뎅이는 그 제방 아래에 이르렀다. 나는 그가 간 길을 바로 따라갔는데, 그럼에도 나는 그 장면이 벌어진 그 장소로부터 꽤 멀리 떨어져 있었다. 왜냐하면, 마치 줄곧 굶주려 온 것처럼 안절부절못하는 조류인, 그 풍뎅이들이 양 극지에 닿는 바다를 좋아하여, 우연한 경우가 아니고는 온화한 지대로 나아가지 않는 것과 마찬가지로, 그렇게 나도 안정하지 못하고, 내 다리들을 아주 천천히 앞으로 내디뎠기 때문이다. 그런데 내가 향해 가고 있었던 그 몸뚱어리의 실체는 도대체 무엇이었던가? 나는 펠리컨과科에 사다새, 펠리컨, 가마우지, 군함조의 서로 구분되는 네 종류가 있다는 것을 알고 있었다. 내게 나타난 그 회색빛을 띤 형체는 사다새가 아니었다. 내가 감지한 바 그 조형적인 덩어리는 군함조가 아니었다. 내가 관찰한 그 응고된 살은 가마우지가 아니었다. 이제 내가 본 것은, 환상環狀의 돌기가 없는 뇌를 가진 인간이었다! 나는 나의 기억 속 깊은 속에서, 어느 열대지방이나 또는 냉대지방에서 그것을 보았는지, 생각해 보았으나 허사였다. 나는 이미 눈여겨보았다. 발톱 모양으로, 도드라져 있고 그 끝이 갈고리 모양으로 매우 구부러지고, 뚜렷이 보이는 각角이 있는, 그 아주 길고도, 넓으며, 볼록한, 궁륭형의 부리를. 쭉 곧은, 톱니 모양의 그 가장자리를. 지류가 송곳니 가까이까지 갈라져 있는 그 아래턱을. 막질의 피부로 가득 채워진 그 가운데 부분을. 목 언저리 전체를 차지하고 있으며 상당히 늘어날 수 있는, 소낭小囊 모양이며, 노란색인, 그 넓적한 눈 밑 주름을. 그리고 기저부의 한 줄기 주름 속에, 거의 알아볼 수 없을 정도로, 파여 있는, 세로로 난, 아주 좁은 그 콧구멍들을 눈여겨보았던 것이다! 만일 허파로 단순호흡을 하며, 몸에는 털이 나 있는, 이 살아 있는 존재가, 어깨까지뿐만 아니라, 발바닥까지 완전한 한 마리의 새였다면, 그때에는 내가 그것을 알아보는 것이 그렇게 어려운 일은 아니었을 것이다. 그대들 스스로 그것을 알게 될 것처럼, 그것은 매우 하기 쉬운 일이리라. 단지, 이번에는, 나는 그 수고를 하지 않을 뿐이며, 나의 증명의 명확함을 위해서는, 그 새들 중의 한 마리가, 단지 박제된 것뿐일지라도 나의 작업대 위에 놓이는 것이 필요할 것이다. 그런데, 나는 그것을 구입할 만큼 부자는 아니다. 나는, 앞의 가설을 한 걸음씩 따라가면서, 그의 병약한 모습에서 내가 그 고상함을 찬미하는 그 새에게, 계속하여 그것의 진정한 특성을 지정하고, 또 자연사의 범주 안에서, 한 자리를 찾아내 주었을 텐데. 나는 그것의 이중의 기관에 대한 비밀을 완전히 모르는 것이 아닌 데 대한, 얼마나 큰 만족감과, 그에 대해 더 많이 알고자 하는 얼마나 큰 갈망을 안고, 견고하게 변신한 상태에 있는 그것을 응시하고 있었는지! 그것은 인간의 얼굴을 하고 있지 않았음에도, 나에게는 곤충의 길고도 가느다란 촉수처럼, 아니 오히려, 서둘러 행해진 매장처럼, 또는, 절단된 기관을 재건하는 법칙처럼, 그리고 특히, 아주 잘 부패하는 용액처럼, 아름답게 보였다! 그러나, 주변에서 일어나고 있는 일에는 조금도 관심을 기울이지 않고서, 그 낯선 자는, 펠리컨의 머리를 하고, 여전히 자기 앞을 바라보고 있었다! 언젠가, 나는 이 이야기의 끝을 다시 쓸 것이다. 그러나, 나는 침울하지만 기꺼이 나의 이야기를 계속할 것이다. 왜냐하면, 그대들 편에서, 나의 상상력이 어디에서 오는 것인지 빨리 알고 싶다면(실제로, 거기에는 상상력만이 있었으면 좋겠다!), 나의 편에서는, 그대들에게 말해야 할 것을 단 한번에(두 번에 걸쳐서가 아니라!) 끝낼 결심을 하였기 때문이다. 그렇더라도 아무도 내가 용기가 없었다고 나를 비난할 권리가 없다. 그러나, 그와 같은 상황에 처하게 되면, 대부분의 사람은 심장의 고동이 뛰는 것을 자신의 손바닥으로 느끼게 된다. 끔찍한 이야기의 주인공인, 늙은 선원, 연안 항행선 선장은, 브르타뉴[Bretagne, 프랑스의 서북부 지방 – 역주]의 한 작은 항구에서, 거의 아무에게도 알려지지 않은 채, 방금 죽었다. 그때 그는 원양을 항해하는 선장이어서, 생말로[Saint-Malo, 브르타뉴의 북쪽 해안에 있는 도시 — 역주]의 선주船主를 위해 항해하고 있었다. 그런데, 열세 달 동안 집을 비운 후, 그는 가정에 돌아왔는데, 그때, 그의 아내는, 아이를 막 낳아서, 아직 자리에 누워 있었다. 그 아기를 보고서 그는 스스로 어떤 권리도 자신에게 부여할 수 없었다. 그 선장은 자신의 놀라움과 분노를 조금도 나타내지 않았다. 그는 아내에게 옷을 입도록 하고, 그 도시의 성벽 위로, 함께 산책하자고 냉정하게 청하였다. 때는 1월이었다. 생말로의 성벽은 높았다. 그래서, 북풍이 불 때면, 가장 대담한 사람들도 뒤로 물러난다. 그 불행한 여자는, 조용히 체념한 태도로, 복종하였다. 돌아오는 길에, 그녀는 정신착란을 일으켰다. 그녀는 그날 밤에 숨졌다. 그녀는 한 여자에 지나지 않았던 것이다. 반면, 남자인, 나는, 그 정도의 대단한 드라마 앞에서, 얼굴의 근육을 움직이지 않은 채로 있을 정도로, 나 자신을 제어하는 충분한 힘이 있는지 모르겠다! 그 풍뎅이가 제방 아래 도착하자마자, 그 남자는 서쪽을 향해 팔을 들었고(정확히, 그 방향에서, 양독수리[vautour des agneaux, 특별히 양을 잡아먹는 독수리 — 역주] 한 마리와 버지니아 수리부엉이 한 마리가 공중에서 싸움을 하고 있었다), 자신의 부리 위로 길게 흘러내리는 한 줄기 눈물을 닦았는데, 그 눈물은 금강석처럼 빛나는 색깔의 체계를 보여 주고 있었다. 그는 풍뎅이에게 말했다. 《불쌍한 공이로구나! 그대는 충분히 오랫동안 그것을 굴리지 않았는가? 그대의 복수는 아직 충분하지 못하구나. 그런데, 벌써, 그대가, 계곡과 거리를 지나, 가시덤불과 돌멩이 위로, 그녀를 그대의 발목뼈로 차며, 끌고 가기 위해, 진주 목걸이로, 그 다리와 팔을, 무정형의 다면체를 만들어 내는 식으로, 묶었던 이 여자는(이것이 아까 그 여자인지 보기 위해 내가 가까이 가게 하라!), 자신의 뼈가 상처로 부서지고, 사지는 굴러갈 때 마찰되는 기계적 법칙에 의해 닳아서 응고되며 서로 섞이는 것을 보았고, 또 하나의 공 덩어리와 너무도 비슷해진 그녀의 몸뚱이가, 처음의 윤곽과 자연스런 곡선 대신에, 부서진 여러 부분들이 서로 섞여서, 완전히 같은 물질로 구성된 하나의 단조로운 형상을 보이고 있는 것을 보았다! 그녀는 죽은 지 오래되었다. 그 유해를 땅에 두어라, 그리고 그대를 갉아먹는 분노가, 회복할 수 없을 정도로, 커지지 않게 조심하라, 이것은 더 이상 정의가 아니다. 왜냐하면, 그대 이마의 외피 속에 감추어진, 이기주의가, 그 이기심을 덮고 있는 휘장을, 마치 유령처럼, 천천히 들어 올리기 때문이다.》 그 양독수리와 버지니아 수리부엉이가, 자신들의 싸움의 돌발사건들로 인해, 모르는 사이에 움직여 와, 우리에게 가까이 와 있었다. 풍뎅이는 이 예기치 않은 이야기에 몸을 떨었다, 그런데, 다른 경우에는, 무의미한 움직임이었을 이 동작은, 이번에는, 더 이상 끝을 모르는 분노의 뚜렷한 표시가 되었다. 왜냐하면, 풍뎅이가《너, 비정한 놈, 너는, 도대체 누구인가? 너는 과거의 몇 가지 이상한 사건들을 잊은 것 같다. 나의 형제여, 너는 네 기억 속에서 그 사건들을 기억하지 못한다. 이 여자는 우리를, 차례로 배반하였다. 처음에는 너를, 다음에는 나를. 이러한 모욕은 기억 속에서 그렇게 쉽게 사라져서는 안 된다(그래서는 안 된다!) 그렇게 쉽게는! 너, 너의 관대한 성격은 네가 용서하도록 한다. 그러나, 너는 아는가, 이 여자의 구성 원자들이, 밀가루 반죽이 되어, 비정상적인 상태임에도 불구하고(그 육체가 격렬한 나의 정열의 결과에 의해서보다 오히려 두 개의 강력한 바퀴의 얽힘으로 인해 뚜렷하게 밀도의 수치를 높인 것을, 사람들이, 첫 번째 조사에서, 믿지 않으리라는 것을 아는 것은 이제 문제가 되지 않는다), 그녀가 여전히 존재하는 것을? 닥쳐라, 그리고 내가 복수하도록 하라.》라고 날카로운 소리를 내면서, 넓적다리 뒤쪽을 겉날개 가장자리에 대고 무서울 정도로 비벼 댔기 때문이다. 그는 자신의 행동을 계속하고, 자기 앞으로 그 공을 밀면서 멀어져 갔다. 그가 멀어져 갔을 때, 펠리컨이 외쳤다.《이 여자는, 자신의 마법의 힘으로, 내게 물새의 머리를 씌웠다, 그리고 내 동생을 풍뎅이로 변하게 했다. 아마도 그녀는 내가 막 열거한 것들보다 더 나쁜 벌을 받아도 마땅할 것이다.》 그리고 양독수리와 버지니아 수리부엉이가, 나의 위편에서, 피 흘리는 전투를 벌이며, 서로 엉켜 있는 적대적인 관계의 성격에 대해 추정하면서, 내가 들은 소리로 인해, 꿈꾸고 있는 것이 아닌지 확실하지 않았던, 나, 나는, 나의 허파운동에, 편함과 유연성을 주기 위하여, 마치 외투의 두건처럼, 나의 머리를 뒤로 젖혔다, 그리고 고공을 향해 눈을 돌리면서, 그들에게,《당신들, 당신들의 싸움을 그치라. 당신들은 둘 다 옳다. 왜냐하면, 그 여자는 당신 둘 다에게 각각 사랑을 약속했었기 때문이다. 그 결과, 그녀는 당신들을 함께 속이게 된 것이다. 그러나, 그건 당신들만이 아니다. 게다가, 그녀는, 당신들의 가장 성스런 고통을 잔인한 놀이로 삼으면서, 당신들에게서 인간의 모습을 빼앗아 갔다. 그런데도, 당신들은 내 말을 믿기를 주저할 것인가! 게다가 그녀는 죽었다. 그리고 풍뎅이는 첫 번째 배반당한 자의 동정에도 불구하고, 그녀에게 지울 수 없는 낙인의 징벌을 받게 하였다.》라고 외쳤다. 이 말에, 그들은 싸움을 그치고서, 더 이상 깃털을 뽑지도 않고, 살점을 뜯어내지도 않았는데, 그들이 그렇게 행동한 것은 옳은 일이었다. 마치 개가 자신의 주인을 따라 달리면서 그리는 곡선에 대한 기억처럼 아름다운, 그 버지니아 수리부엉이는, 폐허가 된 수도원의 틈바귀 속으로 깊숙이 들어갔다. 마치, 그 성장의 경향이 어른들의 유기체가 흡수하는 분자의 양과 관계있는 것이 아닌 어른들에게 있어서 가슴의 발달을 정지시키는 법칙과도 같이 아름다운, 그 양독수리는, 대기의 높은 층으로 사라졌다. 그의 관대한 용서가, 나에게는 당연하게 생각되지 않았기 때문에, 그것으로 내게 많은 감동을 주었던, 그 펠리컨은, 마치 인간 항해자들에게 자신과 같은 경우에 조심하도록, 그리고 불길한 마녀들의 사랑으로부터 자신의 운명을 지키도록 경고하기 위한 것처럼, 제방 위에서 등대의 장엄한 초연함을 되찾고서, 여전히 자기 앞을 바라보고 있었다. 알코올 중독으로 인한 손의 떨림처럼 아름다운, 그 풍뎅이는, 지평선 너머로 사라지고 있었다. 인생의 책에서 지울 수 있었던 네 존재였다. 나는 왼쪽 팔에서 하나의 근육 전체를 뽑아내었다, 왜냐하면 나는 내가 무슨 짓을 하고 있는지 몰랐기 때문이었는데, 그만큼 나는 이 네 경우의 불행 앞에서 감동해 있었다. 그런데, 그것이 배설물이라고 믿고 있었던 나. 나라는 대단한 짐승은, 가고 있다.

3

인간 기능의 간헐적인 폐지, 당신의 생각이 상상하고자 하는 경향이 있다 하더라도, 그것은 간단한 일이 아니다. 적어도 그것은 다른 것들과 같은 말이 아니다. 어떤 사형집행인에게 자신을 산 채로 껍질 벗기도록 청하면서, 정당한 행위를 하고 있다고 믿을 자, 그가 손을 들도록 하라. 죽음의 총탄 앞에, 기꺼이, 자신의 가슴을 내맡길 자, 그가, 즐거운 미소를 띠고, 머리를 쳐들도록 하라. 나의 눈은 상처 난 흔적을 찾을 것이며, 내 열 손가락은 그 괴상한 사람의 살을 조심스럽게 만져 보느라 모든 주의를 집중할 것이고, 뇌장腦漿의 파편들이 나의 비단 같은 이마 위로 솟구쳐 튀어 오른 것을 나는 검사할 것이다. 그와 같은 순교자의 정부情夫인, 그런 남자는 온 세상에 존재하지 않겠지? 나는 웃음이 무엇인지 모른다, 나 스스로 결코 그것을 경험한 적이 없으니, 그것은 사실이다. 그렇지만, 어딘가에, 그러한 사람이 존재한다고 주장할 사람을 내가 만나 보게 된다면, 내 입술들이 벌쭉이지 않게 견디느라 얼마나 조심해야 할 것인가? 자기 자신의 존재를 위해 그 누구도 원하지 않을 것이, 불공평한 몫에 의해 내게 굴러 들어왔다. 그것은 단순히 내 몸이 고통의 호수 속에서 헤엄치기 때문만이 아니다. 그것은 참을 수 있다. 그러나, 정신은 끊임없이 긴장되고 압축된 사고로 인해 고갈되어, 한 떼의 아귀아귀 먹는 홍학들과 굶주린 왜가리가 늪가의 등심초를 덮치러 올 때면, 늪의 개구리들처럼 울부짖는다. 자신이 스스로 본심을 드러내는지도 모르고, 털오리의 가슴에서 뽑아낸, 깃털로 된 침대에서 평안히 잠자는 자는 행복하다. 내가 아직 잠자지 않은 지가 삼십 년도 더 되었다. 발설할 수 없는 나의 탄생일 이후로, 나는 그 수면睡眠 판자들에다 화해할 수 없는 증오를 퍼부었다. 그것을 원한 것은 바로 나다. 그러므로 아무도 비난받지 않기를. 재빨리, 불충분한 의심을 버리기를. 내 이마 위에, 이 창백한 관冠을 당신들은 분간하는가? 자신의 메마른 손가락으로 그것을 만든 것은 강인성이었다. 불타는 나머지 수액이, 용해된 금속의 도랑처럼, 나의 뼈 속에서 흐르는 한, 나는 잠자지 않을 것이다. 밤마다, 나는, 나의 창틀 너머로, 별들에다 나의 창백한 눈을 억지로 고정시킨다. 나뭇조각 파편 한 조각이, 나 자신에 대해 더 확신을 갖기 위해, 나의 부픈 눈꺼풀들을 갈라놓는다. 새벽이 올 때, 여명은 내가 같은 자리에서, 차가운 회벽에 몸을 수직으로 하고 기대어 서 있는 것을 본다. 그러나, 가끔씩 내가 꿈을 꾸기도 하지만, 그것은 내 자아에 대한 생생한 감정과 내가 움직인다는 자유로운 기능을 단 한순간도 잃지 않고서 하는 것이다. 그러니, 인광燐光이 빛나는 어둠의 모퉁이에 숨어 있는 악몽과, 자신의 스러진 여분으로 나의 얼굴을 만져 보는 열병, 그리고 피투성이 발톱을 곤두세우는 더러운 각각의 동물들, 그러니까, 자신의 끊임없는 행위에 확고한 자양분을 주기 위해, 그들을 순환시키는 것은 바로 나의 의지라는 것을 당신들은 알아 두라. 실제로, 자신의 극단적 나약함 속에서 복수하는 원자原子인, 자유의지는, 자기 자식들의 숫자 속에 우둔함을 포함시키지는 않는다고, 강력한 권위를 가지고, 단언하기를 두려워하지 않는다. 그러니 잠자는 자는 전날 밤 거세된 동물만도 못하다. 불면증이 비록, 이미 실편백의 냄새를 퍼뜨리는 이 근육들을, 깊은 구덩이 속을 향하여, 끌고 간다 해도, 결코 나의 지성의 하얀색 지하묘지는 창조주의 눈앞에 자신의 성소聖所를 열어 보이지 않을 것이다. 나는 본능적으로 은밀하고도 고귀한 정의가 내민 팔을 향하여 뛰어드는데, 끊임없이 이 정의는 이 비열한 징벌을 몰아내라고 내게 명령한다. 사람들이 언덕 위에서 초롱불을 켤 때, 경솔한 내 영혼의 두려운 적인, 나는 나의 불운한 허리가 잔디의 이슬 위에서 몸을 눕히지 못하도록 한다. 승리자가 되어, 나는 위선적인 양귀비의 복병을 물리친다. 자기 자신을 뜯어먹는 굶주린 나의 심장은, 이 이상한 투쟁 때문에, 결국 자신의 계획을 감춘 것이 확실하다. 거인들처럼 침투할 수 없는, 나, 나는 끊임없이 두 눈을 크게 뜨고 살았다. 적어도, 낮 동안은, 누구나 외부의 거대한 대상(Grand Objet Extérieur)(누가 그 이름을 모르겠는가?)에 대항하여 쓸 만한 저항을 할 수 있다. 왜냐하면, 그때에는, 의지가 눈에 띌 만큼 격렬하게 자신만의 방어에 유의하기 때문이다. 그러나 밤안개의 장막이, 교수형에 처하여질 사형수들에게까지, 펼쳐지자마자 곧, 오! 사람들은 한 낯선 자의 신성 모독적 수중에 있는 자신의 지성을 볼 것이다. 가차 없는 해부용 칼이 그 지성의 울창한 가시덤불을 캐낸다. 의식은 긴 헐떡 소리를 내며 욕설을 내뱉는다. 왜냐하면, 자신의 정숙함의 베일이 잔인하게 찢기기 때문이다. 모욕이다! 우리의 문은 천상의 강도(Celeste Bandit)의 강인한 호기심에 열려져 있다. 내 인과관계의 흉악한 밀정, 그대여, 나는 이 수치스런 형벌을 받을 이유가 없다! 만일 내가 존재한다면, 나는 다른 자(un autre)가 아니다.[이 구절은 랭보Rimbaud의 유명한 구절《나는 타자다(Je est un autre)》를 생각나게 하는데, 로트레아몽은 이 구절을 모르고 있었던 것 같다. 형태는 비슷하지만, 이 두 선언은 서로 반대 의미를 지닌다. 랭보에게서 타자는 나(je)의 또 다른 면에 지나지 않는 데 비해, 로트레아몽에게서 타자는, 문맥에서 추론할 수 있듯이, 창조주를 가리키는 것으로『말도로르의 노래』전편을 통해 여러 번 나타나고 있음 – 역주] 나는 내 안에서 이 모호한 다수성을 인정하지 않는다. 나는 나의 내부 논리에서 하나로 존재하고 싶다. 자율성… 아니면 나를 하마로 변하게 하기를. 오 이름 모를 흔적이여, 땅 밑으로 꺼져라, 그리고 더 이상 나의 살기등등한 분노 앞에 다시 나타나지 말라. 나의 주체성과 창조주, 이것은 하나의 뇌에게는 너무 지나치다. 밤이 시간의 흐름을 가릴 때, 차가운 땀으로 젖은 잠자리 속에서, 밀려오는 졸음에 대항하여 싸우지 않은 자 누구인가? 죽어 가는 기능들을 자신의 품에다 끌어당기는, 이 침대는, 단지 네모난 전나무 판자들로 이루어진 무덤에 불과하다. 의지는, 마치 보이지 않는 힘이 있기라도 한 듯, 모르는 사이에 조금씩 물러간다. 끈적한 송진이 눈의 수정체를 두껍게 한다. 눈꺼풀들은 두 친구처럼 서로를 찾는다. 몸은 이제 더 이상 숨 쉬고 있는 시체에 지나지 않는다. 마침내, 거대한 네 개의 말뚝이 매트 위에 사지를 못 박는다. 당신들에게 바라건대, 결국 시트는 수의에 지나지 않는다는 것에 유의하라. 여기 종교예식에 쓰이는 향이 타고 있는 향로가 있다. 영원이, 먼 바다처럼, 포효하며, 성큼성큼 다가온다. 아파트는 사라졌느니, 인간들이여, 영구안치소 안에 엎드리라! 가끔씩, 잠이 한참 쏟아지는 가운데, 인체의 불완전함을 극복하려고 헛되이 노력하면서, 최면에 걸린 감각은 자신이 이제 하나의 매장되는 덩어리에 지나지 않는다는 것을 놀라워하며 깨닫는다. 그리고 비할 데 없는 정묘함에 근거하여, 이렇게 훌륭하게 추론한다.《이 잠자리에서 나가는 것은 생각하는 것보다 더 어려운 문제다. 수레 위에 앉혀서, 나는 기요틴[단두대斷頭臺, 1789년 프랑스의 의사 기요탱J. I. Guillotin이 수형자의 고통을 덜어주기 위해 사용을 제안한 사형집행 기구 — 역주]의 이원적인 기둥들을 향해 끌려간다. 이상한 일은, 움직이지 않는 나의 팔이 교묘하게도 나무뿌리처럼 뻣뻣해진 것이다. 교수대로 걸어가는 것을 상상하는 것은 매우 나쁜 일이다.》피가 얼굴 복판으로 철철 흐른다. 가슴은 반복해서 경련을 일으키고, 씨익씨익 소리를 내면서 부풀어 오른다. 오벨리스크의 무게가 분노의 확산을 억누른다. 현실이 반수半睡 상태의 몽상을 깨뜨렸다! 자만심에 가득 찬, 자아와, 정신강직증의 끔찍한 확대 사이의 투쟁이 길어질 때, 환각에 사로잡힌 정신은 그 판단을 잃는다는 것을 누가 모르겠는가? 절망에 잠식되어, 그 정신은, 자연을 정복할 때까지, 그리고 잠이, 자신의 먹이가 자기에게서 빠져 달아나는 것을 보면서, 부끄럽고 성난 한쪽 날개로, 그의 심장으로부터 멀리, 그리고 영원히 달아날 때까지, 자신의 죄악 안에서 만족해한다. 불타고 있는 나의 눈구멍 위에다 약간의 재를 던져라. 결코 감기지 않는 나의 눈을 응시하지 말라. 내가 견디고 있는 고통(하지만, 자존심은 충족되고 있다)을 당신들은 이해하는가? 밤이 인간들에게 휴식을 권하자마자, 내가 알고 있는, 한 남자는 성큼성큼 들판으로 걸어간다. 나는 나의 결심이 늙음이라는 타격에 굴복하지 않을까 두렵다. 내가 잠들게 될 그 운명의 날, 그날이 오기를! 잠이 깨면 나의 면도칼이, 목을 통과해 지나가면서, 실제로, 아무것도, 더 이상 현실이 아니었음을, 증명할 것이다.

4

－도대체 누구인가! … 도대체 누가, 여기에서, 마치 음모자처럼, 감히 나의 검은 가슴을 향하여 제 몸의 관절들을 끌고 오는가? 그대가 누구이든, 괴상한 왕뱀이여, 어떤 구실로 그대는 그대의 우스꽝스러운 모습을 변명하는가? 그대를 괴롭히는 것은 막대한 회한인가? 왜냐하면, 그대도 알다시피, 보아뱀이여, 그대의 야만적 위엄은, 내가 추정하건대, 내가 살인범의 모습과 하려는 비교에서 벗어나는 터무니없는 주장을 하지 못한다. 거품 일고 하얀빛을 띠는 그 점액은, 나에게는, 분노의 표시다. 내 말을 들으라. 그대의 눈이 천상의 빛을 흡수하기는 너무 힘들다는 것을 그대는 아는가? 그대의

잘난 체하는 뇌가 내가 그대에게 몇몇 위로의 말을 건넬 수 있다고 믿었다면, 그것은 아마도 관상학적인 지식이 전혀 없는 무지의 소치 때문일 뿐이라는 것을 그대는 잊지 말라. 물론, 충분한 만큼의, 어느 시간 동안, 그대 두 눈의 빛을, 내가, 다른 자처럼, 나의 얼굴이라고 부를 권리를 갖고 있는 그것을 향하게 하라! 그가 얼마나 울고 있는지 그대는 모르는가? 그대는 틀렸다, 바질릭 도마뱀[basilic, 열대 아메리카산으로 등지느러미가 있는 도마뱀, 그리스신화에서 이 뱀은 흘긋 보기만 해도 사람을 죽임 – 역주]이여. 그대는, 나의 선의善義에 대한 수많은 반항에도 불구하고, 나의 근원적 무력함이 그대에게서 빼앗는, 위안의 슬픈 몫을 다른 곳에서 찾는 것이 필요하다. 오! 어떤 힘이, 표현할 수 있는 구절들로, 숙명적으로 그대를 그대의 종말로 끌고 갔는가? 내 한 방의 발뒤꿈치질로, 붉어진 잔디 위에, 그대의 삼각형 머리의 달아나는 곡선을 들러붙게 하면서, 내가 대초원의 풀과, 짓이겨진 자의 살을 가지고 무어라 이름 붙일 수 없는 접합제를 반죽할 수 있을 것이라는 것을, 그대가 이해하지 못하는 이러한 추리에 내가 익숙해지는 것은 거의 불가능하다.

–창백한 얼굴을 하고 있는 죄인이여, 나로부터 가능한 한 일찌감치 사라져라! 격심한 공포의 헛된 환영이 그대에게 그대만의 유령을 보여 주었다! 만일 이번에는 내가 그대를 비난하는 것을 그대가 원하지 않는다면, 그리고 또 파충류를 잡아먹는 사식조蛇食鳥의 판결에 의해 분명하게 증명될 항의를 내가 그대에게 하지 못한다면, 그대는 그대의 부당한 의심을 버려라. 상상력의 어떤 기괴한 착

란이 그대에게 나를 알아보지 못하게 하는 것인가! 내가 카오스로부터 부상시킨 한 존재에 대한 만족감으로, 내가 그대에게 되돌려준 중요한 서비스들이, 그리고, 그대의 편에서는, 죽을 때까지 내게 충실하게 남기 위해, 나의 깃발을 버리지 않는다는, 영원히 잊지 못할, 맹세가, 그대는 도대체 생각나지 않는 것인가? 그대가 어린아이였을 때(그대의 지성은 그때 가장 아름다운 단계에 있었다), 그대는 피레네산 영양과 같은 빠르기로, 그대의 작은 손을 움직여, 떠오르는 여명의 다양한 색깔의 빛에게, 인사하기 위해, 가장 먼저, 언덕으로 기어오르곤 했다. 그대 목소리의 음도는, 금강석 같은 진주들처럼, 그대의 낭랑한 후두에서, 튀어나오곤 했고, 찬미하는 긴 송가의 떨리는 집성에서, 자신의 집합적 개성들을 풀어 내곤 했다. 지금, 그대는, 진창으로 더럽힌 누더기처럼, 내가 너무도 오랫동안 증명했던 인내를, 그대의 발치로 내던지고 있다. 감사함은 자신의 뿌리들이, 마치 늪의 바닥처럼, 마르는 것을 보았다. 그러나, 그 대신에, 야망은, 내가 규정짓기 괴로울 비율들을 믿었다. 자신의 연약함을 남용하면서 그와 같은 믿음을 갖기 위해, 내 말을 듣고 있는 자, 그는 어떤 이인가?

–그런데 대담한 존재여, 그대, 그대는 누구인가? 아니다! … 아니다! … 내가 틀린 것이 아니다. 그대가 방책으로 사용하는 여러 가지 변신에도 불구하고, 뱀으로 된 그대의 머리는, 영원한 불의不意, 그리고 잔인한 지배의 등대처럼 나의 눈앞에서 빛났다! 그는 명령의 고삐를 쥐고 싶어 했으나, 그는 지배할 줄 모른다! 그는 창조된

모든 존재에게 공포의 대상이 되고 싶어 했다, 그리고 그는 성공했다. 그는 그 혼자만이 우주의 군주라는 것을 증명하고 싶어 했다. 그리고 바로 그 점에서 그는 틀린 것이다. 오 불쌍한 자여! 그대는, 구체들의 표면으로부터 동시에 올라가면서, 사나운 한쪽 날개로 그대의 취약한 고막의 돌기가 있는 가장자리를 파괴하러 오는, 속삭임들과 음모를 듣기 위해 이 시간까지 기다렸단 말인가? 나의 팔이 그대를 그대의 숨결로 인해 독기를 품은 먼지 속에다 메다꽂을, 그날, 그리고, 그대의 내장에서 쓸데없는 인생을 끄집어내며, 여행자의 시야를 깜짝 놀라게 하고, 또 그 입도 못 벌리게 못박아 놓는, 이 파닥이는 살은, 단지, 노화로 인해 쓰러진 떡갈나무의 썩은 둥지에밖에는 더 이상 비교되어서는 안 된다는 것을, 깜짝 놀라는 여행자에게, 가르쳐 주기 위하여, 비틀려 구멍투성이가 된, 그대의 시체를 길 위에다 버려 둘 그날은 멀지 않다! 그대의 존재를 보며 어떤 연민의 생각이 나를 붙들고 있는지, 그대여, 그대에게 내가 말하니, 내 앞에서 차라리 물러서라, 그리고 이제 막 태어난 아이의 피에다 그대의 수없이 많은 수치를 씻으러 가라, 그것이 그대의 습관이다. 이 습관은 정말 그대다운 것이다. 가라… 그대 앞으로 계속 걸어라. 내가 네게 유랑하기를 언도한다. 나는 네가 가족 없이 홀로 있기를 언도한다. 그대의 다리가 더 이상 너를 지탱하지 못하도록, 끊임없이 나아가라. 이 세상의 종말이 허무 속으로 별들을 통째로 삼킬 때까지 사막의 모래를 지나가라. 그대가 호랑이의 소굴 가까이 지날 때, 그 호랑이는, 이상적인 사악함을 초석礎石으로 하여 향상된 자신의 성격을, 마치 거울을 보듯이, 바라보지 않으려고, 달아나기 바쁠 것이다. 그러나, 거만한 피로가, 가시덤불과 엉겅퀴로 뒤덮인, 나의 왕궁의 타일 앞에서 그대의 걸음을 멈추도록 그대에게 명령할 때는, 그대의 누더기가 된 샌들에 주의하라, 그리고서, 발끝으로 서서, 우아한 현관을 넘어서라. 이것은 쓸데없는 충고가 아니다. 그대는, 아주 오래된 그 성의 토대를 따라 나 있는 깊고 깊은 유골안치소 안에 누워 있는, 나의 어린 신부와 어린 나이의 내 아들을 깨울지도 모를 일이다. 만일 그대가 미리 조심하지 않는다면, 그들은 그들의 지하의 울부짖음으로 그대를 질리게 할지도 모른다. 속을 짐작할 수 없는 그대의 의지가 그들의 존재를 없앴을 때, 그들은 그대의 힘이 위험하다는 것을 몰랐고, 그래서 그 점에서는 아무런 의심도 없었던 것이다. 그래서, 그들은 그대의 하느님이 그 무자비한 점에서 모습을 드러낼 것이라는 것을 예상하지 않았었다(그래서 그들의 최후의 안녕은 내게 그들의 믿음을 확인해 주었던 것이다)! 그것이야 어떻든, 에메랄드 색 대리석으로 되어 있고, 피폐한 가문家紋들이 있으며, 나의 선조들의 영광스런 조각상들이 쉬고 있는, 이 버려진 조용한 방들을, 재빨리 지나가라. 이 대리석으로 된 몸들은 나에 대해 화가 나 있다. 그러니 그들의 정기 없이 흐릿한 시선을 피하라. 이것은 그들의 하나 남은 마지막 후손의 혀가 그대에게 주는 충고이다. 머리를 거만하게 뒤로 젖히고, 그들의 팔이 도전적인 방어 태세로 얼마나 들려 있는지, 바라보라. 확실하게 그들은 그대가 내게 저지른 죄악을 예측하였다. 그러니, 만일 그대가 조각된 이 덩어리들을 지탱하고 있는 얼어붙은 밑받침의 사정거리 안을 지나간다면, 거기에서는 복수가 그대를 기다리고 있을 것이다. 만일 그대의 방어가 내게 무엇인가 반박하는 것을 필요로 한다면, 이야기하라. 지금 울기에는 너무 늦었다. 순조롭게 기회가 왔을 때, 좀 더 적당한 순간에 울어야 했다. 그대가 마침내 눈을 뜬다면, 그대의 행동의 결과가 어떠했는지 그대 스스로 판단하라. 잘 있거라! 나는 절벽의 미풍을 숨 쉬러 떠난다. 왜냐하면, 반쯤 억눌린, 나의 폐들이, 커다란 외침 소리로 그대의 연출물보다는 더 조용하고 더 정숙한 광경을 요구하기 때문이다!

5

오 이해할 수 없는 남색가들이여, 그대들의 대단한 타락에 욕설을 퍼부을 자는 내가 아니다. 깔때기 모양의 그대들 항문에다 경멸을 던지러 올 자는 내가 아닌 것이다. 그대들을 괴롭히는, 거의 치유할 수 없고, 수치스러운 병들은, 확실한 징벌을 함께 갖고 있는 것으로 충분하다. 어리석은 제도의 입법자들이여, 협소한 도덕의 창시자들이여, 나에게서 멀어져라, 왜냐하면 나는 공정한 사람이니까. 그리고 그대들, 젊은 청소년들 아니 차라리 어린 처녀들이여, 상처들로 이루어진 그러한 관冠을 인류의 허리에다 묶었을 정도로, 어떻게 그리고 왜, 그대들의 가슴속에, 복수심이 싹텄는지, 내게 설명하라(그러나, 적당한 거리를 두고 있어라, 왜냐하면, 나 역시도, 나의 정열에는 저항할 줄 모르니까). 그대들은 그대들의 태도(나, 내가 숭배하는!)로써 복수심이 자신의 아들들 때문에 얼굴을 붉히게 만든다. 그대들의 과장된 감수성은 여자들이 경악하는 정도를 넘는 반면, 맨 처음 오는 자에게 제공되는, 그대들의 매음은, 가장 깊이 생각하는 사색자들의 논리를 시행한다. 그대들은 그대 동류들보다 세속적인 성질이 더한가 또는 덜한가? 그대들은 우리에게 없는 여섯 번째의 감각을 갖고 있는가? 거짓말하지 말라, 그리고 그대들이 생각하는 것을 말하라. 이것은 내가 그대들에게 하는 질문이 아니다. 왜냐하면, 내가 그대의 웅대한 지성의 숭고함을 관찰자로서 자주 접한 이래로, 나는 어떻게 해야 할지 알기 때문이다. 나의 우주적 사랑으로 보호받는 천사들이여, 나의 왼손으로 축복받으라, 나의 오른손으로 성화聖化되라. 나는 그대들의 얼굴에 입 맞추고, 나는 그대들의 가슴에 입 맞추며, 나는, 나의 달콤한 입술로, 조화롭고 향기로운 그대들 몸의 여러 부분에 입 맞춘다. 최상의 도덕적 아름다움의 결정체들이여, 왜 그대들은 그대들이 무엇이었는지 바로 내게 이야기하지 않았던가? 나는 그대들의 억눌린 심장의 고동이 은닉하고 있는 정결함과 부드러움의 셀 수 없이 많은 보석들을 내 스스로 추정해야만 하였다. 장미들과 쇠풀로 이루어진 꽃줄들로 장식된 가슴이여. 나는 그대들을 알기 위하여 그대들의 다리를 엿보고, 나의 입은 그대들의 정숙함의 휘장에 매달려야 했다. 그러나 (표현해야 할 중요한 것은) 그대들 음부의 피부를, 따뜻한 물로, 매일 씻는 것을 잊지 말라. 왜냐하면, 그렇지 않으면, 궤양성 성병이, 욕망이 충족되지 않는 내 입술들의 갈라진 접합면 위에 반드시 생길 것이기 때문이다. 오! 만약 우주가 지옥이 되는 대신에, 천상의 거대한 항문에 지나지 않았더라면, 내가 나의 아랫배 쪽으로 하고 있는 행위를 보라, 그렇다, 나는, 피투성이의, 어마어마한 그의 괄약근을 통해, 나의 격렬한 움직임으로, 그의 깨끗한 골반 내막에, 나의 음경을 박았을 텐데! 불행은 그때, 움직이는 모래로 된 모래언덕들 전체를, 나의 보이지 않는 눈에다, 불어 보내지 않았을 것이다. 나는 잠들어 있는 진실이 누워 있는 지하장소를 발견했을 것이고, 또 나의 끈적한 정액의 강물은 그렇게 자신의 뛰어들 대양을 찾아냈을 것이다! 하지만, 사물들이 그들의 상태에 대한 차후의 완결 도장을 결코 받지 않을, 그리고 그들의 상징적인 어떤 상태에 대해 왜 내가 후회하고 있음을 나도 모르게 문득 깨닫는 것인가? 우리는 달아나는 가설들을 구축하는 고통을 갖지 말자. 나와 침대를 같이 쓰려는 열정으로 불타는 자가 나를 찾아오기를, 기대하면서, 나는 나의 환대에, 그가 열다섯 살 이상은 아니어야 한다는 엄격한 조건을 단다. 그 편에서는 내가 서른 살이라는 것을 믿지 않으면 좋겠는데, 그것이 무슨 상관인가? 나이는 감정의 격렬한 정도의 감소와는 상관이 없다. 또한, 나의 머리털이 눈처럼 하얗게 된다 해도, 그것은 늙음 때문이 아니다. 그것은, 반대로, 그대들이 알고 있는 이유 때문이다. 나, 나는 여자들을 좋아하지 않는다! 또한 자웅동체 동물들도 좋아하지 않는다! 나에게는, 자신들의 이마 위에 인간의 고상함이 보다 뚜렷하고 지울 수 없는 글자들로 표시되어 있는, 나와 닮은 존재들이 필요하다!

그대들은 긴 머리를 가지고 있는 여자들이, 나의 본성과 같은 본성을 지니고 있다고 확신하는가? 나는 그렇게 믿지 않으며, 나의 의견을 버리지 않을 것이다. 씁쓸한 타액이 나의 입에서 흘러나오는데, 왜 그런지 나는 모른다. 내게 그 타액을 없애 주기 위해, 누가 내게 그것을 빨아 주겠는가? 그 타액은 올라온다… 그것은 항상 올라온다. 나는 그것이 무엇인지 안다. 내가 내 옆에 숨어 있는 사람들의 피를 목구멍 가득히 삼킬 때는(사람들이 나를 흡혈귀로 생각하는 것은 잘못된 것이다, 자신들의 무덤에서 나오는 죽은 자들을 그렇게 부르니까 말이다, 하지만 나, 나는 살아 있는 자이다), 그 이튿날 내가 입으로 그 일부를 다시 토하는 것을 나는 알아차렸다. 이것이 바로 그 퀴퀴한 타액에 대한 설명이다. 만약 악덕에 의해 약화된, 기관들이 영양섭취라는 기능 완수를 거부한다면, 그대들은 내가 어떻게 하기를 바라는가? 그러나, 아무에게도 나의 비밀 이야기를 폭로하지 말라. 그대들에게 그것을 말하는 것은 나를 위해서가 아니다. 비밀의 마력적 효과가, 미지의 사람이 갖는 전류로 인해 자기磁器를 띠게 되어, 나를 모방하고자 했을 사람들을 의무와 선의 한계 안에서, 억제시키기 위한 것으로, 그것은 바로 그대들 자신과 다른 사람들을 위해서 했을 것이다. 착한 마음으로 나의 입을 바라보라(지금은, 나는 더 길게 예의적인 인사 말투를 사용할 시간이 없다). 그 입은, 그대들이 뱀과 비교하지 않더라도, 맨 처음에는 그 구조의 모습으로 그대들을 놀라게 한다. 그것은 내가 냉정한 성격을 갖고 있다고 믿게 하기 위하여, 내가 그 구조를 마지막까지 축약시키기 때문이다. 그대들은 그것이 정반대로 되어 있는 것을 모르고 있지 않다. 내가 청순한 이 페이지들을 통해 내 글을 읽는 사람의 얼굴을 바라볼 수 있기를. 만약 그가 사춘기를 지나지 않았다면, 그는 가까이 오도록 하라. 그대는 나를 꼭 안아라, 그리고 내게 악을 행하는 것을 두려워 말라. 점차 더 우리 근육들의 유대를 좁히자. 더욱. 나는 주장하는 것이 무용하다고 느낀다. 이 종잇장의, 여러 가지 이유로 인해 주목할 만한, 불투명은, 우리들의 완전한 접합수술에, 가장 고려할 만한 방해이다. 나, 나는 중학교 학생들의 창백한 젊음과, 공장의 허약한 아이들에 대해 항상 야비한 변덕을 느꼈다! 나의 이야기는 꿈의 어렴풋한 기억이 아니며, 만일 규정 때문에 내가 그대들의 눈앞에, 그것들의 증거로써 나의 고통스런 긍정의 진실성을 굳힐 수 있을 사건들을 보여 주어야 했다면, 나는 풀어야 할 추억들이 너무 많을 것이다. 인간의 정의는, 그 수행 대리인들의 이론의 여지 없는 솜씨의 능란함에도 불구하고, 아직 현행범으로 나를 붙잡지는 못하였다. 나는 충분히 나의 열정에 응하지 않는, 한 남색가를 살해하기도 하였다(그것은 그리 오래전이 아니다!). 나는 그의 시체를 폐쇄된 우물 속에 던졌고, 나에 대한 결정적인 증거는 없다. 나의 글을 읽는 청년이여, 왜 그대는 공포로 떨고 있는가? 그대는 내가 그대에 대하여도 그만한 짓을 하고 싶어 하리라고 생각하는가? 그대는 더할 나위 없이 부당한 사람으로 판명된다… 그대가 옳다. 그러니, 특히도 그대가 잘생겼다면, 나를 경멸하라. 나의 음부는 발기한 상태의 서글픈 광경을 영원히 보여 주고 있다. 그것이 정상적으로 조용한 상태에 있는 것을 누군가가 보았다는 것을, 흥분된 순간에 나의 그곳에 한 번의 칼질을 한 구두닦이도, 그 누구도 주장할 수 없다(그런데 너무나 많은 사람들이 그것에 가까이 가지 않았던가!). 배은망덕자! 나는 매주 두 번씩 옷을 갈아입는데, 청결이 내가 그렇게 하려고 마음먹은 결심의 중요 동기는 아니다. 만일 내가 그렇게 행동하지 않는다면, 인류의 구성원들은, 이 길어진 싸움 속에서, 며칠이 지나면 모두 사라질 것이다. 실제로, 내가 있는 어떤 지방에서, 그들은 그들의 존재로 나를 끊임없이 괴롭히고 또 내 발의 표면을 핥으러 온다. 그런데, 나의 정액 방울들, 그들은, 후각신경으로 숨을 쉬는 모든 것을 자기들 방향으로 끌어당기기 위하여, 도대체 얼마만한 힘을 갖고 있는 것인가! 인류의 구성원들은, 나를 찾는 긴 여행을 완수하기 위하여, 그리고 움직이지 않는 도시들에게, 혹시 그 도시들이, 한순간, 그 도시들의 성벽을 따라서, 그자—그의 성스런 정액이 산들, 호수들, 덤불들, 숲들, 꽃들 그리고 광막한 바다들을 향기롭게 하는—가 지나가는 것을 보지 않았는가 묻기 위하여, 아마존강 가로부터 오고, 갠지스강의 물이 흐르는 계곡들을 건너며, 또 극지의 지의[地衣, lichen, 극지에서 자라는 유일한 식물 이름 – 역주]를 떠난다. 나를 만날 수 없다는 절망은(나는, 그들의 열정을 북돋기 위하여, 가장 도달하기 어려운 장소에 은밀히 몸을 숨긴다) 그들을 가장 유감스러운 행동으로 몰고 간다. 그들은 각 방향에서 삼십만이 왔고, 포탄의 윙윙거리는 소리들은 전투의 전주곡이 되고 있다. 모든 날개들이, 마치 단 한 명의 전사처럼, 동시에 움직인다. 네모꼴들이 이루어지고 곧 쓰러져서 더 이상 다시 일어나지 않는다. 당황한 말들이 사방으로 달아난다. 포탄들은, 집요한 유성들처럼, 땅을 뒤집어엎는다. 밤이 자신의 존재를 드러내고 말 없는 달이 찢어진 구름 사이로 나타날 때, 그 전투의 현장은 이제 단지 거대한 살육의 장에 지나지 않을 뿐이다. 시체들로 덮여 있는 여러 장소를 손가락으로 내게 가리키면서, 이 천체의 희미한 초승달은, 하느님이 내게, 용기를 북돋아 주는 어떻게 설명할 수 없는 부적이, 자기 뒤로, 이끌고 오는 죽음의 결과들을, 마치 명상적인 사고의 주체처럼, 내게 받아들이도록 어느 순간 지시한다. 내가 속이는 함정에 의해 인간 종족이 완전히 사라지기까지, 불행히도 얼마나 많은 세기가 아직도 필요한 것인가! 이렇게 해서, 자만하지 않으며, 교활한 한 영혼은, 자신의 목적에 도달하기 위해, 우선 거기에 극복할 수 없는 장애물을 놓는 것처럼 보일 방법들까지 사용한다. 여전히 나의 지성은 이 무게 있는 질문을 향해 올라가고, 그리고 그대 자신들은 스스로, 처음에 내가 다룰 의도를 가졌던 그 겸손한 주제 속에 내가 그대로 머무는 것이 더 이상 내게 가능하지 않다는 것에 대한 증인이다. 마지막 말 한마디… 그것은 어느 겨울밤이었다. 삭풍이 전나무 숲에서 소리 내며 부는 동안, 창조주는 어둠 한가운데서 자신의 문을 열고 한 남색가를 들어오게 하였다.

6

조용히! 그대들 옆으로 장례 행렬이 지나가고 있다. 그대들의 두 무릎을 땅 쪽으로 기울이고, 죽은 후 부르는 노래를 한 곡 부르기 시작하라. (만일 그대들이 나의 말을, 적절하지 않은 형식적인 명령이라기보다, 오히려 명령적인 단순한 형태로 생각한다면, 그대들은 최상의 재치를 보여 주는 것이리라.) 그대들이 그렇게 해서, 삶으로부터 구덩이 속으로 쉬러 가는, 그 망자의 영혼을 극도로 기쁘게 하기에 이르는 것은 가능한 일이다. 그 사실조차, 나에게는, 확실한 것이다. 그대들의 의견이 어느 정도까지 나의 의견과 반대될 수 없다고 내가 말하지 않는다는 것에 유의하라. 그러나, 무엇보다도 중요한 것, 그것은, 사람들이 자기 자신에게 생기기를 아마도 원할 그것을 다른 사람에게 하도록 요구하는 원칙을 각자 명심해야 하도록, 도덕의 근저에 대해 올바른 개념을 갖는 것이다. 관능적인 지체들을 사용하는 사람들이, 거의 모든 우리의 악행들을 야기시키는 알려진 정열에 대항하여 시기에 맞는 대응을 하는 대신에, 저희들끼리 서로 다투는 다양한 목적들을 위해서 맹목적으로 그 관능적인 지체들을 취급할 때, 그 지체들이 그것들을 사용하는 사람들의 수중에서는 대체로 매우 위험한 도구라는 것을 지적하기 위한 것처럼, 종교사제는, 손에, 평화의 기호인, 하얀색 깃발을, 또 다른 손에는 남자와 여자의 음부를 표현하고 있는 금배지를 들고서, 맨 처음으로 발걸음을 뗀다. 그 종교사제의 등 아래쪽에는 말의 꼬리가 (물론, 인위적으로) 달려 있는데, 그 꼬리는 두터운 갈기들로 되어 있어, 땅바닥의 먼지를 쓸고 있다. 그 꼬리는, 동물들의 수준에 있는 우리의 행동으로 인해 우리가 격하되지 않도록 조심하라는 것을 의미하는 것이다. 그 관은 자신의 길을 알고서 위안자의 헐렁한 튜닉 옷 뒤를 따라간다. 고인의 부모와 친구들은, 자신들의 위치를 보이기 위해, 장례 행렬의 후미에서 걷기로 결정했다. 행렬은, 마치 난바다를 가르는 선박처럼, 위엄 있게 나아가며, 물속에 빠지는 현상을 두려워하지 않는다. 왜냐하면, 현재는, 태풍과 암초들이 그 무엇에 의해서도 드러나고 있지 않기 때문이다. 귀뚜라미들과 두꺼비들이 그 장례연葬禮宴을 몇 발자국 떨어져 따라간다. 그들, 역시, 그 누구의 것이든 그 장례에 겸손하게 참석하는 것이 자신들에게 언젠가는 돌아올 것이라는 것을 모르지 않는다. 그들은 그 사람 — 그들은 그가 녹색의 초원을 가로질러 달리고, 자신의 사지四肢의 땀을 모래로 된 만灣들의 푸른빛 나는 파도 속에 담그는 것을 바라보았다 — 에 대하여 자신들의 뛰어난 언어로(너무 잘난 체하지 말라, 그대들만이 그대들 생각에 대한 감정을 옮길 귀중한 능력을 갖고 있다는 것을 내가 믿기 위하여, 내가 당신에게 이해관계 없이 이렇게 충고하도록 해 달라) 낮은 목소리로 서로 이야기한다. 처음에, 삶은 그에게 어떤 저의 없이 미소를 짓는 것 같았으며, 또한, 화려하게, 그를 꽃들로 장식하였다. 그러나, 그대들의 지성은 그가 유년시절의 경계에서 멈춰 버린 것을 스스로 알아채거나, 또는 오히려 그렇게 추정하고 있기 때문에, 나는, 진정으로 필요한 철회가 나타날 때까지, 나의 엄격한 논증의 서론緖論을 계속할 필요가 없다. 십 년. 손가락들의 숫자를, 혼동하리 만큼, 정확히 흉내 낸 숫자이다. 그 숫자는 아주 적기도 하고 또 많기도 하다. 그러나, 우리가 관심을 갖고 있는 경우, 그대들이, 나와 함께, 일 초도 더 늦추지 않고, 그것이 매우 적다고 발음하도록, 나는 진실을 향한 그대들의 사랑에 의지할 것이다. 또한, 나는, 그 신비스런 어둠—그 어둠에 의해, 한 인간 존재가, 파리나 잠자리처럼 쉽게, 지상에 되돌아온다는 희망도 갖지 못한 채, 그 지상으로부터 사라지는—에 대해 간략하게 숙고할 때, 내가 나 스스로를 이해할 권리가 없다는 것을 당신들에게 잘 설명할 만큼, 충분히 오랫동안 아마도 살 수 없을 것이라는 격렬한 회한을 나도 모르게 가지려 하는 것을 깨닫는다. 그러나, 범상치 않은 우연에 의해, 내가, 공포로 가득 차, 앞의 구절을 시작한, 먼 오래전 그때 이래로 아직 생명을 잃지 않은 것이 증명되었기 때문에, 특히, 지금처럼, 그 근엄하고도 접근하기 어려운 질문과 관계될 때, 나의 근원적 무력함에 대한 완전한 고백을 구성하는 것은, 여기에서 무용하지 않을 것이라고 나는 내심 계산한다. 그 개인적 만족을 보상으로 갖는 작가의 문체에, 무궁할 정도로 진지한 올빼미의 불가능하고 잊을 수 없는 면을, 내가 맹세하건대, 무상으로 부여하는 그 유사점과 상이점, 자기들 사이에서는 가장 대립되고, 그리고, 충심으로 호기심을 끄는 이러한 종류의 결합에, 겉으로는, 가끔씩은 가장 적절하지 않은 그 대상들이, 그들의 자연스런 고유성 안에, 내포하고 있는 그 유사점과 상이점을 찾게(그다음에는 그것들을 표현하기 위하여) 우리를 이끄는 그 매력적인 경향은, 일반적으로 말해서, 특이한 것이다. 그러므로 우리를 이끌고 있는 흐름을 따라가자. 왕족솔개는 말똥가리보다 비교적 더 긴 날개를 가지고 있어서, 비행이 훨씬 더 쉽다. 그래서 그는 공중에서 생활한다. 그는 좀처럼 쉬지 않고 매일 거대한 공간을 섭렵한다. 그런데 그 대단한 움직임은 사냥 연습도, 먹이 추적도, 또한 탐험 추구도 아니다. 왜냐하면 그는 사냥하지 않기 때문이다. 그러나, 비행은 그의 자연스런 상태이자, 그가 가장 좋아하는 자세인 것 같다. 그가 실행하는 방법에 우리는 감탄하지 않을 수 없다. 그의 길고도 좁은 날개는 움직이지 않는 것처럼 보인다. 모든 선회를 인도한다고 믿는 것은 바로 꼬리인데, 꼬리는 틀리지 않고, 끊임없이 움직인다. 그 솔개는 힘도 들이지 않고 떠오르고, 마치 기울어진 평면 위로 미끄러지는 것처럼 내려간다. 그는 난다기보다 오히려 헤엄치는 것 같다. 그는 자신의 길을 서두르고, 속도를 늦추다가, 멈춘다. 그리고 똑같은 자리에, 몇 시간 동안, 매달려 있는 듯이, 또는 고정되어 있는 듯이 멈춰 있다. 그의 날개에서는 어떤 움직임도 알아챌 수 없다. 그대들은, 화덕의 문처럼 커다랗게 눈을 뜰 것이다. 물 표면을 헤치고 나오는 수련睡蓮처럼, 노출된 관棺 위로, 부드럽게 올라가는, 왕족솔개의 비행의 아름다움과, 아이 얼굴의 아름다움 사이에서 내가 특기하는 관계가, 아무리 멀더라도, 그것을, 처음에는, 자신이 깨닫지 못한다는 것을, 어렵지 않게(약간의 우아하지 못한 점은 있지만) 고백할 상식은 누구나 가지고 있다. 그런데 사람들이 그 안에 빠져 있는 그 고집불통적인 무지를 건드리면서, 뉘우치지 않는 고정된 상황이 만들어 내는 용서할 수 없는 잘못이 정확하게 어디에 있는가 하는 문제가 있는 것이다. 나의 빈정거리는 비교와, 꽤 알기 쉬운 상징이라는 두 가지 용어 사이에 있는 그 고요한 위엄의 관계는, 이미 너무 일반적인 것에 지나지 않아서, 나는 그것으로부터 공격받은 모든 대상이나 광경에 대하여, 단 하나의 핑계로서, 불공평한 무관심의 깊은 감정을 부르게 하는 이 저속함이라는 똑같은 특성밖에는, 가질 수 없다는 것에 대해, 더 놀라지 않는다. 마치 일상적으로 보이는 것은 그래도 역시 우리의 감탄이라는 주의를 더 일깨워야 할 것 같다! 행렬은, 묘지 입구에 도착하기 바쁘게 멈춰 선다. 행렬의 의도는 더 멀리 가는 게 아닌 것이다. 무덤 파는 인부가 구덩이 파는 일을 마친다. 사람들은 그와 같은 경우에 취하는 온갖 조심을 다하며 거기에 관을 내려놓는다. 예기치 않게 몇몇 삽의 흙이 아이의 몸을 덮으러 온다. 종교사제가, 가슴 뭉클해하는 그 참석자들 가운데서, 그들의 상상 속에, 고인을, 더 잘 묻기 위한 몇 마디 말을 한다. 《그는 자신이, 그렇게 무의미한 행동 때문에, 사람들이 그 많은 눈물을 그렇게 흘린 것에 대해 놀라고 있다고 말합니다. 그는 바로 그렇게 말했습니다. 그러나 그는, 자신이, 이론의 여지 없이 명백한 행복이라고 주장되는 것을 충분히 평가하지 않는 것을 두려워합니다. 만일 그가, 천진난만한 가운데 죽음이 그다지 마음에 드는 것이 아니라고 생각했다면, 그는, 고인의 부모와 수많은 친구들의 고통을 증대시키지 않으려, 소환을 거절했을 것입니다. 그러나, 한 은밀한 목소리가 그들에게 무용하지 않을 어떤 위안들을 주라고 그에게 알려 줍니다. 그것은 단지 죽은 자와 살아남은 자가 하늘에서 다음에 다시 만난다는 희망을 막연하게라도 예감하게 하는 그런 목소리였던 것입니다.》 말도로르는 전속력으로 사라지고 있었는데, 묘지의 벽을 향하여 자신의 길을 가고 있는 것 같았다. 그의 준마의 발굽은 자기 주인 주위에 일시적으로 두터운 먼지기둥을 일으키고 있었다. 그대들, 그대들은 그 기사의 이름을 알 수 없으나, 나, 나는 그것을 안다, 그는 점점 더 가까이오고 있었다. 그의 아랫부분은 독자가 자신의 기억에서 없애지 않으려 조심하고 있는, 단지 눈만을 알아볼 수 있게 만들어진 외투로 완전히 덮여 있었지만, 사람들은 그의 백금같이 하얀 얼굴을 알아보기 시작하고 있었다. 종교사제는, 연설하는 도중에, 갑자기 창백해진다. 왜냐하면 그의 귀가, 결코 자신의 주인을 버리지 않는 그 유명한 백마의 불규칙적인 구보 소리를 알아채고 있었기 때문이다. 그가 다시 말을 이었다.《그렇습니다, 나는 다음의 이런 만남을 매우 확신합니다. 그때, 우리는, 영혼과 육체의 일시적인 이별에 어떤 감정을 가져야 되는지, 전보다 더 잘, 깨달을 겁니다. 지상에서의 삶을 믿는 자는 환상을 품는 것입니다. 그 환상을 빨리 없애는 것이 중요할 것입니다.》 구보 소리가 점점 더 커지고 있었다. 그리고, 기사가, 지평선을 안으며, 묘지의 정면 입구에서 보이는 시야에 나타났을 때, 종교사제는, 선회하는 사이클론처럼 재빨리, 더 장중하게 다음과 같이 말을 이었다.《여러분들은, 질병이 그에게 인생의 첫 단계밖에는 깨닫게 하지 않았으며, 또한 구덩이가 이제 막 자기 품에 받아들인 그가 의심할 여지 없이 살아 있다는 것을 의심하는 것 같지 않습니다. 그러나, 적어도, 여러분이 알아보는, 날랜 말에 실려 오는 모호한 그림자의 그 사람이야말로, 단 하나의 진정한 망자임을 아십시오. 가능한 한 일찍이 그에게 눈을 고정시키라고 내가 여러분들에게 충고하나니, 왜냐하면 그가 비록 많이 살았다 하더라도, 그는 이제 하나의 점에 지나지 않으며, 곧 덤불 속으로 사라질 것이기 때문입니다.》

7

《매일 밤, 잠이 가장 심하게 쏟아지는 시간에, 커다란 종류의 한 마리의 늙은 거미가, 침실의 벽 가장자리가 서로 만나는 교각의 하나에, 지면地面에 난 한 구멍으로부터 천천히 머리를 내민다. 그놈은 공기 속에서 어떤 희미한 소리가 자기 아래턱을 동요시키는지 주의 깊게 듣는다. 만일 그 거미가, 자신의 곤충 구조를 보고서, 빛나는 의인화라는 문학의 보석을 증대시키기를 주장한다면, 그것은 자신의 아래턱을 희미한 소리에 기울이는 것만큼은 할 수 있다. 그놈은 부근에 고요가 지배하는 것을 확신할 때면, 심사숙고하는 법 없이, 자신의 둥지 깊숙한 곳으로부터, 자기 몸의 여러 부분을, 성공적으로 드러낸다. 그리고는 계산된 걸음으로 나의 잠자리를 향해 다가온다. 주목할 만한 일이다! 나, 나는, 그놈이 내 비단침대의 칠흑으로 된 다리를 따라 기어올 때면, 잠과 악몽을 물리치고, 나의 몸 전체가 마비되는 것을 느낀다. 그놈은 다리로 나의 몸을 졸라매고, 배로 나의 피를 빤다. 아주 간단하다! 선의라는 이유에 어울리는 확고함으로 그놈이 똑같은 술책을 수행한 이래로, 그놈은 얼마나 많은 리터의, 그대들은 그 이름도 모르는, 자줏빛 액체를 마셨는지! 그놈이 내게 그렇게 행동하도록, 내가 그에게 무슨 짓을 했는지 나는 모른다. 내가 부주의하여 그의 다리 하나를 부숴 버렸는가? 내가 그의 새끼들을 그에게서 빼앗았는가? 믿을 수 없는, 이 두 가지 가정은, 진지한 조사를 북돋울 수 없다. 우리는 그 누구도 조롱해서는 안 되지만, 그 가정들은 어렵지 않게 내 어깨를 으쓱하게 하고 내 입술에 미소를 떠오르게까지 한다. 검은 독거미여, 스스로 조심하라. 만약 너의 행동에 대해 부인할 수 없는 삼단논법으로 이유를 대지 못한다면, 어느 날 밤 나는 깜짝 놀라 깨어서, 죽어 가는 내 의지로 마지막 힘을 내어, 네가 나의 사지를 움직이지 않게 묶어 놓은 너의 요술을 풀고서, 마치 한 조각이 물렁한 재료처럼, 너를 내 손가락들 뼈 사이로 짓이겨 버릴 것이다. 그러나, 내가 너에게 가슴이 시작되는 곳 위로, 그리고 거기에서부터 나의 얼굴을 덮고 있는 피부에까지, 너의 다리가 기어 올라가도록 허락한 것을 나는 희미하게 상기한다. 그리고, 그 결과, 내가 너를 강제로 할 권리가 없다는 것도. 오! 누가 나의 혼돈된 기억들을 풀어 줄 것인가! 그에게 나는, 마지막 방울은 빼고서도, 적어도 주신제酒神祭의 빈 잔을 채울 만큼은 되는, 내 남은 피를 그 보상으로 줄 것이다.》 그는 이야기한다, 그리고 계속해서 옷을 벗는다. 매트 위에 한쪽 다리를 놓고, 또 다른 다리로는, 뛰어오르기 위해 사파이어 방바닥을 누르고서, 그는 누워 있다. 그는, 그의 적을 태연히 기다리기 위해, 눈을 감지 않으려 결심하였다. 그러나, 매번 그는 똑같은 결심을 하지 않는가, 또한 그 결심은 그의 숙명적인 약속의 설명할 길 없는 모습에 의해 언제나 깨어지지 않는가? 그는 더 이상 아무 말도 하지 않고, 고통스럽게 체념한다. 왜냐하면, 그에게 그 서약은 성스러운 것이기 때문이다. 그는 명주천의 주름에 위엄 있게 싸여, 그의 커튼의 금술을 뒤섞으려 하지도 않는다. 그리고, 그의 긴 검은색 머리털의 물결치는 듯이 돌돌 감긴 부분을 벨벳 쿠션의 가장자리 술 장식 위에 기대고, 손으로, 독거미가, 마치 자신의 별장처럼, 그 안에 자리 잡는 습관을 시작한, 자기 목의 넓은 상처를 매만지는데, 그동안 그의 얼굴은 만족의 숨을 내쉰다. 그는 실제 그날 밤(그와 함께 기대하라!) 거대한 흡수작용의 마지막 실현을 볼 것을 기대한다. 왜냐하면, 그의 단 하나의 기원은 사형집행인이 그의 존재를 끝내 주는 것, 곧 죽음이며, 그는 만족할 것이기 때문이다. 침실의 벽 가장자리가 서로 만나는 교각의 하나에, 지면에 난 한 구멍으로부터 천천히 머리를 내미는, 커다란 종류의 이 늙은 거미를 바라보라. 우리는 더 이상 이야기 속에 있지 않다. 그놈은 그 분위기에서 어떤 희미한 소리가 자기 아래턱을 아직 동요시키는지 주의 깊게 듣는다. 슬프게도! 그 독거미를 바라보는 것에 의하면, 우리는 이제 현실에 도달했다. 그리고, 문장마다 그 끝에 감탄부호를 찍을 수 있다 할지라도, 그것이 아마도 현실을 면할 이유가 되지는 않을 것이다! 그놈은 부근에 고요가 지배하는 것을 확신했다. 그놈은 저기에서, 심사숙고하는 법 없이, 자신의 둥지 깊숙한 곳으로부터, 제 몸의 여러 부분을, 계속하여 드러내고, 계산된 걸음으로 고독한 인간의 잠자리를 향해 나아간다. 한순간 그것은 멈춘다. 그러나 그 주저하는 순간, 그 순간은 짧다. 괴롭히기를 끝낼 때가 아직 아니라고, 그리고 그전에 유죄선고를 받은 그자에게 영원한 형벌을 결정할 그럴 듯한 이유들을 부여해야 한다고 그것은 생각한다. 그것은 잠자고 있는 자의 귀 옆을 기어갔다. 만약 그대들이 그것이 말하고자 하는 것을 한마디도 놓치고 싶지 않다면, 그대들의 정신의 회랑을 가로막는 낯선 점유물들을 제외하라, 그리고, 내게 그대들 편의 진정한 주의를 환기시킬 만하듯이 보이는 연극적 장면에 그대들의 존재를 참여시킴으로써, 내가 여러분에게 가져다주는 이익에 대해, 적어도, 감사하라. 내가 이야기하는 사건들을, 나 혼자서만, 간직하지 못하도록 누가 나를 막을 것인가? 《옛날의 사랑의 불꽃이여, 뼈만 앙상한 해골이여, 잠을 깨라. 시간이 이제 막 정의의 손을 묶었다. 우리는 그대에게 그대가 원하는 설명을 오랫동안 기다리게 하지 않을 것이다. 그대는 우리의 말을 듣고 있지, 그렇지 않은가? 그러나 그대의 사지를 움직이지 말라. 그대는 오늘 아직도 우리의 자력磁力 아래 있고, 뇌의 무력함은 지속되고 있는데, 이건 마지막이다. 그대의 상상 속에서 엘스뇌르Elsseneur의 얼굴은 어떤 느낌을 주는가? 그대는 그를 잊었다! 그리고 자신만만한 거동의, 그 레지날드Réginald, 그의 모습을 그대는 그대의 충실한 뇌 속에 새겨 놓았는가? 커튼의 주름 속에 숨어 있는 그를 바라보라. 그의 입은 그대의 이마를 향해 기울어져 있다. 그러나 그는 감히 그대에게 이야기하지 못한다. 왜냐하면 그는 나보다 더 수줍기 때문이다. 나는 그대에게 그대의 젊은 시절의 에피소드 하나를 이야기해서, 그대를 기억의 길에 다시 데려다 놓으려 한다…》 거미가, 자신의 배를 연 것은 오래전 일이었는데, 그 배에서 두 명의 청년이, 푸른 옷을 입고, 각자 손에는 번쩍이는 칼을 쥐고서, 튀어나왔다. 그리고는 마치 그때부터 수면의 성소를 지키기 위한 것처럼, 침대 옆에 자리를 잡았다. 《그대를 매우 사랑했기 때문에, 그대에게서 계속 시선을 거두지 않은 이 사람은, 우리 둘 중에 처음으로 그대가 사랑을 준 사람이었다. 그러나 그대는 그대의 퉁명스런 성격으로 그를 자주 괴롭혔다. 그, 그는 그대의 편에서 그 자신에 대한 어떤 불평스런 주제도 나오게 하지 않도록 그치지 않고 노력했다. 천사라도 성공하지 못했을 것이다. 그대는, 어느 날, 그가 그대와 함께, 바닷가로, 수영하러 가고 싶은지, 그에게 물었다. 둘이서, 두 마리 백조처럼, 동시에 그대들은 깎아지른 한 바위에서 뛰어내렸다. 훌륭한 잠수부인, 그대들은, 머리를 중심으로 팔을 뻗고, 손을 모은 채, 물 더미 속으로 미끄러졌다. 몇 분 동안, 그대들은 두 조류 사이에서 헤엄쳤다. 그대들은, 머리칼이 저희들끼리 뒤엉키고, 또한 짠 용액에 젖은 채, 멀리 떨어져서 다시 나타났다. 그러나 물결 사이로 한 줄기 긴 핏자국이 눈에 띄었으니, 도대체 물 밑에서는 어떤 신비가 이루어진 것인가? 그대, 그대는 수면으로 다시 떠올라, 계속해서 헤엄을 쳤다. 그리고 그대의 동반자가 점점 더 힘이 없어지는 것을 알아채지 못하는 것처럼 행동하였다. 그는 빠르게 그의 힘을 잃어 갔고, 그래도 그대는, 그대 앞에서 몽롱해지고 있는, 안개가 자욱한 수평선을 향해, 넓게 팔을 벌려 휘저으며 헤엄쳐 나가고 있었다. 상처 입은 자가 고통의 외침 소리를 냈다. 그런데 그대는 귀머거리인 척하였다. 레지날드는 세 번 그대 이름의 음절들을 되풀이하여 불렀고, 세 번 그대는 기쁨의 외침 소리로 응답했다. 그는 해변으로 되돌아오기에는 너무 멀리 있었다. 그래서 그대에게 도달하기 위하여, 그래서 잠시 그의 손을 그대 어깨 위에서 쉬게 하기 위하여, 그대가 간 길의 물이랑을 따라가려 헛되이 애쓰고 있었다. 그는, 그의 힘을 잃음으로써, 그리고, 그대는, 그대 힘이 커지는 것을 느끼면서, 이 부정적인 사냥은 한 시간 동안 계속되었다. 그대의 속력을 따라가는 것에 절망적이 되어, 그는 구세주에게 자신의 영혼을 맡기는 짧은 기도를 하였고, 심장이 그의 가슴 아래에서 격렬하게 고동치고 있는 것이 보이도록, 몸을 띄울 때처럼 등을 물에 대고 누워서, 더 이상 기다리지 않고, 죽음이 오기를 기다렸다. 그 순간, 그대의 기운 찬 사지는 까마득히 멀리 있었는데, 실 잣듯 흘려보내는 수심측량기처럼 빠르게 더욱 멀어져 가고 있었다. 난바다에서 그물을 치고 돌아온, 한 작은 배가 이 해역을 지나갔다. 어부들이, 레지날드를 난파자로 생각하고, 정신을 잃은 그를 그들의 소형 보트 안으로 끌어올렸다. 오른쪽 허리에 하나의 상처가 나 있는 게 확인되었다. 경험 많은 그 선원들은 제각기, 어떤 암초 끝이나 바위조각도 이렇게 극히 작고도 동시에 그렇게도 깊은 구멍을 뚫을 수는 없다는 의견들을 내었다. 예리한 무기만이, 마치 가장 날카로운 가는 단검이 낼 수 있을 것 같은, 그렇게도 섬세한 상처를 낼 수 있었던 것이다. 그는, 바다 깊숙이, 잠수하게 된 여러 과정을 결코 이야기하고 싶어 하지 않았다. 그리고 그 비밀, 그것을 그는 지금까지 지켜 왔다. 지금 약간 창백해진 그의 뺨에서 눈물이 흘러, 그대의 시트 위로 떨어진다. 추억은 가끔 사건보다 더 쓴 것이다. 그러나 나, 나는 연민을 느끼지 않으리라. 그것은 그대에게 지나친 존경을 보이는 것일 테니 말이다. 그 성마른 눈들을 그 눈구멍 안에서 굴리지 말라. 오히려 조용히 있으라. 그대는 그대가 움직일 수 없다는 것을 알고 있다. 게다가, 나는 내 이야기를 끝내지 않았다. — 레지날드여, 그대의 검을 들어라, 그리고 복수를 그렇게 쉽게 잊지 말라. 누가 아는가? 아마도 언젠가 복수가 그대를 비난하러 올는지. — 후에, 그대는 일시적임에 틀림없는 후회를 느꼈다. 그대는 또 다른 친구를 선택하여, 그를 축복하고 존중하기 위하여, 그대의 잘못을 속죄하려 결심했다. 이 속죄의 방법으로서, 그대는 과거의 흔적을 지우고, 그대가 다른 사람에게는 보여 줄 줄 몰랐던 동정심을, 그 두 번째 희생물이 된 자에게 퍼붓고 있었다. 헛된 희망이다. 성격은 나날이 변화하지 않는 것이며, 그대의 의지는 그대로 남아 있었다. 엘스뇌르여, 나, 나는 그대를 처음으로 보았다. 그런데, 그 순간부터, 나는 그대를 잊을 수 없었다. 우리는 잠시 동안 서로를 바라보았고, 그리고서 그대는 미소 짓기 시작했다. 나는 그대의 눈에서 초자연적인 불꽃을 보았기 때문에, 눈을 내리깔고 있었다. 그대가 어떤 별의 표면으로부터 우리에게까지 은밀히 떨어져 버린 것은 아닌지, 어두운 밤의 도움을 얻어, 나는 생각하곤 하였다. 왜냐하면, 가장할 필요가 없는 지금, 내가 고백하건대, 그대는 인류라는 새끼 멧돼지와 닮지 않았기 때문이다. 그러나 반짝이는 빛의 후광이 그대 이마 주위를 둘러싸고 있었다. 나는 그대와 친밀한 정교를 맺고 싶었을 텐데, 나라는 존재는 감히 이 낯선 우아함으로 놀라운 새로움 앞에 가까이 가지 못하였고, 완강한 공포가 내 주위에 떠돌고 있었다. 왜 나는 양심의 그 경고를 듣지 않았는가? 근거 있는 예감이었다. 나의 머뭇거림을 깨닫고, 이번에는 그대가 얼굴을 붉혔고, 그대는 팔을 내밀었다. 나는 용기를 내어 그대의 손에 내 손을 놓았다, 그런데, 이 행동 뒤에, 나는 내 자신이 더 강하게 느껴졌다. 그 이후로 그대 지성의 입김은 내 안으로 들어왔다. 우리는, 머리칼을 바람에 휘날리고 미풍의 숨결을 호흡하며, 그 향기들이 우리를 취하게 하는, 유향나무, 재스민, 석류나무, 그리고 오렌지나무로 이루어진 울창한 작은 숲들을 지나, 잠시 동안 우리 앞으로 걸어갔다. 멧돼지 한 마리가 힘껏 달려와 우리의 옷을 가볍게 스쳤는데, 그놈이 그대와 함께 있는 나를 보았을 때, 그의 눈에서는 한 줄기 눈물이 떨어졌다. 나는 그의 행위를 이해하지 못하였다. 우리는 해질 무렵에 인구가 많은 한 도시의 성문들 앞에 도착했다. 둥근 지붕의 윤곽들, 회교사원 첨탑들의 뾰족한 끝 그리고 망루의 공 모양의 대리석이, 하늘의 짙은 푸른색을 바탕으로, 어둠속에서, 그들의 톱니 모양 장식들을 기운차게 잘라 놓고 있었다. 그러나 우리가 피로에 짓눌려 있었음에도, 그대는 이곳에서 쉬고 싶어 하지 않았다. 야행성 자칼[아프리카와 남아시아, 유럽 남부에서 발견되는 개과 동물. 북아메리카의 코요테처럼 사냥보다는 시체 등을 먹는 청소 동물 – 역주]처럼, 우리는 요새의 외부 밑을 따라갔다. 우리는 망보고 있는 보초들과 만나는 것을 피하였다. 그리고 우리는, 비버[유라시아와 북아메리카에서 발견되는 반수생 설치류 – 역주]들처럼 문명화되고 이성적인 동물들의 이 엄숙한 모임으로부터, 반대쪽 문을 통해, 멀리 떨어지게 되었다. 램프 받침, 열대지방 발광나방의 비행, 메마른 풀들의 바스락 소리, 먼 데 있는 한 마리 늑대의 간헐적인 울부짖음이, 벌판을 지나가는, 우리의 불확실한 발걸음의 모호함과 동반하고 있었다. 인간들이 밀집한 장소를 멀리하려는 그대의 정당한 동기들은 도대체 어떤 것들이었는가? 나는 어떤 확실한 고통과 함께 스스로 그런 질문을 하고 있었다. 게다가 나의 다리들은 내게 너무 오랫동안 계속되는 봉사를 거부하고 있었다. 우리는 마침내 한 울창한 숲의 기슭에 도착했는데, 높은 키의 칡들, 기생식물들, 그리고 기괴한 가시가 있는 선인장들이 뒤섞여 우거져서 그 숲의 나무들은 자기들끼리 서로 얽혀 있었다. 그대는 한 그루 자작나무 앞에서 멈추었다. 그대는 내게 죽을 준비를 하고 무릎을 꿇으라고 말했고, 그대는 내게 이 땅에서 나가기 위한 시간으로 십오분을 주었다. 우리의 긴 여정 동안에는, 몇몇 은밀한 시선들이, 내게로 던져졌는데, 내가 그대를 관찰하지 않고 있었을 때, 내가 그 크기와 움직임의 불규칙성에 주목했던 어떤 행동들은, 마치 한 권의 책의 펼쳐진 페이지들처럼, 나의 기억에 곧바로 떠올랐다. 나의 짐작은 확실하였다. 그대에 대항하여 싸우기에는 너무 연약한, 나를 그대는, 마치 폭풍이 사시나무의 잎을 꺾어 버리듯이, 땅에다 메다꽂았다. 그대의 한쪽 무릎으로 나의 가슴 위를 누르고, 또 다른 무릎은 젖은 풀 위에 갖다 댄 채, 그대의 손 하나가 나의 두 팔을 저지하는 동안, 또 다른 손이 그대의 허리에 달려 있는 칼집에서, 칼을 꺼내는 것을 보았다. 나의 저항은 거의 쓸모가 없었다. 그래서 나는 눈을 감았는데, 한 무리 황소들의 발 구르는 소리가, 바람에 실려, 얼마간 떨어진 거리에서 들려왔다. 그들은 목동의 막대기와 한 마리 개의 턱뼈에 괴로움을 겪으며, 마치 기관차처럼 돌진하고 있었다. 허비할 시간이 없었는데, 이것은 바로 그대가 깨달은 바다. 예기치 않은 구조의 가까움이 내 근육의 힘을 배가시켰기 때문에, 그대는 그대의 목적에 이르지 않는 것을 두려워하며, 또한 동시에 내 팔들 중에 하나밖에는 움직일 수 없다는 것을 깨닫고서, 강철 칼날에 새겨진 빠른 움직임으로, 내 오른쪽 손목을 자르는 것에 만족하였다. 정확히 떨어져 나간, 그 조각은 땅에 떨어졌다. 내가 두려움으로 인해 덤벙거리는 동안, 그대는 달아났다. 목동이 어떻게 나를 구하러 왔는지, 그리고 나의 회복에 얼마간의 시간이 필요하게 되었는지, 나는 그대에게 이야기하지 않을 것이다. 내가 예상하지 못했던, 이러한 배신은 내가 죽음을 추구하고 싶어 하도록 만들었다. 나는 공격에 내 가슴을 내밀기 위하여, 전투에 참여하였다. 나는 전쟁터에서 명성을 얻어서, 내 이름은 가장 대담한 사람들에게조차도 두려운 것이 되었으며, 그만큼 철로 된 나의 인공 손은 적의 대열에 살육과 파괴를 널리 행하고 있었다. 그러나, 포탄 소리가 보통 때보다 훨씬 더 강하게 쾅쾅 울리고, 자신들의 기지로부터 들어 올려진, 기병대들이, 지푸라기처럼, 죽음의 선풍 영향 아래서, 소용돌이치던 어느 날, 한 기사가, 대담한 발걸음으로, 나하고 승리의 영예를 다투기 위해, 내 앞으로 다가왔다. 두 군인은, 조용히 서로 응시하기 위해, 멈춰서, 움직이지 않았다. 우리는, 철모가 깨어진 채, 상처투성이가 되어, 오랫동안 싸웠다. 우리는 휴식을 취하고, 그다음에 보다 더 힘을 내어 다시 싸우기 위해, 의견을 일치하여 전투를 멈추었다. 자신의 적에 대해 감탄으로 가득 차, 우리는 각자 제 투구의 면갑面甲을 올린다. "엘스뇌르! …", "레지날드!", 헐떡이는 우리의 목구멍이 동시에 발음한 것은 이와 같은 간단한 말뿐이었다. 위로할 길 없는 슬픔으로 절망 속에 빠진, 후자[레지날드 – 역주]도, 나처럼, 군인의 길을 택하였는데, 총탄이 그를 비켜 갔던 것이다. 어떤 상황에서 우리는 다시 만나고 있었던 것인가! 그러나 그대의 이름은 발음되지 않았다! 그와 나, 우리는 서로 영원한 우정을 맹세하였다. 그러나, 물론, 그 우정은 그대가 그 속에서 주연배우였던 첫 번의 두 우정과는 다른 것이었다! 하늘에서 내려온, 주의 사자인, 한 대천사가, 우리에게 명령하기를, 독특한 한 마리의 거미로 변해서, 위에서부터 온 명령이 징벌의 과정을 멈출 때까지, 매일 밤 그대의 목구멍을 빨기 위해 오라고 하였다. 거의 십 년 동안, 우리는 그대의 잠자리를 드나들었다. 오늘부터, 그대는 우리의 괴롭힘으로부터 해방되었다. 그대가 이야기하던 막연한 약속, 그대가 그 약속을 한 것은 우리에게가 아니라, 바로 그대보다 더 강한 그 존재[l'Etre, 신 – 역주]에게다. 그대는 이 철회할 수 없는 천명天命에 복종하는 것이 낫다는 것을 스스로 깨닫고 있었다. 깨어나라, 말도로르여! 두 개의 촛대가 불 밝히고 있는 밤들 동안에, 그대의 뇌척수의 체계를 짓누른 그 자기磁器를 띤 마력이, 증발하고 있다.》 그는 명령받은 그대로 깨어나서, 천상의 두 형상들이, 팔짱을 낀 채, 공중으로 사라지는 것을 본다. 그는 다시 잠들려고 하지 않는다. 그는 천천히, 자신의 사지를 잠자리 밖으로, 하나씩, 꺼낸다. 그는 고딕식 벽난로의 불씨를 되살려 자신의 얼어붙은 피부를 녹이러 간다. 그의 셔츠만이 그의 육체를 덮고 있다. 그는 건조해진 자신의 궁전에 습기를 주기 위하여 눈으로 크리스탈 물병을 찾는다. 그는 창의 덧문들을 연다. 그리고 그 가장자리에 기댄다. 그는, 거기에서 이루 말할 수 없는 고통으로 은빛 원자들이, 마치 자벌레 나방처럼 파닥이는, 그 황홀한 원추형의 광선들을, 자신의 가슴 위로, 퍼붓고 있는 달을 응시한다. 그는 아침의 새벽빛이, 깜짝 놀란 그의 마음에, 환경의 변화로, 극히 적은 진정이라도 가져다주기를 기다린다.

여섯 번째 노래

1

부러워할 만한 고요함은 그대들의 안색을 아름답게 하는 것에 불과한데, 그대들은, 중학교 이 학년 학생처럼, 열너덧 줄로 된 시절詩節들에서, 시기적절하지 못하게 나올 감탄들과, 조금만 수고해도, 상상할 수 있을 만큼 괴상한, 코친차이나종 암탉의 낭랑한 울음소리를 내는 것이 더 중요하다고 생각하지 않는다. 그러나 앞서 가는 제안들을 사실들로 입증하는 것이 더 바람직하다. 그대들은, 내가, 설명할 수 있는 나의 과장법으로, 인간을, 창조주를 그리고 나 자신을, 마치 장난하듯이, 모욕했을 것이기 때문에, 나의 사명이 완수되었다고 주장할 것인가? 아니다, 내 일 가운데 가장 중요한 부분은, 해야 할 의무로서, 그래도 아직 남아 있다. 앞으로는, 소설을 구성하는 끈들이 위에서 말했던 세 명의 인물을 움직일 것이다. 그렇게 해서 그들에게는 더 구체적인 힘이 전달될 것이다. 생명력이 그들의 혈액순환 기관의 급류 속에서 장엄하게 퍼질 것이다. 그리고 그대들은, 처음에는 순수한 사변의 영역에 속하는 막연한 실체밖에는 보지 않았다고 당신이 믿었던 그곳에서, 한편으로는, 신경 계통의 잔

가지들과 점막이 있는 신체 조직을, 또 한편으로는, 살의 생리적 기능을 주관하는 정신적 원칙을 만나는 것에 스스로 얼마나 놀랄 것인지 알게 될 것이다. 태양 광선이, 먼저 기와와 굴뚝 덮개를 치고, 그다음에 지상의 물질적인 것인 그들의 머리칼 위에 눈에 띄게 반사되기 위해 오는, 그런 방법으로, 그들은, 팔짱을 끼어 가슴을 안전하게 하고, 그대들로부터 단지 몇 발자국 떨어져 자리 잡은 채, 그대들 얼굴 앞에 평범하게(그러나, 그 효과는 매우 시적詩的일 것을 나는 확신한다) 놓일 것인데, 정력적인 삶을 타고난 존재들이다. 그러나, 그들은 웃음을 유발시키는 특성을 소유한 자, 저주받은 자들은 더 이상 아닐 것이다. 그들은 작가의 뇌 속에 남아 있는 게 좋았을 가공의 인물들이며, 또는 일반적인 존재의 너무 위쪽에 놓여 있는 악몽들인 것이다. 바로 그것 때문에, 나의 시가 더욱 아름다울 수밖에 없을 것이라는 점에 주목하라. 그대들은 자신의 손으로 대동맥의 상승하는 혈관들과 부신 협막[莢膜, 균체의 세포벽 바깥쪽에 있는 다당체 또는 단백질의 막 – 역주]을 만질 것이다. 그러고 나서는 감정까지도! 앞의 다섯 이야기는 무용한 것이 아니었다. 그것들은 내 작품의 첫머리 그림이며, 구성의 기초이고, 내 미래 시학에 대한 예비 설명이다. 그래서 나는, 내 여행 가방을 잠그고 상상의 나라로 떠나기 전에, 분명하고도 정확한 일반화의 신속한 초안에 의해, 성실한 문학 애호가들에게, 내가 추구하기로 결심했던 목적을 알려야 했다. 따라서, 나의 의견은, 이제는, 내 작품의 종합적인 부분이 완성되었고 충분히 전개되었다는 것이다. 바로 그것을 통해서 그대들은 내가 인간과 그 인간을 창조한 자를 공격하려고 나선 것을 알게 되었다. 지금으로서는 그리고 더 후에라도, 그대들은 그것에 대해 더 알 필요가 없다! 새로운 생각들은 내게 쓸데없어 보이는데, 왜냐하면, 그것들은, 보다 풍부한, 이것은 사실이다, 그러나 동일한, 또 다른 형태 아래, 그날의 마지막에야 그것의 첫 번째 단계를 볼 수 있을 그 주제의 진술을, 단지 반복시킬 뿐일 것이기 때문이다. 앞에서 이루어진 관찰 결과, 내 의도는, 앞으로, 분석적인 부분에 손대는 것이다. 그것은 매우 진실된 것이어서, 단지 몇 분 전에, 나는, 내가 확신하는 것의 성실성을 입증하기 위해, 잘 생각한 끝에, 그대들이 내 피부의 땀샘 안에 감금한 그 강력한 소망을 표현하였다. 수많은 증거로 나의 정리定理 안에 포함되어 있는 추론을 지지해야 하며, 또 그래야 한다는 것을 나는 알고 있다. 그런데, 그 증거들은 존재하고 있고, 그대들은 내가, 중요한 동기 없이는, 아무도 공격하지 않는다는 것을 안다! 내가, 나도 그 구성원 중의 하나인(이 유일한 주목점은 나를 타당하게 할 것이다!) 인류와 하느님에 대항하는 쓰디쓴 비난을 퍼뜨리는 것에 대해, 그대들이 나를 비난하는 것을 생각할 때면, 나는 큰소리로 웃는다. 나는 내 말을 취소하지 않을 것이다. 그러나, 내가 본 것을 이야기하면서, 진실 이외에는 다른 야심을 가지지 않고, 내 말을 정당화하는 것이 내게 어렵지는 않을 것이다. 오늘, 나는 삼십 페이지 되는 짧은 소설을 쓰려 한다. 이러한 크기는 이후로도 거의 답보 상태에 있을 것이다. 어느 때고, 그 어느 문학적 형식에 의해서건 나의 이론들이 받아들여져 인정되는 것을, 신속하게 보기 바라는바, 나는, 몇 차례 탐색해 본 후에, 나의 결정적 형식을 마침내 발견해 내었다고 생각한다. 이것은 최상의 형식인데, 바로 소설이기 때문이다! 여러 가지가 섞인 이 서문序文은, 그것이, 이를테면, 자신이 우선 어디로 인도되어지는지 아주 잘 알지 못하는, 독자를, 깜짝 놀라게 한다는 그런 점에서, 아마도 꽤 자연스럽지 않게 보일 방법으로 서술되었을 것이다. 그러나, 일반적으로, 책들이나 소책자들을 읽느라 자신의 시간을 보내는 사람들을 거기에서부터 지켜 주려 애써야 하는, 그 놀라운 경악의 감정, 그것을 만들어 내기 위해 나는 내 모든 노력을 다하였다. 사실, 나의 선한 의지에도 불구하고, 내용을 보다 약하게 만드는 것은 내게 불가능했다. 어떤 소설들이 나타날 때, 음침한 얼굴을 한, 변태자의 서문을 더 잘 이해하게 되는 것은, 단지 훗날의 일일 뿐이다.

2

내용을 시작하기에 앞서, 내가 내 옆에 한 개의 뚜껑 열린 잉크병과, 딱딱하지 않은 몇 장의 종이를 두는 것을 필요로 하는 것은 어리석은 일이라고 생각한다(내가 틀리다면, 각자가 내 의견과 같지는 않을 것이라고 나는 생각한다). 그러나 이러한 방법으로, 한시바삐 쓰고 싶은 일련의 교훈적인 시들을, 이 여섯 번째 노래로부터, 정성들여, 시작하는 것은 내게 가능할 것이다. 절대적으로 유용하며, 감동적인 에피소드들이다! 우리들의 주인공은, 자신이 동굴들을 자주 드나들며, 보통 가까이 갈 수 없는 장소들을 은신처로 삼으면서, 논리의 규칙들을 어기고, 악순환을 범하고 있는 것을 알아차렸다. 왜냐하면, 그가, 한편으로, 고독과 반감이라는 보상에 의해, 인간에 대한 자신의 혐오감을 그렇게 조장했고, 또 왜소한 소관목들, 가시덤불과 머루들 사이에서, 자신의 한정된 시야를 수동적으로 제한하였다면, 또 한편으로, 그의 행위는 자신의 타락한 본능이라는 대식가를 부양할 만한 어떤 양식도 더 이상 찾아내지 못했기 때문이다. 따라서, 그는, 완전하게 준비된 그 많은 희생물들 가운데서, 자신의 다양한 정열이 만족할 무엇을 충분히 발견할 것임을 확신하고, 인간들의 집단에 가까이 가기로 결심했다. 그는, 문명의 방패인, 경찰이, 수년 전부터, 끈기 있게 그를 찾는다는 것과, 진정으로 많은 경찰과 탐정들이 계속 그를 뒤쫓고 있음을, 알고 있었다. 그러나, 그들은 그를 만나 보지도 못한 것이다. 그만큼 그의 아연실색하게 하는 능란함이, 최고의 솜씨로, 그들의 성공에 대한 관점에서 가장 명백한 술책들과, 가장 정묘하게 생각해 낸 처방들을 어리둥절하게 만든 것이다. 그는 능숙한 눈에도 알아보기 힘든 형태를 취하는 데 특별한 능력을 갖고 있었다. 내가 예술가로서 이야기한다면, 탁월한 변장들이었다! 내가 도덕에 대해 생각한다면, 그것은 실제로 보잘것없는 효과를 내는 이상한 옷차림들이었다. 이러한 점에서, 그는 거의 천재에 가까웠다. 파리의 하수도 속에서, 재빠르게 움직이는, 귀여운 귀뚜라미 한 마리의 가냘픔에 당신은 유의하지 않았는가? 그 사람밖에는 없으니, 그것은 말도로르였다! 위험한 유액流液으로, 번창하는 수도首都들에 최면을 걸어서, 그는 그 도시들을 스스로 잘 지킬 수 없는 혼수상태로 끌어들인다. 그가 의심을 받지 않는 그만큼 더 위험한 상태이다. 오늘 그는 마드리드Madrid에 있다. 내일 그는 상트페테르부르크Saint-Pétersbourg에 있을 것이다. 어제 그는 베이징(Pékin)에 있었다. 그러나, 이 시적인 로캉볼[Rocambole, 1858~1859년에 나온 피에르 알렉시스 드 퐁송 뒤 테라유Pierre Alexis de Ponson du Terail의 소설인 *Les Exploits de Rocambole*(『로캉볼의 위업들』)에 나온 주인공의 이름으로, 여기에서 파란만장하다는 의미의 단어인 rocambolesque가 생겨났다 – 역주]의 무훈이 공포로 가득 채우고 있는 그 현재 위치를 정확히 확인한다는 것은, 나의 농후한 궤변이 할 수 있는 능력 너머에 있는 일이다. 이 무뢰한은, 아마도, 이 고장에서 칠천 리 떨어진 데, 있을지 모른다. 어쩌면, 그는 당신에게서 몇 발자국 떨어진 데 있을지도 모른다. 인간들을 완전히 사라지게 한다는 것은 쉬운 일이 아니며, 법이 있는 것이다. 그러나, 참을성 있게, 인도주의적인 개미들을, 하나씩, 몰살할 수 있다. 그런데, 내가 긴장감 있는 나의 계략들에 아직 미숙한 채, 우리 종족의 초대初代 조상들과 함께 살고 있었던, 내가 태어난 시대 이후로, 그리고 기묘한 변신을 해 가며, 여러 시대에 걸쳐, 정복과 학살로 지구의 여러 나라들을 파괴하고, 시민들 사이에 내란을 퍼뜨리고 있었던 그 시대, 곧 역사의 저편으로 물러나, 자리 잡고 있는, 그 오래전 시대 이래로, 나는 모든 세대들 – 그 헤아릴 수 없는 많은 숫자를 이해하는 게 어렵지 않을 – 의 구성원들을, 나의 발뒤꿈치로, 하나씩 또는 집단적으로, 이미 으깨 버리지 않았던가? 빛나는 과거는 미래에게 찬란한 약속을 하였고, 그것은 지켜질 것이다. 나의 문장을 탐색하기 위해, 나는, 미개인들이 내게 교훈을 주도록, 그들에게까지 거슬러 올라가면서, 철저히 자연적인 방법을 사용할 것이다. 소박하면서도 위엄 있는 신사들, 그들의 우아한 입은 문신을 새긴 그들의 입술로부터 나오는 모든 것을 고상하게 만든다. 나는 이 별에서는 아무것도 우스꽝스럽지 않다는 것을 이제 막 입증했다. 괴상하지만, 아름다운 별이다. 나는, 몇몇 사람들이 순수하게 생각할 문체(그 문체가 너무 심오할 때)를 독점하여, 아마도, 불행히도, 거창해 보이지는 않을 생각들을 해석하는 데, 그 문체를 사용하도록 할 것이다! 바로 그것을 통해, 일상적인 회화의 회의적이고도 경박한 태도를 버리고, 또한, …제기하지 않을 만큼 꽤 신중하게… 나는 내가 무슨 말을 하려는 것이었는지 더 이상 모르겠다. 왜냐하면, 나는 이 문장의 시작을 기억하지 못하기 때문이다. 그러나, 그대들은, 오리의 모습을 한, 인간의, 어리석게 비웃는 미소가 없는 곳이라면 그 어디에나 시가 존재한다는 것을 알라. 나는, 필요하기 때문에, 우선, 코를 풀려 한다. 그러고 나서, 나의 손가락들이 떨어뜨렸던 펜대를, 크게 내 손의 도움을 받으며, 다시 잡을 것이다. 카루젤Carrousel 다리는, 약탈하는 것 같은 찢어지는 외침 소리를 들었을 때, 어떻게 자신의 중립을 견지할 수 있었을까!

I

3

비비엔Vivienne 거리의 상점들은 자신들의 귀중품들을 경탄하는 시선 앞에 진열하고 있다. 수많은 가로등에 의해 밝게 비치는, 마호가니 상자들과 금시계들이 진열장을 통해 눈부신 빛을 다발로 퍼뜨린다. 증권거래소 건물의 벽시계가 여덟 시를 울렸는데, 시간이 늦지는 않았다! 마지막 종소리가 들리자마자, 그 이름이 이미 인용되었던, 그 거리는, 흔들리기 시작하고, 또한 루아얄Royale 광장에서 몽마르트르Montmartre 거리까지는 바닥까지 흔들린다. 산보객들은 걸음을 서두르며, 생각에 잠겨 자기 집으로 돌아간다. 한 여인이 아스팔트 위에 정신을 잃고 쓰러진다. 아무도 그녀를 일으키지 않고, 사람들은 각자 그 지역으로부터 한시바삐 멀어지고 싶어 한다. 덧문이 성급하게 다시 닫히고, 주민들은 자기 이불 속으로 들어간다. 마치 아시아의 흑사병이 그 모습을 드러낸 것 같다. 그렇게 그 도시의 대부분이 야행성 축제의 환희 속에 잠겨 있을 준비를 하는 동안, 비비엔 거리는 갑자기 일종의 무감각 상태로 얼어붙는다. 더 이상 사랑하지 않는 마음처럼, 그 거리는 자신의 생명이 꺼진 것을 알았다. 그러나, 이윽고, 주민들의 다른 잠자리들에서 일어나는 현상에 대한 소식이 퍼지고, 음울한 침묵이 그 장엄한 수도 위를 감돈다. 가로등들은 어디로 가 버렸는가? 사랑을 파는 여자들은 어떻게 되었는가? 고독과 어둠이 있을 뿐… 아무것도 없다! 직선 방향으로 날아가는, 다리가 부러진, 올빼미 한 마리가, 마들렌Madeleine 위를 지나서, 《불행이 기다리고 있다.》라고 외치며, 트론Trône의 성벽을 향해 날아오른다. 그런데, 나의 펜(나의 공모자인 이 진실한 친구)이 이제 막 신비스럽게 만들어 버린 이 장소에서, 만약 당신들이 콜베르Colbert 거리가 비비엔 거리로 접어드는 쪽을 바라본다면, 당신들은, 이 두 길의 교차에 의해 생기는 모퉁이에서, 큰 도로 쪽을 향하여 가볍게 걸어가고 있는 한 사람의 그림자를 볼 것이다. 그러나, 만일 그 행인의 주의를 끌지 않으며, 그에게 더 가까이 간다면, 유쾌한 놀라움과 함께, 그가 젊다는 것을, 깨닫게 된다! 멀리에서는 사실 그를 중년의 남자로 생각했을 것이다. 진지한 표정에서 지적 능력을 평가해야 할 때, 세월의 총량은 더 이상 문제가 되지 않는다. 나는 외관상 보이는 이마의 주름에서 나이를 훤하게 읽을 줄 아는데, 그는 열여섯 살 넉 달이다! 그는 육식성 새들의 수축성 있는 발톱처럼, 아니 또는, 뒷목 부드러운 부분의 상처 속에서 불확실하게 움직이는 근육처럼, 아니 오히려, 끊임없이 설치류齧齒類를 홀로 잡을 수 있고, 지푸라기 아래 숨어서도 자신의 직무를 다할 수 있는, 사로잡힌 동물에 의해 언제나 다시 죄어지는 영원한 쥐덫처럼, 그리고 특히도, 해부 탁자 위에서의 재봉틀과 우산의 우연한 만남처럼 아름답다! 황금빛 영국[시인에게 영국의 이미지가 황금빛으로 묘사됨 – 역주]의 아들인, 메르빈[Mervyn, 영국 이름으로, 프랑스인이 발음하는 방식으로 표기함 – 역주]은, 이제 막 자신의 교수 집에서 펜싱 교습을 받고서, 스코틀랜드풍 격자무늬 모직으로 된 숄을 두르고, 자기 부모 집으로 돌아간다. 여덟 시 반이다. 그는 자신의 집에 아홉 시에 도착하고 싶어 한다. 그로서는, 미래를 확실히 아는 것처럼 가장하는 것은 매우 거만한 것이다. 그가 갈 길에서 예기치 않은 어떤 장애가 그를 방해할 수 없는 것일까? 아니면 그러한 상황은 너무도 드문 것이어서, 그는 스스로 그 상황을 하나의 예외로 생각해야 할 것인가? 왜 그는 차라리, 그가 스스로 걱정이 없게 느낄 수 있는, 다시 말하자면 지금까지 그가 가졌던, 행복하게 느낄 수 있는 가능성을, 하나의 비정상적인 사실로서, 생각하지 않는가? 누군가가 자신의 미래의 먹이로서 그를 노리고 그의 뒤를 쫓을 때, 그는 사실 무슨 권리로 자신이 무사히 자신의 거처에 도착할 것이라고 기대할 것인가? (한정의문 뒤에 곧바로 내가 막 끝내려고 하는 문장을 오게 하고, 적어도, 그 한정의문을 앞에 내세우지 않는 것은, 이목을 끄는 작가라는 자신의 직업을 거의 알지 못해서일 것이다.) 그대들은, 오래전부터, 자신의 개성의 압력으로 나의 불행한 지성을 깨뜨리는, 가상의 주인공을 알아보았다! 말도로르는 때로 메르빈에게 접근하는데, 그것은 자신의 기억 속에 그 청년의 모습을 새기기 위해서이며, 또 때로, 그는, 자신의 여정의 두 번째 기간에는, 오스트레일리아의 부메랑처럼, 아니 오히려, 폭탄처럼, 몸을 뒤로 젖히고, 스스로 뒤로 물러난다. 무엇을 해야 하는지 결정을 내리지 못하고서 말이다. 그러나, 그의 양심은, 마치 그대들이 잘못 추측하는 것처럼, 가장 태생학胎生學적인 정서로서 어떤 증상도 느끼지 않는다. 한순간 나는 그가 반대방향으로 멀어지는 것을 보았는데, 그는 회한으로 짓눌려 있었을까? 그러나, 그는 다시 열중하여 자신의 길로 돌아왔다. 메르빈은 왜 자신의 관자놀이의 동맥이 힘차게 뛰는지 모르고서, 자신과 그대들이 헛되이 그 원인을 찾고 있는 공포에 사로잡혀, 걸음을 재촉한다. 그는 수수께끼를 푸는 데 전념을 다하려 한다. 왜 그는 돌아서지 않는가? 그는 모든 것을 깨닫고 있을 텐데 말이다. 도대체 사람들은 불안스런 상태를 멈추게 하는 가장 간단한 방법들을 생각하고 있는가? 성벽을 배회하는 자가 교외의 변두리를 지나갈 때, 샐러드용 큰 그릇에 담긴 백포도주를 식도로 넘기며, 누더기가 된 작업복을 입고서, 만약, 어느 국경 구석에서, 그가, 잠들어 있는 평원 위로 쏟아지는, 달빛을 우울하게 응시하면서, 우리의 선친들이 참석했던 혁명들과 동시대인인, 근육이 발달한 늙은 고양이 한 마리를 알아본다면, 그는 굽이진 길로 꼬불거리며 나아가서, 서두르고 있는, 한 마리의 안짱다리 개에게 신호를 보낼 것이다. 고양이 종種의 그 고상한 동물은 용기 있게 자신의 적을 기다린다, 그리고 비싼 대가를 치르면서 자신의 생명을 놓고 겨룬다. 내일은 한 넝마주이가 감전하기 쉬운 어떤 가죽을 살 것이다. 왜 그는 도대체 달아나지 않고 있었는가? 그것은 매우 쉬운 일이었다. 그러나, 현재 우리가 걱정하고 있는 그 경우에, 메르빈은 자신만의 무지로 인해 위험을 더욱 복잡하게 만들고 있다. 그는 지나치게 드문, 어떤 섬광들을 갖고 있는 듯한데, 그것은 사실이며, 나는 멈추지 않고 그 섬광들을 덮고 있는 파상波狀을 드러내 보일 것이다. 그러나, 그가 현실을 추정하는 것은 불가능하다. 그는 예언자가 아니며, 나는 그 반대라고도 말하지 않는데, 그는 자기 존재의 능력을 스스로 인식하지 못하고 있다. 큰 도로에 이르러, 그는 오른쪽으로 몸을 돌리고 푸아소니에르Poissonnière 대로大路와 본누벨Bonne-Nouvelle 대로를 건너간다. 자신이 가는 길에 있는 그 지점에서, 그는 포부르생드니faubourg-Saint-Denis 거리로 나아가서, 스트라스부르Strasbourg 철도의 부두를 자신의 뒤로 두고, 라파예트La Fayette 거리의 수직으로 된 누적장에 도달하기 전에, 높게 돋아 있는 한 현관 앞에서 멈춰 선다. 그대들이 내게 여기에서 첫 번째 절을 끝내라고 충고하니까, 이번에는, 그대들의 바람에, 따르고 싶다. 내가 한 편집광[7절에서 아곤Aghone으로 불릴 인물을 가리킴 – 역주]의 손으로 돌 아래 숨겨진 철로 된 고리[10절 참조 – 역주]를 꿈꿀 때, 어찌할 수 없는 전율이 내 머리칼을 스쳐 가는 것을, 그대들은 아는가?

II

4

그가 구리로 된 손잡이를 당기자, 현대식 호텔의 현관이 그 돌쩌귀 위에서 돌아간다. 그는 가는 모래가 뿌려져 있는 안마당을 성큼성큼 걸어서, 층계의 계단 여덟 개를 뛰어넘는다. 귀족계급의 별장 경비원처럼 좌우에 놓여 있는 두 개의 조각상은, 그의 길을 방해하지 않는다. 단지 자기 자신 외에는 더 이상 생각하지 않으려고, 아버지, 어머니, 하느님, 사랑, 이상 등 모든 것을 거부했던 자는, 앞에 나 있는 발자국을 따라가지 않으려 매우 조심하였다. 이 자는 붉은 옥으로 세공된 판자를 붙인, 아래층의 넓은 거실 안으로 그가 들어가는 것을 보았다. 그 가족의 아들은 소파에 몸을 던지는데, 마음의 동요로 말을 하지 못한다. 길게 끌리는 옷을 입고 있는 그의 어머니는, 그에게 친절하게 다가와, 그녀의 팔로 그를 감싸 안는다. 그보다 나이가 어린 그의 남동생들은, 짐이 가득 들어 있는 가구 주위에 모여 있다. 그들은 벌어지고 있는 상황에 대해 명백한 생각을 하기에는 삶에 대해 충분히 알지 못한다. 마침내, 아버지는 자신의 지팡이를 들어 올리고, 권위로 가득 찬 시선으로 참석자들을 내려다본다. 그는, 안락의자의 팔걸이 위에 손목을 대고서, 일상의 자기 자리에서 멀어져, 나이로 인해 나약해졌음에도 불구하고, 불안하게, 자신의 큰아들의 움직이지 않고 있는 몸을 향하여 나아간다. 그는 외국어[영어 – 역주]로 이야기하는데, 각자 공손하게 명상에 잠긴 채 다음과 같은 그의 말을 듣는다. 《누가 이 아이를 이런 상태로 만들었는가? 안개 낀 템스Tamise강은 내 힘이 완전히 빠지기 전에 막대한 양의 진흙을 여전히 옮겨 갈 것이다. 그것을 예방하는 법들은 이 불친절한 지방에서 존재하지 않는 것 같다. 만약 내가 그 죄인을 안다면, 그는 나의 팔 힘을 경험할 텐데. 내가 해상전투에서 멀어져 은퇴했을지라도, 벽에 매달려 있는, 나의 해군 사령관 검은 아직 녹슬지 않았다. 게다가, 그를 칼로 베어 죽이는 것은 쉬운 일이다. 메르빈이여, 안심하라. 내 자신의 손으로 그를 죽이기 위해, 이후, 내가 찾을 자의 자취를 만나기 위해, 내가 나의 하인들에게 명령할 것이다. 아내여, 거기서 비켜나서, 한 구석으로 가 웅크리라. 그대의 눈은 나를 약하게 만드니, 그대의 눈물샘을 다시 닫는 것이 더 나으리라. 내 아들아, 바라건대 제발, 네 감각을 일깨워, 너의 가족을 알아보라. 네게 이야기하는 사람은 바로 네 아버지다…》 어머니는 멀리 떨어져 있다. 그녀는 자기 남편의 명령에 복종하기 위해, 손에 책 한 권을 쥐고서, 자신의 모태가 분만한 그가 직면해 있는 위험 앞에서, 애써 침착하려 노력한다. 《…얘들아, 너희들은 공원에 놀러 가라. 그리고, 백조들이 헤엄치는 것에 감탄하면서, 연못에 빠지지 않도록 조심하라…》 형제들은, 손을 늘어뜨린 채, 말없이 있다. 모두들, 캐롤라이나 쏙독새 날개에서 뽑은 깃털 하나가 위에 올려져 있는 기수모를 쓰고, 무릎까지 오는 벨벳 바지와 빨간색 명주 양말을 신고, 서로 손을 잡고서, 흑단으로 된 마루판을 발끝으로만 밟으려 노력하며, 거실에서 물러난다. 그들은 즐겁게 놀지 못할 것이고, 플라타너스 골목길에서 침울하게 산보할 것이라는 것을 나는 확신한다. 그들의 지성은 조숙하다. 그들에게는 오히려 잘된 일이다. 《…나는 너를 내 팔 안에서 흔들어 달래는데, 쓸데없는 보살핌인지, 너는 나의 애원에 무관심하다. 너는 머리를 들어 올리고 싶은가? 필요하다면, 내가 네 무릎을 껴안을 것이다. 하지만 아니다… 그 머리는 다시 떨어져 움직이지 않는다.》—《나의 온화한 주인이여, 그대가 그대 노예에게 허락한다면, 나는 내 아파트에서 테레빈유油로 가득 찬 플라스크 작은 병 하나를 찾으려 하오. 그것은 내가 극장에서 돌아온 후 두통이 나의 관자놀이를 엄습할 때나, 또는 우리 선조의 기사도적인 역사의 영국 연대기 속에 기록되어 있는, 감동적인 서술을 읽는 것이, 몽상에 빠진 내 생각을 졸음의 이탄갱泥炭坑 속으로 던질 때, 내가 습관적으로 사용하는 것이오.》—《아내여, 나는 그대에게 말을 건네지 않았으니, 그대는 말할 권리가 없었소. 우리의 합법적인 결합 이래로, 우리 사이에는 어떤 구름도 끼어든 적이 없소. 나는 그대에게 만족했으며, 결코 그대에게 비난할 것이 없었소. 그리고 그것은 상호적인 것이었소. 테레빈유로 가득 찬 플라스크 병을 찾으러 그대 아파트로 가오. 나는 그 병 하나가 그대의 옷장서랍 속에 있는 것을 아는바, 그대가 내게 그것을 알려주러 오지는 마오. 나선형 층계의 계단을 서둘러 뛰어넘고 그리고 만족한 얼굴로 나를 만나러 다시 오시오.》 그러나 그 민감한 런던 여인이 겨우 계단 초입에 이르자마자(그녀는 하층계급의 사람만큼 빨리 달리지 않는다) 이미 그녀의 의전 시녀들 가운데 하나가, 땀으로 빰이 붉게 물든 채, 아마도, 크리스탈로 된 병 안쪽에 생명수가 담겨 있을, 그 플라스크 병을 가지고, 이층에서 다시 내려오고 있다. 그 시녀는 그 물건을 내밀면서 우아하게 절을 한다. 그리고 어머니는, 왕녀의 거동으로, 그녀의 애정을 차지하고 있는 단 하나의 대상인, 소파의 술 달린 가장자리를 향해 나아갔다. 해군제독은, 거만하지만 관대한 몸짓으로, 제 아내의 손에서 그 작은 병을 받는다. 인도산 스카프 하나가 거기에 적셔지고, 메르빈의 머리는 환상環狀 무늬의 비단으로 둘러싸인다. 그는 각성제를 들이마시고, 한 팔을 움직인다. 혈액순환이 되살아나고, 창문 틀 위에 앉아 있는, 필리핀산 흰 잉꼬새 한 마리의 즐거운 외침 소리가 들린다.《누가 거기에 가는가? … 나를 방해하지 말라… 여기는 어디인가? 내 무거워진 사지를 받치고 있는 것은 무덤인가? 내게 이 판자들은 부드러워 보인다… 내 어머니의 초상화가 넣어진 로켓은, 아직 내 목에 걸려 있는가? … 헝클어진 머리털의 악당아, 물러나라. 그는 나를 해칠 수 없었는데, 나는 그의 손가락들 사이에 내 윗옷의 늘어진 자락을 남겨 놓았다. 불도그들의 사슬을 풀라, 왜냐하면, 오늘 밤, 우리가 잠에 빠져 있는 동안, 알아볼 수 있는 도둑 하나가 우리 집에 침입할 수 있기 때문이다. 나의 아버지와 어머니여, 나는 당신들을 인정하며, 당신들의 보살핌에 대해 당신들께 감사드립니다. 내 어린 형제들을 불러 주세요. 내가 프랄린[캐러멜 옷을 입은 견과류 또는 속 재료를 채워 넣은 초콜릿 – 역주]을 샀던 것은 바로 그들을 위해서이며, 나는 그들에게 입 맞추고 싶습니다.》 이 말을 하고, 그는 깊은 혼수상태에 빠진다. 매우 서둘러 불려온 의사가, 손을 비비며 이렇게 외친다.《위기는 지나갔습니다. 모든 것이 잘되고 있습니다. 내일 당신 아들은 거뜬히 깨어날 것입니다. 내가 지시하는바, 꾀꼬리가 노래하는 새벽이 올 때까지, 환자 옆에 내가 홀로 머물러 있도록, 모두들, 각자 잠자리에 드세요.》 문 뒤에 숨은, 말도로르는, 조금도 말문이 막히지는 않았다. 이제, 그는 그 저택의 거주자들의 성격을 알고서, 그에 따라 행동할 것이다. 그는 메르빈이 어디에 거주하는지 알고는, 그에 대해 더 이상은 알고 싶어 하지 않는다. 그는 수첩에 그 거리 이름과 건물 주소를 기입했다. 그것이 요점이다. 그는 확실히 그것을 잊지 않을 것이다. 그는 하이에나처럼, 보이지 않게, 안마당의 측면을 따라 나아간다. 그는 능숙하게 철책을 기어 넘다가, 한순간 쇠의 뾰족한 끝부분에 당황한다. 그는 한번에 그것을 뛰어넘어, 차도 위에 있다. 그는 늑대 걸음으로 사라진다. 《그는 나를 악당으로 생각했다. 그는 어리석다.》라고 그는 외친다. 《나는 그 환자가 나에게 퍼부은 비난사항에 해당되지 않는 사람을 찾아내고 싶다. 나는 그가 말했듯이, 그의 윗옷의 늘어진 옷자락을 그에게서 탈취하지 않았다. 공포 때문에 야기된 반수상태의 단순한 환각이다. 나의 의도는 오늘 그를 사로잡는 것이 아니었다. 왜냐하면 나는 그 수줍은 청년에 대해 궁극의 다른 계획들이 있기 때문이다.》 여러분은 백조들의 호수가 있는 쪽을 향해 가라. 내가 그대들에게 좀 더 뒤에 말하리라. 왜 무리 가운데, 그의 몸이, 한 마리의 꽃게의 부패된 시체를 아래에서 받치는 모루 하나를 지탱하면서, 수생水生하는 그의 다른 동료들에게 당연히 불신을 불러일으키고 있는, 완전히 새까만 백조가 한 마리 있는지를.

III

5

메르빈은 자기 방에 있다. 그는 한 통의 편지를 받았다. 도대체 누가 그에게 편지를 썼는가? 그는 걱정 때문에 우체부에게 감사 인사도 하지 못했다. 봉투는 까만 테로 둘러져 있고, 낱말들에는 급히 쓴 흔적이 있다. 그는 그 편지를 자신의 아버지에게 건네주러 갈 것인가? 그런데 만약 편지 서명자가 그가 그렇게 하는 것을 분명하게 금지한다면? 고뇌로 가득 찬 채, 그는 향기로운 대기를 숨쉬기 위해 창문을 연다. 태양의 빛이 다마스[Damas, 시리아의 수도로 무늬를 짜 넣은 직물로 유명함 – 역주]산의 커튼과 베니스Venise산 얼음 위에 프리즘으로 분광分光되는 빛을 투사한다. 그는 그의 학생용 책상 위를 덮고 있는 돋을무늬 세공을 한 가죽 위에 이리저리 흩어져 있는 금박 단면의 책들과, 진주모빛 표지의 앨범들 사이에다, 비스듬히 그 편지를 던진다. 그는 자신의 피아노를 열고, 상아 건반 위에서 자신의 가는 손가락들을 이리저리 움직인다. 놋쇠로 된 줄들은 울리지 않았다. 이 간접적인 경고는 그에게 송아지 가죽으로 만든 그 독피지를 다시 잡도록 한다. 그러나 그 독피지는, 마치 수신인의 망설임으로 인해 자신이 모욕 받은 것처럼, 물러섰다. 난관에 빠졌지만, 메르빈의 호기심은 점점 커져서, 그는 준비된 헝겊 조각을 펼친다. 그는 그때까지 자기 자신의 필체 외에는 본 적이 없었다. 《젊은이여, 나는 그대에게 관심이 있다. 그대를 행복하게 해 주고 싶다. 나는 그대를 친구로 삼아서, 우리는 함께 오세아니아의 섬들에서 긴 여행을 할 것이다. 메르빈, 그대는 내가 그대를 사랑하는 것을 알고 있다. 그래서 내가 그대에게 그것을 증명할 필요는 없다. 그대는 내게 그대의 우정을 줄 것이며, 나는 그 우정을 믿는다. 그대가 나를 더 알게 될 때, 그대는 그대가 내게 보여 줄 신뢰감에 대해 후회하지 않을 것이다. 나는 그대의 무경험이 무릅쓰게 될 위험으로부터 그대를 지킬 것이다. 나는 그대에게 형제가 될 것이며, 그대에게 모자람 없이 좋은 충고를 해 줄 것이다. 좀 더 길게 설명하겠으니, 그대는, 모레 아침, 다섯 시에, 카루젤 다리 위에, 있으라. 내가 와 있지 않으면, 나를 기다리라. 어쨌든, 나는 정확한 시간에 도착하고자 한다. 그대도, 마찬가지로 하라. 영국인은 자기 사업에서 분명하게 보이는 기회를 쉽게 포기하지 않을 것이다. 젊은이여, 그럼 안녕, 곧 만나기를. 이 편지를 아무에게도 보이지 말라.》—《서명 대신에 별 세 개, 그리고 하단에는 핏자국이 있다!》라고 메르빈은 외친다. 그의 눈이 탐독했으며, 불확실하고도 새로운 지평선의 무한한 시야를 그의 정신에게 열어 주는, 그 야릇한 문장들 위로 눈물이 넘쳐흐른다. 그의 아버지는 그에게 좀 엄격해 보이고, 어머니는 너무 위엄이 있는 것 같다(이런 느낌은 그가 막 읽기를 끝낸 이후부터 생긴 것이다). 그는 자신의 논리를 지니고 있는데 나는 알지 못하니, 따라서, 그의 형제들 또한 그의 취향에 맞지 않는다는 사실을 넌지시 말해 주기 위해, 내가 그대들에게 그의 논리들을 전해 줄 수는 없을 것이다. 그는 그 편지를 가슴에 숨긴다. 그의 선생들은 그날 그가 그답지 않은 것을 관찰했다. 그의 눈은 엄청나게 침울해 보였고, 과도한 사고의 너울이 그의 작은 형체의 눈구멍 부근 위로 내려와 있었다. 선생마다, 자신이 자기 학생의 지적인 수준에 못 미칠까 두려워, 얼굴을 붉혔는데, 학생은, 처음으로, 숙제를 무시하고 공부를 하지 않았다. 저녁에, 그 가족은 고대 초상화들로 장식되어 있는 식당에 모였다. 메르빈은 맛좋은 고기와 향기로운 과일로 가득 찬 요리에 감탄만 하고, 먹지는 않는다. 여러 가지 색깔로 빛나는 라인Rhin산 포도주와 빨간색의 거품 이는 샴페인이 보엠[Bohême, 유리 제품으로 유명한 유럽의 중부 지역. 좁게는 체코슬로바키아를 구성했던 체코 공화국을 가리킴 – 역주]의 좁고도 높은 모양의 돌로 된 술잔에 담긴 채, 그의 무심한 시선조차 받지 못한다. 그는 식탁 위에 팔꿈치를 기대고, 몽유병 환자처럼 자기 생각 속에 빠져 있다. 바다의 파도로 인해 얼굴이 거무스름한 해군제독은, 자기 아내의 귀로 몸을 기울인다. 《큰아이가 그 위험했었던 날 이후, 성격이 변했소. 그는 터무니없는 생각에만 이미 너무 빠져 있소. 오늘 그는 평소보다 더 부질없는 공상에 잠겨 있소. 하지만, 나, 내가 그 나이였을 때는, 그렇지 않았지. 당신은 아무것도 모르는 척하오. 그래야, 정신적인 것이든 육체적인 것이든, 효과적인 치료법이 쉽게 그 용도를 찾을 거요. 메르빈, 너는 여행과 자연사에 관한 책들을 즐겨 읽으니, 내가 네 마음에 안 들지는 않을 이야기 하나를 네게 읽어 주겠다. 다들 주의 깊게 내 말을 들어라. 각자 거기에서 자신에게 유익한 점을 발견할 것인데, 내가 제일 먼저 그럴 것이다. 그리고 아이들아, 너희들은 내 말에 주의를 기울여, 너희들의 문체의 묘사를 완성시키고 또 작가의 가장 작은 의도라도 이해하는 것을 배워라.》 마치 한 배에서 태어난 이 사랑스러운 아이들이 수사학이 무엇인지 이해할 수 있었을 것 같았다! 그가 말한 후, 그의 손짓에 따라, 형제들 중의 하나가 아버지의 서재로 가서, 팔 밑에 책 한 권을 끼고 돌아온다. 그동안에, 식기와 은그릇이 치워지고, 아버지는 책을 잡는다. 여행을 하고 싶게 만드는 그 책 명칭에, 메르빈은 고개를 들고, 자신의 당치 않은 상념을 끝내려고 애썼다. 책은 가운데쯤에서 펼쳐졌다. 그리고 해군제독의 금속성 목소리는, 빛났던 자신의 청년기 때처럼, 격노한 사람들과 모진 태풍에게 아직 명령할 수 있다는 것을 입증한다. 책 읽는 것이 끝나기 한참 전에, 메르빈은 팔꿈치를 괴고, 의무적인 비유의 감화와 순서에 따라 지나가는 문장의 추론적인 발전을 더 길게 따라가는 것이 불가능한 상태에 다시 빠졌다. 아버지가 소리친다. 《저 아이가 재미있어 하는 것이 이것이 아니구나. 다른 것을 읽자. 여보, 읽으시오. 우리 아들의 삶의 우울함을 없애기 위해서는, 당신이 나보다 더 훌륭할 거요.》 어머니는 더 이상 희망을 갖지 않는다. 그러나, 그녀는 다른 책을 펴들었고, 그녀의 소프라노 목소리의 떨림이 선율적으로 그녀가 수태한 산물[자식, 곧 메르빈을 가리킴 — 역주]의 귀에 울려 퍼졌다. 그러나, 몇 마디 한 뒤에, 낙담한 채, 그녀는 스스로 그 문학작품의 해석을 그만둔다. 큰아들이 《나는 자러 갈래요.》라고 소리친다. 그는 아무 말도 더 하지 않고, 냉정하고 확고하게 눈을 내리깐 채, 물러간다. 개는 이 행동이 자연스럽다고 생각하지 않기 때문에, 침울하게 짖기 시작하고, 밖의 바람은, 창문의 세로로 난 틈으로 불규칙하게 들어오면서, 청동으로 된 램프의, 분홍빛 수정유리로 된 두 개의 둥근 갓 때문에 흔들리는, 불꽃을 깜박이게 한다. 어머니는 손을 이마에 대고, 아버지는 하늘을 향해 눈을 쳐든다. 아이들은 그 늙은 선원에게 놀란 시선을 던진다. 메르빈은 자신의 침실 문을 두 번 돌려 잠근다. 그의 손은 종이 위에서 재빠르게 움직인다. 《나는 정오에 당신의 편지를 받았습니다. 만약 내가 당신에게 답장을 기다리게 했다면 용서하십시오. 나는 개인적으로 당신을 사귈 수 없습니다. 그리고 나는 당신에게 편지를 써야 하는지도 모르고 있었습니다. 그러나, 우리 집에서는 무례함이란 없기 때문에, 나는 펜을 들어서, 한 미지인에 대해 당신이 가진 관심에 대해 진정으로 당신에게 감사하려고 결심했습니다. 신은, 당신이 내게 가득 베푸는 호의에 대해 감사함을 표하지 않도록 나를 지키십니다. 나는 나의 약점을 알고 있고, 그래서 나는 그것에 대해 더 자만한 태도를 보이지 않습니다. 그러나, 나이 든 어떤 사람의 우정을 받아들이는 것이 예의바른 일이라면, 우리의 성격이 같지 않다는 것을 그에게 이해시키는 것도 또한 예의바른 것입니다. 사실, 당신이 나를 젊은이라고 부르는 것을 보니 당신은 나보다 더 나이가 많은 것 같습니다. 하지만 나는 당신의 진짜 나이에 대해 의심을 갖고 있습니다. 왜냐하면, 당신의 삼단논법의 냉정함을 그러한 논법이 없는 정열과 어떻게 조화시킬 수 있는가 하는 이유 때문입니다. 확실한 것은 먼 나라로 당신과 동행하기 위해, 나는 내가 태어난 고향을 버리지 않을 것이라는 것입니다. 이것은 나와 동시대의 작가들에게, 조급하게 기다리는 허락을, 먼저 요구하는 조건에서밖에는 가능하지 않을 것입니다. 그러나, 정신적 차원에서 이해하기 어려운 이 문제에 대해 당신이 내게 비밀(이 단어의 세제곱적인 의미에 있어서)을 지키라고 엄명했기 때문에, 나는 거역할 수 없는 당신의 지혜를 열심히 따를 것입니다. 보아하니 아마, 그 지혜는 빛의 밝음과 기꺼이 대면하지는 않을 것 같습니다. 당신은 내가 당신 자신을 신뢰하기를 바라는 것 같으니(부당하지 않은 희망이며, 나는 이것을 고백하는 것이 기쁩니다), 바라건대, 제발, 나에 대하여, 유사한 믿음을 보여 주시고, 내가 당신 생각과 너무도 동떨어져서, 모레 아침, 정해진 시각에, 정확히 약속시간을 지키지 못하리라고 생각하는 주장은 하지 말아 주십시오. 공원의 철책이 닫혀 있을 것이기 때문에, 나는 공원의 울타리를 뛰어넘을 것이며, 내가 떠나는 것을 증언할 사람은 아무도 없을 것입니다. 솔직하게 말해서, 나에 대한 당신의 설명할 수 없는 애착은, 내가 당신을 알지 못했기 때문에, 내가 기대하지 않았던 호의였으니까요. 당신의 애착은 특히 호의를 보여 주는 증거로 인해 깜짝 놀라서, 현혹된 나의 눈에, 신속하게 드러날 수 있었는데, 그러한 당신을 위해 내가 무슨 짓을 못하겠습니까. 이제 나는 당신을 압니다. 카루젤 다리 위를 당신이 산책하겠다고 내게 한 약속을 잊지 마십시오. 내가 그곳을 지나갈 경우에, 나는, 그와 같은 다른 어느 곳에서라도, 거기에서 당신을 만나 당신의 손을 잡는다는 확신이 있습니다. 어제까지도, 정숙함의 제단 앞에 몸을 굽히고 있었던 한 청년의 그 순진한 표현이, 자신의 경의를 표하는 친숙성 때문에 당신을 불쾌하게 하지만 않는다면 말입니다. 그런데, 타락이 심각하고 또한 확실할 때, 친숙성은 매우 강렬하게 친밀한 경우에 고백할 수 있는 것이 아니겠습니까? 그리고 내가 당신, 바로 당신에게 묻건대, 모레, 비가 오든 안 오든, 다섯 시가 되었을 때, 내가 지나가면서 당신에게 마지막 인사를 고하는 행동에는, 결국 어떤 악이 있을 것인지요? 신사분이여, 당신은 스스로, 내가 편지를 쓴 솜씨를 인정할 것입니다. 왜냐하면, 분실되기 쉬운, 이 낱장으로 된 종이에서, 그것에 대해 당신에게 더 말하지 않기 때문입니다. 편지의 하단에 있는 당신의 주소는 수수께끼입니다. 나는 그것을 알아보느라 거의 십오 분 가까이 걸렸습니다. 당신이 아주 작게 그 낱말들을 쓴 것은 매우 잘한 것이라고 나는 생각합니다. 나는 서명하지 않습니다. 그것은 내가 당신을 따라 하는 것입니다. 우리는, 일어날 수 있을 것에 어느 순간 놀라기에는, 너무도 괴상한 시대에 살고 있습니다. 나는 어떻게 당신이, 얼음처럼 차가운 자세로, 내 고통의 시간들로 이루어진 더러운 시체구덩이들로서, 길게 열 지어 있는 텅 빈 방들에 둘러싸인 채, 내가 머물고 있는 그 장소를 알았는지 알고 싶습니다. 그것을 어떻게 말할까요? 내가 당신을 생각할 때면, 나의 가슴은 쇠퇴하는 제국의 붕괴처럼 우렁차게 흔들립니다. 왜냐하면, 당신의 사랑의 그림자가, 아마도, 존재하지 않는 어떤 미소를 보여 주고 있기 때문입니다. 그 그림자는 너무 막연하고, 너무도 음흉하게 자신의 비늘을 흔듭니다! 당신의 손아귀에서, 나는, 치명적인 접촉으로부터 아직은 순결하며, 완전 새것인, 대리석 탁자들과 같은 내 격렬한 감정을 버립니다. 여명의 빛이 비출 때까지 참읍시다. 그리고, 페스트에 걸린 당신 팔의 끔찍한 얽힘 속에 나를 던질 순간을 기다리며, 나는, 내가 껴안은, 당신 무릎에 겸허하게 몸을 숙입니다.》 이런 가증스런 편지를 쓴 다음에, 메르빈은 그것을 우체통에 넣고 돌아와 침대에 눕는다. 거기에서 그의 수호천사를 발견하려고 생각지 말라. 물고기의 꼬리는 단지 삼 일 동안만 날 것이며, 이건 사실이다. 하지만, 슬프다! 그 대들보는 그래도 역시 불에 태워질 것이다. 그리고 포탄 모양의 총알 하나는, 설녀[雪女, 메르빈 어머니의 별명, VIII절 참조 – 역주]와 거지[메르빈의 아버지, 그는 아들의 광기라고 생각되는 것이 시작된 날 이래로 거리에서 구걸 생활을 하였다. VIII절 참조 – 역주]에도 불구하고, 코뿔소의 가죽을 꿰뚫을 것이다! 왕관을 쓴 그 미치광이가 열네 개의 단검의 충실함에 대해 진실을 말할 것이기 때문이다.

IV

6

나는 내가 이마 한가운데에 단지 눈 하나만을 가지고 있다는 것을 깨달았다! 오 현관의 널빤지들 사이에 박혀 있는 은제 거울들이여,

그대들의 반사하는 능력으로 그대들은 내게 얼마나 많은 봉사를 해 주었던가! 앙고라 고양이 한 마리가, 내가 자기 새끼들을 알코올로 가득 찬 커다란 통 속에 넣고 끓였다는 이유로, 마치 두개골에 구멍을 뚫는 천공기처럼, 갑자기 나의 등 위로 뛰어올라, 내 노정부顱頂部의 곱사등을, 한 시간 동안, 갉아먹었던 날 이래로, 나는 끊임없이 나 자신에 대해 고통의 화살을 던져 왔다. 오늘, 나의 탄생이라는 숙명에 의해서든, 나 자신의 잘못이라는 사실 때문이든, 나의 육체가, 여러 가지 상황에서 받았던 상처의 각인 때문에, 나의 도덕적 타락의 결과들에 짓눌려(어떤 결과들은 완전히 끝난 것들인데, 누가 다른 결과들을 예측할 것인가?), 말하는 자의 지능과 건막들을 장식하는, 후천적이거나 또는 자연적인 기형에 대해 태연한 관객인 나는, 나를 구성하고 있는 이중성에다 만족스런 시선을 길게 던지며… 내가 아름답다고 생각한다! 마치, 비교적 짧은 요도관과 내벽의 분열 또는 내벽의 부재 가운데 나타나며, 따라서 요도관이 음경 아래, 귀두의 일정치 않은 거리에서 열리는, 인간의 성적性的 기관의 선천적 기형처럼 아름답다. 또는, 칠면조 수컷의 윗부리가 시작되는 곳 위로 솟아 있는, 꽤 깊게 가로로 파인 주름들로 고랑이 진, 원추형 모양의, 두툼하게 늘어진 군살처럼 아름답다. 아니 차라리, 다음과 같은 진실, 곧, 《음계, 음조, 그리고 그들의 조화를 이루는 연계의 체계는 불변의 자연법칙에 의지하지 않고, 그와 반대로, 인간성의 점진적인 발달과 함께 변했고, 또 아직도 더 변할 미학적 원칙들의 결과》라는 진실처럼 아름답다. 그리고 특히, 전망탑들이 있는 장갑裝甲된 작은 군함처럼, 아름답다! 그렇다, 나는 내 단언의 정확성을 주장한다. 나는 잘난 체하는 환상을 가지고 있지 않으며, 이런 점에 자부심을 갖는다. 또한 나는 거짓말에서 어떤 이득도 찾아내지 못할 것이다. 그러므로, 내가 말한 것, 그것을 믿는 데에, 그대들은 조금도 주저하지 말아야 한다. 왜냐하면, 나의 양심으로부터 출발하는 찬사로 가득한 증언들 앞에서, 왜 내가 공포로부터 영감을 받을 것인가? 생각하기 때문이다. 나는 창조주에게서 아무것도 부럽지 않다. 그러나, 그가, 일련의 증가하는 찬란한 범죄들을 통해, 내가 내 운명의 강물을 따라 흘러 내려가게 나를 내버려 두면 좋겠다. 그렇지 않으면, 나는 온갖 장애물로 인해 성난 시선을 그의 이마 높이까지 들어 올려, 그가 우주의 유일한 주인이 아니라는 것을 그에게 납득시킬 것이다. 사물의 본질에 대한 보다 심오한 지식에 직접적으로 의존하는 여러 가지 현상들은, 반대의 의견에 유리한 증언을 하고, 일관된 힘의 통합이라는 실현성에 명백한 반대 증거를 내세운다. 그것은, 그대도 알듯이… 우리 둘이 서로 눈꺼풀의 속눈썹을 응시하고 있기 때문이며 또한 한번 이상, 입술 없는 나의 입안에서, 승리의 나팔 소리가 메아리친 것을 그대는 알고 있다. 저명한 전사여, 잘 가시오. 불행 가운데 그대의 용기는 가장 악착스런 그대의 적에게 존경을 불러일으킨다. 그러나 말도로르는 곧 메르빈이라 불리는 먹이를 가지고 그대와 다투기 위해 그대를 다시 만날 것이다. 그래서, 그가 가지시렁 깊숙한 곳에서 미래를 엿보았을 때, 수탉의 예언은 실현될 것이다. 꽃게가 시간에 맞게 순례자들의 카라반을 다시 만나서, 그들에게 클리냥쿠르[Clignancourt, 벼룩시장들이 위치하고 있는 파리 북쪽의 지명 – 역주]의 넝마주이의 이야기를 몇 마디 말로 가르쳐 주면 좋겠다!

V

7

한 사람이, 리볼리Rivoli 거리로부터 갑자기 뛰어나와서, 연못 왼쪽으로 멀지 않은 곳에 있는, 팔레 루아얄[Palais-Royal, 파리 루브르 박물관 북쪽에 위치하며 원래 루이 13세의 재상이었던 리슐리외의 저택이었으나 루이 14세가 프롱드의 난 당시 이주하였기 때문에 그 후 왕궁으로 불리게 됨 – 역주]의 한 벤치 위에, 앉으러 왔다. 그는 머리칼이 헝클어져 있고, 옷은 얼마나 오랫동안 그가 계속된 빈곤으로 인해 끔찍하게 살아 왔는지를 보여 준다. 그는 뾰족한 나뭇조각을 가지고 땅에 구멍을 파고는, 움푹하게 손을 웅크려 흙을 가득 담았다. 그는 그 양식을 입으로 가져갔다가는, 바로 뱉어 냈다. 그는 다시 일어섰다. 그리고, 머리를 벤치에 대고, 다리를 위로 쳐들었다. 그러나, 이 놀라운 상황은 중력의 중심을 지배하는 중력의 법칙 밖에 있었기에, 그는 챙 있는 모자로 얼굴의 반을 가리고, 팔은 늘어뜨린 채, 다리들이 점점 더 불안해지는 불균형한 상황에서 자갈을 치면서, 무겁게 판자 위로 다시 떨어졌는데, 한참 동안 그 자세로 그대로 있다. 카페가 들어 있는 원형 건물 옆에, 북쪽 중간에 나 있는 입구를 향해, 우리 주인공은 팔을 철책에 기대고 있다. 그의 시선은, 어떤 광경도 놓치지 않으면서, 장방형으로 난 광장을 이리저리 훑어본다. 탐색을 마친 후에, 그의 눈은 제자리로 되돌아온다. 그리고 그는, 정원 한가운데, 벤치 위에서 비틀거리며 체조를 하고 있는 한 남자를 본다. 그는 그 벤치 위에서 힘과 기술의 기적을 수행하면서, 몸을 강하게 하려고 노력하고 있다. 그러나, 정의로운 동기로 야기된 최상의 의도라도, 정신착란의 불규칙성에 대항하여, 무엇을 할 수 있겠는가? 그는 그 미치광이를 향해 나아가서, 그가 자신의 품위를 정상적인 위치로 다시 돌려놓도록 친절하게 그를 도왔다. 그는 그 미치광이에게 손을 내밀고서, 그의 옆에 앉았다. 그는 광기가 단지 간헐적일 뿐이라는 것을 깨닫는다. 발작은 사라졌다. 그의 대화 상대자는 모든 질문에 논리적으로 대답한다. 그가 한 말에 의미를 덧붙이는 것이 필요할까? 왜, 인간의 비참함에 대한 이절판二切板 책의, 어느 페이지를, 신성 모독적 열의를 가지고, 다시 펴는가? 보다 폭넓은 교육에서 연유하는 것은 아무것도 없다. 내가 비록 당신에게 들려줄 진실한 어떤 사건도 갖고 있지 않더라도, 나는 당신의 뇌 속에 옮겨놓기 위한 상상적인 이야기들을 만들어 낼 것이다. 그러나, 그 환자는 자신만의 쾌락 때문에 그렇게 된 것이 아니었다. 또한 그의 진술의 성실성은 독자의 고지식함과 훌륭하게 어울린다. 《나의 아버지는 라베르리la Verrerie 거리의 목수였다… 그가 세 명의 마르그리트Marguerite

의 죽음에 대한 응분의 대가를 치르고, 카나리아의 부리가 그의 안구근眼球筋 축을 영원히 갉아먹기를! 그는 술에 취하던 습관을 줄였다. 그러던 차, 그가 술집 계산대를 섭렵한 뒤에, 집에 돌아올 때면, 그의 분노는 거의 무한에 이르러, 그는 자기 눈에 보이는 대상들을 무분별하게 때리곤 하였다. 그러나, 곧, 자신의 친구들의 비난 앞에서, 그는 완전히 행실을 고치고, 말이 적은 성격이 되었다. 우리 어머니까지 포함하여, 어느 누구도, 그에게 가까이 갈 수 없었다. 그는 자신이 제멋대로 행동하면 안 된다는 생각에 대하여 은밀한 원한을 품고 있었다. 나는 나의 세 누이를 위해 검은 방울새 한 마리를 샀다. 내가 그 방울새를 산 것은 바로 나의 세 누이를 위한 것이었다. 그녀들은 그 새를 문 위에 있는 새장 안에 넣었다. 그러자 행인들이, 새의 노랫소리를 듣고, 새의 덧없는 우아함에 찬탄하고 또 그 교묘한 자태를 살펴보기 위해 매번 멈춰 서곤 했다. 나의 아버지는 몇 차례 그 새와 새장을 없애라고 지시했는데, 이유는 그 방울새가 보컬리스트의 재능으로 경쾌한 카바티나 연가를 그에게 불러 주며, 그의 인격을 조롱한다고 생각했기 때문이었다. 그는 분노에 눈이 먼 채, 못에서 새장을 떼러 갔는데, 의자에서 미끄러졌다. 무릎에 입은 가벼운 찰과상이 그의 시도로 인한 전리품이었다. 부어오른 부분을 대팻밥으로 몇 초 동안 누른 다음에, 그는 눈썹을 찌푸리고서, 바지를 다시 추스르고, 더욱 조심하여, 새장을 팔 밑에 끼고서 자신의 작업실 안쪽을 향해서 갔다. 거기에서, 그는, 가족의 외침 소리와 애원에도 불구하고(우리는, 우리에게 있어서, 그 집의 수호신과 같았던 그 새를, 매우 사랑하고 있었다), 큰 대패 하나가 그의 머리 주위를 선회하면서, 구경꾼들을 멀리 잡아 두고 있는 동안, 그는 징을 박은 발굽으로 그 버들상자를 짓밟았다. 우연히도, 그 방울새는 단숨에 죽지 않았다. 솜털 같은 깃털들이, 피로 더럽혀지긴 했지만, 아직 살아 있었다. 목수는 소리를 내며 문을 닫고, 나가 버렸다. 어머니와 나, 우리는 죽으려는 새의 생명을 살리려 노력했다. 새는 자신의 최후에 이르렀고, 그의 날개의 움직임은, 이제 고통스런 임종의 마지막 경련의 반영같이만 눈에 비칠 뿐이었다. 그러는 동안, 세 명의 마르그리트는, 모든 희망이 사라지려 하는 것을 알아채고는, 모두 합치하여, 서로 손을 잡아, 살아 있는 사슬 줄을 이루고서, 기름통 하나를 몇 발자국 밀어 놓은 후, 층계 뒤, 우리의 암캐 집 옆으로 가서 쭈그리고 앉았다. 나의 어머니는 노력을 멈추지 않고, 그 방울새를 자신의 숨결로 덥히기 위해, 그것을 자신의 손가락 사이에다 잡고 있었다. 나, 나는 가구와 집기들에 몸을 부딪치면서, 온 방을 미친 듯이 다니며 날뛰었다. 때때로, 나의 누이들 중의 하나가 그 불행한 새의 운명을 알아보기 위해 층계 아래쪽 앞에서 머리를 보였다가, 슬픔에 차서 사라졌다. 암캐는 자기 집에서 나와, 마치 우리들이 여의게 된 것의 중대성을 이해라도 한 것처럼, 메마른 위로의 혀로 세 마르그리트의 옷을 핥고 있었다. 방울새는 잠시 동안밖에는 더 이상 살 수 없었다. 이번에는, 나의 누이들 중의 하나(그녀는 가장 어렸다)가, 점점 줄어드는 빛으로 어슴푸레함 속에서 머리를 내밀었다. 그녀는 나의 어머니가 창백해지는 것과, 그 새가, 잠깐 동안, 신경조직의 마지막 표현으로, 목을 세운 다음에, 어머니의 손가락 사이에서 다시 쓰러져, 끝내 움직이지 않는 것을 보았다. 그녀는 그 소식을 그녀의 언니들에게 알렸다. 그녀들은 어떤 불평, 어떤 속삭임의 소리도 내지 않았다. 작업실 안에는 침묵이 가득 찼다. 목재의 탄력성으로 인해, 부분적으로 그 구조물의 처음 위치로 돌아가고자 하는, 부서진 새장 조각들의 불규칙한 삐걱 소리밖에는 분간되지 않고 있었다. 세 마르그리트는 전혀 눈물을 흘리지 않고 있었고, 그들의 얼굴은 진홍빛 신선함을 잃지 않고 있었다. 아니… 그들은 오로지 움직이지 않고 있을 뿐이었다. 그들은 개집 안에까지 기어 들어가서, 나란히, 짚더미 위에, 누웠다. 그동안 그들의 작업에 대한 수동적 증인인, 암캐가 그들이 하는 짓을 놀라워하며 바라보고 있었다. 나의 어머니는, 여러 번 되풀이하여, 그녀들을 불렀으나, 그녀들은 어떤 대답 소리도 내지 않았다. 조금 전의 감정 상태로 인해 지쳐서, 아마도, 그녀들은 자고 있었을 것이다! 어머니는 집안 구석구석을 모두 뒤졌으나 그녀들을 찾지 못하였다. 어머니는 자신의 옷을 물고 개집을 향해 끌고 가는 암캐를 따라갔다. 그 여인은 고개를 숙이고서 자신의 머리를 그 입구에 갖다 댔다. 그녀가 그 증인이 될 수 있는 그 광경은, 모성적인 두려움의 위험스런 과장은 제쳐 놓고라도, 내가 생각하는 예측으로도, 가슴을 에는 듯이 비통한 것일 수밖에 없었다. 나는 양초에 불을 붙여 그녀에게 주었다. 그래서, 모든 것이 세세하게 그녀에게 보였다. 그녀는 너무 때가 이른 그 무덤으로부터, 지푸라기가 붙어 있는 자신의 머리를 돌리고서, 《세 마르그리트는 죽었다.》라고 내게 말했다. 그녀들은 함께 꽁꽁 얽혀 있었기 때문에, 바로 이 점을 그대들은 명심할진대, 우리는 그녀들을 그곳에서 끌어낼 수 없었으므로, 나는 개집을 부수기 위하여, 망치를 가지러 작업실로 갔다. 나는, 곧바로, 개집을 부수기 시작했는데, 행인들이 조금이라도 상상력이 있다면, 우리 집에서는 일을 쉬지 않는다고 생각할 수 있었을 것이다. 나의 어머니는, 그러나, 어찌할 수 없이, 일이 늦어지는 것에 조급해져서, 판자에다 자신의 손톱을 부러뜨리고 있었다. 마침내, 건설적이지 못하지만 그녀들을 해방시키는 구조 작업이 끝났다. 깨진 개집은 사방으로 젖혀졌다. 우리는 목수의 딸들을 파편들로부터, 어렵게 분리해 낸 다음에, 한 명씩, 끄집어내었다. 나의 어머니는 그 지방을 떠났다. 나는 그 뒤로 나의 아버지를 본 적이 없다. 나로 말하자면, 사람들은 나를 미쳤다고들 하는데, 나는 대중의 자비심을 간청한다. 내가 알고 있는 것, 그것은 카나리아가 더 이상 노래하지 않는다는 것이다.》 청취자는, 자신의 불쾌한 이론을 뒷받침하기 위해 제시된 이 새로운 예를 자신의 내면으로 받아들인다. 마치, 옛날에 포도주를 마신, 한 남자 때문에, 사람들이 인류 전체를 비난할 권리를 갖는 것처럼 말이다. 그와 같은 것은 적어도 그가 자신의 마음속에 끌어들이려고 애쓰는 역설적인 생각인데, 그러나 그 생각은 그 마음속에서 심오한 경험으로부터 생겨나는 중요한 교훈을 몰아낼 수 없다. 그는 거짓으로 동정하며 그 미치광이를 위로하고, 자기 자신의 손수건으로 그의 눈물을 닦아 준다. 그는 그 미치광이를 한 식당으로 데려가고, 그들은 같은 식탁에서 식사한다. 그들은 유행하는 한 양복점으로 간다. 피보호자에게 왕자처럼 옷이 입힌다. 그들은 생토노레Saint-Honoré 거리에 있는 한 대저택의 관리인 집 문을 두드린다. 그리고 그 미치광이는 사 층에 있는 고급 아파트에 정착한다. 그 악당은 그 미치광이에게 자신의 지갑을 강제로 받게 하고, 또한, 침대 아래에 있는 요강을 잡고, 그것을 아곤Aghone의 머리 위에 놓는다. 《내가 그대를 지성의 왕으로 임명하노라.》라고 그는 계획된 허풍을 떨며 외친다. 《그대의 최소한의 부름에도 나는 달려가리라. 나의 금고에서 두 손 가득히 물건들을 꺼내라. 나는 육체와 영혼이 그대에게 속해 있다. 밤에는, 그대가 사용한다는 허락과 함께, 그대는 흰 대리석 왕관을, 그것의 일상의 자리에다 가져다 놓아라. 그러나, 낮에는, 여명이 도시들을 밝히자마자 곧, 그대의 권력의 상징으로서, 그것을 그대의 머리에다 다시 얹으라. 세 마르그리트는 내가 그대의 어머니가 될 것이라는 것을 깨닫지 못하고, 내 마음속에서 다시 살아날 것이다.》 그러자 미치광이는 자신이 모욕적인 악몽의 제물인 것처럼, 몇 발자국 뒤로 물러났다. 슬픔으로 주름진 그의 얼굴 위에 행복의 주름살이 그려졌다. 그는 굴욕감으로 가득 차서, 자신의 보호자 발치에 무릎을 꿇었다. 감사함이, 독약처럼, 왕관을 쓴 미치광이의 가슴속으로 들어왔다! 그는 이야기하고 싶었으나, 그의 혀는 멈췄다. 그는 몸을 앞으로 숙이고, 타일 바닥으로 쓰러졌다. 청동 입술의 그 남자는 물러난다. 그의 목적은 무엇이었는가? 그것은 아주 작은 그의 명령에도 복종할 만큼 매우 순진하고, 어떤 시련에도 변함없이 신용할 수 있는 한 친구를 얻는 것이었다. 그는 더 잘 만날 수 없었는데 우연이 그를 도왔던 것이다. 그가 찾아낸, 벤치 위에 누워 있던, 그 사람은, 자신이 젊었을 때의 어떤 사건 이후로, 이제 더 이상 선과 악을 구별할 줄 모른다. 그에게 필요한 것은 바로 아곤 그 사람 자신인 것이다.

VI

8

전능의 신은, 죽은 것이 확실한 젊은이를 구하기 위해, 자신의 대천사들 중의 하나를 지상으로 보냈다. 그런데 앞으로는 그 자신이 내려가기를 강요받을 것이다! 그러나, 우리는 우리 이야기의 이 부분에까지는 아직 이르지 못했으며, 나는 한꺼번에 모든 것을 말할 수 없기 때문에, 내 입을 닫아야만 하는 것을 알고 있다. 이 가상의 이야기의 음모가 거기에서 불편한 점을 모를 때, 실현될 속임수들은 각각 제때에 나타날 것이다. 대천사는, 누가 자신을 알아보지 못하도록, 야생 라마처럼 커다란, 한 마리 투르토 게[crabe tourteau, 대서양 연안에서 잡히는 커다란 식용 게 – 역주]의 형태를 취했다. 그는 바다 한가운데, 암초 꼭대기에서, 해안으로 내려가기 위해, 조수의 가장 좋은 때를 기다리고 있었다. 푸른 옥빛의 입술을 가진 남자가,

구불구불한 해변 뒤에 숨어서, 손에 막대기를 들고, 그 동물을 염탐하고 있었다. 누가 이 두 존재의 마음속을 읽고 싶었을 것인가? 전자는 자신이 수행하기 어려운 사명을 지고 있는 것을 감추지 않고서, 이렇게 외치고 있었다.《점점 거칠어지는 파도가, 저 사람의 일시적인 피난처—그곳에서 나의 주인은 몇 차례 자신의 힘과 용기가 꺾이는 것을 경험했다—를 때리는 동안, 나는 어떻게 성공할 것인가? 저자에 대하여는, 아무도 그가 어디에서 오는지 그리고 그의 최종적인 목적이 무엇인지 알지 못하는 반면, 나, 나는 한정된 실체에 불과하다. 그의 이름에, 천상의 군대는 전율한다. 내가 떠나온 지역에서 몇 사람은 이야기하기를, 악의 화신인, 사탄, 사탄 그 자체는 그렇게 위험하지 않다고 한다.》후자는 다음과 같은 생각을 하고 있었는데, 그 생각은 하늘빛 둥근 천장 안에까지 메아리쳐서 그것을 더럽혔다.《그는 경험이 아주 없는 것 같다. 나는 민첩하게 그를 혼내 줄 것이다. 그는 아마도, 스스로 오기는 너무 두려워하는 자에 의해, 아마도 높은 곳으로부터 보내져 온 것이리라! 우리는, 그가 하는 일을 보고, 그가 겉으로 보이는 것처럼 거만한지 알아볼 것이다. 그는 지상의 살구[천상과 대비되는 지상을 살구에 비유한 것은 그 크기의 작음을 강조하기 위한 것으로 보임 – 역주]에서 사는 주민이 아니다. 그는 불확실하고 방황하는 눈으로 자신이 천사 출신이라는 것을 드러낸다.》얼마 전부터, 해안의 무한한 공간 위로 시선을 보내던 투르토 게는 우리의 주인공을 알아보고(그는, 그때, 헤라클레스Hercule와 같은 자신의 키 높이로 우뚝 일어섰다), 다음과 같은 말로 갑작스레 그에게 말을 걸었다. 《덤비지 말고 항복하라. 나는, 너를 쇠사슬로 묶어서, 너의 생각과 공범인 두 지체를 움직일 수 없게 만들기 위해, 우리 둘보다 위에 있는 어떤 분에 의해 보내졌다. 네가 손가락 사이에다 칼들과 단검들을 힘주어 잡는 것, 그런 일은 앞으로 너에게 금지되어야 하는데, 다른 사람들을 위해서도 그렇지만 너를 위해서도 나를 잘 믿으라. 나는 너를 산 채로 데려오라는 명령을 받았으니, 산 채로든 죽은 채로든 나는 너를 차지할 것이다. 내가 잠시 빌린 힘을 사용해야 되게 하지 말라. 나는 교묘하게 행동할 것이다. 너는, 내게 어떤 저항도 하지 말라. 그렇게 해서 나는, 네가 후회를 향해 첫발을 내딛은 것을, 민첩하게 그리고 환희에 차서, 알게 될 것이다.》 우리의 주인공은 너무도 우스꽝스러운 신랄함이 새겨져 있는, 그 장광설을 들었을 때, 볕에 타 그을리고 거칠어진 자신의 얼굴에 계속 진지한 표정을 짓고 있는 것이 어려웠다. 그러나, 결국, 그가 마침내 웃음을 터뜨리고 말았다고 내가 덧붙여 말한다 해도, 모두 놀라지 않을 것이다. 웃음은 그보다 훨씬 강하였던 것이다! 그는 자기 웃음에 나쁜 의도를 섞지 않았다! 그는 물론 투르토 게의 비난을 사고 싶지 않았다! 폭소를 물리치려고 그는 너무도 많은 노력을 하지 않았던가! 깜짝 놀란 자신의 대화 상대자를 모욕하는 것같이 보이지 않으려고, 너무도 여러 번 그는 자신의 입술을 꼭 깨물지 않았던가! 불행하게도 그의 성격은 인간성의 본질과 비슷하였고, 그는 암양들이 하듯이 웃고 있었다! 마침내 그가 멈추었다! 때가 되었다! 그는 숨이 막힐 뻔했다! 바람이 다음의 대답을 암초에 있는 대천사에게 전해 주었다. 《그대의 주인이 자신의 일을 해결하기 위해 달팽이들과 가재들을 더 이상 내게 보내지 않을 때, 그리고 그가 개인적으로 나와 협상하여 줄 때, 내가 확신하건대, 화해할 방법이 찾아질 것이다. 왜냐하면 그대가 그렇게도 정확하게 말했던 것처럼, 나는 그대를 보낸 자보다 열세에 있기 때문이다. 그때까지, 화해하는 생각은 내게 시기상조인 것 같으며, 단지 꿈같은 결과만을 초래하기 알맞은 것 같다. 나는 그대가 말하는 음절 하나하나 속에 분별이 있다는 것을 매우 잘 알아차리고 있다. 그래서, 우리의 목소리가 삼 킬로미터 거리를 주파하도록 하기 위해, 우리가 쓸데없이 우리의 목소리를 피곤하게 만들 수 있을 것이기 때문에, 만약 그대가 그대의 난공불락의 요새에서 내려와, 헤엄쳐서 견고한 땅으로 올라온다면, 우리는 보다 편하게, 항복의 조건 — 그것이 아무리 합법적이라 할지라도, 나에게는, 그래도, 결국은 불쾌한 전망에 속하는 — 을 토의할 것인데, 그렇게 하는 것이 내가 볼 때는 그대가 현명하게 행동하는 것 같다.》 이러한 선의를 기대하지 않았던, 대천사는, 깊은 틈바귀에서 자신의 머리를 한 단계 꺼내고서 대답했다. 《오 말도로르여, 너의 가증스런 본능이, 너의 그 본능을 영원한 저주로 이끄는 용납될 수 없는 오만의 불꽃이 꺼지는 것을 볼 그날이 마침내 온 것인가! 이 칭찬할 만한 변화를 제 이 열의 천사 군단에게, 제일 먼저, 이야기할 사람은, 그들 가운데 하나를 다시 찾아서 기뻐하는 바로 나일 것이다. 너는 너 자신을 알고 있고 또한 너는 네가 우리들 가운데 첫 번째 자리를 차지하고 있었던 시절이 존재한다는 것을 잊지 않았다. 너의 이름은 입에서 입으로 재빨리 퍼져 갔다. 너는 현재 우리의 고독한 대화의 주제이다. 그러니 오라… 너의 옛 주인과 함께 지속적인 평화를 이루러 오라. 그는 너를 길 잃은 아들처럼 받아들이고, 또한 인디언들에 의해 길러진 고라니의 산더미 같은 뿔들처럼, 네가 네 마음에 축적한 거대한 양의 죄상은 알아채지 못할 것이다.》 이렇게 그는 말하고서, 어두운 틈의 깊숙한 곳에서 자기 몸의 모든 부분을 끄집어낸다. 그는, 암초의 표면 위로, 찬란한 자신의 모습을 드러낸다. 종교사제는 자신이 길 잃은 한 마리의 암양을 인도한다는 확신을 가질 때면 그렇게 한다. 그는 용서받는 자를 향하여 헤엄쳐 가기 위하여, 물 위로 껑충 뛰려 한다. 그러나, 사파이어 입술을 가진 그 남자는 미리 오랫동안 배신적인 공격을 계산했던 것이다. 그의 막대기가 힘차게 던져진다. 파도 위로 수없이 튀고 난 뒤 그것은 자선 천사의 머리를 때리러 간다. 그 게는, 치명적으로 얻어맞고, 물 속으로 떨어진다. 조수潮水는 떠다니는 표류물을 해안으로 실어 간다. 게는 자신의 상륙을 보다 쉽게 하기 위해 조수를 기다리고 있었다. 그런데, 조수가 온 것이다. 조수는 자신의 노래로 그를 조용히 흔들었다. 그리고 그를 살며시 해변에 데려다 놓았는데 게는 만족해하지 않는지? 그는 이제 무엇을 더 해야 하는가? 그런데 말도로르는, 모래사장 위에 몸을 구부리고, 파도에 의해 우연히 떼어놓을 수 없을 정도로 합해져, 두 친구같이 되어 버린 투르토 게와 살인 막대기를 그의 품 안에 맞아들인다!《나는 아직 내 솜씨를 잃어버리지 않았다. 내 솜씨는 사용되기만을 요구할 뿐이다. 내 팔은 힘이 있고 내 눈은 정확하다.》라고 그는 외친다. 그는 의식을 잃은 그 동물을 바라본다. 그는 흘린 피의 보상을 요구받지 않을까 염려한다. 그는 대천사를 어디에 숨길 것인가? 그리고, 동시에, 그는 죽음이 순식간에 이루어진 것이 아니었는지 생각해 본다. 그는 게의 등 위에 모루[4절의 끝부분에서 검은 백조, 투르토 게와 함께 언급됨 – 역주]와 시체를 놓았다. 그는 거대한 연못을 향해 가는데, 그 연못의 가장자리는 모두 커다란 등나무들로 덮여 있는데, 빠져 나오지 못할 정도로 뒤얽혀 우거져서 마치 담이 쳐져 있는 것 같았다. 그는 먼저 망치를 들고 싶었다. 그러나, 그것은 너무 가벼운 연장이다. 반면 보다 더 무거운 물건과 함께라면, 그리고 그 시체가 생명의 표시를 한다면, 그는 그 시체를 땅 위에 놓고 모루질을 하여 가루로 만들 것이다. 그의 팔에 부족한 것은 힘찬 기운이 아니라, 오히려 가장 사소한 방해물일 뿐이다. 그는, 호수가 보이는 곳에 도착하여, 호수가 백조들로 가득한 것을 본다. 그는 그것이 그에게는 확실한 후퇴라고 생각한다. 변신의 도움으로, 자신의 짐을 버리지 않고, 그는 다른 새들의 무리에 섞인다. 신의 부재를 찾아내고 싶었던 그곳에서 그대들은 하느님의 손을 유의해서 보고, 내가 그대들에게 이야기하려는 기적을 유익하게 사용하라. 까마귀 날개처럼 까만, 그는, 눈부신 하얀 색깔을 한 물새 떼 가운데서, 세 번 수영하였다. 세 번, 그는 자신을 석탄 덩어리와 같게 만들고 있는 그 독특한 색깔을 유지하였다. 그것은 신이, 자신의 정의 안에서, 그의 계략이 백조 떼까지도 속일 수 있는 것을 허락하지 않았기 때문이다. 그런 식으로 그는 호수 안에서 공공연히 머물렀다. 그러나, 모두 그와 거리를 두고 있었고, 또한 어떤 새도, 그의 곁에 머물기 위해, 그의 수치스런 깃털에 가까이 오지 않았다. 그래서, 그는 마치 자신이 인간들 사이에 홀로 있는 것처럼, 연못의 끝에 있는, 외딴 작은 만에서만 한정되어, 공중에서 사는 서식동물인 새들 가운데서, 홀로 잠수하였다! 이렇게 해서 그는 방돔Vendôme 광장의 믿을 수 없는 사건[10절에 나오는 사건을 의미함 – 역주]을 준비하게 되었던 것이다.

VII

9

금빛 머리털의 그 협잡꾼은, 메르빈의 답장을 받았다. 그는, 그 독특한 페이지에서, 자기 자신의 암시작용이라는 연약한 힘에 내맡겨진 채 그 편지를 쓴 자의 지적 고통의 흔적을 따라간다. 메르빈은 낯선 자의 우정에 답하기 전에, 그의 부모와 상의하는 것이 훨씬 나았을 것이다. 주연 배우로서, 그 모호한 음모에, 섞이는 것은 그에게 어떤 이익도 주지 못할 것이다. 그러나, 마침내, 그는 그렇게 하기를 원한 것이다. 정해진 시각[아침 5시를 의미함. 5절 참조 – 역주]에, 메르빈은, 자기 집 문에서 나와, 세바스토폴Sébastopol 거리를 따라서, 생미셸Saint-Michel 분수까지, 앞쪽으로 똑바로 갔다. 그리고 그랑조귀

스탱Grands-Augustins 강둑에 올라 콩티Conti 강둑을 건넌다. 그가 말라케Malaquais 강둑 위로 지나갈 때, 팔 밑에 가방 하나를 끼고, 그것을 조심스럽게 살피는 듯한 한 낯선 사람이, 루브르Louvre 강둑 길에서, 자신과 같은 방향으로, 걸어가는 것을 본다. 아침 안개는 사라졌다. 그 두 행인은 카루젤 다리 양쪽에서 동시에 나타났다. 그들은 결코 서로 본 적이 없었지만, 서로를 알아보았다! 사실, 나이에 의해 구별되는, 그 두 존재가, 고귀한 감정으로 그들의 영혼을 근접시키는 것을 보는 것은 감동적인 일이었다. 적어도, 그것은, 그 광경 앞에서 멈춰 섰을 사람들의 생각이었을 텐데, 비록 수학적인 정신을 가졌다 하더라도, 그중의 몇 사람은 그 광경이 감동적이라고 생각했을 것이다. 메르빈은, 눈물 젖은 얼굴로, 자신이 미래의 역경에서 귀중한 구원군이 될 사람을, 말하자면 인생의 초입에서, 만난다고 생각하고 있었다. 그러나 또 한 사람은 아무 말도 하지 않고 있었다는 것을 그대들은 확실히 믿으라. 그가 한 일은 다음과 같다. 그는 자신이 갖고 있던 자루를 펼치고 그 입구를 찾아내었다. 그리고, 그 청년의 머리를 잡고서는, 몸 전체를 삼베 자루 속으로 들어가게 했다. 그는, 자신의 손수건으로, 청년을 자루 속으로 들어가게 한 끝부분을 묶었다. 메르빈이 날카로운 외침 소리를 냈기 때문에, 그는, 속옷 보따리처럼, 자루를 들어 올려서, 여러 번 반복해서, 다리 난간에, 그것을 부딪쳤다. 그러자, 그런 처벌을 받는 자는, 자신의 뼈가 부서지는 소리를 듣고, 입을 다물었다. 어떤 소설가도 다시 만나볼 수 없을, 진기한 장면이다! 한 푸주한이, 제 수레의 고기 위에 앉은 채, 지나가고 있었다. 한 낯선 자가 그에게 달려와서, 그를 멈추게 하고 말했다. 《이 자루 속에는, 개 한 마리가 담겨 있습니다. 이놈은 옴에 걸렸지요. 이놈을 될 수 있는 한 빨리 해치우세요.》 말을 건네 받은 사람은 호의적인 태도를 보인다. 길을 방해한 사람은, 멀어져 가면서, 자신에게 구걸하는 누더기 차림의 한 소녀를 본다. 방약무인함과 부도덕의 절정은 도대체 어디까지 가는 것인가? 그는 그녀에게 동냥을 준다! 몇 시간 뒤에, 멀리 떨어져 있는 한 도살장의 문으로, 내가 그대들을 인도해 주기를 그대들이 원한다면, 내게 말하라. 그 푸주한은 돌아와서, 그 짐을 땅에 던지면서, 자신의 동료들에게 말했다. 《이 옴 오른 개를 어서 빨리 죽이자.》 그들은 네 명인데, 각자 항상 사용하던 망치를 들고 있었다. 그러나, 그들은, 자루가 힘있게 움직였기 때문에, 망설이고 있었다. 《나를 사로잡는 것은 어떤 감정인가?》 그들 가운데 한 사람이 천천히 팔을 내리면서 외쳤다. 《이 개가, 어린아이처럼, 고통스런 신음 소리를 내고 있구나. 개가 자신을 기다리는 운명을 아는 것 같다.》라고 다른 사람이 말했다. 세 번째 사람이 대답했다. 《그것은 개들의 습관이다. 바로 지금 그 경우인데, 그들은 아프지 않을 때에도, 그들이 진실로, 견디기 힘든 짖음 소리를 내기 시작하도록 하려면, 그들 주인이 며칠 동안 집에 없는 것으로 충분하다.》 모든 팔이, 이번에는, 결정적으로 그 자루를 내리치려고 호흡을 맞추어 올라가기 전에, 네 번째 사람이 외쳤다. 《멈춰! … 멈춰! … 제발, 멈춰. 여기에 우리가 모르는 사실이 있다. 이 마대가 개를 싼 거라고 누가 너희들에게 말했는가? 나는 그것을 확인하고 싶다.》 그리고서, 그는 동료들의 비웃음에도 불구하고, 자루를 풀었다. 그리고 거기에서 메르빈의 사지를 하나씩 끄집어내었다! 메르빈은 그 힘든 자세로 인해 거의 질식 상태였다. 그는 빛을 다시 보자 정신을 잃었다. 얼마 후, 그는 의심할 여지 없이 살아 있다는 신호를 보냈다. 구출자가 말했다. 《이 다음에는, 너희들 직업에서도 신중함을 배워라. 너희들은 이 법칙을 위반해도 아무 상관 없다고, 스스로, 잘못 생각할 뻔했다.》 푸주한들은 사라져 갔다. 메르빈은, 죽음의 예감으로 가득 차 가슴 조이며, 자기 집으로 돌아와서 제 방에 들어박힌다. 내가 이 절節을 강조하는 것이 필요한가? 아니! 누가 그 완벽한 사건들을 통탄하지 않을 것인가! 아직 보다 엄격한 판단을 내리기 위해 마지막을 기다리자. 결말이 빠르게 다가오고 있다. 또한, 어떠한 종류의 것이든, 일단 정열이 주어지면, 그 정열은 자신을 위해 길을 트기 위하여 어떤 장해도 두려워하지 않는, 이러한 종류의 이야기들에서는, 하나의 공기 그릇 속에 진부한 사백 페이지의 라카 고무를 물에 타 용해할 필요가 없는 것이다. 여섯 개의 절 안에서 말해질 수 있는 것, 그것을 말해야 하며, 그 다음에는 침묵해야 한다.

VIII

10

졸리게 하는 콩트로 뇌를 무의식적으로 조립하기 위해서는, 피곤이라는 필연적 법칙에 의해, 독자의 여생을 위하여 그의 능력을 마비시키는 방법으로, 어리석은 짓을 해부하고 독자의 지성을 새로워진 용량으로 강력히 멍청하게 만드는 것으로는 충분하지 않다. 거기에 더해서, 그대들의 눈의 고정성에 의해 독자의 천성에 대항하여 그의 눈을 억지로 어둡게 만듦으로써, 자기磁器를 띤 훌륭한 정신 감응력으로, 독자를 교묘하게 몽유병으로 움직이지 못하게 해야 한다. 스스로 더 잘 이해하지는 않기 위하여, 그러나 단지, 가장 날카로운 조화調和들의 하나에 의해 동시에 흥미를 끌기도 하고 신경을 거스르기도 하는 나의 생각을 발전시키기 위해, 나는, 사람들이 제의하는 목표에 도달하기 위해, 완전히 자연의 일상적인 걸음 밖에서, 그 해로운 입김이 그것의 절대적인 진실들조차도 뒤엎어 버리는 것 같은 어떤 시를 창조하는 것이 필요하다고 생각하지 않는다는 것을 말하고 싶다. 그러나, 그와 같은 결과(게다가, 잘 생각해 보면, 미학의 규칙에 일치하는)를 끌어내는 것, 그것은 생각하는 것만큼 그렇게 쉬운 일이 아닌데, 바로 이것이 내가 말하고 싶었던 것이다. 따라서 나는 거기에 도달하기 위해 내 전력을 기울일 것이다! 만약 죽음이, 내 문학적인 석고石膏를 서글프게 짓밟는 데 사용된, 내 어깨에 달린 긴 두 팔의 환상적인 빈약함을 멈추게 한다면, 나는 적어도 상을 입은 독자가 이렇게 생각할 수 있기를 바란다.《그에게 정의를 돌려주어야 한다. 그는 나를 아주 바보로 만들었다. 만약 그가 더 살 수 있었다면, 그가 무엇을 하지 못했을까! 그는 내가 알고 있는 가장 훌륭한 최면술 교수이다!》라고. 내 무덤의 대리석 위에 이 감동적인 몇 마디를 새겨 달라, 그러면 나의 영혼은 만족할 것이다! — 나는 내 이야기를 계속한다! 뒤꿈치가 망가진 한 짝의 장화 옆, 구멍 깊숙한 속에서 구멍 속에서 움직이고 있는 하나의 물고기 꼬리[5절의 마지막 부분에서 그다음에 나오는 코뿔소와 함께 언급됨 – 역주]가 있었다.《물고기가 어디 있지? 움직이는 꼬리밖에는 안 보이는데》라고 생각하는 것은 자연스러운 것이 아니었다. 왜냐하면, 정확하게는, 사람들이 물고기를 보지 못한 것을 암암리에 고백했는데, 그것은 바로 실제로 거기에 물고기가 없었기 때문이었다. 비가, 모래 속에, 움푹 패여 깊숙한 곳 속으로 물방울 몇 개를 떨어뜨렸다. 뒤꿈치가 망가진 장화에 대해서, 그 후 몇몇 사람은 그것이 누군가 자발적으로 버려서 생긴 것이라고 생각하였다. 투르토 게는, 신성한 권능에 의해, 분해된 자신의 원자들로부터 다시 태어나야만 했다. 물고기 꼬리가 창조주에게 그의 대리인이 모질게 파도치는 말도로르의 바다의 파도를 관리하는 데 있어 무능력함을 알렸지만, 그 게는 우물에서 그 물고기 꼬리를 꺼내어서, 그것을 잃어버린 그의 몸에 다시 붙여 줄 것을 그것에게 약속하였다. 그는 물고기 꼬리에게 알바트로스의 양 날개를 빌려주었고, 물고기 꼬리는 날아올랐다. 그러나 물고기 꼬리는 자신에게 일어난 일을 이야기하고 투르토 게를 배반하기 위해, 배반자의 처소를 향해 날아갔다. 게는 그 첩자의 계획을 짐작했다. 그래서, 세 번째 날이 끝나기 전에, 그는 그 물고기 꼬리를 가시 돋친 화살로 찔렀다. 그 첩자는 목구멍에서 연약한 신음 소리를 내었는데, 그 신음 소리는 땅에 이르기도 전에 마지막 숨소리로 변하였다. 그러자, 성의 꼭대기에 자리 잡고 있던, 몇 세기 된 대들보 하나가, 펄쩍 뛰면서 가능한 한 높게 일어나서, 큰 소리로 외치며 복수를 요구했다. 그러나 코뿔소로 변한, 전능의 신은, 그 죽음이 당연한 것이라고 그에게 알려주었다. 대들보는 진정하여, 큰 저택 속으로 자리를 잡으러 가서, 수평 자세를 다시 취했다. 그리고 의심을 품고 멀리 가 있는 거미들을 다시 불러서, 그들이, 옛날처럼, 구석에서 자신들의 천을 계속 짜도록 했다. 유황빛 입술의 그 남자는 자신의 동맹군의 나약함을 알았다. 그래서, 그는 왕관을 쓴 미치광이에게 명하여 대들보를 불태워 재로 만들어 버리라고 했다. 아곤은 이 엄중한 명령을 시행했다. 그는 외쳤다.《그대들에 따르면, 때가 왔기 때문에, 나는 내가 돌 아래에 묻었던 고리[3절의 마지막 문장 참조 – 역주]를 되찾게 되었고, 그것을 굵은 밧줄의 한쪽 끝에 묶었다. 이것이 그 상자다.》그리고서 그는 돌돌 말려 있는, 육십 미터 길이의 두꺼운 줄을 내보였다. 그의 주인은 열네 개의 단검들이 어떻게 쓰였는지 그에게 물었다. 그는 그것들은 여전히 충실하며, 필요하면, 모든 사건에 준비 상태로 있다고 대답했고 도형수는 만족의 표시로 고개를 숙였다. 아곤이, 수탉[6절의 마지막 부분 참조 – 역주] 한 마리가 부리로 촛대를 둘로 가르고, 그 각각을 차례로 깊숙이 바라보고서, 광적인 움직임으로 자신의 날개를 치면서, 《패Paix 거리에서 팡테옹Panthéon 광장까지는 생각하는 것만큼 그렇게 멀지 않다. 곧, 그 애처로운 증거를 보게 될 것이다!》라고 외치는 것을 보았다고, 덧붙여 말했을 때, 그 도형수는 놀라움과, 불안감까지 보였다. 투르토 게는, 분격해 있는 말 위에 올라, 문신을 한 팔로 막대기를 던진 것의 증인이며, 그가 지상에 내려온 첫날의 처소였던, 그 암초가 있는 방향으로 전속력으로 달리고 있었다. 그 이후로 한 거룩한 죽음에 의해 축성祝聖된, 그 장소를 방문하기 위해, 한 떼의 순례자들이 걸어가고 있었다. 그 게는 그가 알고 있었던, 준비 중인 음모에 대항하여 절박한 도움을 암초에게 요청하기 위해, 그곳에 이르기를 바라고 있었다. 이십면체 자루의 운율적인 반죽이, 석회질의 난간에 기대어져, 아침에 나타났을 때, 축축한 밤이슬이 아직 남아 있는 카루젤 다리가, 공포와 함께 자신의 사고思考의 수평선이 어수선하게 동심원 모양으로 넓어져 가는 것을 보았던 날, 그 게가, 건축 중인 어떤 집 옆에 있는 건축더미 뒤에 숨어 있던, 한 넝마주이[6절의 마지막 문장 참조 – 역주]가 자신에게 알려주었던 것을 그들에게 이야기해 주기 위해, 제 시간에 도착하지 못한 것을, 그대들은 몇 줄 다음에, 나의 차디찬 침묵의 도움으로, 알게 될 것이다. 그가 그 이야기의 추억으로, 그들의 동정심을 자극하기 전에, 그들은 그들 마음속에서 희망의 싹을 파괴시키는 것이 좋을 것이다… 여러분의 게으름을 없애기 위해서, 선의라는 자원을 사용하라. 그리고 내 옆에서 걸으며 그 미치광이를 시야에서 놓치지 말라. 그 미치광이는 머리에 요강을 올려놓고, 손은 막대기로 무장하고서, 내가 메르빈이라 발음되는 단어를 그대들의 귀에다 상기시켜 주고, 또 미리 알려주는 배려를 하지 않는다면, 그대들이 알아보기 힘들 그 사람을, 자기 앞으로, 밀고 가고 있다. 메르빈. 그는 얼마나 변했는가! 등 뒤로 손이 묶인 채, 그는 교수대로 가는 것처럼, 앞으로 걸어간다. 그렇지만, 그는 어떤 커다란 죄도 저지른 게 없다. 그들은 방돔 광장의 원형으로 둘러친 울타리 안에 도달했다. 육중한 기둥의 갓돌 위에서, 땅으로부터 오십 미터도 더 되는 높이에 있는, 정방형 난간에 기댄 채, 한 남자가 굵은 밧줄을 던져서 풀어, 아곤으로부터 몇 발자국 떨어진 땅에까지 늘어뜨렸다. 늘 하던 대로, 그는 일을 빨리 한다. 그래서, 줄 끝에 메르빈의 다리를 묶기 위해 그가 많은 시간을 쓰지 않았다고 나는 말할 수 있다. 코뿔소는 무슨 일이 일어나려고 하는지를 알았다. 그는, 땀에 젖어서, 카스틸리온Castiglione 거리 귀퉁이에, 숨을 헐떡이며 나타났다. 그는 전투를 시작하는 만족감조차도 없었다. 기둥 꼭대기 주위를 조사하고 있던 그 작자는 자신의 권총을 준비하여, 조심스럽게 겨누더니 방아쇠를 당겼다. 자신의 아들의 광기라고 생각되는 것이 시작된 날 이래로 거리에서 구걸 생활을 하던 해군제독과, 안색이 극도로 창백하여, 설녀[5절의 마지막 문장 참조 – 역주]라고 불렀던 어머니가, 코뿔소를 보호하기 위해 그들의 가슴을 앞으로 내밀었다. 쓸데없는 배려였다. 총알은, 마치 송곳나사처럼, 그의 피부를 뚫었다. 그래서 표면적인 논리로는, 죽음이 필연적으로 모습을 나타내야만 한다고 생각할 수 있었을 것이다. 그러나 우리는, 이 후피동물厚皮動物 속에, 주 예수의 실체가 들어가 있는 것을 알고 있었다. 그는 슬퍼하며 물러갔다. 그가 그의 창조물들 중의 하나에게 너무 착하지 않았는지 잘 증명되지 않는다면, 나는 그 기둥의 남자를 동정할 것이다! 그 남자는, 손목의 메마른 일격으로, 그렇게 추가 달려 있는 줄을 자신에게 끌어온다. 줄은 궤도에서 벗어나서, 그 진동이 메르빈을 좌우로 흔드는데, 그의 머리는 바닥을 향해 있다. 그는, 온 힘을 다해, 손으로, 에델바이스로 엮인 긴 꽃줄을 잡고 있는데, 그 꽃줄은 그가 머리를 부딪치고 있는, 그 밑바닥의 연속되는 두 각을 연결하고 있다. 그는, 고정된 점이 아니었던 그것을, 공중으로, 가져간다. 청동으로 된 방청탑의 반쯤 되는 높이에 메르빈이 걸려 있도록, 굵은 밧줄의 대부분을, 겹쳐진 타원형으로 만들어, 자신의 발치에 쌓아 올린 다음에, 그 탈옥 도형수는, 오른손으로, 그 청년에게, 기둥 축과 병행되어 있는 면에서, 가속화된 단일한 회전운동을 취하게 하고, 왼손으로는, 그의 발치에, 뱀 모양으로 감겨 있는 밧줄을, 끌어 모은다. 석궁이 공간에서 소리를 내자, 메르빈의 몸은, 자신의 몸과 분리되어 떨어져 있는 공중의 원주 안에서, 원심력에 의해 계속 중심으로부터 멀리 떨어져, 여전히 등거리로 움직이는 자세로, 그 석궁을 어디에나 따라간다. 그 문명화된 야만인은, 자신이 튼튼한 장골掌骨로 붙들고 있는, 잘못 보면 강철로 된 막대기와 닮아 있는 것을, 다른 쪽 끝까지, 조금씩 늦춘다. 그는 한 손으로 난간의 경사면에 달라붙은 채, 난간의 주위를 달리기 시작한다. 이런 움직임은 굵은 밧줄의 변혁이라는 원초적인 면을 변화시키고, 이미 너무도 상당하게 긴장된 힘을 증가시키는 효과를 얻는다. 이제부터, 그는 눈에 띄지 않는 걸음으로, 여러 개의 경사면을 연달아 통과해서, 지나간 다음에, 위엄 있게 수평면으로 방향을 바꾼다. 기둥에 의해 이루어진 직각과 식물성 섬유는 똑같은 측면들을 가지고 있다! 배신자의 팔과 살인도구는, 어두운 방안으로 스며드는 한 줄기 광선의 원자 요소들처럼, 직선적인 통일성 안에서 합쳐진다. 기계적인 정리定理들은 내가 이렇게 이야기하는 것을 허락한다. 슬프게도! 또 다른 힘에 덧붙여진 하나의 힘은, 원초적인 두 개의 힘으로 이루어진 산물로 하나의 합력을 만들어 낸다고 알고 있다! 장사의 격렬한 힘이 없다면, 훌륭한 품질의 대마大麻가 없다면, 직선의 밧줄이, 벌써 끊어졌을 것이라고 누가 감히 주장할 것인가? 금빛 머리칼을 가진 협잡꾼이, 갑자기 그리고 동시에, 증가된 속력을 멈추고, 손을 펴더니 굵은 밧줄을 늦춘다. 앞의 것들과 너무도 대조되는, 이러한 움직임의 충격으로, 그의 관절은 난간에 부딪쳐 소리를 낸다. 줄에 매달려 있는, 메르빈은, 자신의 뒤로 찬란한 자기 꼬리를 끌고 가는 혜성과 닮았다. 잡아당기면 죄어지도록 엮은 매듭의, 햇빛에 번쩍거리는, 철로 된 고리는, 스스로 환영幻影을 완성시킨다. 사형수는, 포물선을 이루는 자신의 행로에서, 센Seine 강 좌안까지 대기를 가르고, 내가 무한하다고 여기는 충동의 힘 덕으로 그 좌안을 통과한다. 그리고 줄이, 거대한 둥근 천장의 위쪽 내벽을, 꿈틀거리며, 부분적으로, 죄는 동안, 그의 몸은 팡테옹의 둥근 지붕을 칠 것이다. 그날 종일 내내, 매달려 있는, 메마른 골격 하나가 보이는 것은, 바로 오직 그 형태에서만 오렌지를 닮은, 볼록한 공 모양의 그 표면 위에서다. 바람이 그것을 좌우로 흔들 때, 라탱Latin 지구[파리의 센강 변 좌안에 위치하며 행정상으로는 5구, 6구에 해당된다. 중세 시대부터 프랑스 혁명 전까지 라틴어로 대학 수업이 이루어진 데서 생긴 명칭임 – 역주]의 학생들은, 그 같은 운명을 두려워하며, 짧은 기도를 올린다고들 이야기한다. 그러나 이것은 믿을 필요 없는 무의미한 소리로, 단지 어린아이들에게 겁을 주는 데만 적절할 뿐이다. 그[사형수 – 역주]는, 경련 이는 자신의 수중에, 커다란 리본처럼, 오래된 노란색 꽃들을 들고 있다. 거리를 고려해야 하는데, 그가 좋은 시력으로 확인하는 것에도 불구하고, 실제로, 그것이 내가 그대들에게 이야기했던 에델바이스인지를, 아무도 인정할 수 없으며, 또한 오페라Opéra 신관[파리 소재 오페라 가르니에 건물로 1862년에 건축을 시작하여 1874년에 완성됨 – 역주] 가까이에서 시작된, 불공정한 싸움이, 웅장한 한쪽 밑받침으로부터 떨어지는 것을 본 것을, 아무도 인정할 수 없다. 그래도 초승달 모양의 휘장들이 사진법四進法 숫자 안에서 그들의 결정적인 대칭적 표현을 더 이상 받아들이지 않는 것은 사실이다. 그러니 만약 그대들이 나를 믿고 싶지 않다면, 직접 그곳으로 보러 가라.

로트레아몽의 편지

1.

[어느 비평가에게 보내는 편지 — 역주]

파리, 1868년 11월 9일.

선생님,

귀하의 명성 있는 신문에다 이 소책자의 비평을 부탁드려도 될까요. 본의 아닌 제 사정에 의하여 그 책자를 8월에 발표할 수 없었습니다. 그 책은 이제 프티 주르날 서점(Librairie Petit Journal)이나 유로페엥Européen 골목에 있는 베이유 에 블로크Weil et Bloch 서점에 나와 있습니다. 이달 말에 저는 라크루아Lacroix 출판사에서 두 번째 노래를 발간해야 합니다.

그럼 안녕히 계십시오.

2.

[은행가 다라스Darasse 씨에게 보내는 편지 — 역주]

1869년 5월 22일.

선생님,

5월 21일자 선생님의 편지를 받은 것은 바로 어제였습니다. 받아 보니 선생님의 것이었습니다. 그런데, 제가 귀하에게 사과할 기회를 유감스럽게도 그렇게 흘려 보낼 수 없음을 알아 주시기 바랍니다. 그 이유는, 제가 처해 있는 상황 속에서 생길 수도 있는 유감스러운 일을 무시하고, 자금이 떨어졌다는 것을, 일전에 귀하가 제게 알려 주었더라면, 저는 그것에 손댈 생각을 조금도 하지 않았을 것이기 때문입니다. 그러나 귀하가 이 세 통의 편지를 읽지 않았을 때 느꼈을 정도의 기쁨을, 제가 이 편지들을 쓰지 않는다면 저 역시 느꼈을 것입니다. 귀하는 제 아버지가 별난 행동으로 애매하게 지시한 의심스럽고 유감스러운 방법을 사용하였습니다. 그러나 귀하는 남아메리카로부터 온 한 장의 편지로 인해 귀하가 지금까지 처했던 어려운 상황을, 제가 두통 때문에 주의 깊게 살펴볼 수 없는 것은 아니라고 판단하였는데, 그 편지의 주된 결점은 명확하지 않은 것입니다. 저는 몇 가지 우울한 일들이 제게 거슬리는 것을 크게 생각하지 않는데, 그것들은 사람들이 노인은 쉽게 용서한다든가, 또는 아마도 장차, 도시에 살러 오는 어떤 사람과 마주하여, 은행가로서의 엄격한 귀하의 역할로부터 뛰쳐나갈 필요성을 귀하에게 강요하는 듯이 내게 보인 것 같은 것들입니다…

죄송합니다만 선생님, 한 가지 바람이 있습니다. 만일 제 아버지가 9월 1일까지 다른 자금을 보낸다면, 제가 귀하의 은행 문 앞에 그때쯤 해서 나타나겠으니, 제게 사실을 알려 주시겠습니까? 게다가 저는 낮에는 항상 집에 있습니다. 귀하는 제게 한마디만 쓰면 될 것입니다. 아마도 문을 여는 아가씨가 곧 제게 그것을 전달해 줄 것이며, 만약 제가 현관에 있게 된다면 그전에 그것을 받을 수 있을 것입니다… 이 모든 것은, 반복해 말씀드리지만, 무의미하고 하찮은 형식입니다! 다섯 개 대신 열 개의 마른 손톱을 제시한다는 것은 유리한 거래[냉소적인 표현으로 쓸데없는 일이라는 의미로 사용됨 – 역주]지요. 제가 많이 생각해 본 후에 고백하는데, 이런 거래는 전혀 중요하지 않은 많은 양의 일들로 가득 채워진 것처럼 제게 보였습니다.

3.

[베르브뢱코벤Verbroeckhoven 씨에게 보내는 편지 – 역주]

파리, 10월 23일.

먼저 제 상황을 설명드립니다. 저는 미스키예비츠Mickiewickz, 바이런Byron, 밀턴Milton, 사우디Southey, 뮈세A. de Musset, 보들레르Baudelaire 등이 한 것처럼 악을 노래했습니다. 물론, 저는 단지 독자를 억압하기 위해서만 절망을 노래하는 그 숭고한 문학의 의미 안에서 새로운 것을 하기 위해서, 그리고 독자에게 치료제로서 선을 바라도록 하기 위해서, 음역을 조금 과장하였습니다. 그러니까, 결국 사람들이 노래하는 것은 항상 선인데, 저는 단지 그 옛날 유파보다 더 철학적이면서도 덜 순진한 방법으로 노래했을 뿐입니다. 그 유파의 대표자들로는 빅토르 위고Victor Hugo와 몇몇 다른 작가들이 아직 살아 있습니다. 파십시오. 귀하를 방해하지 않겠습니다. 그런데 그것을 위해 제가 할 일은 무엇인가요? 귀하의 조건을 말하십시오. 제가 바라는 것은, 중요한 월요평론가들에게서 평론작업이 이루어지는 것입니다. 제가 저의 것을 보게 될 때쯤, 그들만이 좀 더 후에 분명히 그 끝을 보게 될 출판물의 첫 부분을 처음이지만 결정적으로 평가할 것입니다. 그런데 그 끝부분의 성격은 아직 결정되지 않았습니다. 그렇지만 각 페이지마다 벌써 엄청난 고통이 있습니다. 그것은 악일까요? 분명히, 아닙니다. 비평이 선에 대해서 언급한다면, 다음 간행에서는, 너무나 강한 몇몇 부분을 삭제할 수 있을 것이기 때문에, 저는 그 점에 있어서 귀하에게 감사드릴 것입니다. 그리하여, 무엇보다도 제가 바라는 것은, 비평에 의해 평가를 받는 것이고, 일단 알려지면, 저절로 잘되어 나갈 것입니다. 그럼 안녕히.

I. 뒤카스Ducasse

I. 뒤카스, 포부르 몽마르트르Faubourg-Montmartre 거리, 32번지

4.

[베르브뢱코벤 씨에게 보내는 편지 – 역주]

파리, 10월 27일.

저는 당신의 지시에 따라 라크루아[Lacroix, 베르브뢱코벤의 동료 – 역주]에게 말했습니다. 그는 반드시 귀하에게 편지를 쓸 것입니다. 귀하를 저를 대신하는 판매자로 하는 것, 사십 퍼센트, 그리고 13번째 견본에 대한 귀하의 제안을 받아들입니다. 상황이 이 작품을 당신의 목록에서 어느 정도까지 유리하게 나타날 만하게 만들었기 때문에, 나는 그것이 좀 더 비싸게 팔릴 수 있다고 믿고, 그 부분에서는 불편함을 느끼지 않습니다. 게다가, 그쪽에서는, 사람들의 정신이 이 반항의 시를 맛보는 데 프랑스보다 더욱 잘 준비되어 있을 것입니다. 에르네스트 나빌Ernest Naville(프랑스 학사원의 기자)은, 지난해, 주네브Genève와 로잔Lausanne에서, 저주받은 시인들과 철학자들을 인용하면서, 악의 문제(Le Problème du Mal)에 관해 회의를 개최하였는데, 그 회의는 완만하지만 점점 더 확대되는 추세로 세인世人들에게 그들의 흔적을 남겼음에 틀림없습니다. 그는 그 후 그것들을 한 권의 책으로 엮었습니다. 저는 그에게 견본 한 권을 보낼 것입니다. 다음 판에서, 그는 저에 관해 말할 수 있을 것입니다. 왜냐하면 저는 이 이상한 주제를 저의 선지자들보다 더 정열적으로 취급하였기 때문입니다. 쉬스 로망드[Suisse Romande, 스위스의 프랑스어 사용 지방 – 역주]와 벨기에의 지사인 파리의 쉐르뷜리에Cherbuliez 서점과 주네브의 같은 서점에서 나온, 그의 책은, 저를 간접적으로 프랑스에 알려지게 할 것입니다. 그것은 시간 문제입니다. 귀하가 제게 견본을 보낼 때, 20권쯤 보내 주시면 그것으로 충분할 것입니다. 이만 안녕히.

I. 뒤카스.

5.

[베르브뢱코벤 씨에게 보내는 편지 – 역주]

파리, 1870년 2월 21일.

선생님,

제게 보들레르의 시 부록을 보내 주시지 않으시렵니까. 여기 그 값 2프랑을 우표로 보내 드립니다. 다음에 말하고자 하는 작품에 그것이 필요하기 때문에, 되도록 빨리 보내 주셨으면 합니다.

안녕히 계십시오.

I. 뒤카스,

포부르 몽마르트르, 32번지.

라크루아는 편집을 양보하였습니까? 혹시 아니라면 그 일을 어떻게 하였는지요? 아니면 귀하가 그것을 거절하였습니까? 그는 그에 대해 제게 아무 말도 하지 않았습니다. 그 이후로 저는 그를 보지 못했습니다. ─ 귀하도 아시다시피, 저는 저의 과거를 부정했습니다. 저는 더 이상 희망밖에 노래하고 있지 않습니다. 그러나, 이것을 위해서는, 우선 이 세기의 의심(우울, 슬픔, 고통, 절망, 비통한 말의 울음소리, 인위적인 악의, 유치한 거만, 괴상한 저주 등)을 타파해야 합니다. 제가 3월 초에 라크루아에게 가져다줄 한 작품에서, 저는 라마르틴Lamartine, 빅토르 위고, 알프레 드 뮈세, 바이런, 그리고 보들레르의 가장 아름다운 시들을 따로 골라서, 그것들을 희망의 의미 안에서 수정하겠습니다. 저는 그들이 어떻게 할 뻔했다 하는 것을 지적하겠습니다. 또한 동시에 제 졸본의 가장 좋지 않은 것들 중 여섯 군데를 수정하렵니다.

6.

[다라스 씨에게 보내는 편지 ─ 역주]

파리, 1870년 3월 12일.

선생님,

지난 이야기부터 시간을 약간 거슬러 말씀드리겠습니다. 저는 라크루아(B. 몽마르트르, 15번지) 씨에게 제 작품을 출판하도록 하였습니다. 그러나, 인쇄가 되자, 그는 출간을 거부하였습니다. 왜냐하면 작품 속에서 삶이 매우 비참한 색깔로 그려졌고, 또한 그가 검찰총장을 두려워하기 때문이었습니다. 그 책은 바이런의 맨프레드Manfred와 미스키예비츠의 콘래드Konrad의 작품 유형에 속하는 것이지만, 그보다 훨씬 끔찍합니다. 간행을 하는 데는 1200프랑이 들었는데, 이미 제가 400프랑을 주었습니다. 그러나 모든 것이 수포로 돌아갔고, 이것은 저에게 경각심을 불러일으켜 주었습니다. 회의의 시는 마침내 어느 정도의 침울한 절망과, 이론적인 악의에까지 다다랐으므로, 결과적으로, 그것은 근본적으로 거짓된 것이라고 저는 생각하고 있었습니다. 거기에서 원칙을 토의한다는 이유와 그것을 토의할 필요가 없다는 이유로 인해 그것은 더욱더 부당합니다. 금세기의 시적 탄식은 끔찍한 궤변에 불과합니다. 고뇌, 고통, 슬픔, 우울, 죽음, 음영, 어둠 등을 노래한다는 것은, 기필코, 사물의 유치한 뒷면만을 보자는 것입니다. 라마르틴, 위고, 뮈세는 자발적으로 가냘픈 여자같이 변신하였습니다. 이들은 우리 시대의 연약한 위대한 문호들입니다. 항상 우는 흉내를 냅니다. 그래서 저는, 오직 희망(*l'espoir*), 기대(*l'espérance*), **침묵**(LE CALME), 행복(*le bonheur*), **의무**(LE DEVOIR)만을 노래하기 위하여, 완전히 방법을 바꾸었습니다. 그렇게 함으로써 저는 볼테르Voltaire와 장 자크 루소Jean-Jacques Rousseau 이래로 갑자기 중단된, 양식과 냉정의 끈을 코르네이유Corneille와 라신Racine과 같은 작가들에게 다시 이어 주는 것입니다. 저의 책은 4, 5개월 후에 끝날 것입니다. 그때까지 나는 르메르A. Lemerre네 집에 계신, 아버지께, 60페이지 되는 그 서문을 보내렵니다. 그러면 아버지는 제가 일하고 있다는 것을 아시고 제게 후에 인쇄할 책값 전부를 보내 주실 것입니다.

선생님, 여쭤보겠는데, 제 아버지께서 선생님에게, 11월과 12월부터, 하숙비 외로, 제게 돈을 주라고 말씀하셨는지요? 그럴 경우, 서문을 인쇄하는 데 200프랑이 필요할 것이며, 그렇게 되면, 저는 22일, 그 서문을, 몬테비데오로, 보내 드릴 수 있을 것입니다. 아버지가 아무 말씀도 하지 않았다면, 제게 편지를 주시겠습니까?

이렇게 인사드림을 영광으로 생각합니다.

I. 뒤카스,

비비엔Vivienne 거리 15번지.

작품 해설

로트레아몽, 현대시의 신화

『말도로르의 노래(*Les Chants de Maldoror*)』는 로트레아몽 백작(Comte de Lautréamont)이라는 가명으로 남겨진, 19세기 프랑스 시인 이지도르 뒤카스Isidore Ducasse(1846~1870)의 유일한 산문시 작품이다. 이 노래는 그 형태상의 난해함과 더불어 상상을 초월하는 내용상의 독창성으로 말미암아, 작품의 해석 이전에 평범한 독서에 있어서도 어려움을 던져 주며, 때로 자신의 작품해독 능력을 자신하는 독자에게는 독서의 고통까지도 안겨 준다. 이 작품은 도대체 무엇이며, 작가는 무엇을 말하려고 하는 것인가? 이러한 의문은, 이 작품에 대한 수많은 논저들이 그 첫머리에서 반드시 이 작품의 난해성과 해석상의 어려움을 이야기하고 있는 것에서도 확인되는바, 그럼에도 불구하고 이 작품에 대한 평가는 높아만 가니, 바로 여기에서 로트레아몽의 신화는 생겨나고 있다.

『말도로르의 노래』를 먼저 구조상으로 살펴보면, 여섯 개의 부분(노래 : Chant premier, Chant deuxième, …, Chant sixième)으로 나뉘어 있고, 각각의 노래는 다시 절(strophes)로 나뉘어 있다. 그러나 이

절은 시행으로 이루어진 운문으로 되어 있지 않고, 산문체로 되어 있으며, 따라서 운율도 지니고 있지 않다. 또한 서술적으로 쓰인 그 내용에 있어서도 어떤 일관된 줄거리를 갖고 있지 않고, 단지 주인공 말도로르라는 인물이 끊임없이 주로 악행惡行에 해당되는 무엇인가에 열중하는데, 그 일은 전체적으로 연결이 되지 않는 반면, 각 절 안에서는 줄거리를 가지고 있다. 운율에 맞춰 쓰인 시도 아니고, 일관된 줄거리를 가진 소설도 아닌 이 작품은, 문학상의 형태 구분에 있어, 운韻의 부재와 내용의 서술성으로 말미암아 산문시의 범주에 넣을 수 있을 것이다. 그러나 이 작품에 대한 장르 연구에서 쉬잔 베르나르Suzanne Bernard는 『말도로르의 노래』를 "잘 정의된 문학 장르로서 생각되는 산문시의 정확한 범주를 넘어선 것"으로 보고 있다. 따라서 이 작품에 '일종의 서정적인 산문서사시'라는 복잡하고도 애매한 명칭을 부여한 귀스타브 랑송Gustave Lanson의 견해는 이러한 장르상의 명확한 구분의 어려움을 잘 보여 준 적합한 정의라 할 수 있을 것이다.

『말도로르의 노래』는 장르상의 문제와 더불어 인칭의 문제에 있어서도, '나(je)'로 시작된 문장이 어느덧 '너(tu)'나 '그(il)'로 바뀌고 있어, '그'가 누구를 가리키고 '너'가 누구를 말하는지 독자를 혼동시킨다. 또한 '말도로르는…'이라고 삼인칭으로 지칭한 것이 어느덧 '나는…'이라고 일인칭으로 바뀌기도 한다. 그러므로 읽다 보면 정확한 주어를 알 수 없어 두세 번씩 정독을 해야 되고 그마저도 우리에게 제대로 된 이해를 항상 보장해 주는 것은 아니기에 우리를 행복이 보장된 독서로 이끌어 주지는 않는다.

이렇듯 여러 면에서 독자에게 불편함과 당혹감을 안겨 주는 『말도로르의 노래』 단 한 편으로, 150년이 지난 지금 로트레아몽이 현대시의 신화로 불리는 것은 시인이 전기적 자료를 남기고 있지 않다는 점에서도 일부 기인할 것이다. '미래의 책의 서문'이라는 부제가 달린 『시집(*Poésies*)』 두 편과 함께, 출판업자와 은행가에게 보내는 편지 몇 통, 출생증명서와 사망증명서, 옛 학우의 회고담, 아버지의 영사관 근무에 관한 일지 등 지극히 단편적이고 한정적이며 평범한 사실만을 남기고, 1870년 24세의 나이로 숨진 시인 로트레아몽의 본명은 이지도르 뤼시엥 뒤카스Isidore-Lucien Ducasse로, 그는 1846년 우루과이의 몬테비데오에서 출생하여 1859년 중등교육을 받기 위해 프랑스로 와서 타르브Tarbes와 포Pau의 학교에서 공부한 후 파리로 왔다. 『말도로르의 노래』는 그 「첫 번째 노래(*Chant Premier*)」만이 시인의 생전에 출판되고 나머지는 사후에야 빛을 보게 되었는데, 이러한 사실은 시인의 짧은 생애, 그리고 이 작품의 난해성과 함께 어우러져 오랫동안 시인을 비평으로부터 떨어져 있게 하였다. 간혹 비평가의 눈에 띄었을 경우에도, 시인은 정신병자 중에서도 가장 비참하고 지독한 정신병자로 단정 받고 정신병자 감금실에서 비참하게 죽었을 것이라는 악의적인 추측까지 받았다. 그러나 이러한 평가는 초현실주의자들이 이 작품을 "인간의 모든 가능성들을 완전히 뛰어넘는 폭로적인 표현"이라는 열광적인 찬탄과 함께 시인을 그들의 선구자로 평가하면서부터 점차 사라지게 되었다. 이제 이 작품은 해석 불능성에 대한 언급이나 정신 나간 독백으로 간주되는 것으로부터 완전히 벗어나서 다양한 시각으로 무한히 깊이 들어갈 수 있는 해석의 새로운 가능성을 보여 주며, 그 비평의 영역을 더욱 넓히고 있다. 그럼에도 불구하고 시인의 정신상태에 대한 의심은 시인을 병적인 천재, 미쳐 버린 천재로 진단하는 데에서 나아가 현대 정신병리학적인 연구의 결과로도 시인을 "청년들에게서 비교적 빈번히 일어나는 만성적 정신병인 정신분열증에 걸린 것"으로 진단하는 데까지 이어지고 있다.

그러나 시인이 남긴 편지들과, 그가 『말도로르의 노래』 이후 미래에 쓸 책의 서문으로 남겨 놓은 『시집』은, 시인이 지극히 정상적이며 평범한 청년임과 함께 『말도로르의 노래』가 매우 의도적으로 쓰인 것임을 잘 보여 주고 있다. 시인의 이러한 의도는 『말도로르의 노래』가 레이몽 장Raymond Jean이 말하고 있는 것처럼 이야기(récit)와 담화(discours)라는 두 개의 표현법이 혼합된 형태라는 그 형태적 독창성에서 더욱 드러난다. 그래서 미셸 필립Michel Philip이 지적한 바, 이야기에 속하는 부분은 이 작품을 소설적인 것으로 이끌어 가고, 담화에 속하는 부분은 이것을 서사시로 이끌어 가고 있는데, 이렇듯 불안정한 혼합은 이 작품이 다른 책들과 '다르게 쓰여서 따로 떨어진' 독특한 작품임을 분명하게 보여 준다.

이렇게 다르게 쓰인 것은 마찬가지로 다르게 읽혀야 할 것이다. 이 작품을 '다르게' 읽기 위해서는 이 작품을 구성하고 있는 이야기와 담화라는 이중의 표현법 가운데 무엇을 더 우선적인 것으로 받아들여야 할 것인지를 먼저 파악해야 한다. 레이몽 장은 담화를 이야기보다 더 우선적인 것으로 규정하며, 시적인 담화가 항상 이야기에 대한 부정과 자동파괴, 그리고 서술적인 배열로 이야기를 중단시키는 역할을 하고 있음을 간파하고 있다. 따라서 미셸 필립은 이 작품을 "도중에 작가의 시적 개입으로 인하여 끊임없이 끊어지고 있는 하나의 줄거리"라고 정의한다. 모리스 블랑쇼Maurice Blanchot는 이러한 작가의 시적 개입인 담화를 이 작품이 지니는 독특한 '명백성(lucidité)'으로 이야기하는데, 이 명백성은, "전기가 밝혀 주지 않는 것은 작품이 이야기해 준다."라는 가스통 바슐라르Gaston Bachelard의 말을 가능하게 하는 중요한 조건이 되고 있다. 왜냐하면, 시인은 그 담화 속에 바로 자기 자신의 목소리를 담고 있기 때문이며, 이러한 시적 담화는 이 작품을 다른 작품들과 떨어져 있게 하는 한 요소가 되면서 독자를 시인이 인도하는 방향으로 이끌고 가는 방법적 역할을 한다. 그래서 독자는 혼돈과 당혹 속에서 그런 대로 시인을 따라가며 항상 작품으로 돌아오게 되는 것이다.

시인의 담화는 『말도로르의 노래』 첫머리에서 다음과 같이 노래하며 독자를 인도한다. "자신이 읽는 글처럼 순간적으로 잔인해지고 대담해진 독자가, 이 어둡고 독으로 가득 찬 페이지들의 황폐한 늪지대를 지나면서, 방향을 잃지 않고, 험하고 거친 자신의 길을 찾기 바란다." 자신의 작품을 '어둡고 독으로 가득 찬 페이지들'로 이야기하며, 독자에게 이 속에서 '방향을 잃지 않도록' 길을 제시하는 이 서두에서, 독자는 이미 이 작품이 다른 문학서들과 다르다는 것을 알아채며 놀라움과 흥미를 느낄 것이다. 그다음 절, "독자여, 그대가 내게 이 작품의 서두에서 환기시키기를 바라는 것은 아마도 증오일 것이다!"라는 구절에서 독자의 놀라움과 흥미는 당혹감으로 바뀔 것이다. 이 책을 펴는 독자가 진정 원하는 것이 증오라는 말인가? 이 질문의 해답은 독자가 책장을 계속 넘기느냐 아니냐에 달려 있는 것인지도 모르겠다.

「첫 번째 노래」를 마치면서 시인은 자신의 시의 강한 흔적을 확신하며 자신이 '그 시대의 시인'이 될 것임을 이렇게 노래한다. "아직 자신의 칠현금을 시험해 보았을 뿐인 사람에게 그 칠현금이 너무 이상한 소리를 낸다고 엄격하게 대하지 말라! 그렇지만, 그대들이 공정하고자 한다면, 불완전함 가운데, 강한 흔적을 이미 알아볼 것이다. … 십구 세기 말은 자기 시대의 시인을 만나게 될 것이다(그러나, 그는 처음에, 걸작품으로부터 시작하지 않고, 자연의 법칙에 따를 것이다)." 이렇듯 논리정연하게 자신의 작품과 자신에 대해 설명해 주는 시인이 정신병자일 수 있겠는가? 더 정확하게 덧붙일 수 있는 모든 것을 작가 스스로 작품 속에서 말함으로써, 『말도로르의 노래』는 작가 자신의 주석이 포함된 작품이 되고 있는데, 블랑쇼는 "이것이 로트레아몽 스스로 자신이 무엇을 쓰고 있는가에 대해 명확하게 알고 있고 또 그 쓴 것이 명확하다는 것을 뜻한다."라고 결론짓고 있다.

이와 같은 결론은 시인의 편지들에서 그대로 증명된다. 한 편지에서 시인은 『말도로르의 노래』에 대해, "저는 미스키예비츠Mickiewickz,

바이런Byron, 밀턴Milton, 사우디Southey, 뮈세A. de Musset, 보들레르 Baudelaire 등이 한 것처럼 악을 노래했습니다. 물론, 저는 단지 독자를 억압하기 위해서만 절망을 노래하는 그 숭고한 문학의 의미 안에서 새로운 것을 하기 위해서, 그리고 독자에게 치료제로서 선을 바라도록 하기 위해서, 음역을 조금 과장하였습니다."라고 쓰고 있다. 곧, 『말도로르의 노래』에서 독자를 다시 한 번 놀라게 하는 구절, "나는 잔인성의 환희를 그리는 데 나의 천재를 사용한다!"라는 시인의 선언은, 시인이 『시집』을 쓰면서 한 편지에서 밝힌 다음 구절처럼, 악을 억누르고 선을 불러일으키기 위한 시인의 의도를 보여 주는 것이 될 것이다. "저는 저의 과거를 부정했습니다. 저는 더 이상 희망밖에 노래하고 있지 않습니다. 그러나, 이것을 위해서는, 우선 이 세기의 의심(우울, 슬픔, 고통, 절망, 비통한 말의 울음소리, 인위적인 악의, 유치한 거만, 괴상한 저주 등)을 타파해야 합니다."

시적 담화를 제외한 나머지 부분인 이야기는 주로 말도로르의 공격행위를 묘사하는데, 거기에서 하나의 일관된 맥락으로 드러나는 것은 바로 악惡이라는 명제다. 살이 찢어지고 피가 흐르는 악행들, 그에 따르는 고통의 부르짖음과 온갖 괴물들의 출현, 신성모독과 저주, 증오와 복수심, 살해와 자살의 형상을 띤 죽음, 파헤쳐지는 무덤과 두개골… 등 온갖 끔찍한 악의 형상으로 『말도로르의 노래』는 유혈이 낭자하다. 랑송은 이러한 작품의 내용에 대해 "조금의 양보도 없이, 환상적인 비전과 격렬하며 잔인한 또는 사디즘적인 이마주, 그리고 과장되고 빈정거리는 투의, 무의식으로부터 직접 터져 나오는 것 같은 급격한 흐름"이라고 설명하고 있다. 이렇듯 무의식으로부터 직접 분출되는 듯이 표현되는 『말도로르의 노래』의 잔인한 언어는 독자에게 '흥분된 심리상태'를 유발시키며, 악이라는 명제와 동반하여 '난폭성(violence)'이라는 하나의 일관된 성격을 드러낸다. 난폭성은 주인공 말도로르의 악행과 신의 잔인성, 그리고 동물적 움직임 등에서 극명하게 보이는데, 그것은 바슐라르가 지적하는 대로 일단 "파괴의 노력 안에서 포착하여야 할 것"이다. 이러한 파괴의 노력은 작품 도처에서 주인공 말도로르를 포함한 등장인물들의 공격행위를 통하여 뚜렷하게 드러난다. 공격행위는 많은 경우, 동물화를 통하여 나타나는데, 바슐라르가 조사한바, 『말도로르의 노래』에는 독수리, 두꺼비, 상어, 거미 등 무려 185가지의 동물이 등장하고 있다. 이 동물들은 주인공 말도로르의 공격의지와 잔인성에 따라 움직임으로써 작품에 난폭성을 부여한다. 동물들은 자신의 행동에 역동적 가치를 부여받고, 그들이 등장하는 빈도가 아니라 그 행위의 역동적 가치에 의해 평가된다. 그래서 바슐라르는 이에 대해 "동물은 그 형태에서가 아니라 공격 기능에서 포착된다."라고 하였다. 움직임을 지니는 동물들의 행위가 공격의지를 명확히 보여 주며 작품에 난폭성을 부여하고 있기 때문이다. 한 예로서 이(虱)라는 동물이 인간을 공격하는 것을 살펴보면, 동물을 통한 공격 기능이 어떻게 과장되게 강조되며 나타나는지 쉽게 알 수 있다. 포도주보다 인간의 피를 더 좋아하는 이는 사람의 피로 영양을 취하며, 로트레아몽이 말하는 바로는 "인간들이 자신의 비용으로 영양을 주는 곤충"이다. 이들은 그들의 흡반으로 피를 빨아들이며 인간을 공격하여 악을 행하고, 급기야는 인간의 보이지 않는 적으로서 인간을 지배하고, 대지를 바다 기슭의 모래알처럼 뒤덮은 뒤 인간 종족을 무서운 고통에 시달리게 하여 전멸시킨다. 이라는 곤충을 통한 공격은 작품 속에서 동물화된 공격 기능을 집요하게 수행한 대표적인 사례라고 할 수 있다. "오 인간 종족이여, 나는 그[이(虱)]가 그대에게 행한 악의 양에 이미 만족하고 있다. 그래도 그가 더 많은 악을 행하기를 바란다." 이 말은 곧 시인이 자신의 공격의지가 이라는 동물을 통해서 나타나고 있음을 그대로 보여 주는 말이다. 그러므로 이 작품에서 나타나는 동물들은, 말도로르 곧 로트레아몽의 끊임없는 공격충동이 동물들을 수시로 바꾸며 그들을 매개로 하여 나타나는 것으로 이해하여야 할 것이다. 그래서 로트레아몽에게서 '동물들은 단순한 은유가 아니라 공격의 수단으로서의 의미'를 지닌다. 이러한 점에서 바슐라르는 로트레아몽의 시를 분석하는 차원을 시각적인 이마주의 용어가 아니라 운동적인 이마주의 용어에 두었다. 운동적인 이마주로서 로트레아몽의 동물들이 보여 주는 공격성은 『말도로르의 노래』 전편에 흐르고 있으며, 이것이 작품에 부여하고 있는 난폭성은 동물들이 그 운동적인 공격 기능을 충실히 수행하고 있다는 것을 뜻한다. 그들의 공격 수행은 발톱, 집게발, 그리고 흡반을 사용하여 이루어짐으로써 그 잔인성과 난폭성에 더욱 광채를 준다.

동물들의 공격행위로 구체화된 『말도로르의 노래』에서의 '파괴의 노력'은 랑송이 말한바 이 작품을 "신과 인생과 사회에 대한 반항인의 투쟁을 찬양"하는 것으로 평가받도록 하며, 시인을 '반항의 시인'으로 규정짓게 하고 있다. 르매트르Lemaître 역시 "반항시인의 신화는 현대시에서 가장 강한 것 중의 하나일 것이다. 그런데, 그것이 로트레아몽 백작인 이지도르 뒤카스라는 특이한 인물 속에서 구체화되었다. 『말도로르의 노래』는 절대적인 반항 위에서 그 시적인 설계가 이루어지고 있다."라고 하였다. 이렇듯 로트레아몽이 반항의 시인으로 평가받는 것은 시인 스스로도 자신의 시를 '반항의 시'로 부르고 있는 것과 일치한다. 반항은 그 자체로서 끝나지 않고 새로운 것을 창조하는 것을 전제로 한다. 곧 반항은 창조와 서로 통하는 것이다. 그러므로 그 형태와 내용에 있어서 독자를 깜짝 놀라게 하고 해석 가능성을 염려하게 만든 이 작품에 대해, 폴 엘뤼아르Paul Eluard가 "시인은 항상 다른 것을 생각한다."라고 하며, 사드Sade와 함께 로트레아몽을 가리켜 "너희는 있는 그대로의 너희들일 뿐이라는 공식에 너희는 다른 것이 될 수도 있다는 것을 덧붙였다."라고 말한 것은 매우 적절하다 할 것이다. 여기에서 바로 이 '다른 것'이 새로운 창조의 밑거름이 되기 때문이다.

이제 '다르게' 쓰였고 따라서 '다르게' 읽혀야 했던 『말도로르의 노래』는 "자기 어머니에 대항하여 타락한 어린애의 주먹처럼, 가장 견고한 주먹을 쳐들고 대항"하는 '새로운 창조행위'로서 새로운 해석을 찾아야 할 것이다. 그래서 진정으로 그것이 '훌륭한 모험'이 되었을 때, 베를렌Verlaine이 말하듯, "그것을 뺀 나머지야말로 이른바 문학이라 불리는 것이 될 것"이다.

우리말로 옮기면서 항상 유념했던 것은 원문을 충실히 옮긴다는 원칙이었다. 유난히 쉼표가 자주 사용된 그대로, 인용부호(《 》, " ") 등도 원문에 사용된 그대로 표기하였다. 그러나 너무 길게 이어지는 문장에서 어떤 단어의 수식절이 많거나 너무 길 때는 ─를 이용하여 정리하였다. 본문의 이탤릭체는 고딕으로 표기하였다. 또한 각 절에 붙인 아라비아숫자는 편의상 붙인 것이며, 여섯 번째 노래에서 첫 2개 절을 제외하고 나머지 8개 절에 붙인 로마숫자는 원문 그대로 옮긴 것이다.

본 번역을 위해서는 *Œuvres Complètes de Lautréamont*, Bibl. de la Pléiade, Gallimard, 1969를 사용하였다.

이번에 출간하는 『말도로르의 노래』는 1997년에 간행된 본 작품의 최초 완역본을 다시 본문과 대조하며 재번역한 수정판이다. 기존의 완역본이 출간되기 10년 전에, 여섯 개의 노래로 이루어진 이 시작품의 '두 번째 노래'를 번역 출간하면서 이 작품의 번역을 시작하였고, 지금 다시 20여 년 만에 이 작품의 수정판을 내게 되었으니, 최초 번역 출간으로부터 30여 년이 흘렀다. 20년 전 최초 완역을 끝내고 난 뒤 나는 그것으로 이 작품과의 인연은 끝났다고 생각했다. 그 정도로 이 작품의 번역 작업은, 작업 내내 번역의 어려움을 계속적으로 확인하는 과정이었고 그럼에도 나의 번역 의지를 관철시키기 위해 애써야만 하는 과정이었다. 문법적으로 아무 문제가 없으면서 도저히 이해가 안 되는 당황스러운 문맥들과, 문장의 연결을 방해하며 갑자기 튀어나오는 사물이나 추상명사의 의인화, 그리고 유난히 많은 쉼표로 끊임없이 이어지는 긴 문장들…

그럼에도 나는 왜 이렇게 난해한 작품을 붙잡고 살아왔을까? 대학원 석사과정 중, 프랑스문학사를 읽고 있던 내게 로트레아몽Lautréamont이라는 필명의 이지도르 뒤카스Isidore Ducasse가 눈에 들어왔다. 그가 자신의 시대로부터 고립된 시인으로, 단 한 편의 시 작품만을 남기고 24세라는 젊은 나이로 세상을 떠났다는 사실은, 그와 비슷한 나이로, 당시 불문학 분야에서 석사학위 논문의 소재를 찾고 있던 내가, 이 작가에게 급격한 관심을 기울이게 만들 만한 요소였다. 게다가 이 작품을 쓴 시인이 정신병자였을 것이라는 근거 없는 단정을 한 평론가도 있었을 정도로 동시대의 비평으로부터 가치 없는 작품으로 치부되었던 이 작품이, 그로부터 50여 년이 지나 초현실주의의 선구적 작품으로 자리매김하였다는 사실은 내게 매력적으로 다가왔으며 나의 호기심을 자극하기에 충분했다. 지금 돌이켜보면, 당시 로트레아몽과의 만남이 그 후 나의 학문적 여정을 이끌었으니, 『말도로르의 노래』는 내 인생의 책이었다고 말할 수 있지 않을까!

나는 로트레아몽의 반항정신을 주제로 「로트레아몽에게 나타나는 반항」이라는 제목의 석사논문을 썼고, 그에 이어서 「『말도로르의 노래』에 나타난 난폭성의 심리분석」이라는 박사논문을 썼다. 프랑스어로 쓰인 작품 중 프랑스어라는 차원에서뿐만 아니라 그 내용에 있어서도 너무 난해한 작품을 전공으로 선택해서였을까? 프랑스 문학을 전공한 것이 부담으로 다가왔고, 그 콤플렉스는 나를 자연스럽게 한국 문학으로 인도한 결과, 이웃 대학 국문학과 석사과정에 들어가서 「버림받은 딸들의 희생효」라는 논문을 썼다. 또한 로트레아몽 작품의 이해는 정신분석적 해석을 통하지 않고서는 불가능하다고 생각되어 정신분석을 공부한 결과, 파리7대학 정신병리학&정신분석학과에서 「아버지의 딸들의 여성 되기 — 동아시아와 서양의 세 이야기에 나타나는 아버지에게 버림받은 딸들의 희생효」라는 논문으로 박사학위를 받았다. 이렇게 내 학문적 여정의 모든 선택의 출발점에 바로 이 작품, 로트레아몽의 『말도로르의 노래』가 있었다.

그래도 이 작품을 번역할 생각은 없었다. 번역자가 되려면 작품의 어느 부분도 의미를 놓치면 안 된다고 생각했고, 그런 의미에서 나는 나뿐만이 아니라 그 어느 누구도 이 작품의 번역자가 될 수는 없다고 생각하였다. 왜냐하면 특별히 수사학에 관심이 많았던 시인은 평범한 일상용어가 아니라 매우 품격 있고 우아한 프랑스어를 사용하여, 내가 처음 번역을 했을 때나 지금 다시 번역을 하면서나, 그의 문장들에는 난해한 표현들이 너무도 많았으며, 그 이해를 위해 도움을 준 프랑스인들 또한 그 의미를 쉽게 파악하지 못한 경우들이 많았기 때문이다. 또한 어려움 없이 제대로 번역된 문장들도 문맥상으로는 도저히 이해되지 않는 경우도 많았는데, 그에 대해 그들은 모두 한결같이, “바로 그러니까 로트레아몽인 것이다. 문장이 애매하면 애매한 대로, 문맥이 안 닿으면 안 닿는 대로 옮겨야 할 것"이라고 하였다. 옳은 말이다. 그들에게 감사함을 전한다.

이러한 어려움에도 내가 완역을 결심한 것은, 출판사의 번역 요청에 로트레아몽 전공자로서의 의무감으로 답한 결과였다고 볼 수 있다. 이번의 재번역도 나는 전혀 의도하지 않았으나 같은 차원에서 이루어졌으니, 우리 삶의 여정에서의 에피소드들은 참 신비롭고 오묘하기만 하다. 첫 번째 완역에 10년의 세월이 소요됐다면, 이번의 재번역에는 2년의 세월이 걸렸다. 처음에는 한글 문장만 가다듬을 생각이었지만 다시 『말도로르의 노래』 원문을 읽다 보니, 많은 번역 오류가 발견되어, 결국 모든 문장을 다시 읽었고 많은 부분을 수정했다. 여전히 이해되지 않는 부분들에 대해서는, 모국어인 프랑스어에 많은 관심을 갖고 프랑스어의 용법에 대해 그 어느 프랑스어 교수보다 잘 설명해 줄 수 있는 능력을 갖고 있는 로맹 라테스Romain Lattes 씨의 도움을 많이 받았다. 그는 낮에 직장에서 일하고 돌아와 저녁 시간이면 피곤함을 무릅쓰고 나의 그 많은 질문에 답해 주었으니, 남편이기에 가능한 일이었다. 그에게 이 지면을 빌려 사랑과 감사의 마음을 전한다.

끝없이 길게 이어지는 문장 속에 불불佛佛사전에도 나와 있지 않은 낱말들을 대하며 한숨 쉴 때, 문득 시인이 작품의 서두에서 읊은 시 구절이 생각났다. "비록 나의 산문이 독자의 마음에 들지 않는다 하더라도, 독자가 나에 대해 화내지 말기를 바란다." 그러므로, 나

역시 로트레아몽의 표현 방식대로 말하자면, "독자여, 이 번역 작품을 읽으면서 간혹 도저히 이해되지 않는 부분이 있다 할지라도 혹여나 이 번역자를 탓하지 말라. 로트레아몽 자신의 문장이 그러할지니!"라고 독자에게 미리 다짐을 하고 싶다. 그러나, 이 웬 오만이랴! 초역본에 얼마나 많이 잘못 번역된 부분이 있었던가! 앞으로 혹시 발견되는 오역이 있다면 그 부분에서는 언제라도 가르침을 받고 싶다. 그리고 아직 번역되지 않은 그의 '미래의 책의 서문'이라는 부제가 달린 『시집(*Poésies*)』 두 편을 조만간 번역하여 이 책에 첨부함으로써 로트레아몽 전공자로서의 의무를 다하고자 한다.

이제 내 인생의 책 『말도로르의 노래』의 두 번째 번역서를 다시 세상에 띄운다. 이 작품에 대해 위에서 했던 모든 말들을 한마디로 다시 묶는다면, 『말도로르의 노래』는 아름답다. 난해한 문장 속에, 잔인하고 끔찍한 악행을 묘사하는 언어 속에, 그 가운데 생겨나는 고통의 부르짖음과 온갖 괴물들의 출현 속에, 무덤과 두개골 등 온갖 죽음의 형상 속에 빛나는 아름다움이 있다. 이 작품은 도저히 아름다움과는 거리가 멀 것으로 생각되는 끔찍함 속에 들어앉아 있는 원초적인 아름다움을 보여 준다. 아름다움이란 무엇인지, 시인은 이 아름다움을 열여섯 살 영국 소년의 젊은 외모, 육식성 새들의 수축성 있는 발톱, 뒷목 부드러운 부분의 상처에서 불확실하게 움직이는 근육, 지푸라기 아래 숨어서 자신의 직무를 다하고 사로잡힌 동물에 의해 언제나 다시 죄이는 쥐덫, 그리고 해부 탁자 위에서의 재봉틀과 우산의 우연한 만남에서 발견한다. [여섯 번째 노래, 3절 참조 – 역주] 나는 그가 말하는 아름다움이, 『말도로르의 노래』의 독창적인 상상력과 강렬한 이마주 속에, 산문시로서의 '시적인' 성질과 함께 생생히 살아 있는 아름다움이라 말하고 싶다.

파리에서 교환교수로 머물고 있었던 10여 년 전 어느 늦은 가을, 나는 한 극장의 연극공연 목록에서 『말도로르의 노래』를 발견했다. 도대체 이 난해하고 괴기스러운 작품을 어떻게 연극작품으로 재탄생시켰을까 호기심에 가득 차서 그 극장을 찾아갔던 그 저녁 시간을 기억한다. 서른 명 정도 수용할 수 있는 작은 공간에서는, 주인공 말도로르가 폭풍 속 바닷가에서 고통스럽게 절규하고, 창조주에게 대항하는 신성 모독적 악행을 자행하는 가운데, 배우의 열정적인 독백이 그 작은 공간을 가득 메운 관객들의 열기와 자연스럽게 어우러지고 있었다. 이런 난해한 작품까지 연극화되고 또 그걸 보러 오는 관객이 극장을 가득 메우는 현장을 보며 나는 프랑스라는 나라의 문화적 힘이 부러웠다.

이런 나에게, 2015년 가을, 공연기획 듀공아 대표인 김진우 연출가가 이 작품의 연극 공연을 준비하고 있다면서 자문을 구하고자 찾아왔으니, 내가 얼마나 즐거웠겠는가! 서울의 국화소극장에서 공연된 작품에서 그는 이 작품을, 모든 유기체(생명체)는 악이며 무기체(무생명체)는 선으로 규정하면서 주인공 말도로르가 자신의 생명 말살 계획을 실천해가는 과정을 담은 것으로 새롭게 해석하였다. 원작에 없는 새로운 내러티브를 구성하여 웃지 않는 여왕과 무기질 괴물이라는 새로운 인물들을 창조하여 작품에 신선함을 더해 주었는데, 배우들(최창열, 곽소영, 박한솔, 오준혁)의 열연 또한 돋보였다.

지금 프랑스에서는 여전히 로트레아몽과 말도로르를 기억하고 사랑하는 사람들이 다양한 방법으로 그들을 소환하고 있다. 최근에 『말도로르』라는 제목으로 연극이 상연되기도 했고(연출/Benjamin Lazar, 장소/Athénée Théâtre Louis-Jouvet, 기간/2019. 10. 2~19.), 한 아틀리에는 첼로, 아코디언, 플루트, 클라리넷 등 악기들과 『말도로르의 노래』가 즉흥적으로 만나며 연출해내는 낯섦과 조화를 경험하는 작업을 하기도 했다. 또한 파리에서 우리는 말도로르의 이름을 단 바bar도 만날 수 있다.

"이지도르 뒤카스의 과거, 현재, 미래 동호회(Association des Amis Passés Présents et Futurs d'Isidore Ducasse)"는 2019년에 『말도로르의 노래－첫 번째 노래』 출간 150주년을 맞아 "로트레아몽 작업실에서의 이틀(Deux journées dans l'atelier de Lautréamont)"이라는 주제로 학술대회를 개최하였고(2019. 11. 21~22., 테오필 고티에Théophile Gautier 고등학교), 중단되었던 『로트레아몽 연구지(*Cahiers Lautréamont*)』를 다시 출간하기 시작하였다. 올해는 시인이 세상을 떠난 지 150주년이 되는 해이자 동시에 그가 『말도로르의 노래』와 전혀 다른 어조로 새롭게 노래하고자 한 『미래의 책』의 서문격인 『시집』도 출간 150주년이 된다. 협회는 이에 맞춰 논문집 *Cahiers Lautréamont* 2권을 간행할 예정이다.

일반적인 상상력의 한계를 뛰어 넘는 표현으로 오랫동안 제대로 이해받지 못했던 시인은 사후 150여 년이 지난 지금에야 그를 진정으로 이해하고 사랑하는 사람들을 통해 이렇게 우리 가까이 다가와 있으니, 시인이야말로 시대를 뛰어넘는 현대시의 신화적 존재라 하지 않을 수 없을 것이다.

2019년 6월
Croissy-sur-Seine에서
윤인선

로트레아몽 원작, 김진우 극본/연출, 연극 〈말도로르의 노래〉의 포스터와 공연 장면, 2015. 11. 6~20.(사진 '공연기획 듀공아' 제공)

1846년: 시인 이지도르 뤼시엥 뒤카스Isidore-Lucien Ducasse는 4월 4일 아침 9시에 우루과이의 몬테비데오에서 태어났다. 아버지는 프랑수아 뒤카스François Ducasse(1809~1889)로 1840년경 남아메리카로 이주하여 우루과이의 몬테비데오에서 자리잡고, 프랑스 영사관에서 일하였다. 그는 남아메리카로 오기 전, 사르니게Sarniguet에서 공립 교사로 일하던 중, 그곳에서 연수를 받던 자케트 셀레스틴 다베작 Jacquette-Célestine Davezac(1821~1847)을 만나, 같은 해 2월 21일에 결혼하였다.

1847년: 이지도르 뒤카스는 출생 19개월 후, 11월 16일, 몬테비데오의 본당 교회에서 세례를 받았다. 어머니는 아들의 출생 20개월 후인 1847년 12월에 사망하였는데, 성도 없이 단지 이름만으로 공동묘지에 묻힌 사실 등으로 그녀가 자살했을 것이라는 연구가 있다.

1847~1859년: 그의 유년기에 대해서는 아무것도 밝혀진 것이 없다.

1859~1863년: 그는 학업을 위하여 프랑스로 와서, 1859년 10월부터 1862년 8월까지 타르브 왕립고등학교(Lycée impérial de Tarbes, 오늘날 테오필 고티에Théophile-Gautier 고등학교)의 기숙학생이 된다. 1862년 8월, 그는 이 학교를 떠나서, 1년

동안 사립학원에서 공부한 듯하다.

1863~1865년: 1863년 10월부터 1865년 8월까지, 이지도르는, 포 왕립고등학교(Lycée impérial de Pau, 오늘날 루이 바르투 Louis-Barthou고등학교)의 기숙학생으로, 수사학 반에서 공부한다. 그 이후 이지도르 뒤카스는 대학입학자격고사를 치르지 않았거나 실패한 것으로 보이고, 다른 어떤 상급 교육기관에도 등록한 기록이 보이지 않는다.

1865~1867년: 이 시기 동안 그의 행적은 드러나지 않는다. 그는 1867년 초가을경에 문필가로서 또는 '수도에 살기 위해 온 사람'(편지 2 참조)으로서 파리에 나타난다. 이 시기는 아마도 그가 아버지에 의해 몬테비데오로 불려 갔을 것으로 추정하는 것이 가장 자연스러울 것 같다.

1867년: 파리에서의 그의 첫 번째 주소는 노트르담 데 빅투아르 Notre-Dame-des-Victoires 거리 23번지에 있는 한 호텔이다. 거기에서 이듬해에 출판될 『말도로르의 노래』의 초고가 생겨난다. 그의 아버지는 은행가 다라스를 통하여, 자신의 문학적 운을 시험하러 간 아들에게 자유롭게 돈을 쓰도록 하고 편안한 거처를 마련하도록 해 준 듯하다.

1868년: 8월에 『말도로르의 첫 번째 노래』가, 저자 이름 없이 출판되어, 30상팀centimes에 프티 주르날Petit Journal 서점과 베이유 에 블로크Weil et Bloch 서점에서 판매된다. 11월 9일, 그는 한 비평가에게 자신의 작품을 소개하기 위해 편지를 쓰는데, 거기에서 자신이 그 달 말에 「두 번째 노래」를 출간 하려 한다고 말하고 있다(편지 1 참조).

1869년: 「첫 번째 노래」는 1월에 여전히 익명으로, 보르도Bordeaux에서, 보르도 시 경연 위원장인 에바리스트 카랑스Evariste Carrance의 배려로 『영혼의 향기(*Parfums de l'âme*)』라는 문집 속에 수록된다. 봄에, 출판업자인 알베르 라크루아Albert Lacroix와 만나서, 여섯 개의 『말도로르의 노래』의 완전한 원고를 건네준다. 책은 그해 여름에 라크루아, 베르브뢱코벤 에 콩파니Lacroix, Verbroeckhoven et Cie 출판사에서 인쇄되었으나, 라크루아는 작품의 대담성과 잔인성을 걱정하여 배포를 중지한다(편지 6 참조). 이지도르는 책의 배포를 위해 두 출판업자를 설득하여 합의에 이르렀으나, 배포되는 것을 보지 못하고 사망한다. 그는 자신의 지분으로 20여 권의 책을 받았는데, 그 책들은 노란색 표지에 'Paris/전 서점에서 판매 중/1869'라는 막연한 표시만을 하고 있으며 안 페이지에 라크루아와 베르브뢱코벤의 이름이 인쇄업자로서만 나타나고 있다.

보들레르Baudelaire의 『악의 꽃』을 출판하고, 1864년부터 브뤼셀Bruxelles에 피신하고 있던, 출판업자 오귀스트 풀레 말라시스Auguste Poulet-Malassis는 당시 제정帝政에 의해 금서가 된 책들에 관심을 갖고 프랑스에서 금지되어 외국에서 인쇄된 출판물 백서까지 간행하고 있었는데, 그는 그의 백서의 1869년 10월 23일자 제7호에서, 로트레아몽 백작 저, 『말도로르의 노래』의 간행을 알리고 있다. 이것은 로트레아몽의 작품을 보들레르와 플로베르Flaubert의 작품 옆에 위치시키는 역할을 하고 있는 것으로 평가된다.

1870년: 1월 '라트레오몽 백작 저(원문에 "par le Cte de Latréaumont"이라고 표시됨)' 『말도로르의 노래』에 대한 광고가, 에바리스트 카랑스의 총서 출판 네 번째 시리즈(『꽃들과 과일들』)에 실린 '최근간' 목록에 나타난다.

2월 21일 이지도르 뒤카스는 베르브뢱코벤 씨에게 세 번째 편지를 보내어(편지 5 참조) 자신의 문학적 변혁을 알리면서, 라마르틴, 위고, 뮈세, 바이런, 보들레르의 가장 아름다운 시들을 따로 골라서, 자신의 작품 중 가장 좋지 않은 여섯 군데와 함께 희망의 의미 안에서 수정하겠다고 하고 있다.

3월 12일 은행가 다라스에게 보낸 편지에서 자신이 『말도로르의 노래』의 출판과 관련하여 매우 실망하고, 이제 완전히 방법을 바꾸어 희망, 기대, 침묵, 행복, 임무만을 노래하려 하며 그 책이 4, 5개월이면 완성될 것이라고 말하고 있다(편지 6 참조). 당시 그는 아버지에게 보낼 60페이지 되는, 그 책의 서문만을 알퐁스 르메르Alphonse Lemerre에게서 출판하고자 다라스에게 200프랑을 요구한다. 새 작품의 서문에 해당되는 그 별책은 『시집』이란 제목으로

1870년 4월에 초판이, 7월에 재판이 나온다. 그중 하나가 에바리스트 카랑스에게 보내졌고, 그는 자신의 출판물에 속하는 『문학적 지방분권』이란 책의 한 페이지에 '이지도르 뒤카스 저, 『시집』, 값 1프랑'의 출판을 특기한다.

한편, 시인은 1870년 7월 『파리의 대중잡지(*Revue Populaire de Paris*)』에 '『시집』, 두 번째 별책, 『말도로르』의 저자, 이지도르 뒤카스 저, 7, 포부르 몽마르트르, 가격 임의적(ad libitum)'이라고 광고하고, 8월호에 다시 광고한다.

1870년 11월 24일 목요일 아침 8시, 스물네 살 반의 나이로, 시인은 사망하는데, 그 원인에 대해서는 아무런 자료가 없다. 사망 이튿날인 11월 25일, 시인은 몽마르트르 노르Montmartre-Nord의 한 임시 허가지인 35구역에 묻혔다.

1871년: 두 달 후인 1871년 1월 20일, 이지도르 뒤카스의 시신은 같은 묘역, 49구역의 새로운 임시 허가지로 옮겨졌다. 그러나 그 땅은 1880년에서 1890년 사이에 용도가 변경되어, 파리 시당국이 인수하면서, 당시 청구되지 않은 시신들은, 파리 근교의 팡탱Pantin 납골당으로 옮겨졌는데, 뒤카스의 경우도 이에 해당될 것으로 추정된다.

1874년: 라크루아와 베르브뢱코벤에 의해 1869년 인쇄된 『말도로르의 노래』가 브뤼셀의 출판가인 장 밥티스트 로제스Jean-Baptiste Rozez에 의해 발매되었으나, 이것은 독자의 관심을 끄는 데 성공하지 못하였다.

로트레아몽(1846–1870)
로트레아몽 백작이라는 필명으로 『말도로르의 노래』를 발표한 이지도르 뤼시엥 뒤카스는 1846년 우루과이의 몬테비데오에서 태어나, 열세 살에 프랑스로 건너와서 타르브와 포의 왕립고등학교에서 공부하였다. 프랑스에 오기 전, 그의 유년기에 대해서는 알려진 것이 없다. 단지 어머니가 아들의 출생 20개월 후에 사망하였는데, '여러 정황으로 보아 자살했을 것'이라는 한 비평가의 언급이 있을 뿐이다. 고등학교를 마치고 3년 후인 1868년에 그는 『말도로르의 첫 번째 노래』를 익명으로 출판하고 그 이듬해에 여섯 개의 노래가 들어간 『말도로르의 노래』를 출판한다. 그러나 내용의 잔인성과 대담성을 걱정한 출판업자로 인해 바로 배포되지 못한 채, 그는 자신의 미래의 책에서는 앞의 책과는 완전히 방법을 바꾸어 희망, 기대, 행복만을 노래하겠다며 그 서문을 『시집(*Poésies*)』이라는 제목으로 1870년 4월에 출판했다. 시인은 같은 해 11월 24일, 24세의 나이로 사망했다.

옮긴이 윤인선
한국외국어대학교 불어과를 졸업했다. 같은 대학교 대학원에서 「로트레아몽에게 나타나는 반항」으로 석사학위를, 「『말도로르의 노래』에 나타난 난폭성의 심리분석」으로 박사학위를 취득했다. 또한 전북대학교 대학원 국문과에서 석사학위를, 프랑스 파리7대학 정신병리학 & 정신분석학과에서 박사학위를 취득했다. 1982년부터 전주대학교 불어불문학과, 교양학부에서 교수로 재직했고, 현재는 명예교수로 있다. 바슐라르의 『로트레아몽』(청하, 1985), 로트레아몽의 『말도로르의 노래』(청하, 1997)를 번역하였다. 현재 프랑스 파리 근교 크루아시 쉬르 센(Croissy-sur-Seine)에서 거주하며, 문학 속에 나타난 아버지와 딸의 관계에 대한 첫 번째 저술로 『심청의 우울증』을 준비 중이다.

달섬 세계고전 13

말도로르의 노래

지은이 로트레아몽
옮긴이 윤인선
펴낸이 김동원
펴낸곳 달섬

초판 1쇄 인쇄 2020. 3. 26
초판 1쇄 발행 2020. 3. 31

달섬 전라북도 전주시 완산구 어진길 32 (풍남동2가)
전화 (063) 219-5322
FAX (063) 219-5323
출판등록 2012년 8월 20일 제465-2012-000021호

값 10,000원

ISBN 979-11-6372-077-5 04860
ISBN 979-11-6372-001-0(세트) 04080

이 도서의 국립중앙도서관 출판예정도서목록(CIP)은 서지정보유통지원시스템 홈페이지(http://seoji.nl.go.kr)와 국가자료종합목록 구축시스템(http://kolis-net.nl.go.kr)에서 이용하실 수 있습니다. (CIP제어번호 : CIP2020010510)

'달섬'은 전북대학교출판문화원의 임프린트입니다.